TARAH KEYS

Paperthin Touch

Moon Notes

Originalausgabe

1. Auflage

© 2023 Moon Notes im Verlag Friedrich Oetinger GmbH,

Max-Brauer-Allee 34, 22765 Hamburg

Alle Rechte vorbehalten

Copyright © 2023 by Tarah Keys

© Einbandgestaltung: Rocket & Wink GmbH, Hamburg

Druck und Bindung: FINIDR, s.r.o., Lípová 1965,

737 01 Český Těšín, Tschechische Republik

Printed 2023

ISBN: 978-3-96976-047-5

www.moon-notes.de

Für Lena,

denn wie könnte dieses Buch

nicht meiner Lektorin gewidmet sein?

Du gehörst zu den Menschen,

die meinen Weg in der Branche am meisten geprägt haben.

Streichst du es mir als Wortwiederholung an,

wenn ich an dieser Stelle tausendmal Danke sage?

PLAYLIST

Natasha Bedingfield – *Unwritten (The 2019 Remix)*
Felix Jaehn, POLINA – *Book of Love*
Astrid S – *Paper Thin*
Rasmus Hagen, iamsimon – *No Tomorrow*
Ameryh – *Superpowers*
Becoming Young – *Trippin'*
B-OK, Michela – *Say It First*
Ross Harris – *SAY IT BACK*
Gabby Barrett – *Write It on My Heart*
Amanda Frances – *book smart*
Taylor Swift – *The Story Of Us (Taylor's Version)*
Alaina Castillo – *parallel universe*
Taylor Swift – *Sweeter Than Fiction*
Alex Clare – *The Story*
NIKI – *Plot Twist*
Francesca Battistelli – *Write Your Story*

KAPITEL 1

Lesen garantiert Erfolgserlebnisse.

Niemand sollte seine Haare am frühen Morgen im Küchenspülbecken waschen müssen. Wahrscheinlich kann ich froh sein, dass ich noch einen Rest Shampoo in meinem Reisekulturbeutel gefunden habe und nicht unser Spüli nehmen musste. Wobei das vermutlich sogar ganz gut ginge? Ich meine, es ist definitiv entfettend und riecht nach Limone und Basilikum. Wäre so eine typische Recherchefrage, wie sie sich mir auf der Arbeit fast jeden Tag stellt.

Mit bedenklich gesunkenem Gute-Laune-Level versuche ich es zum vierten Mal innerhalb der letzten anderthalb Stunden an der Badezimmertür. Bislang wurde ich knallhart ignoriert.

Ich hebe die Faust und klopfe höflicher, als es angesichts der Situation eigentlich angebracht wäre.

»Hau ab!«, brüllt Keira auf der anderen Seite, und dann schmeißt sie, um ihrem Befehl noch mehr Nachdruck zu verleihen, irgendwas gegen die Tür. Womöglich Lukes elektrische Zahnbürste. Hauptsache, sie hat sie nicht mit meiner verwechselt, so wie mein Klopfen gerade mit seinem.

Man sollte nie – *niemals!* – mit einem Pärchen in eine WG ziehen, das derart viele Probleme hat wie diese beiden.

»Keira, ich bin's«, sage ich und hoffe, über dieses aggressive

Schnaub-Atmen, das ich bis hier draußen hören kann, versteht sie mich überhaupt. »Kannst du endlich rauskommen? Ich hab gleich ein superwichtiges Meeting. Mein Outfit dafür hängt da drin bei dir.«

Weil ich so dumm war zu denken, ich könnte nach dem Aufstehen in Ruhe unter die Dusche und es – was für eine absurde Idee – danach direkt anziehen.

Keira dreht den Schlüssel brutal hart im Schloss herum und reißt die Tür auf. Mit Leidensmiene hält sie mir am ausgestreckten Arm den Bügel mit meinem tannengrünen Plisseekleid hin. »Wo ist Luke?«, faucht sie.

Ich beschließe, das als originelle Entschuldigung zu interpretieren. Sonst schlage ich am Ende noch völlig entnervt bei meiner Chefin auf.

»Ich glaub, er raucht eine auf dem Balkon«, rate ich, in erster Linie, damit sie dorthin stürzt und die Badbesetzung endet.

»Mistkerl!«, presst sie hervor und knallt mir die Tür vor der Nase zu.

Schade, Plan gescheitert.

Ich atme durch. Tief. Immer schön positiv denken: Wenigstens habe ich jetzt mein Kleid.

In meinem Zimmer finde ich nach einigen geschickten Sprüngen über Bücherstapel den einen freien Quadratmeter, den ich brauche, um es anzuziehen. Der Föhn ist auch im Bad, daher rubble ich meine Haare einfach noch mal ausgiebig mit dem Handtuch und eile dann zu meinem Auto. Eigentlich nehme ich zum Verlag das Rad, aber dafür bin ich diesmal viel zu knapp dran. Minzkaugummi statt Zähneputzen, schiefer klammer Dutt mit einem vergessenen Gummiband aus dem Handschuhfach – die Abrundung meines perfekten Starts in den Tag.

Ich starte den Motor, denn welche Wahl habe ich? Bereit oder nicht, um halb neun erwartet Chelsea mich, und was immer sie mir zu sagen hat, sind Big News – so hat sie es selbst in der Termineinladung formuliert, die übers E-Mail-Programm kam.

Ich fahre auf die Straße und werfe mir selbst im Rückspiegel einen Blick zu. Sieht so vielleicht eine Lektorin aus, die sich auf eine neue Herausforderung freut? Himmel, Chelsea wird denken, dass ich total verkatert bin.

Um die acht Minuten dauert meine Fahrt quer durch Oxford, dann erwische ich den letzten Parkplatz am Verlagsgebäude, einem großen, hellen Ziegelhaus mit romantischen Efeuranken und zwei Dachgauben, das sich nicht groß von den Wohnhäusern der Nachbarschaft unterscheidet. Vielleicht sollte ich direkt hier einziehen.

Mein Versuch, den dunkelblonden Knuddel auf meinem Kopf in einen stylischen Messy High Bun zu verwandeln, misslingt. Egal, wird schon gehen.

Ich wühle mein Glücksparfum aus meiner Handtasche und gönne mir einen Spritzer. Der fruchtig-frische Duft regelt meinen Puls ein bisschen runter. Den ersten Flakon hat mir damals mein Vater geschenkt, und obwohl das ein ziemlich guter Grund wäre, es nicht mehr nachzukaufen, kann ich irgendwie nicht ohne. Es ist albern, aber wenn ich es in der Nase habe, fühle ich mich unerschütterlich.

Meine Füße tragen mich durch den kleinen Vorgarten und unter dem Schriftzug über dem Eingang hindurch. Ich bin schon seit fast einem Jahr bei Eastmore Publishing, aber durch diese Tür zu gehen, ist für mich immer noch magisch.

Die Stempeluhr quittiert meine Ankunft, schon bin ich in der Teeküche, und die Kaffeemaschine füllt meine Tasse bis zum Rand.

»Clio, hey.« Lorne schlurft an mir vorbei zum Kühlschrank und schenkt sich sein allmorgendliches Glas Orangensaft ein.

»Hi, Lieblingskollege. Sei ehrlich – wie sehe ich aus?«

Wie er selbst aussieht, kommentiere ich gar nicht erst. Lorne hat sich ein Paar Flügel epischen Ausmaßes auf den Rücken geschnallt, schwarzblau mit silbernem Glitzerrand, und in seinem braunen Haar steckt eine ebenfalls silberne Kunstblüte. Müsste ich raten, würde ich darauf tippen, dass unsere Followerschaft bald ein Reel zu *Dark or Darker* erwartet.

Er wendet sich mir zu und trinkt einen ersten Schluck. Dass er sich mit seiner Antwort Zeit lässt, bedeutet vermutlich nichts Gutes.

»Geht als Look von jemandem durch, der die Nacht durchgelesen hat«, fällt er schließlich sein Urteil.

»Ha! Perfekt.«

An meinem ersten Tag war er es, der mich durchs Haus geführt hat, und gerade grinst er genau dieses Grinsen, das bei mir damals einen kurzzeitigen kleinen Crush auf ihn ausgelöst hat – der sofort endete, als er mir erzählte, dass er zur Fraktion Eselsohren-sind-die-besten-Lesezeichen gehört. Absolut abturnend. Außerdem hält er sein Gesicht viel zu oft in die Handykamera, um ziemlich brillante Werbung für unsere Bücher zu machen – gut für den Verlag, aber wäre ich seine Freundin, würden mich die vielen Herzchenemojis und flirty Kommentare, die er dabei selbst absahnt, wahrscheinlich in den Wahnsinn treiben. Und ich könnte als Printverfechterin womöglich trotz aller Vorzüge niemanden daten, der sich seine Brötchen daueronline verdient. Last but not least wäre da noch mein Verdacht, dass er auf meine beste Freundin steht. Aber Hauptargument, wie gesagt: Eselsohren.

»Ich hab gestern beim Jour fixe womöglich was Interessantes über dein Meeting gleich erfahren«, sagt Lorne im Gehen.

»Hallo?« Ich renne ihm hinterher. »Und damit rückst du *jetzt* erst raus? Los, ich will's wissen!«

Er lacht bloß und flieht in sein Büro, wobei er fast mit den Flügeln in der Tür stecken bleibt. »Ich wünschte, ich könnte dein Gesicht sehen, wenn Chelsea es dir erzählt«, sagt er durch den Spalt, den er noch offen hält. »Aber ich hab mir seit *Throne of Glass* geschworen, dich nie wieder zu spoilern, weißt du noch?«

Ich überlege kurz, ihn weiter zu drängen, entscheide mich dann aber, mich überraschen zu lassen. Ich liebe Überraschungen – solange es gute sind, und davon gehe ich in diesem Fall aus. Das bestätigt mir auch Lornes Heimlichtuerei. Ginge es um was Schlimmes, würde er mich vorwarnen.

»Na gut. Wir sehen uns in der Pause.«

Ich steige ins Dachgeschoss hoch, dem Quartier von Plots&Pieces. Wenn man genau hinsieht, findet man in den sympathisch knarrenden Bodendielen immer noch Konfettireste von der dritten Geburtstagsparty unseres Imprints vor ein paar Wochen. Seit Beginn meiner Buchmarktobsession in meinen späten Teenagerjahren habe ich schon viele Verlagslabels kommen und gehen sehen – aber dafür, dass dieses ganz besondere Bestand hat, gebe ich jeden Tag einhundert Prozent, manchmal auch mehr.

Schnell stelle ich meine Tasche an meinem Platz ab und begebe mich dann wieder ein Stockwerk tiefer. Chelseas Bürotür ist nur angelehnt, und als ich den Kopf in den kleinen Raum stecke, bemerkt sie mich sofort und winkt mich herein.

»Guten Morgen, Clio, setzen Sie sich.«

Ich grüße zurück und bewundere die hübschen kleinen Sonnenblumen in der Vase auf der Fensterbank, neben der ihr Lesesessel steht. Chelsea hat immer frische Blumen im Büro – sie sagt, dass sie nichts anderes so inspiriere.

Mit Mitte zwanzig ist sie eine ungewöhnlich junge Chefin, die immer eine gewisse Distanz zu ihren Mitarbeitenden wahrt, aber eine unglaublich warmherzige Art hat. Beides spiegelt sich auch in ihrem Stil wider: streng-elegante Businesskleider zu auffälligen bunten Ketten und hennagefärbten Haaren.

Sie stützt die Ellbogen auf den Tisch, und alles an ihrer Haltung signalisiert, dass sie vorhat, eine große Sache anzugehen.

»Ich möchte Sie gern persönlich von einem Projekt in Kenntnis setzen, das aus meiner Sicht Sie betreuen sollten.«

Obwohl ich nicht mal weiß, um was für ein Buch es geht, beginnen sofort meine Fingerspitzen zu kribbeln. Sie sehnen sich nach meiner Tastatur und dem Manuskriptdokument, in dem sie sich austoben dürfen.

Dass Chelsea einen Extratermin anberaumt hat, um mir ein Projekt zuzuteilen, ist ungewöhnlich. Ungewöhnlich genug für ein richtig, richtig vielversprechendes Buch.

»Bryn Spurling«, sagt sie.

Peinlicherweise zucke ich zusammen, als hätte sie ihren Kuli mit der Namensgravur auf mich geworfen, den sie soeben aus dem Stiftebecher gezogen hat.

»*Was?*«, hauche ich.

Sie hebt einen Mundwinkel. »Sie haben richtig gehört.«

Spurling hat mit seinem Debüt *Last Summer's Scars* einen dieser One-in-a-Million-Bestseller gelandet, mit denen niemand rechnet und die sich dann umso mehr ... rechnen. Und es wäre möglich, dass ich – trotz meiner eigentlichen Abneigung gegen Titel, die plötzlich alle Beachtung der Welt finden, während genauso gute sang- und klanglos floppen – besagtes Buch ziemlich gehypt habe.

»Aber ... er ist kein Plots&Pieces-Autor.« Ich schüttle mich gedanklich selbst für diese überflüssige Feststellung. Denn alles deutet darauf hin, dass Chelsea einen aus ihm machen will.

»Er sollte es werden«, bestätigt sie da auch schon. »Das Buch passt perfekt ins Programm. Es ist anders als sein erstes. Eigenwilliger. Eher ein Entwicklungsroman als ein Psychothriller. Ich kenne nur das Exposé, aber das Manuskript liegt seit gestern vor, und dass er schreiben kann, wissen wir ja.«

Klar, es ist ein neuer Spurling – das Buch wird laufen. Als Autor hat er den Jackpot geknackt: Er muss sich im Moment keine Gedanken machen, ob sein nächstes Werk eine Zusage bekommt. Ein gigantisches Werbebudget, das ihm hohe Sichtbarkeit auf dem Markt garantiert, gibt es sogar noch dazu.

Von dem, was man im Verlag so über ihn hört, hat er das menschlich gesehen nicht unbedingt verdient. Ich gebe nicht viel auf Gerede über Leute, die ich nicht kenne, aber da ihm sein Verhalten bei uns den Spitznamen »King Bryn« eingebracht hat, muss er gegenüber seiner Lektorin schon sehr gebieterisch und abschätzig gewesen sein. Ich glaube, bisher hat ihn Erin aus dem Eastmore-Team betreut. Abgesehen von ein bisschen Small Talk auf der Weihnachtsfeier hatte ich noch nie näher mit ihr zu tun.

»Ich will nicht lügen, es könnte eine komplizierte Kiste werden«, kommt nun auch Chelsea auf das Thema zu sprechen. »Die Zusammenarbeit mit ihm verlief in der Vergangenheit wohl ... nicht so harmonisch. Bisher war Erin Powell für ihn zuständig, und sie ist wohl sehr erleichtert, dass er nun zu uns wechselt.« Sie seufzt dieses Seufzen, das ich von mir selbst kenne; es sagt so viel aus wie: »Mit Kunstschaffenden hat man es nicht immer leicht – aber die meisten sind cool, und mein Job ist der beste.«

»Ich mag komplizierte Kisten«, behaupte ich.

Sie schmunzelt. »Deswegen meine Entscheidung. Sie sind gut darin, die Balance zwischen Feinfühligkeit und Durchsetzungsvermögen zu finden.«

Ich spüre, dass ich rot werde. Das ist eins der schönsten Komplimente, die mir je gemacht wurden!

»Danke. Ich übernehme das liebend gern.«

»Wunderbar! Dann wünsche ich Ihnen viel Erfolg. Melden Sie sich, wenn es Probleme geben sollte.«

Ihr Vertrauen in mich macht mich ein bisschen übermütig – um nicht zu sagen größenwahnsinnig, und das ist der Grund, warum ich mit einem lässigen Schulterzucken erwidere: »Es wird keine Probleme geben!«

KAPITEL 2

Lesen ist eine Leidenschaft.

»Können wir jetzt endlich mal aufhören, so zu tun, als hätten wir nicht längst Feierabend?« Melly streicht sich das pechschwarze Haar hinters Ohr, nimmt einen Schluck von ihrem Coconut Kiss, klappt ihren Laptop zu und erwartet offenbar, dass ich ebenfalls Schluss mache.

Unser Platz auf der Außenterrasse am Ufer des Castle Mill Streams lädt in der Tat mehr zum Entspannen ein als zu einer Überstunde nach der anderen. Gesprächsgemurmel wabert durch die laue Abendluft, hier und da ist leises Gläserklirren zu hören; die Lampen an den Balken über uns werfen warmweißes Licht auf die rustikalen dunklen Holztische und bringen unsere Cocktails zum Funkeln.

»Erinnert mich an Unizeiten«, sage ich. »Du musstest mich so oft davon abhalten, die Abende mit Lernkram zu verbringen!« Wobei mir witzigerweise die Fachliteratur damals deutlich mehr wie Arbeit vorkam als die Werke, die ich heute zu lesen und aufzupolieren habe.

Melly lächelt. »Stimmt. Hätte mir damals jemand erzählt, dass wir beide mal zusammen bei Eastmore landen würden, hätte ich es für Spinnerei gehalten.«

Sie hat vor gut drei Monaten als Chelseas Assistentin angefangen, und an dem Tag, als sie mich angerufen hat, um es mir zu sagen, habe ich so laut gejubelt, dass meine Nachbarin sich vom Balkon über mir beschwert hat.

»Fehlt wirklich nur, dass wir doch noch zusammenziehen«, sage ich.

Zum Glück für sie und Pech für mich hat Melly eine Tante in Oxford, die ihr für ihre kleine, aber feine Einliegerwohnung praktisch nur ein Taschengeld abnimmt.

»Ich würde dich echt gern vor Keira und Luke retten, das weißt du!« Sie deutet auf meinen Laptop, der immer noch zwischen uns steht. »Und jetzt weg damit!«

»Nur noch einen Moment«, verspreche ich und markiere mir die Stelle im Prüfmanuskript, wo ich morgen weitermachen muss. Dank Spurling, der mir meinen ganzen Arbeitstag geraubt hat, habe ich voll verpeilt, dass ich, falls wir diesen Titel – das Debüt einer jungen Autorin aus Sheffield – einkaufen wollen, morgen unser Best Offer abgeben muss. Zuerst war ich begeistert, dann bin ich skeptisch geworden, ob die Konkurrenz sich nicht doch verschätzt hat. Etwa ab der Manuskriptmitte wird die Story deutlich schwächer, und die Frage ist jetzt, ob das Finale es noch rausreißen kann. Falls nicht, müsste noch zu viel Grundlegendes geändert werden, als dass es sich lohnen würde mitzubieten.

Ich fahre den Laptop runter, checke kurz mein Handy auf neue Nachrichten und halte inne.

Mum schreibt, dass mein Vater am Wochenende zu ihr kommt und auch mich gern sehen würde.

Ich tippe ein paar sehr emotional geladene Zeilen. Es tut gut, der Wut Ausdruck zu verleihen, und es hilft, mich abzureagieren. Es sind ungefilterte, gemeine Dinge, die ich ihr in meiner Antwort an den Kopf knalle – solche, die ich nie aussprechen und, wenn doch, später bereuen würde. Ich beende meine Tirade damit, dass ich diesen Mann nie wiedersehen will und sie das respektieren muss. Dann lösche ich den ganzen Entwurf, lasse ihre Nachricht unbeantwortet und lege das Handy wieder beiseite.

Melly fragt nicht nach. Wahrscheinlich habe ich einen speziellen Gesichtsausdruck, wenn es um Josh Hildyard geht – einen nicht gerade freundlichen. Nachdem er über ein Jahrzehnt nicht mehr Teil unseres Lebens war, kann ich nicht fassen, dass meine Mutter seit einer Weile wieder Kontakt zu ihm hat. Und jetzt kommt er auch noch an *meinem* Wochenende zu uns nach Hause? Ich habe mich auf die Zeit mit ihr gefreut, verdammt! Seit mein Bruder von seinem Selbstfindungstrip durch die halbe Welt zurück ist, lässt der sich praktisch von ihr durchfüttern, und da Caden gerade ein paar Tage unterwegs ist, wären es seit Langem mal wieder nur sie und ich gewesen.

»Hey«, sagt Melly. »Verrätst du mir jetzt endlich, worum es in Spurlings Buch geht? So, wie du es heute durchgesuchtet hast, muss es ja krass gut sein.«

Ich danke ihr mit einem Lächeln für den Themenwechsel. »Ja und nein.«

Zehn Seiten für einen allerersten Eindruck, das war mein Plan. Es musste sein, ich war so neugierig. Aber dann habe ich weiter und weiter und weiter gelesen. Nicht, weil der Roman schon perfekt wäre – er ist sogar weit davon entfernt. Trotzdem hat er mich gepackt. Es ist das, was ich am allermeisten schätze: ein ungeschliffener Diamant. Einer, der mich aufwühlt, weil er so viel Potenzial verschenkt. Und ich kann spüren, was getan werden muss, um das zu ändern.

Melly lehnt sich zurück. »Erzähl!«

»Hat Chelsea dir gar nichts gesagt?«

»Nope. Sie hat ja sogar ein Staatsgeheimnis draus gemacht, dass es *das* war, was sie mit dir zu besprechen hatte. Glaub mir, ich hab alles getan, um es für dich rauszufinden. Aber jetzt spann mich nicht noch länger auf die Folter!«

Am Tisch hinter ihr bricht die kleine Gruppe von Studieren-
den in Gelächter aus, und ich warte, bis sie wieder ruhiger werden. Einer der Jungs war vorhin, als er noch allein auf die anderen gewartet hat, so mutig, Melly nach einem Date zu fragen,
und obwohl sie abgelehnt hat, sieht er auch jetzt gerade wieder
zu ihr herüber. Ich weise sie lieber nicht darauf hin. Sie scheint
sich deswegen schon die ganze Zeit ein wenig unwohl zu fühlen,
denn ich sehe sie dauernd an ihrem oversized Shirt herumzupfen.

Irgendjemand spricht sie eigentlich immer an. Mit ihren fei-
nen Gesichtszügen, den großen dunklen Augen, der Stupsnase,
dem langen seidigen Haar und den vollen Lippen fällt sie einfach auf.

»Also«, beginne ich mit meiner Kurzzusammenfassung zum
Buch, »der Arbeitstitel ist *Sort of High Treason*. Ein enger Freund
des Protagonisten Noah hetzt hinter seinem Rücken strategisch
sein ganzes Umfeld gegen ihn auf. Der kommt erst dahinter, als
seine Freundin ihn vor die Tür setzt, weil er angeblich eine Affäre mit einer Nachbarin haben soll. Dann häufen sich die Vorwürfe gegen ihn. Er soll einen Unfall mit dem Firmenwagen
vertuscht, sich vom Konto seiner Eltern bedient und heimlich
ein Drogenproblem haben. Sogar die Klatschpresse wird auf ihn
aufmerksam, weil behauptet wird, er habe ein Model ziemlich
übergriffig angebaggert. Kurz darauf wird er verdächtigt, mit
dem Verschwinden einer Jugendlichen zu tun zu haben, die er
gar nicht kennt, um von deren Familie Lösegeld für seine Pil-
len zu erpressen. Nur wegen seines angeblichen Freundes steht
er als Krimineller da, und selbst seine Angehörigen zweifeln an
seiner Vertrauenswürdigkeit.«

Melly lässt den Strohhalm in ihrem Glas kreisen und saugt
nachdenklich die Unterlippe ein. »Klingt ja beklemmend. Ist
dieser Freund ein Psychopath?«

»Kann man so sagen. Noah hatte immer ein ziemlich gutes

Leben, und Damon hat sich wohl über die Jahre – sie kennen sich seit der Schulzeit – in seinen Neid reingesteigert. Stück für Stück versucht er, die Menschen in Noahs nahem Umfeld für sich zu gewinnen. Schließlich kommt raus, dass er die verschwundene Siebzehnjährige im Keller eines verlassenen Hauses eingesperrt und Hinweise auf Noah gestreut hat, um endgültig seinen Platz einzunehmen, wenn er in den Knast kommt.«

Melly schüttelt lachend den Kopf. »Ich bin mir nicht sicher, ob ich die Story mag.«

»Du hast auch den ersten Spurling nicht gelesen, oder?«

»Erwischt.«

Melly steht am meisten auf Familiensagas, wie es sie bei Plots&Pieces gar nicht gibt. Wir haben ein breites Spektrum an Unterhaltungsliteratur im Angebot und wagen ab und zu sogar Projekte, die eher in eine Nische gehen und mit großer Wahrscheinlichkeit von Erfolgsprodukten mitgetragen, also querfinanziert werden müssen, aber einige Genres – wie Horror, Dark Romance und eben Generationenromane und Historisches – finden sich bei uns nicht. Da kommt Melly beim Eastmore-Romanprogramm schon eher auf ihre Kosten.

»Du solltest ihm 'ne Chance geben«, sage ich trotzdem.

Sie hebt die Augenbrauen. »Gibt's ja nicht – du empfiehlst ihn, obwohl er nach allem, was wir wissen, ein erfolgsverwöhnter, unkooperativer Arrogantling ist?«

Ich habe beschlossen, seine bisherige Lektorin nicht auf die Gerüchte über ihn anzusprechen. Für mich darf er der Fairness halber genau wie alle anderen, mit denen ich erstmals arbeite, zunächst ein unbeschriebenes Blatt sein.

»Man muss ein Buch eben von der Person trennen können, die's verfasst hat.« Auch wenn die Gefühls- und Erfahrungswelt dieser Person natürlich die Grundlage ist, auf der all ihre Werke entstehen.

»Das heißt, Noah ist ein sympathischer Charakter?«

»Äh … nein, nicht wirklich.« Ich verziehe das Gesicht.

»Aber das wird er sein, wenn du mit ihm fertig bist«, mutmaßt Melly.

»Und wie! Außerdem wird er sich unsterblich in Violet verlieben – das ist die jüngere Schwester von dem Psychofreund. Sie stellt sich auf Noahs Seite, und die zwei sind quasi ein Dreamteam, aber obwohl es offensichtlich ist, dass sie zusammenkommen müssen, gibt es bisher null Lovestory.«

Diesmal schießen Mellys Brauen gleich noch ein bisschen höher. »Kann es sein, dass du noch von Sweetest geschädigt bist? Gut, da war die Liebesgeschichte in jedem Buch nicht nur Option, sondern Voraussetzung – bei Plots&Pieces sieht das aber ja zum Glück anders aus, oder?«

»Hey, nichts gegen Sweetest!« Es hat schon fast Tradition, dass sie mich mit meinem Berufseinstieg als Lektoratsassistenz bei einem Romance-Imprint aufzieht. »Ihre Genrevorbehalte sind äußerst bedenklich, Ms Jacobson.«

»Mich nervt einfach häufig die Umsetzung.« Sie zuckt grinsend mit den Schultern. »Jedenfalls wette ich mit dir, dass dein lieber Bryn nicht begeistert sein wird, wenn du ihm vorschlägst, er soll seine Protas verkuppeln.«

»Er hat die Charakterkonstellation doch selbst so angelegt!«, verteidige ich mich.

»Und wahrscheinlich mag er es, wenn alles dezent und subtil bleibt«, schätzt sie.

»Kann schon sein. Aber dann hat er die Rechnung ohne mich gemacht.«

Melly angelt sich die Karte mit den Drinks. In ihrem Glas sind mittlerweile nur noch zwei Eiswürfel und ein paar Minzblätter. »Nimm's mir nicht übel, aber ich glaube, der Typ wird es dir nicht leicht machen.«

»Warten wir's ab!« Ich bin da ganz optimistisch. Bislang habe ich es noch immer geschafft, die Menschen, mit denen ich Bücher mache, für meine Ideen zu gewinnen. Und Noah und Violet – das ist sogar eine *richtig* gute Idee. Ein bisschen Feuer und ein paar Soulmate-Vibes werden ja wohl auch Bryn Spurling nicht umbringen …

KAPITEL 3

Lesen fördert die Konfliktfähigkeit?!

Heute ist es nicht nur ein Vorwand, ich habe tatsächlich den Look einer Nächtedurchleserin. Gestern Abend lag ich so lange wach, dass ich dann doch noch zum Reader gegriffen und dieses Debüt zu Ende geprüft habe. Mit dem Knall am Ende hat die Autorin meine Zweifel zerschlagen, und das Erste, was ich tue, nachdem ich im Büro angekommen bin und meine Kollegin Shannon begrüßt habe, ist, unser Angebot abzugeben.

Bevor ich mich ans letzte Fünftel meines aktuellen Lektoratsprojekts setze, formuliere ich eine erste Nachricht an Spurling. Ich möchte schon mal klären, wie wir am besten vorgehen und ob er meine Kritik nachvollziehen kann.

Ich feile noch ein paarmal nach, bis ich mit dem Ergebnis zufrieden bin.

••

An: Spurling, Bryn
Von: Hildyard, Clio
Betreff: Unsere Zusammenarbeit an »Sort of High Treason«

Guten Morgen Bryn,

sicher haben Sie durch Ihre Agentin schon erfahren, dass

ich Ihr neues Buch als Lektorin betreuen werde, und ich freue mich sehr auf unseren Austausch! Ich habe es fast am Stück durchgelesen, und vieles hat mich bereits überzeugt. Das wird wieder ein großer Wurf! 😊 Allerdings sehe ich, insbesondere, was die Figurenentwicklung angeht, noch Überarbeitungsbedarf.

Noah als Protagonist scheint seinen Kernkonflikt – sein ewiges Misstrauen jedem gegenüber, nur weil eine ihm nahestehende Person ihn hintergangen hat – bis zum Ende nicht wirklich aufzuarbeiten. Außerdem knistert es zwischen den Zeilen eindeutig zwischen ihm und Violet, aber Sie haben diese Lovestory, die emotional und handlungstragend sein könnte, ohne sich zu sehr in den Vordergrund zu drängen, komplett außen vor gelassen. Wie wäre es, wenn Sie den beiden mehr gemeinsame Szenen und einen richtigen Romance-Strang gönnen würden? Das könnte dem Ganzen noch deutlich mehr Tiefe verleihen. Zugleich wäre es, nun, wo Sie bei Plots&Pieces veröffentlichen, eine neue Nuance, die bestimmt bei vielen gut ankäme.

Ich denke, dass wir zunächst an diesen Baustellen arbeiten sollten, bevor ich mich ans Detaillektorat begebe. Was sagen Sie?

Herzliche Grüße
Clio

Clio Hildyard
Editorial Department
Eastmore Publishing

Der Vormittag läuft gut, ich komme schnell voran, weil ich fast nur sprachliche Kleinigkeiten anzumerken habe. Hin und wieder teilt Shannon ein paar Zitate aus dem Manuskript mit mir, an dem sie gerade sitzt und halb verzweifelt. Ich tue mein Bestes, ihr zu helfen.

Zusammen mit ihr und Lorne gehe ich mittags in das Takeaway zwei Straßen weiter. Melly macht leider selten mit uns Pause, weil sie mittags ihrer Tante Gesellschaft leistet. Ich sollte demnächst mal wieder mitgehen.

Als ich gegen halb zwei ins Büro zurückkomme – ohne Shannon, die noch schnell einen Einkauf machen wollte –, habe ich eine Antwort von Bryn Spurling im Mailpostfach. Gerade mal zwei Sätze bin ich ihm wert, auf eine Anrede hat er gleich ganz verzichtet:

···

An: Hildyard, Clio
Von: Spurling, Bryn
Betreff: Re: Unsere Zusammenarbeit an »Sort of High
Treason«

Wer hat dich denn eingestellt? ☺ Von jemandem, der nach einer Muse benannt ist, hätte ich mehr erwartet.
Bryn

···

Es dauert lange Sekunden, bis ich wieder atmen kann.

Das ist ja wohl hoffentlich ein Scherz.

Ich versuche, irgendeine Erklärung dafür zu finden, wer hinter dieser Mail stecken könnte: ein Hacker, ein Streiche spielendes Mitglied seiner Familie, ein Freund, der ihn insgeheim hasst, so wie der Typ in seinem Roman Noah?

Aber nein. *Die Zusammenarbeit mit ihm verlief in der Vergangenheit wohl … nicht so harmonisch*, echot es in meinem Kopf.

Diese Mail ist O-Ton Bryn Spurling. Ich spüre es.

Das war's mit meinem Vorsatz, ihm unvoreingenommen zu begegnen. Meine Wut hat den Schockmoment überwunden und kocht hoch. Ich mache es ähnlich wie gestern bei meiner Mutter, klicke den Beantworten-Pfeil an und hacke meine Reaktion in das Mail-Feld. In richtige Tasten zu hämmern, fühlt sich sogar noch um einiges befriedigender an als mit dem Zeigefinger auf einen Touchscreen.

··

An: Spurling, Bryn
Von: Hildyard, Clio
Betreff: Re: Re: Unsere Zusammenarbeit an »Sort of High Treason«

Okay, Bryn, was war DAS denn jetzt? Du hältst dich wohl für den Geilsten, hm?

Sorry, aber nur weil du ein erfolgreiches Buch geschrieben hast, gehört dir nicht die Welt. Die Chance ist hoch, dass es ein One-Hit-Wonder bleibt. So gut isses nämlich auch wieder nicht. Ein mieser Charakter führt eben selten zu guter Kunst.

Wärst du höflich gewesen, hätte ich dir zumindest einen Pluspunkt dafür angerechnet, dass du meinen Namen zuordnen konntest. Aber so … Im Ernst, du kannst mich mal. Und du wirst schreiben, was ich dir sage, Arschloch.

Clio Hildyard
Editorial Department
Eastmore Publishing

Ich höre Schritte hinter mir, fahre heftig zusammen, will die Mail schnell wegklicken, bevor die Person mitbekommt, wie ich hier gerade eskaliere, und … »Hilfe! Nein! Shit!!!«

Das kann nicht wahr sein. Das war's. Ich bin abgerutscht und habe die Mail gesendet.

GESENDET.

»Normalerweise ruft mein Auftauchen mehr Begeisterung hervor«, sagt Lorne hinter mir, aber als ich zu ihm herumwirble und er mein Gesicht sieht, vergeht ihm das Grinsen.

»Man kann Mails doch zurückholen, oder?«, frage ich und wende mich panisch wieder dem Bildschirm zu, um sofort zu googeln. Da! *Voraussetzungen für die Rückruf-Funktion … innerhalb derselben Organisation versendet …*

»Ich bin tot. Möchtest du noch ein paar letzte Worte an mich loswerden? Ich habe mich gerade einem richtigen Biest von Autor ans Messer geliefert. Nur weil ich dachte, du bist vielleicht Chelsea …«

Lorne legt mir beide Hände auf die Schultern und beugt sich an mir vorbei, um auf den Laptop schauen zu können. »Lass mal sehen – bestimmt war es nicht so dramatisch.«

Ich lache trocken und öffne den Verlauf meines Gesprächs mit Bryn.

Lorne liest und wird sehr still.

»Er hat angefangen – jeder könnte dir nachfühlen, warum du die Nerven verloren hast«, sagt er schließlich. »Keiner ist 24/7 hochprofessionell.«

Aber er weiß genauso gut wie ich, dass ich hierfür bezahlen werde. Alles, was ich als Lektorin von mir gebe, äußere ich gewissermaßen stellvertretend für die ganze Verlagsgruppe. Und gerade habe ich einem der wichtigsten Menschen, mit denen wir zusammenarbeiten, quasi im Namen von Eastmore den Mittelfinger gezeigt.

»Ich … ich schicke noch eine Mail hinterher, in der ich es erkläre?« Schon formen sich die ersten Worte in meinem Kopf.

»Da gibt's nicht viel zu erklären«, stoppt Lorne mich. »Sorry, dass ich dir die Hoffnung nehmen muss, aber … Die Wahrheit ist: Du bist seinetwegen ausgerastet. Wie willst du dich dafür entschuldigen?«

Aber ich *muss* mich entschuldigen. Schleunigst.

Ich versuche, die Fantasie heraufzubeschwören, mit der ich Geschichten retten kann, bevor sie mit vollem Tempo in ein Plot Hole krachen.

»Und wenn ich einfach ›Ha, war nur Spaß!‹ hinterherschicke?«

Ich schaue über die Schulter zu Lorne auf, dessen Miene nur noch mitleidiger wird.

»Okay, hast recht«, gebe ich zu, bevor er überhaupt etwas sagt. »Schlechter Plan.«

Immer mehr mögliche Ansätze fluten mein Hirn.

Hallo Bryn, es tut mir so leid, das war gerade der größte Fehltritt meiner Karriere …

Bryn, wir haben eine KI im Verlag, die manchmal Mails beantwortet, wenn viel los ist, aber die im Moment einen Schaden hat …

Bryn, würde es Ihnen etwas ausmachen, wenn das eben unter uns bleibt? Vergessen Sie bitte einfach alles, was ich geschrieben habe …

Also Bryn … Ich denke, wenn Sie in sich gehen, werden Sie verstehen, dass meine Reaktion zwar vollkommen unangebracht, aber begründet war …

Ein Laut der Verzweiflung verlässt meinen Mund. »Soll ich seine Agentin anrufen?«

Lorne schüttelt den Kopf. »Würd ich nicht machen. Sie vermittelt bei Konflikten für ihn, nicht für dich. Besonders nicht nach *dieser* Mail.«

Ich finde es toll, dass er so ein ehrlicher Mensch ist, aber gerade könnte er mir gern mal ein paar beruhigende Lügen erzählen.

Es hilft alles nichts. Ich atme tief durch und tippe die diplomatischste Nachricht, die ich in Anbetracht der Tatsachen hinbekomme:

··

An: Spurling, Bryn
Von: Hildyard, Clio
Betreff: Entschuldigung

Hallo Bryn,

das eben war ein Ausrutscher, für den ich mich aufrichtig entschuldigen möchte. Ich kann verstehen, wenn Sie nun nicht mehr bereit sind, mit mir zusammenzuarbeiten, und kläre gern, ob jemand anders das Lektorat übernehmen kann. Aber bitte lasten Sie meinen Fehler nicht dem Verlag an.

Clio

··

»Okay?«, frage ich Lorne.

»Na ja … *Ausrutscher* trifft es jedenfalls exakt. Streng genommen war er auch vorher schon nicht bereit, mit dir zusammenzuarbeiten, aber ja. Ich würde sagen, es ist das Beste, was du schreiben kannst.«

Also sende ich es so ab. Mein Magen ist dabei, üble Bauchschmerzen auf den Plan zu rufen. Hätte ich den Typen nicht einfach in Gedanken beschimpfen können?

Lorne drückt mir noch einmal die Schulter, und ich kann nur

mit einem schwachen Nicken antworten, als er mich bittet, ihn sofort anzurufen, wenn Spurling sich meldet.

In der Tür stößt er fast mit Shannon zusammen. Netterweise verrät er ihr nicht brühwarm, was los ist. Wobei ich es, wie ich mich kenne, sowieso keine fünf Minuten werde für mich behalten können.

Ich starre auf meine untereinander gelisteten Mails, als könnte sich jede Sekunde eine neue mit dem Betreff »Alles gut :D« dazugesellen.

Wie konnte ich mich derart provozieren lassen? Wieso habe ich mich nicht einfach später bei Lorne oder Melly über Bryns Unverfrorenheit aufgeregt und nach einer kurzen Atempause erwachsen und sachlich geschrieben, dass ich mir eine respektvolle Zusammenarbeit wünsche und gern wissen würde, warum er mein Feedback so daneben fand?

Nein, stattdessen habe ich mein Schicksal einem ignoranten Monster in die Hände gelegt. Und ich sehe gerade nicht, wie die Sache ein Happy End bekommen soll.

KAPITEL 4

Lesen bereitet einen auf reale Tiefpunkte vor.

»Möchtest du noch ein bisschen Eistee?«, fragt meine Mutter und greift nach der Glaskaraffe auf dem Gartentisch.

»Gern, danke.« Ich habe mich ziemlich heiser geredet, und Trinken könnte helfen.

Seit ich vor einer guten Stunde bei uns zu Hause in Newbury angekommen bin, weil Mum mir versichert hatte, dass Josh zu der Zeit nicht mehr da sein würde, will sie mir etwas sagen. Und da ich kein gutes Gefühl bei der Sache habe, versuche ich, sie davon abzuhalten, indem ich erzähle und erzähle und erzähle. Wahrscheinlich hat sie das längst durchschaut. Normalerweise lasse ich sie nicht wissen, was ich in der Woche so zu Mittag gegessen habe. Nach den ganzen auffällig banalen Themen habe ich gerade, als sie langsam ungeduldig wurde, die Spurling-Geschichte platzen lassen. Jetzt hat sie keine andere Wahl, als darauf einzugehen, und von da aus dürfte es schwer werden, inhaltlich eine Überleitung zu Josh zu finden.

Die Vorstellung, dass er heute war, wo ich jetzt bin, ist schwer zu ertragen. Womöglich hat er sogar auf genau diesem alten grünen Gartenstuhl mit dem vintage-geblümten Kissen gesessen und über Mums Hochbeete zu den Bäumen am Ende des Gartens geschaut, hinter denen eins der Felder beginnt, die unser Heimatstädtchen umgeben.

Er gehört einfach nicht mehr hierher.

Ob sie extra seinetwegen beim Friseur war, um sich die Haare nachfärben zu lassen, diesmal in fast genau dem Blondton, der vor dem Grau ihre Naturfarbe war? Dann der ungewohnte dunkelrote Lippenstift und die neue Bluse unter dem waldgrünen Longcardigan, der etwas von einem Zaubermantel hat und beim Gehen hinter ihr her weht – überhaupt ist ihr Outfit viel farbenfroher als sonst … Sind das Indizien, oder sehe ich Gespenster?

»Puh. Ich wünsche dir sehr, dass dieser Autor sich zusammenreißt und der Sache noch eine Chance gibt.« Sie streckt den Arm aus, um meine Schulter anzutupsen. »Das ist wahrscheinlich nicht der Rat, den du hören willst, aber vielleicht tippst du deine Aggressionen das nächste Mal in ein Word-Dokument? Erscheint mir sicherer.«

Ich ziehe eine Grimasse.

»Du weißt schon, dass du diese Impulsivität von deinem Vater hast, oder?«

Da hat sie es also doch geschafft mit dem Themenschwenk – und das auch noch echt elegant.

»Ich möchte nicht über ihn sprechen«, stelle ich klar, denn wahrscheinlich ist Ehrlichkeit das Einzige, womit ich sie jetzt noch stoppen kann. »Es tut mir leid, wenn dich das verletzt, aber ich … Ich will nicht mal an ihn denken.«

Sie schweigt bedrohlich lange. Was bedeutet, sie wird mir gar keine Wahl lassen. Für sie spielt er wieder eine Rolle, und dadurch kann ich es nicht handhaben wie bisher und seine Existenz einfach leugnen.

»Ohne ihn würdest du gar nicht hier sitzen, oder?«, fragt sie leise.

»Im Ernst?«, brause ich auf. »Du willst, dass ich ihm verzeihe – aus Dankbarkeit, weil er so nett war, mich zu zeugen?«

So viel zu meiner Impulsivität. Ich werde immer viel zu schnell laut, und das ist nicht gut, wenn man eine Diskussion zu verlieren hat.

»Menschen ändern sich, Clio.«

Ja, genau das tun sie, und als Josh sich zum letzten Mal verändert hat, hatte das verheerende Folgen für sie, meinen Bruder und mich. Er hatte damals nicht mal eine Neue oder sonst eine Begründung, die man ihm zwar übel nehmen könnte, aber die zumindest erklären würde, warum er uns abserviert hat. Nein, er ist aus purem Egoismus gegangen. Weil er dachte, das Leben hätte ihm noch was Besseres zu bieten als diese Familie.

»Wenn er jetzt ein guter Mensch ist, freut mich das für ihn. Nur kann er das gern *ohne mich* sein. Ohne uns. Was will er denn überhaupt? Plötzlich wissen, wie es uns so ergangen ist? Wie meine restliche Schulzeit so war, Cadens erster Liebeskummer und deine Hüft-OP?«

Mum spielt nervös mit den Fransen der Decke, die schon auf diesem Tisch gelegen hat, als ich noch klein war, aber in ihren Augen sehe ich absolute Entschlossenheit. »Unter anderem. Es ist ja jetzt schon eine Weile her, dass er sich gemeldet hat, wir uns zum ersten Mal wiedergesehen haben und ... Wenn wir jetzt auf die letzten Monate zurückblicken, dann müsste man die Treffen, die darauf gefolgt sind, eigentlich Dates nennen.«

Mein Lektorinnensinn löst den »Schwammig formuliert!«-Alarm aus, während mein Herz *» Wir?«* kreischt, daher dauert es ein paar Momente, bis ich das Schlüsselwort verstanden habe: Dates. Sie datet meinen Vater. *Please wake me up!*

»Ich hätte mir das hier anders gewünscht«, sagt meine Mutter. *Und ich erst.*

»Es war nie meine Absicht, dir das so lange zu verheimlichen, aber immer, wenn ich versucht habe, dich einzubeziehen, hat es schon gereicht, ihn überhaupt nur zu erwähnen, damit du dichtmachst. Wir wollten dir eigentlich gestern gern gemeinsam sagen, dass wir … wieder zusammen sind.«

Ihren Worten folgt Leere. Sie höhlt meinen Brustkorb aus und frisst meine Gedanken.

Sort of High Treason, schießt es mir durch den Kopf, und mir entwischt ein schrilles Lachen. Obwohl ich eigentlich gar nichts trinken will, führt meine Hand wieder das Glas an meine Lippen, und ich ersticke fast am Eistee. Ich huste, bis mir die Augen tränen, und wünschte, sie würden es nur deswegen tun.

»Das ist für dich schwer zu verstehen, ich weiß.« Meine Mutter hebt hilflos die Hände und lässt sie dann in den Schoß fallen.

»Na, gut, dass es für *dich* so leicht ist. Sorry, ich muss kurz aufs Klo.« Denn sonst werde ich ausrasten, und ich will sie nicht anschreien.

Ich springe auf und renne mir fast an der Terrassentür den Kopf ein, weil ich gar nicht schnell genug ins Haus kommen kann.

Die vertrauten gerahmten Fotos auf der Kommode im Flur vor dem Bad geben mir den Rest. Überall sind nur Mum, Caden und ich zu sehen. Nie er. Er hat kein Recht zurückzukommen. Nicht nach all der Zeit.

Ich gehe ins Bad, setze mich auf den WC-Deckel und schließe die Augen.

Es ist so unfair. Wäre Josh nicht gewesen, hätten Mum und ich ein ganz normales Mutter-Tochter-Wochenende miteinander verbracht. Keine von uns wäre angespannt gewesen, es hätte kein Geheimnis zwischen uns gestanden, ich würde mich nicht aufführen wie eine verletzte Wildkatze. Egal, was ich gleich auch zu Mum sagen werde und sie zu mir, es wird wehtun. Und das ist alles seine Schuld.

Ich denke an die vielen Male, die ich Mum seinetwegen habe weinen sehen. Daran, wie sie sich Schritt für Schritt freigekämpft hat: weg von den Erinnerungen, hinein in das Leben ohne ihn. Wir alle drei haben das. Uns blieb gar nichts anderes übrig.

Als Jugendliche hatte ich Angst davor, dass Mum wieder jemanden kennenlernt, später habe ich es ihr von Herzen gewünscht. Zwei Männer haben es bis zu der Stufe geschafft, dass sie Caden und mir vorgestellt wurden, mit beiden ging es aber nach ein paar Monaten auseinander. Und jetzt also ein neuer Versuch mit Josh.

»Sie sind wieder ein Paar«, sage ich mir laut vor, aber die Erkenntnis will nicht so recht zu mir durchsickern. Vielleicht ein Schutzmechanismus.

Es fühlt sich an, als hätte mein Vater mir eine Kampfansage gemacht.

Ich erhebe mich langsam wie eine alte Frau und verlasse das Bad wieder, um auf die Terrasse zurückzukehren.

»Wahrscheinlich ist es besser, wenn ich jetzt fahre«, sage ich.

Mum steht auf. »Könntest du nicht einfach mal mit ihm reden?«

»Nein.«

»Ich habe ihm deine Nummer gegeben.«

»Das hättest du nicht tun dürfen. Dann gib mir seine, damit ich sie blockieren kann.«

Sie schüttelt den Kopf. »Wenn du wütend auf ihn bist, dann sag ihm das – aber sprich mit ihm. Bitte.«

Wenn ich wütend auf ihn bin? Ja, bin ich, und sie war es auch lange, lange Zeit. Ist sie vielleicht auch so ein Mensch, dessen Gefühle sich fröhlich ändern, so wie angeblich seine?

Ich hole meine Handtasche vom Stuhl, krame den Autoschlüssel heraus und trete auf den Weg, der zur Gartenpforte führt. Dort bleibe ich noch einmal stehen und erwidere ihren Blick, auch wenn es unfassbar schwer ist. »Ich hab dich wirklich lieb, Mum, und ich respektiere deine Entscheidungen. Aber ich werde Josh niemals wieder als Mitglied meiner Familie betrachten, und wenn für dich etwas anderes gilt, dann weiß ich nicht, wie wir in dieser Sache zueinanderfinden sollen.«

Jetzt tropft die erste Träne von ihren Wimpern, und ich hasse meinen Vater gleich noch ein bisschen mehr. Er ist der Grund, warum wir zum ersten Mal seit einer Ewigkeit streiten, der Grund, warum ich sie gerade zum Weinen gebracht habe, der Grund für die Gefühle in mir, die nirgends hinkönnen.

»Bis bald«, presse ich hervor und eile zu meinem Wagen.

Es wäre schlimm für mich gewesen, wenn sie einfach ins Haus gegangen wäre. Doch die Art, wie sie mit einer Hand am Zaun Halt sucht, während sie die andere zu einem zaghaften, matten Winken hebt, als ich wegfahre, trifft mich noch viel mehr.

KAPITEL 5

Lesen lehrt einen, Menschen zu durchschauen.

Shannon ist noch nicht da, als ich ins Büro komme. Kein Wunder, es ist noch nicht mal halb acht. Ich bin von allein so früh wach geworden, dass ich doch tatsächlich mal unser Bad benutzen konnte. Trotz der Tatsache, dass Montag ist, habe ich mich wie verrückt aufs Arbeiten gefreut – hallo, Ablenkung! –, bis mir Spurling wieder eingefallen ist. Neben meinem neuen, leider sehr realen Schreckgespenst Josh war er doch glatt ein bisschen in den Hintergrund gerückt.

Ich zögere das Öffnen meiner Mails ins Unendliche hinaus. Zuerst mal die Fenster zum Stoßlüften aufreißen. Die Pflanzen gießen, ich meine, hat das dieses Jahr überhaupt schon jemand gemacht? Da liegen Ausdrucke auf meinem Tisch rum, die schon längst nicht mehr aktuell sind. Ein paar wollen abgeheftet werden, andere wandern in den Papierkorb. Wahnsinn, so aufgeräumt war es hier ja noch nie! Ob Shannon sich freuen würde, wenn ich unsere Regale mal umsortiere? Wäre es nicht sinnvoller, wenn wir die Neuheiten genau auf Greifhöhe stehen hätten als einfach da, wo gerade Platz war?

Ich spähe zu meinem Bildschirm. Was sehe ich denn da? Ein Windows-Update? Neustart erforderlich? Wie man sich unter den richtigen Umständen über so was freuen kann!

Summend will ich mich an meine Umräumaktion machen,

doch dann erinnert mein Gewissen mich daran, dass das Chaos in den Regalen ja nicht allein auf unsere Unordentlichkeit zurückzuführen ist, sondern vor allem darauf, wie viel wir zu tun haben. Nicht nur, dass ich noch für unsere Sitzung übermorgen titeln müsste, zwei Verträge durchgesehen werden wollen, bevor sie rausgehen, und ich geplant hatte, dem Team ebenfalls übermorgen eine Trilogie vorzustellen, zu der ich dafür Vergleichstitel und Alleinstellungsmerkmale herausarbeiten wollte – da ist ja auch noch der Zeitplan für *Sort of High Treason*. Je schneller sich klärt, ob Spurling mich fertigmachen will oder mit mir zusammenarbeiten wird, desto besser, Panik hin oder her.

Also wage ich mich, sobald alles upgedatet ist, in mein Postfach. Er hat sich tatsächlich dazu herabgelassen, mir zu antworten. Ich umklammere meine Bluetooth-Maus, als würden mir gleich wichtige Testergebnisse angezeigt und nicht bloß die Worte eines Autors, der eindeutig zu viel von sich selbst hält.

• •

An: Hildyard, Clio
Von: Spurling, Bryn
Betreff: Lass uns verhandeln.

Clio,

wir wissen beide, dass ich es bin, der sich entschuldigen muss. Ich hatte einen extrem miesen Tag, aber das rechtfertigt nicht die Art, wie ich auf deine erste Nachricht reagiert habe. Also: Es tut mir leid, ehrlich.
Du hast dir große Mühe gegeben, und ich hätte das wertschätzen sollen, auch wenn ich nichts von deinen Vorschlägen halte. Sei bitte trotzdem weiterhin so offen, das bringt mir mehr als höfliches Herumdrucksen.

Deal: Dein Nervenzusammenbruch (oder was bitte war das?) bleibt unter uns. Aber dafür wirst du mich nicht drängen, auch nur eine Prise mehr Romantik in das Buch zu bringen. Ich hoffe, dein kleines, hollywoodverzuckertes Musenherz verkraftet das, aber in diesem Punkt werde ich nicht mit mir reden lassen.

Es wird keine Liebesgeschichte geben.

Bryn

· ·

Genau wie seine erste Mail muss ich auch diese erst mal verarbeiten. Irgendwie hat er es geschafft, nicht weniger unverschämt zu sein und trotzdem reumütig rüberzukommen.

»Morgen. Hat es einen Grund, dass du leicht verstörend vor dich hin lachst?« Shannon wirft ihre Tasche neben ihrem Schreibtisch auf den Boden und grinst mich an, wobei der Ring in ihrer Unterlippe besonders gut zur Geltung kommt.

»Bryn Spurling«, knurre ich.

Sie atmet theatralisch aus. »Also hat er nicht vor, deine Kündigung zu verlangen? Sonst wärst du wohl kaum so belustigt.«

»Ich bin nicht belustigt. Im Gegenteil. Er soll sofort einen Verlagsbesuch machen, damit ich ihn erwürgen kann.«

Sie zuckt mit den Schultern und lässt sich auf ihren Stuhl fallen. Mit einem bunt gestreiften Haargummi bindet sie ihr dunkles Haar zum kleinsten Pferdeschwanz der Welt zusammen. »Autoren mit geschlossenem Pseudonym machen für gewöhnlich nirgendwo Autorenbesuche.«

Wo sie recht hat, hat sie recht. Also bleibt mir nur, ihm zurückzuschreiben.

Diesmal denke ich erst nach. Trotz meines mehr als schlimmen Patzers scheint ihn meine Direktheit fast beeindruckt zu haben. Ich muss also nicht pseudoverständnisvoll und übervorsichtig mit ihm umgehen. Es ist ein bisschen riskant, aber ich beschließe, seinen wenig förmlichen Ton zu übernehmen. Verbuchen wir das unter meiner Balance aus Feinfühligkeit und Durchsetzungsvermögen, die Chelsea so gelobt hat.

··

An: Spurling, Bryn
Von: Hildyard, Clio
Betreff: Re: Lass uns verhandeln.

Bryn,

Entschuldigung angenommen. Den Nervenzusammenbruch
hatte ich übrigens eher nach dem versehentlichen Senden.
Der Text war nur zum Abreagieren, und du hättest ihn nie
zu lesen bekommen sollen. Es tut mir wirklich leid.
Ich bin mir sicher, wenn du demnächst mal einen richtig
guten Tag hast, wirst du meine Vorschläge genial finden.
Denn ich habe mir nicht bloß »große Mühe gegeben«,
sondern die Grundprobleme deines Manuskripts erfasst
und dir genannt. Darin bin ich nämlich echt gut.
Ich denke, dass ich jetzt verstanden habe, wieso du so
allergisch auf die Idee reagiert hast, Noah und Violet
einander sehr viel näherzubringen: Du kannst es einfach
nicht. Kein Grund, sich zu schämen – über die Liebe zu
schreiben, ist eine Kunst für sich, und du beherrschst sie
eben nicht. Unter meine Lieblingsautor*innen wirst du
es so nicht schaffen, aber darüber kommt dein kleines,
verbittertes Autorenherz sicher hinweg.

Clio

Dieses Mal lässt er mich nicht mal zwanzig Minuten warten. Die aufpoppende Benachrichtigung am Bildschirmrand reißt mich aus meiner kleinen Recherche zu aktuellen Thrillern, die an außergewöhnlichen Orten spielen.

··

An: Hildyard, Clio
Von: Spurling, Bryn
Betreff: Re: Re: Lass uns verhandeln.

Du hast das *versehentlich* gesendet??? Das enttäuscht mich ja fast ein bisschen! Verdient hatte ich's so oder so.
Zu deinem Pech habe ich zurzeit selten richtig gute Tage. 😊
Und nur zu deiner Info: Würde ich über die Liebe schreiben wollen, würde es dich daran zweifeln lassen, ob du bisher überhaupt gewusst hast, was das wirklich ist.

··

Darauf gibt es nur eine passende Antwort:

··

An: Spurling, Bryn
Von: Hildyard, Clio
Betreff: Re: Re: Re: Lass uns verhandeln.

Beweise es.

··

Zufrieden lehne ich mich zurück. Er mag clever sein, aber ich bin cleverer! Jetzt muss ich die Dinge nur noch ihren Lauf nehmen lassen, das sagt mir mein Gefühl. Ich habe erfolgreich an seinem Stolz gekratzt, und die Option, die er so vehement verweigert hat, steht nun wieder im Raum.

Oh, es *wird* eine Liebesgeschichte geben!

* * *

Das mit der Ablenkung hat super geklappt. Bis jetzt. Denn kaum habe ich das Büro verlassen, um Melly abzuholen – ihre Tante kocht heute Lasagne für uns –, da sehe ich, dass ich eine Nachricht auf der Mailbox habe. Da scheint es jemand wirklich eilig zu haben, mir einzureden, es sei okay, wenn er sich das Herz zurückholt, das er einst gebrochen hat. Oder Plural: die Her*zen*. Meins war auch dabei. Mit dem Unterschied, dass es sich im Gegensatz zu Mums auf keinen Fall zurückholen lassen wird.

Trotzdem bringe ich es nicht über mich, die Nachricht ungehört zu löschen.

»Spurling?«, fragt Melly, als sie mein Gesicht sieht. Sie schnappt sich ihre türkisfarbene Handtasche und streift sich die Riemen über die Schulter.

»Nein. Oder jein. Der auch irgendwie, die Lage hat sich allerdings zum Glück fürs Erste entspannt. Aber … Könntest du mir einen Gefallen tun und dir eine Nachricht von meinem Vater anhören, um zu beurteilen, ob ich sie auch hören muss?«

»Klar«, sagt sie, als hätte ich etwas völlig Alltägliches gefragt, und bleibt kurz stehen, um vorsichtig ihr rechtes Knie zu beugen. Es macht ihr schon länger Probleme. Letzte Woche hat sie nun den Termin für die nötige Gelenkspiegelung bekommen, der sie mit wachsender Panik entgegensieht. Ihr graut überdurchschnittlich heftig vor medizinischen Eingriffen, und ich werde mitkommen, damit sie es nicht allein durchstehen muss.

41

Während wir das Verlagsgebäude verlassen, spüre ich dann doch die Besorgnis in ihren Seitenblicken.

»Denkst du, es wäre schlimm für dich, seine Stimme wieder zu hören?«, fragt sie, als wir den gewohnten Weg Richtung Fyfield Road einschlagen.

»Ich weiß es nicht«, gebe ich zu. »Nicht so schlimm, wie ihn zu sehen. Oder mit ihm sprechen zu müssen.«

Ich drücke ihr mein Handy in die Hand und krame dann neben meinen AirPods gleich auch meinen Schirm hervor, denn gerade fallen die ersten Tropfen aus den dunklen Wolken, die schon den ganzen Tag über der Stadt gehangen haben. Ich spanne ihn auf und halte ihn über uns beide, während Melly die Mailboxnachricht abruft.

Es frustriert mich, wie frustriert ich bin. Weil er es überhaupt wagt, mich zu kontaktieren. Und weil es mir nicht egal ist.

Jetzt fängt es an zu schütten, und Melly verzieht konzentriert das Gesicht, um über das Pladdern zu verstehen, was Josh sagt.

Wenige Sekunden später hat sie eine Zusammenfassung für mich: »Er will dich treffen.«

Vier Worte, deren Inhalt nach der Enthüllung meiner Mutter wenig überraschend kommt, aber die umso heftiger in meinem Inneren einschlagen.

Sofort liegt mir etwas auf der Zunge, aber ich halte es zurück. Mum hat unrecht. Ich bin nicht impulsiv. Nicht so wie er.

»Ich denke, ich werde ihm einfach kurz schreiben«, sage ich diplomatisch und tausche mit Melly Schirmgriff gegen Handy.

Ganz erwachsen speichere ich die Nummer ab, von der aus er angerufen hat, um ihm dann eine schöne Nachricht zu senden:

Nein danke.

KAPITEL 6

Lesen ist gut fürs Herz. Oder?

....

An: Hildyard, Clio
Von: Spurling, Bryn
Betreff: DIE PURE ROMANTIK

So, Clio – bereit? Anbei findest du eine Szene, die dich
davon überzeugen wird, dass du mich unterschätzt hast.
Ich stelle mir vor, wie du sie liest und dabei rot wirst. Weil
sie ziemlich süß ist und so ziemlich jede romantische
Szene toppt, mit der du es in deinem Leben bisher zu tun
hattest. Ich sag das in aller Bescheidenheit.
In diesem Sinne …
Lots of love 😊
Bryn
📎 Wahre Liebe.doc

....

Ausgeschlossen, dass ich mich auf irgendetwas anderes konzentrieren kann, bevor ich den Anhang geöffnet habe. Auch wenn
ich Bryn Ich-hör-nicht-auf-meine-Lektorin-Spurling eigentlich nicht die Genugtuung gönne, mich derart neugierig ge-

macht zu haben. Ich kann ja einfach noch eine Weile mit dem Antworten warten, dann erfährt er es nicht …

»Also sind es nur wir beide.«
Es gab eine Menge Arten von Situationen, in denen mich ihre Worte gefreut oder sogar hoffnungsvoll gestimmt hätten – doch diese war keine davon. Denn das in ihrer Stimme war ganz eindeutig Enttäuschung.
Alle hatten sie nach Feierabend herkommen wollen; wir waren zu siebt verabredet gewesen. Aber jetzt … *nur wir beide.*
Sie, die sich nur wohlfühlte, wenn möglichst viel Leben um sie war. Das Sommerkind mit dem Sonnenlachen. Und ich, der darin noch viel lieber badete als in dem See, der vor uns im Licht des lauen Spätnachmittags schimmerte.
»Wollen wir lieber nächste Woche wiederkommen?«, fragte ich. Was ich meinte, war: *Stört es dich, dass es nur wir beide sind?*
Aber es war so, so viel leichter, nicht zu wissen, wie sie über mich dachte. Oder über das Uns, das es vermutlich nie geben würde.
»Spinnst du?« Mehr Sonnenlachen, während sie die Picknickdecke aus der Klemme ihres Gepäckträgers befreite. »Das wird unser Abend!«
Sie steuerte auf einen der letzten freien Schattenplätze nahe dem Ufer zu, und ich blieb dicht an ihrer Seite. Meine Schritte schienen dem Rhythmus zweier Worte zu folgen: UN – SER – A – BEND, UN – SER – A – BEND, UN – SER – A – BEND.
Kurz stellte ich mir vor, wie es wäre, alles zu riskieren. Wie würde sie reagieren, wenn ich ihr

sagte, was ich fühlte? Oder auch nur kurz ihre Hand streifte, deutlich genug, um ein Versehen auszuschließen?

»Ich brauche vorm Schwimmen noch ein bisschen Wärme im Gesicht und Grillenzirpen im Ohr«, verkündete sie. Es war typisch für sie, so etwas beinahe Poetisches zu sagen. Ich liebte ihre Art, Dingen Ausdruck zu verleihen, die man auch ganz plump hätte sagen können, wie in diesem Fall zum Beispiel: »Lass erst mal noch hier chillen.«

Sie breitete die Decke aus, die mir da vor uns auf dem Boden seltsamerweise viel kleiner vorkam als eben noch unter ihrem Arm.

»Vielleicht gehe ich schon mal rein und teste, wie kalt das Wasser ist«, sagte ich lahm.

»Nichts da!« Sie ließ sich auf den Rücken fallen – mit so viel Schwung, dass ich mir dabei garantiert mindestens einen Wirbel gebrochen hätte – und klopfte mit der Faust neben sich. »Hinlegen.«

Ich schluckte. Es war objektiv gesehen keine große Sache, aber für mich ... So nah war ich ihr bei keinem der Gruppentreffen je gewesen. Die anderen waren wie ein Puffer, und spätestens jetzt war es an der Zeit, mir einzugestehen, dass ich sie bewusst dazu gemacht hatte.

Alles an ihr war zu intensiv für mich – weil meine Sinne schon so lange für sie geschärft waren wie für keinen anderen Menschen auf der Welt.

Froh, dass sie noch nicht auf die Idee gekommen war, Shorts und Shirt abzustreifen, unter denen sie vermutlich bereits ihren dunkelroten Bikini trug, setzte ich mich neben sie.

Ihre Hand stupste gegen meine Wade, einmal, zweimal, wie eine Idee, die beim Verstand anklopft. »Hinlegen!«, forderte sie erneut.

»Dann schlaf ich noch ein.« Was glatt gelogen war. Ihre Anwesenheit machte mich so unglaublich vollkommen unumkehrbar hellwach. Doch ich tat, was sie wollte, und ließ sie mein Zögern nicht sehen. Ich verschränkte die Arme hinter dem Kopf und blickte nach oben in die mächtige Baumkrone, die sich über unseren Köpfen spannte.

»Saaag maaal …« Es war fast, als würde sie die Worte singen. Sie klangen getragen und irgendwie … kitzelnd. »Hast du vor, es vor mir oder dir jemals zuzugeben? Das frage ich mich schon seit einer ganzen Weile, weißt du?«

»Was zuzugeben?«, fragte ich leichthin und folgte mit meinem Blick der Flugbahn einer Libelle, die über uns hinwegsirrte.

»Was in dir vorgeht, wenn ich bei dir bin.«

Nicht nur mein Körper erstarrte, auch meine Gedanken und mein ganzes Sein.

»Wie oft du dich fragst, wann etwas aus uns wird. Wie gern du herausfinden würdest, wie es ist, mich zu küssen – und noch ganz andere Dinge mit mir zu tun.«

Ich hatte kurz gedacht, ich könnte nicht mehr atmen, doch zum Glück bekam ich doch noch genug Luft, um so cool wie möglich – was nicht sehr cool war – zu sagen: »Woher kommt denn *das* plötzlich?«

Sie gluckste leise. »Plötzlich ist gut. Umkreisen wir einander nicht schon so lang, dass *plötzlich* gar keine Dimension mehr ist, in der wir funktionieren?«

»Du hast mich nie umkreist.«

»Ich tue es schon ewig.«

Es war mir unbegreiflich, wie dieses Gespräch seinen Anfang hatte nehmen können. Warum sie das hier so unverhofft und ungezwungen scheinen ließ, als gäbe es gar keine offenen Fragen. Wo doch überall nur Fragezeichen waren zwischen uns.

»Ist mir nicht aufgefallen«, brachte ich heraus.

Und da war sie auf einmal über mir – plötzlich, obwohl sie doch gerade behauptet hatte, dass es so etwas bei uns nicht gebe. Nur eine einzige fließende Bewegung aus der Liegeposition in die auf die Hände gestützte Haltung brauchte es, um eine jahrelange Perspektive auf den Kopf zu stellen. Aus diesem Blickwinkel hatte ich ihr Gesicht noch nie zuvor gesehen. Und doch war alles daran vertraut, vertraut, vertraut. Sie war so schön. Nicht nur wegen dieser Augen voller Zukunft oder ihrem Himmellächeln. Es war ihr ganzes Wesen. Es tat fast weh, mir zu wünschen, es näher, viel näher, an meinem zu wissen.

»Lassen wir es drauf ankommen?!« Sie fragte es, und zugleich hatte sie es bereits entschieden.

Ich hob den Kopf, und unsere Lippen streiften sich für winzige unendliche Sekunden, in denen alles in mir an seinen Platz fiel.

Dann war sie auf den Beinen und rannte aufs Wasser zu, und dieses unbezwingbare Lachen rief mich ihr nach.

Ich sprang auf, und dass ich taumelte, lag nicht nur an meinem Kreislauf.

Ab jetzt würde ich das mit dem Warten und Zweifeln bleiben lassen.

»Wärst du so lieb, mit dem Trommeln aufzuhören? Ich versuche hier gerade, einen komplett hölzern übersetzten Dialog umzuschreiben.«

Sofort stoppe ich mein Fingersolo auf dem Tisch, dessen ich mir bis zu diesem Moment gar nicht bewusst war, und werfe Shannon ein entschuldigendes Lächeln zu.

»Alles okay bei dir?«, fragt sie.

»Wieso? Sag mir bitte nicht, dass ich rot bin.«

»Rosig vielleicht … Aber ich meinte eigentlich vor allem, dass du aufgewühlt wirkst.«

Aufgewühlt? Super.

»So würde ich es nicht nennen. Ich hab da nur gerade was gelesen. Hat mich ehrlich gesagt sogar komplett kaltgelassen.«

»Aha«, murmelt sie auf eine Art, die mir verrät, dass sie bereits wieder in ihren Text abgetaucht ist.

Also muss ich mir das zweite Urteil, das ich dringend brauche, von jemand anderem holen. Keine Minute später nehme ich die Szene mit spitzen Fingern aus dem Drucker und trage sie eine Etage tiefer. Zu meinem Glück ist Lorne gerade allein im Büro.

»Darf ich dich kurz stören?«

»Immer.«

»Ich habe hier eine Probeszene, und du musst mir sagen, was sich da herauslesen lässt.«

»Äh … Kannst du das nicht selbst beurteilen? Du bist doch die aus'm Lektorat.«

»Die aus'm Lektorat? Vielleicht schreibe ich das demnächst aufs Klingelschild. Im Ernst: Spurling sollte mir eine romantische Szene liefern, und das hier ist das Ergebnis. Ich weiß nicht, was ich dazu sagen soll.« Mit der freien Hand schiebe ich ein paar bunte Bonbons auf Lornes Tisch zusammen, die er wohl als Deko für ein Foto benutzt hat und jetzt nebenbei wegfuttert. Auf der frei gewordenen Fläche platziere ich mit dramatischer Geste die Szene.

Wie er sie wohl finden wird? Wie versprochen habe ich ihn auf dem Laufenden gehalten und ihm von Bryns Entschuldigung erzählt. Sie hat ihn nicht weniger erstaunt als mich, und wir wissen wohl beide nicht, wie wir den Mann einordnen sollen.

»Hast du sie schon Melodea gezeigt?«, fragt Lorne, während er sich über die erste Seite beugt.

Aus irgendeinem Grund nennt er Melly immer bei ihrem vollen Namen, und zwar in einer irgendwie vorsichtig-behutsamen Tonlage. Die zwei begeben sich selten zusammen in einen Raum, und auffällig oft springt der eine ab, wenn er erfährt, dass die andere bei etwas Geplantem dabei sein wird, und umgekehrt. Für mich sieht es stark danach aus, als ob sich da was zwischen ihnen anbahnt, sie das aber nicht so recht wahrhaben wollen. Natürlich habe ich schon versucht, Melly darauf anzusprechen, aber sie hat das Thema vehement abgeblockt. Ich weiß, das bedeutet, es geht ihr nah – und dass ich mich zurückhalten muss, bis sie sich mir von sich aus öffnet, so schwer mir das auch fällt.

»Nein, *Melodea* hat mit Sicherheit was Wichtigeres zu tun«, sage ich und gebe mir die größte Mühe, Lornes Betonung zu imitieren.

»Und ich nicht, oder wie?«

»Du hast es erfasst. Ich meine, Social Media wird total überbewertet, findest du nicht?«

Er nimmt sich ein Buch von dem Stapel neben seinem Laptop, und bevor ich kapiere, was er vorhat, hat er genüsslich ein Eselsohr in die erste Seite geknickt.

»Für jeden Seitenhieb eins«, droht er, und ich gebe ein gequältes Wimmern von mir, das sein unsagbar hartes Herz aber nicht wirklich zu erweichen scheint. »Und jetzt lass mich lesen.«

Während sein Blick über die Seite huscht, versuche ich, die Papierecke wieder glatt zu bekommen.

»Was für ein Mensch schreibt so was?«, frage ich, als Lorne nach einer Weile wieder den Kopf hebt.

Er späht in die Kopfzeile. »Bryn Spurling?«

»Nein. Also ja. Ich meine: Was für ein Mensch ist Bryn Spurling?«

»Ich weiß echt nicht, was du von mir hören willst.«

»Komm schon.«

»Hmm … ein … romantisch veranlagter Mensch?«

Ich reiße die Arme in die Höhe, als hätte er ein Tor geschossen. »Ha! Du sagst es!« Ich schnappe mir den Ausdruck und gehe mit neuer Entschlossenheit zur Tür. »Danke, das war auch schon alles.«

Zurück an meinem Platz muss ich nicht lange darüber nachdenken, was ich Bryn schreiben soll.

....

An: Spurling, Bryn

Von: Hildyard, Clio

Betreff: Re: DIE PURE ROMANTIK

Bryn, diese Szene *muss* ins Buch. Sie transportiert exakt, was bisher noch fehlt. Ich bin stolz auf dich. Weiter so!

Clio

Ich kann mir nicht helfen: Als ich – ausnahmsweise ganz bewusst – auf *Senden* klicke, verzieht sich mein Mund zu einem breiten Grinsen. Es hat miserabel angefangen, aber langsam beginnt die Sache, mir Spaß zu machen. Noch mehr, als postwendend eine Antwort kommt. Hat da etwa jemand schon die ganze Zeit auf meine Rückmeldung gewartet?

....

An: Hildyard, Clio
Von: Spurling, Bryn
Betreff: DAS PURE NEIN

Verstehe ich dich richtig? Du willst eine romantische Badeseeszene mit leicht überzogen schmalzigem Stil in meinem düsteren, spannungsgeladenen Roman? Denn falls dem so ist, würde ich doch mal bei deiner Chefin anrufen und sie bitten, dir eine Fortbildung zu ermöglichen.

Bryn

....

Ich schüttele nur den Kopf und halte mich kurz:

....

An: Spurling, Bryn
Von: Hildyard, Clio
Betreff: DAS PURE JA!!!

Du hast es erfasst. Das sind definitiv Noah und Violet. Womöglich hast du genau deswegen keine Namen genannt. Vielleicht eignet es sich als Rückblende. Lass dir was einfallen. Ist mir egal, wie du es anstellst, aber: ICH. WILL. DIESE. SZENE. IM. BUCH.

....

Diesmal kommt die Antwort noch schneller:

An: Hildyard, Clio
Von: Spurling, Bryn
Betreff: Hör auf, meine Betreffe zu verunstalten!

Das wird nicht passieren.

An: Spurling, Bryn
Von: Hildyard, Clio
Betreff: Hör auf, dich gegen meine brillanten Ideen zu
wehren.

Was ist dein Problem? Du kannst es, also wieso nicht?

Ich warte so lange, dass ich schon glaube, daraufhin wird er sich erst mal nicht mehr rühren. Doch kaum habe ich ein Manuskriptdokument geöffnet, das sich schon viel zu lange nach meiner Aufmerksamkeit sehnt, meldet er sich wieder.

An: Hildyard, Clio
Von: Spurling, Bryn
Betreff: Von wegen brillant ...

Du willst wissen, warum mir nicht der Sinn nach einer
Liebesgeschichte steht? Weil ich gerade nicht mal in
meiner Fantasie dabei zusehen will, wie jemand mit
jemandem glücklich wird. Nach fast einem Jahrzehnt ist
vor einer Weile die Beziehung in die Brüche gegangen, über
die ich mich komplett definiert habe (traurig, ich weiß). Ich
bin gerade einfach nicht bereit dazu.

Etwas überrumpelt lese ich die Nachricht gleich noch ein zweites Mal. Das ist ganz schön persönlich für jemanden, der so viel Wert auf Anonymität legt. Andererseits … habe ich ihm eine Wahl gelassen?

Vielleicht hat er das einfach gerade erfunden? Nein, mein Gefühl sagt mir, das sind die ehrlichsten Worte, die er mir bisher zugestanden hat. Wobei eine solche Ehrlichkeit zumindest auch indirekt in seinem Text steckt. Ich bin mir sicher, und genau das versuche ich, in meine nächste Reaktion zu packen:

....

An: Spurling, Bryn
Von: Hildyard, Clio
Betreff: Okay, pass auf …

Du schreibst nicht wie jemand über die Liebe, der nicht mehr daran glaubt.
Bring dieses Buchpärchen für mich zusammen, und ich verspreche dir, dass es dir helfen wird.

....

Und noch einmal überrascht er mich, denn nicht mal das verlangt ihm Bedenkzeit ab.

....

An: Hildyard, Clio
Von: Spurling, Bryn
Betreff: Re: Okay, pass auf …

Na gut. Dann werde ich dir jetzt einfach mal vertrauen.

....

Ich muss schlucken. Obwohl er auch das wahrscheinlich mit einem sarkastischen Ton im Kopf geschrieben hat, berührt es mich. Vertrauen ist einer meiner höchsten Ansprüche. Genau das ist es, was ich bei jeder Zusammenarbeit anstrebe. Ein Buch zu schreiben oder es zu lektorieren, sind objektiv betrachtet schreibhandwerkliche Vorgänge. Doch beides ist auch so unglaublich eigen und persönlich. Ohne Vertrauen zwischen dem Menschen, der den Text erschafft, und dem, der daran feilt, geht gar nichts. Es sind Zahnräder, die ineinandergreifen, und wenn sie haken, dann …

»Ich wüsste ja gern, worüber du gerade philosophierst«, reißt Shannon mich aus meinen Gedanken.

»Die Arbeit«, sage ich, und wahrscheinlich glaubt sie mir nicht, aber was soll's?

••

An: Spurling, Bryn
Von: Hildyard, Clio
Betreff: Re: Re: Okay, pass auf …

Lass es uns so machen: Wir nehmen uns zuerst alle Stellen vor, in denen du das zwischen Noah und Violet entwickeln kannst, und tasten uns ganz langsam vor … In Ordnung?

::

An: Hildyard, Clio
Von: Spurling, Bryn
Betreff: Re: Re: Re: Okay, pass auf …

Hoffe, du machst dich gut als Schreibtherapeutin. 😊
Bin dabei.

••

KAPITEL 7

Lesen löst manchmal den Wunsch aus,
den Menschen hinter dem Buch kennenzulernen.

Ich versuche, mir die Worte meines Vaters aus dem Hirn zu
schwimmen – Bewegung um Bewegung, Atemzug für Atemzug.
Der Rosenblatt Pool im Iffley Road Sports Centre hat mich
schon mehr als einmal vorm Gedankenkollaps gerettet, aber
der, vor dem ich jetzt stehe, ist einer der schlimmsten Sorte. Ich
hätte die Mailboxnachricht löschen können, aber das habe ich
nicht. Wieso bin ich so nervtötend inkonsequent? Ist das eine
Form von Masochismus?

»Hallo, Clio … Du hast vermutlich schon geahnt, dass ich es bin.
Also ich, meine ich … dein … Vater.«

Ich schließe die Augen und wende am Beckenrand.

»Es wäre schön, wenn du mich zurückrufen würdest. Ich weiß,
dass du das nicht willst, aber … Du kannst mir schlecht für immer
aus dem Weg gehen.«

Ich atme im falschen Moment ein, schlucke Wasser und
pruste es aus. *Bäh, Chlor! Bäh, Josh!*

Obwohl ich das Tempo erhöhe, geht mir seine Stimme einfach nicht aus dem Kopf. Ich ziehe noch drei Bahnen, dann
gebe ich auf, hieve mich aus dem Wasser auf die glitschigen
Fliesen und verlasse das Hallenbad. Vielleicht versagt neuer-
dings die beruhigende Wirkung, die es immer auf mich hatte,

und ich sollte meine Mitgliedschaft beim Oxford University Sport bald kündigen.

Unter der Dusche gelingt es mir endlich, an etwas anderes zu denken: die Badeseeszene. Na, ob das jetzt besser ist?

Ich lasse mir das warme Wasser aufs Haar prasseln und beginne, Ideen für das Lektorat der ersten Noah-Violet-Begegnung zu sammeln, die ich vorhin noch mal gelesen habe. An Tagen wie heute ist es gar nicht so leicht, das Arbeiten nach der Arbeit einfach einzustellen.

Auf dem Weg zur WG nehme ich mir dann ein wahrscheinlich zum Scheitern verurteiltes Unterfangen vor: etwas über Bryn Spurling herauszufinden. Irgendwo im Netz wird er doch bestimmt Spuren hinterlassen haben.

Zu meiner Freude habe ich die Wohnung heute Abend für mich; auf dem vollgekrümelten Esstisch liegt eine Notiz von Keira, dass sie und Luke mit Freunden feiern sind. Ich hoffe, sie feiern so hart, dass sie sich danach nicht mehr an ihre aktuelle Krise erinnern.

Nachdem ich in unserer Küche schnell ein wenig für Ordnung gesorgt habe, platziere ich meinen Laptop auf der Arbeitsfläche und ziehe mir einen unserer schwarzen Barhocker heran.

Bryn Spurling ins Suchfeld einzugeben, fühlt sich an wie eine neue Stufe von tief gesunken. Mir ist klar, dass ich nichts Weltbewegendes finden werde. Aber vielleicht gibt es ja zumindest ein paar interessante Fan-Theorien über ihn …

Ich klicke mich durch eine Forumsdiskussion einer Buchcommunity, die ziemlich weit oben in den Ergebnissen aufgetaucht ist. Okay, jemand denkt, dass Bryn Spurling nur eins von mehreren Pseudonymen desselben Autors ist. Ein paar Vorschläge, unter welchen Namen er noch schreiben könnte, sind auch gleich dabei. Ich checke ein paar Leseproben aus, komme aber schnell zu dem Ergebnis, dass darunter kein Spurling-Stil ist. Neben der Arbeit mache ich gerade ein Reread von *Last Summer's Scars*, und ich war schon immer gut darin, die »Handschrift« eines Autors zu erkennen. Das ist Quatsch, keins dieser Bücher hat er geschrieben.

Und ich glaube auch nicht, dass er, wie eine Kommentatorin spekuliert, irgendein Fußballprofi ist. Höchstens vielleicht ein ehemaliger, denn sonst hätte er sicher keine Kapazitäten, um zu schreiben.

Die Theorie, er könnte ein Literaturdozent sein, finde ich gar nicht so weit hergeholt. »Trivialliteratur« wird an der Uni schließlich fast schon herablassend betrachtet – ein gutes Motiv, um seine eigenen Werke inkognito rauszubringen, wenn einem der Ruf in der Welt der Wissenschaft wichtig ist.

Ich gehe wieder zurück in die Suchergebnisse und stoße etwas weiter unten auf ein Interview mit Bryns Agentin. Sie hat allgemeine Fragen über ihren Job und ihre Agentur beantwortet, aber der Interviewer hat auch gefragt, ob sie Bryn eigentlich schon mal persönlich gesprochen oder getroffen hat.

Beides, ist ihre Antwort. *Er ist ein beeindruckender junger Mann. Mehr kann ich nicht über ihn verraten.*

»Ein beeindruckender junger Mann ohne Manieren« würde es meiner Meinung nach eher treffen.

Die Türklingel unterbricht mich, und ich schaue auf die Uhr. Oh, schon so spät! Das muss Melly sein. Wir sind zu einem Serienmarathon verabredet, den ich noch nie zuvor dringender nötig hatte.

Ich eile zur Tür, und sie kommt mit einer Tüte, aus der es nach belgischen Waffeln duftet, herein und umarmt mich mit einem Arm, während sie sich mit dem anderen bereits aus ihrer Jacke zu schälen versucht.

»Du machst doch nicht schon wieder Überstunden?«, fragt sie, als wir in die Wohnküche gehen und sie meinen Laptop entdeckt.

»Nein«, beruhige ich sie, um dann direkt wieder zur Antiberuhigung überzugehen: »Ich mach mich nur ein bisschen verrückt und recherchiere Spurling.«

»Da gibt es doch garantiert nicht viel zu recherchieren?«

»Das ist leider richtig.«

Sie holt sich einen großen Teller aus dem Hängeschrank und will gerade die Waffeln darauf türmen, da hält sie inne und sieht mich stirnrunzelnd an. »Ist sonst noch irgendwas passiert?«

Wenn Melly ein Tier wäre, wäre sie ein Begleithund, der es sofort wittert, wenn bei seinem menschlichen Schützling etwas nicht stimmt. So ein ganz gutmütiger mit flauschigem Fell.

»Ich habe mir die Nachricht angehört«, gebe ich zu, weil sie es sowieso in spätestens ein oder zwei Minuten erraten würde. Mehr muss ich auch nicht erklären. Melly versteht mich ohne Worte. Sie weiß, dass ich deswegen überhaupt nichts fühlen will, und wenn überhaupt, am liebsten nur Wut – oder noch besser: Gleichgültigkeit. Und genauso klar ist ihr, wie es mir stattdessen damit geht.

»Ich hab dich lieb.« Daran erinnert sie mich immer, bevor sie mir gnadenlos die Wahrheit sagt. »Schieb es nicht so lange auf. Du musst ihn treffen, das weißt du. Nicht für ihn, nicht mal für deine Mum, sondern für *dich*.«

»Ich muss überhaupt nichts.« Sie weiß, eigentlich bedeutet das: Du hast recht.

Melly baut den Waffelturm fertig und balanciert den Teller dann zu mir, um ihn mir unter die Nase zu halten. Ich nehme die oberste Waffel herunter und betrachte ihren fast blütenblätterförmigen Rand.

Ich weiß noch, dass ich als Jugendliche mal gedacht habe, diese ganz spezielle Art von Lücke verschwindet im Laufe der Jahre – aber vielleicht kann man so erwachsen werden, wie man will, und sie schließt sich nie.

Melly drückt meine Schulter. »Er kann dich nicht noch mehr verletzen, als er es schon getan hat.«

Ich weiß nicht, ob das stimmt. Allein damit, dass er wieder auftaucht und mir keine Wahl lässt, ob das für mich geht oder nicht, tut er mir schon weh.

»Lass uns das Wohnzimmer in Beschlag nehmen, solange es noch frei ist – ich brauch jetzt eine Feel-Good-Serie zur Ablenkung.« Ich schnappe mir die Limo, die ich uns kaltgestellt habe, und gehe voran.

Es ist Zeit für eine Pause von den Joshs und Bryns dieser Welt. Aber morgen werde ich die erste Begegnung von Noah und Violet lektorieren – und ein bisschen freue ich mich ehrlich gesagt sogar darauf.

KAPITEL 8

Lesen ist ein Traumjob.

»Ich habe den Eindruck, du könntest meine Hilfe brauchen.«

Mit diesen Worten schob sich Violet uneingeladen an mir vorbei in die Wohnung. Ich folgte ihr in meine Küche, als wäre es ihre, und sah zu, wie sie sich ein Glas aus dem Schrank nahm und es mit meinem Feierabendbier füllte. ~~Aus irgendeinem Grund~~Ihr schien ~~ihr~~ entgangen zu sein, dass wir uns seit über fünf Jahren nicht gesehen hatten.

»Du kannst hier nicht einfach reinmarschieren und dich selbst bedienen.«

Sie ignorierte das und trank das halbe Glas leer, bevor sie sich dazu entschloss, mich wieder zur Kenntnis zu nehmen.

»Die Augenringe stehen dir nicht.« Um ihre Mundwinkel zuckte es. »Aber wahrscheinlich würde ich nicht besser aussehen, wenn jemand mit mir so etwas abziehen würde wie mein Bruder mit dir.«

Also ~~noch~~ eine Mitwisserin ~~mehr~~. Da ich meinem sogenannten besten Freund früher nur das Beste und nun
bloß noch das Schlimmste zutraute, ~~kombinierte ich
schnell~~ließ mein Verstand nur einen Schluss zu: »Ist
das das nächste Level seines Vernichtungsplans gegen mich?«

»Was? Du glaubst, ~~e~~Er schickt seine kleine Schwester, damit sie ~~d~~mir das Bier weg-
trinkt?«

Mit einem nahezu provokanten und
gleichzeitig unschuldigen Lächeln
nahm sie einen weiteren tiefen Schluck
und beobachtete mich dabei über den
Rand des Glases hinweg mit ihren dunklen Augen.

Violet hatte sich nicht wirklich verändert. Es war, als hätte sie sich geradewegs aus meiner Vergangenheit
hier neben den Esstisch gebeamt, wenn
schon aus keinem anderen Grund, dann
schlicht dem, mich zu ärgern.

»Du solltest besser schleunigst wieder abhauen.« Ich sagte es so unaufgeregt, als würde ich darüber spre-

chen, dass die Post heute noch nicht gekommen war.
Wenn ich in den letzten Tagen eins gelernt hatte,
dann dies: Begegne potenziellen Feinden mit der Ruhe
einer Spinne. Abwartend. Lauernd.

Die Sache war nur, dass Violet hier gerade über die
Fäden meines Netzes spazierte, als könnte sie sich
niemals darin verfangen.

»Du wirkst angespannt.« Sie stellte das Glas etwas

zu heftig auf den Tisch, um selbst entspannt~~er~~ zu wirken. »Und ehrlich gesagt ziemlich verbittert.« »Wie würdest du denn wirken, wenn dir passiert wäre, was mir gerade passiert?«, blaffte ich. ~~Ich hatte ihr das eigentlich bloß so entgegenblaffen wollen, aber nun, wo die Frage raus war, stellte ich fest,~~ ~~dass mich ihre Antwort ehrlich interessierte.~~

Sie ließ ihren Blick über den Geschirrhügel neben~~an~~ der Spüle, ~~die Werbung~~ den Stapel von Werbeprospekten fürs Altpapier am Boden, die heruntergelassenen Rollos und die Krümel auf dem Tisch schweifen. »Jedenfalls nicht *so*. Ich würde mich nicht verkriechen und mir selbst leidtun. Nein, ich würde kämpfen.« Sie zog etwas aus der Tasche ihrer Jeans und legte es auf den Stuhl, der ihr am nächsten stand. »Also sag mir Bescheid, wenn du ~~den Punkt erreichst, an~~ ~~dem du das auch willst~~auch so weit bist«, sagte Violet, und dann verschwand sie genauso selbstverständlich, wie sie hier aufgetaucht war. Ich hörte die Haustür ins Schloss fallen und ging zu dem Stuhl hinüber. Es war eine Visitenkarte. Ihre Karte, mit ihrer Nummer drauf. *Violet Gardner, Farb- und Stilberatung.*

Zum ersten Mal seit Langem entwischte mir ein La-

Clio
Ist es nicht seltsam, dass er ihr Aufkreuzen einfach so hinnimmt und nur mit seinem Problem mit ihrem Bruder beschäftigt ist? Fragt er sich nicht, wieso sie gekommen ist und weshalb ausgerechnet jetzt? Wenigstens in Gedanken?
Außerdem bin ich mir nicht sicher, ob er ihr nicht insgesamt versöhnlicher begegnen sollte. Sie hat schon recht: Er wirkt verbittert, und das kann beim Lesen schnell anstrengend werden.

Clio
Würde das eher so direkt lösen. So wie es auf mich wirkt, kann er sowieso keine mitfühlende Antwort von ihr erwarten, oder?

Clio
o. ä.
Wir können auf jeden Fall gut einen der Nebensätze einsparen.

Clio
Er geht ihr nicht nach? Sieht nicht mal durchs Fenster?

chen. Hätte sie nicht Privatdetektivin oder am besten gleich Anwältin werden können? Aber klar, sobald
ich wusste, wie ich ihrem Bruder das Handwerk legen
und mich selbst rehabilitieren konnte,
würde ich ganz sicher dankbar sein,
wenn sie mich beriet, was ich dabei
tragen sollte.
Ich schüttelte den Kopf und schnipste
die Karte auf den Altpapierhaufen.

> **Clio**
> Ich muss gestehen, ich muss mich
> noch an Noahs Art gewöhnen – aber
> der hier war gut! 😊

> **Clio**
> Und damit hakt er die Begegnung
> einfach ab? Am nächsten Kapitel-
> anfang kreist er weiter um seine
> missliche Lage, als wäre Violet
> überhaupt nicht da gewesen. Streu
> wenigstens irgendeine Art von Ge-
> fühl – muss ja nicht gleich ein posi-
> tives sein. Von mir aus die Ahnung,
> dass die Sache damit garantiert
> noch nicht erledigt ist.

Ich habe absolut keinen Plan, wie Bryn auf
mein Szenenlektorat reagieren wird, aber Sorgen mache ich mir deswegen nicht. Könnte
unterhaltsam werden.

Jetzt geht's erst mal zur wöchentlichen
Plots&Pieces-Lektoratssitzung. Dicht gefolgt
von Shannon gehe ich mit meinen Unterla-
gen und meiner Kaffeetasse nach unten in den
schönsten Besprechungsraum der Welt – unseren Wintergarten. Die hohen Fenster und Glastüren eröffnen nicht nur den
Blick in den verlagseigenen Garten, sondern auch nach oben in
den Himmel. An den lavendelfarbenen Wänden stehen Kom-
moden und Bücherregale aus hellem Holz neben Kübeln mit
Zimmerpflanzen, der Konferenztisch sieht aus wie eine kleine
Bketttafel. Gerahmte Fotografien vom Meer hängen oben
an den weißen Querbalken, und neben der glänzenden Couch
in der Farbe der Tapete thront eine imposante Standuhr. Zur
vollen Stunde gibt sie einen Gong von sich, bei dem es mich
nicht wundern würde, wenn er irgendwo im Haus ein Portal in
eine Märchenwelt öffnet, das bloß noch niemand gefunden hat.

Ich persönlich glaube ja, dass unser Standort und dieses Gebäude mit all seinen bezaubernden Ecken zwei der Haupt-

gründe für unseren Erfolg sind. In einem Verlag wie diesem kann man gar nicht anders, als gute Geschichten rauszubringen.

Ich nehme meinen Stammplatz neben Melly ein, die auf ihrem Tablet schon ein Dokument fürs Sitzungsprotokoll geöffnet hat, und Shannon zieht den Stuhl rechts von mir zurück. Keine zwei Minuten später sind auch Chelsea, Dinesh – unser einziger männlicher Lektor – und Liza da, und wir können loslegen.

»Fangen wir mit dem Titeln an«, eröffnet Chelsea die Runde. »Ich hoffe, Sie hatten Zeit, sich in der Datenbank kurz einen Überblick zu den Büchern zu verschaffen, die wir heute auf der Liste haben. Shannon, wollen wir mit Ihren zwei Projekten starten?«

Also tragen wir unsere Ideen zu der Coming-of-Age-Dilogie mit den Arbeitstiteln *Clearer Now* und *Brighter Now* zusammen.

»Zu Band 1 habe ich mir überlegt, dass *Too Good to Win* ziemlich gut passen würde«, meint Shannon. »Das hat mehr Spannung drin und wirft Fragen auf. Die Titel der Autorin haben auch was, aber da würde ich definitiv eine Romance erwarten.«

»*Too Easy to Love* dann bitte für Band 2«, schlage ich vor und ernte ein paar Lacher.

»Unsere Romantikerin mal wieder«, sagt Chelsea. »Am Ende machen Sie selbst aus dem neuen Spurling eine Liebesgeschichte.«

»Ähm.« Mehr habe ich dazu nicht zu sagen.

»*Sort of High Love*«, witzelt Shannon.

Ich hebe eine Schulter und lächle unschuldig. »Könnte passieren.«

Wäre Bryn hier, würde er wohl spätestens jetzt vom Vertrag zurücktreten.

Wir kehren zum eigentlichen Besprechungspunkt zurück

und haben eine Menge Spaß beim Brainstorming für den Fortsetzungstitel.

»*Too Hot to Burn* – nein, wartet – *Too Sweet to Snack*!« Dinesh lacht sich halb tot, und sein immer atemloser werdendes Kichern ist fast noch lustiger als die Titel.

Schließlich einigen wir uns auf *Too Strong to Sink*, was durchaus mit *Too Good to Win* mithalten kann.

Shannons zweites Projekt auf der Tagesordnung hatte eigentlich schon einen Titel, der aber in der Zwischenzeit auf einem erfolgreichen Selfpublishingbuch prangt, sodass wir uns etwas Neues überlegen müssen. Hier finden wir mit *Tell Me What's Missing* eine Lösung, die uns sogar noch besser gefällt als die alte.

»Da Spurling eher überraschend noch ins Frühjahr gerutscht ist, stand das Buch noch nicht auf der Agenda.« Chelsea notiert etwas in ihrem allgegenwärtigen Büchlein. »Aber wir können gerade gern spontan schon mal klären, ob uns der Arbeitstitel gefällt.«

Tatsächlich hat niemand Einwände. Was mich ein bisschen fuchst, da noch mehr Zuspruch Bryn bestimmt nicht bekommt – »Ooooh, Bryn, du hast ja immer so gute Ideen. Du bist so ein toller Autor!« –, aber auch wenn ich kurz versucht bin, nur aus Prinzip etwas anderes vorzuschlagen, lasse ich es bleiben. Ich weiß, wann ein Kampf aussichtslos ist. Und leider haben sie recht: Der Titel ist super.

Als auch Mellys, Lizas und Dineshs Projekte mit Titeln versorgt sind, legen wir eine Fünfminutenpause ein, und ich versorge mich mit Koffeinnachschub. Die Trilogie, für die ich gleich grünes Licht zu bekommen hoffe, liegt mir am Herzen, und ich brauche für meinen Pitch alles an Energie, was ich kriegen kann. Chelsea kann eine harte Nuss sein, wenn es um etwas experimentellere Stoffe geht.

»Ich habe da dieses Projekt geprüft, das absolut perfekt für uns wäre«, beginne ich kurz darauf meine Überzeugungsrede, ein Satz, der so oder ähnlich unter diesem Dach schon viele, viele Male gesagt wurde. »Es ist ein Urban-Fantasy-Debüt – kam über die Carrie Staunton Literary Agency rein. Eine Dilogie mit Chimären und U-Booten.« War ja klar, dass ich es vermassle. Ich bin so oft im Kopf durchgegangen, was ich sagen will, um die anderen sofort zu begeistern – und jetzt starren sie mich alle an, als hätte ich den Verstand verloren. »Wartet!« Ich hebe die Hände. »Ich weiß, es klingt schräg, aber es ist episch. Düster und magisch, trendbewusst und doch eigen. Das Setting ist Panama City mit einer Parallelversion davon, die sich unter Wasser befindet.«

Chelsea forscht in meinem Gesicht, als würde die Entscheidung, ob sie bereit ist, sich das Projekt anzusehen, mit dem, was sie darin findet, stehen und fallen.

Ich wusste ja, dass es nicht leicht wird. Der ganze Mix ist etwas gewagt. Aber *so* gut!

»Lest nur den Prolog und den Anfang von Kapitel 5, und ihr werdet keine weiteren Fragen haben.«

Und damit habe ich sie. Ich kann förmlich sehen, wie die Neugier alle Teammitglieder im Raum packt. Es kann immer noch schiefgehen, denn eine sichere Sache ist dieses Projekt wirtschaftlich gesehen ganz sicher nicht. Meiner Einschätzung nach sollten wir das Wagnis dennoch eingehen.

Chelsea nickt. »Mailen Sie es mir nachher mal, und ich komme dann wieder auf Sie zu, wenn ich mir ein Bild machen konnte.«

Ich nicke seriös, während ich innerlich »Yeeeeeeees!« brüllend umhertanze. Wie muss man sich erst fühlen, wenn ein Buch eine Chance bekommt, das man selbst geschrieben hat?

Shannon hat ebenfalls noch eine spannende Neuentdeckung

aufgetan, die richtig cool klingt, und nach ihrer Kurzvorstellung beenden wir unser Meeting.

Ich fliege praktisch die Stufen hoch zum Büro, um gleich als Allererstes die feierliche Bitte-bitte-prüfen-und-so-lieben-wie-ich-Mail an Chelsea fertig zu machen.

Im Posteingang wartet doch tatsächlich eine Nachricht von Bryn auf mich – mit dem Szenendokument im Anhang.

Ist das sein Ernst? Lebt er nur für seine Bücher? Oder hat er einfach alles abgelehnt und schreibt mir jetzt, ich kann unsere Zusammenarbeit doch vergessen?

Puh, dafür muss ich mich erst mal wappnen.

Ich sende Chelsea Autorenporträt, Exposé und Leseprobe der wundervollen Panama-Chimären, gehe meine anderen Mails durch, erteile die Freigabe für das Cover der E-Book-Novella zu einer unserer in Kürze erscheinenden Neuheiten. Bevor ich mich an Bryns Mail rantraue, hole ich mir noch den Smoothie, den ich heute Morgen im Teeküchenkühlschrank geparkt habe. Irgendetwas sagt mir, dass ich für die positive Überraschung oder das böse Erwachen – je nachdem, was davon mich erwartet – einen Vitaminboost brauchen kann.

KAPITEL 9

Lesen ist ein eigener Zugang zur Wirklichkeit.

··

An: Hildyard, Clio
Von: Spurling, Bryn
Betreff: Re: Erstes Wiedersehen Noah & Violet

Hier kommt die erste Szene bearbeitet zurück. Deine Anmerkungen waren teilweise sogar hilfreich. Aber bild dir nichts drauf ein, ja? Inhaltlich bin ich immer noch nicht von deinem Standpunkt überzeugt.

📎 1. Szene_bearbeitet_CH_BS.doc

··

»**Ich habe den Eindruck, du könntest meine Hilfe brauchen.**«

> **Clio**
> Hier startet nun also mein »Probelektorat«. Fangen wir bei der allerersten Begegnung an. Wie du meinen Kommentaren im Folgenden entnehmen kannst, ist da echt noch eine Meeeeeenge Raum, um das zwischen den beiden besser anzulegen.
> Ich werde übrigens auch alles, was mir sprachlich auffällt, direkt mitbearbeiten. Mache dazu am Ende aber noch mal einen eigenen Durchgang durchs fertig bearbeitete Gesamtmanuskript.
>
> **Bryn**
> »Menge« schreibt sich meines Wissens nach mit einem e, Frau Lektorin. :P
> Wie du schon weißt, seh ich den Raum nicht wirklich, aber ich schau, was sich machen lässt …

Mit diesen Worten schob sich Violet Gardner uneingeladen an mir vorbei in die Wohnung, ein Sturm der Windstärke 8 oder vielleicht schon 9 aus Entschlossenheit, klackernden Keilriemensandalen und dem Duft von Aprikosen und Vanille. All die Erinnerungen kamen aus den hintersten Winkeln meines Gedächtnisses hervorgehuscht, als hätten sie nur auf sie gewartet. Darauf, dass Violet wie aus dem Nichts wieder in meinem Leben auftauchte und sie reaktivierte.

Ich folgte ihr in meine Küche, als wäre es ihre, und sah zu, wie sie sich ein Glas aus dem Schrank nahm und es mit meinem Feierabendbier füllte. Ihr schien entgangen zu sein, dass wir uns seit über fünf Jahren nicht gesehen hatten.

»Du kannst hier nicht einfach reinmarschieren und dich selbst bedienen.« Es war meine Art zu sagen: Keine Ahnung, was das hier wird, aber es tut gut, dich zu sehen. Du ahnst es vielleicht nicht, aber du hast damals eine Leerstelle in meiner Welt hinterlassen.

Sie ignorierte ~~das~~meine Worte und trank das halbe Glas leer, bevor sie sich dazu entschloss, mich wieder zur Kenntnis zu nehmen. Allein die Art, wie die Finger ihrer freien Hand gegen ihren Oberschenkel trommelten, verriet sie. Ich war nicht der Einzige, den diese Situation stresste.

»Die Augenringe stehen dir nicht.« I~~Um ihre~~ Mundwinkel zuckten ~~es~~flüchtig. »Aber wahrscheinlich würde

> **Clio**
> Ich mag, wie du Violet als Charakter einführst! Selbstsicher, ein bisschen gönnerhaft und auf eine coole, verwirrende Art dreist.
> Allerdings fehlen noch jegliche Sinneseindrücke, die er von ihr hat. Nicht mal über ihr Aussehen verrätst du auch nur ein Detail.
>
> **Bryn**
> Wenn mich nicht alles täuscht, bist du doch selbst so eine, oder? Sagt mir das Bauchgefühl, das ich nach deiner 2. Mail hatte ...
> Sinneseindrücke ... puh. Aber na gut. Jemand hat mir gesagt, dass ich schreiben muss, was immer du sagst. (Und nein, ich werde nicht aufhören, das immer und immer wieder zu erwähnen.)

69

ich nicht besser aussehen, wenn jemand mit mir so etwas abziehen würde wie mein Bruder mit dir.«

Also eine Mitwisserin. Da ich meinem sogenannten besten Freund früher nur das Beste und nun bloß noch das Schlimmste zutraute, ließ mein Verstand nur einen Schluss zu: »Ist das das nächste Level seines Vernichtungsplans gegen mich?«

»Was? Du glaubst, er schickt seine kleine Schwester, damit sie dir das Bier wegtrinkt?«

Mit einem nahezu provokanten und gleichzeitig unschuldigen Lächeln nahm sie einen weiteren tiefen Schluck und beobachtete mich dabei über den Rand des Glases hinweg mit ihren dunklen Augen.

~~Violet hatte sich nicht wirklich verändert.~~ Es war, als hätte sie sich geradewegs aus meiner Vergangenheit hier neben den Esstisch gebeamt, wenn schon aus keinem anderen Grund, dann schlicht dem, mich zu ärgern.

Nur mit dem Unterschied, dass sie nicht mehr siebzehn war. Die neonpinken Strähnen und die Boots im selben Ton waren Geschichte, und es war wahrscheinlich das erste Mal überhaupt, dass ich ihre Wimpern ungeschminkt sah. Alles an ihrem Outfit – dunkelgraue Jeans, cremefarbene Bluse – bis hin zu ihren French Nails und den kleinen Creolen an ihren Ohren strahlte Eleganz und Seriosität

Clio
Ich finde, es würde besser passen, wenn das sarkastisch von ihr kommt. Irgendwie kann ich mir nicht vorstellen, dass er in seiner Situation zum Scherzen aufgelegt ist.

Bryn
Ausnahmsweise mal eine gute Idee von dir!

Clio
Soll das ein Witz sein? Sie haben sich seit über 5 Jahren nicht gesehen. Mehr Infos bitte! Es muss klar werden, wie sie zueinander standen, ohne dass du es auserzählst. Und außerdem: Sie war damals ein Teenie, jetzt ist sie eine erwachsene Frau. Das wird ihm ja wohl kaum entgehen.

Bryn
Okay, okay, ich hab in der gesamten Szene ein paar Dinge ergänzt. Aber falls du darauf spekuliert hast, Noah würden jetzt ihre spektakulären Rundungen auffallen oder so, muss ich dich enttäuschen. Das kommt gar nicht infrage.

aus. Nur ihr Gesicht wirkte irritierend verletzlich. Wahrscheinlich war das Teil ihres Manipulationsvorhabens, wie immer das konkret aussehen mochte. Was wollte sie? Bis vor wenigen Minuten hätte ich nicht geglaubt, dass es irgendetwas geben könnte, was sie dazu bewegen würde, nach all der Zeit den Kontakt zu mir zu suchen.

»Du solltest besser schleunigst wieder abhauen.« Ich sagte es so unaufgeregt, als würde ich darüber sprechen, dass die Post heute noch nicht gekommen war. Wenn ich in den letzten Tagen eins gelernt hatte, dann dies: Begegne potenziellen Feinden mit der Ruhe einer Spinne. Abwartend. Lauernd.

Die Sache war nur, dass Violet hier gerade über die Fäden meines Netzes spazierte, als könnte sie sich niemals darin verfangen.

»Du wirkst angespannt.« Sie stellte das Glas etwas zu heftig auf den Tisch, um selbst *entspannt* zu wirken. »Und ehrlich gesagt ziemlich verbittert.«

»Wie würdest du denn wirken, wenn dir passiert wäre, was mir gerade passiert?«, blaffte ich.

Clio

Ist es nicht seltsam, dass er ihr Aufkreuzen einfach so hinnimmt und nur mit seinem Problem mit ihrem Bruder beschäftigt ist? Fragt er sich nicht, wieso sie gekommen ist und weshalb ausgerechnet jetzt? Wenigstens in Gedanken?
Außerdem bin ich mir nicht sicher, ob er ihr nicht insgesamt versöhnlicher begegnen sollte. Sie hat schon recht: Er wirkt verbittert, und das kann beim Lesen schnell anstrengend werden.

Bryn

Vielleicht wollte er das einfach nicht mit der Leserschaft teilen? 😊 Der Punkt geht an dich, hab es oben eingebracht.
Den zweiten Punkt kannst du vergessen. Sorry, aber er hat wirklich jeden Grund, verbittert zu sein. Du steckst das nicht einfach so weg, wenn jemand dir so übel mitspielt wie Damon ihm. Glaub mir. Und du fängst an, niemanden mehr an dich ranzulassen. Es geht gar nicht anders.
(Haha, wow, ich glaube, ich hab heute eine besonders reflektierte Phase ...)
Du kannst wirklich froh sein, wenn du noch nie von jemandem aus deinem engsten Umfeld hintergangen wurdest!

Sie ließ ihren Blick über den Geschirrhügel neben der Spüle, den Stapel von Werbeprospekten fürs Altpapier am Boden, die heruntergelassenen Rollos und die Krümel auf dem Tisch schweifen. »Jedenfalls nicht *so*. Ich würde mich nicht verkriechen und mir selbst leidtun. Nein, ich würde kämpfen.« Sie zog etwas aus ~~der Tasche ihrer Jeans~~ ihrer Hosentasche und legte es auf den Stuhl, der ihr am nächsten stand. »Also sag mir Bescheid, wenn du auch so weit bist«, sagte Violet, und dann verschwand sie genauso <u>scheinbar</u> selbstverständlich, wie sie hier aufgetaucht war.

Ich hörte die Haustür ins Schloss fallen und <u>spähte durch den freien Fensterspalt, um zu beobachten, wie sie mit aufrechtem Gang dem Bürgersteig um die Straßenecke folgte. Mit einem wahren Gedankenchaos in meinem Kopf ging ich</u> zu dem Stuhl hinüber. ~~Es~~ Das, <u>was sie dort platziert hatte,</u> war eine Visitenkarte. Ihre Karte, mit ihrer Nummer drauf. *Violet Gardner, Farb- und Stilberatung.*

Zum ersten Mal seit Langem entwischte mir ein Lachen. Hätte sie nicht Privatdetektivin oder am besten gleich Anwältin werden können? Aber klar, sobald ich wusste, wie ich ihrem Bruder das Handwerk legen und mich selbst rehabilitieren konnte, würde ich ganz sicher dankbar sein, wenn sie mich beriet, was ich dabei tragen sollte.

Bryn
Fiel mir gerade noch auf: Es ist ja in Wahrheit alles andere als selbstverständlich.

Clio
Er geht ihr nicht nach? Sieht nicht mal durchs Fenster?

Bryn
Klar macht er das. Sie ist ein weibliches Wesen, er hechelt ihr schon nach fünf Minuten aufs Übelste hinterher. Die Verantwortung dafür übernimmst allerdings bitte du.

Clio
Ich muss gestehen, ich muss mich noch an Noahs Art gewöhnen – aber der hier war gut! 😊

Bryn
Ich fass es nicht: Ein Kommentar mit einem fröhlichen Smiley von der Frau, die mich schon als Arschloch bezeichnet hat! Süß von dir.

Ich schüttelte den Kopf und schnipste die Karte auf den Altpapierhaufen.

Ich wäre sogar einigermaßen zufrieden damit, wie er mehr emotionale Tiefe in die Szene gebracht hat. Wären da nicht diese Kommentare. Ganz zu schweigen vom Inhalt seiner Mail.

Zur Abwechslung sollte ich mit dem Antworten warten, allein schon, damit ich diesmal nett bleibe. Trotz allem habe ich schließlich was bei ihm wiedergutzumachen. Aber dann kann ich es doch nicht lassen …

Clio
Und damit hakt er die Begegnung einfach ab? Am nächsten Kapitelanfang kreist er weiter um seine missliche Lage, als wäre Violet überhaupt nicht da gewesen. Streu wenigstens irgendeine Art von Gefühl – muss ja nicht gleich ein positives sein. Von mir aus die Ahnung, dass die Sache damit garantiert noch nicht erledigt ist.

Bryn
Ich kümmere mich darum. Habe ich schon erwähnt, dass du mich wahnsinnig machst mit deinem »Streu Gefühl«? Du bist echt ziemlich fordernd.

· ·

An: Spurling, Bryn
Von: Hildyard, Clio
Betreff: Re: Re: Erstes Wiedersehen Noah & Violet

Hallo Bryn,

ich habe es mir angesehen. Damit kann ich arbeiten. Ich denke, du merkst selbst, dass der Text jetzt wesentlich besser ist. Gern geschehen!
Dann setze ich mich mal an die nächste Szene mit den beiden. Du kannst in der Zwischenzeit schon mal den Kapitelanfang anpassen, der auf die erste Begegnung folgt. Lass Noah grübeln, warum sie sich überhaupt ins Spiel gebracht hat. Bring noch ein paar weitere Jugenderinnerungen ein. Du kannst das!

Ach ja, und nur zu deiner Info: 1.) Ich kenne das Gefühl sehr gut, mich von jemandem, der mir nahestand oder

-steht, verraten zu fühlen. Ich habe es sogar ganz aktuell. Und Überraschung: Ich habe trotzdem nicht den Drang, alle scheiße zu behandeln. 2.) Ich würde niemals darauf spekulieren, dass irgendein Typ sich, wenn er mich nach Jahren wiedersieht, nur mit meinen »spektakulären Rundungen« beschäftigt. Du machst dich nicht beliebt bei mir, wenn du mir so was unterstellst. Nur so als Tipp ...

Clio

··

So, das hätten wir.

Shannon hat vor wenigen Sekunden unser Büro verlassen, und ich will auch gerade in die Pause aufbrechen, da klingelt mein Handy. Ich erkenne die Nummer, weil ich sie mir gegen meinen Willen eingeprägt habe. Es ist Josh.

Bevor ich bewusst eine Entscheidung treffen kann, hat mein Zeigefinger schon den grünen Button gedrückt.

»Hi, bitte leg nicht auf, gib mir bloß eine Minute. Ich wollte dich bestimmt nicht damit überfallen, dass ich ... wieder da bin. Ich versuch schon seit Wochen, einen Anfang zu finden, um mit dir zu reden. Ehrlich. Du machst es einem nur nicht gerade leicht. Mir – du machst es *mir* nicht gerade leicht. Ich verstehe, wieso; trotzdem ist es hart. Und ja, ich hab kapiert, dass du mich nicht treffen willst, aber du musst. Sorry, aber du musst. Bitte, Clio.«

Während seines Redeschwalls habe ich mich wieder auf meinen Drehstuhl sinken lassen. Mit der freien Hand umklammere ich die Tischkante. Sie ist angenehm kühl und fest und erdet mich irgendwie ein bisschen. Eine Millisekunde lang fühlt es sich an, als könnte ich ihm eine Chance geben. Aber dann ist der Moment auch schon vorübergerauscht.

»Entschuldigen Sie, Sie haben mich nicht zu Wort kommen lassen … Clio ist gerade noch in einem Meeting. Die überziehen immer, ich warte schon seit 'ner Viertelstunde drauf, dass wir zusammen in die Pause können. Ich richte ihr gern aus, dass Sie angerufen haben.« Ich grabe die Zähne in meine Unterlippe.

»Oh. Ich … ja, das wäre nett. Danke. Ich bin Josh. Ihr Vater.«

Alles Draufbeißen hilft nichts, meine Lippe beginnt zu beben. Er nimmt mir das wirklich ab. Weil er nämlich keine Ahnung hat, wie meine Stimme klingt. Nicht mal das. Woher auch?

»Alles klar, dann wird sie sich sicher an Sie erinnern«, sage ich und lache künstlich. »Bye.«

»Bye … Melly?«

Ich verpasse den Moment, in dem ich hätte auflegen können, als wäre mir der Name entgangen.

»Äh, wow, woher kennen Sie mich? Hat Morgan mich erwähnt?«

Tue ich das gerade wirklich?

»Ja. Ich weiß ja nicht, was meine Tochter Ihnen über mich erzählt hat, aber es ist noch nicht so weit, dass ich Clio heimlich stalke.«

»Sie spricht überhaupt nicht über Sie.«

Stille. Zwei Sekunden, drei Sekunden. Okay, ich habe ihn getroffen. Gut.

»Ich will Sie auf keinen Fall in eine blöde Situation bringen. Sicher halten Sie auch nicht viel von mir. Aber es ist nun mal so, dass … Ich werde nicht an Clio rankommen. Das weiß ich, weil sie in dem Punkt ist wie ich.«

Nicht schon wieder. Was fällt ihm ein, das zu behaupten? Mum, schön, sie muss es ja wissen, aber er? Wie kann er sich anmaßen, Aussagen über mich rauszuhauen, als wüsste er, wie ich ticke? Es verlangt mir alles ab, in meiner Rolle zu bleiben.

»Ich schätze, dass Clios Charakter sich komplett unabhängig von Ihrem entwickelt hat«, sage ich also nur mit einer leisen Schärfe in jedem meiner Worte. »Aus offensichtlichen Gründen. Die ihre Abwehrhaltung außerdem mehr als rechtfertigen. Sie haben Ihre Tochter nicht einfach nur ein bisschen verletzt. Tut mir leid, dass ich so direkt bin.«

Super, das klang leider so gar nicht mehr nach der abgeklärten, unverwundbaren Clio, die ich ihm vor Augen malen wollte.

Er seufzt. »Das ist wohl wiederum etwas, was Sie mit ihr gemeinsam haben.«

Darauf weiß ich nun wirklich nichts zu erwidern.

»Worauf ich eben hinauswollte …«, setzt Josh neu an. »Die einzige Möglichkeit, die ich sehe, besteht darin, dass jemand bei ihr ein gutes Wort für mich einlegt. Und da es bei Morgan nichts bewirkt und Caden … nicht dazu bereit ist … Vielleicht können Sie es versuchen? Auch wenn Sie mich nicht mögen. Schlagen Sie ihr wenigstens vor, mich face to face zur Rede zu stellen.«

Dass er den Versuch wagt, meine beste Freundin mit reinzuziehen, ist schon schockierend genug, aber eine andere Sache hat mich noch hellhöriger gemacht. »Hat Caden sich denn mit Ihnen getroffen?«

»Ja … Wobei ich nicht sicher bin, ob er Clio davon erzählt hat.«

»Ähm … Ich schätze, sie würde ihm den Kopf abreißen, wenn sie es wüsste.«

»Ich vermute, er will seinen Kopf behalten.«

Oh, dieser Wunsch wird sich leider nicht erfüllen. Erst meine Mum und jetzt mein Bruder. Kann nicht wenigstens eine einzige Person in dieser Familie ehrlich zu mir sein?

»Also … ich kann Ihnen nichts versprechen und würde das Gespräch jetzt lieber beenden.«

»Na klar, das verstehe ich. Danke, dass Sie mir überhaupt zugehört haben.«

»Kein Ding. Tschüss.« Diesmal bin ich schlauer und lege auf, bevor er noch etwas sagen kann.

»Scheiße«, sage ich in die Stille des Büros hinein. Was stimmt nicht mit mir, dass ich Josh gerade vorgemacht habe, jemand anders zu sein? Was stimmt nicht mit ihm, dass er plötzlich unsere Familie infiltriert – zu der er nicht mehr gehört? Was stimmt nicht mit Mum? Und mit … Sofort scrolle ich auf meinem Handy zum richtigen Chat.

> Caden, wann kannst du auf eine Pizza bei mir vorbeikommen? Zum Nachtisch bringe ich dich um.

Mein treuloser, handyabhängiger Bruder antwortet umgehend.

> Klingt super, ich könnte spontan heute Abend. Damit ich mich seelisch drauf einstellen kann: Womit wirst du mich kaltmachen? Mit dem Pizzabesteck?

> Mit den bloßen Händen. Und gleich danach noch mal.

> Perfekt, ich freu mich. Bin so gegen halb 8 da. Du könntest mich alternativ auch totlangweilen. Mit Booktalk oder so.

Mit den bloßen Händen, nachdem ich dir das Pizzabesteck in den Bauch gerammt und es ein paarmal umgedreht habe.

Uhh. Kaltblütige Leseratte!

Wenigstens kein mieser Vater-Versteher.

Ah, darum geht's. Keine Sorge, wir sind immer noch auf derselben Seite.

Obwohl ich weiter sauer auf ihn sein will, erleichtert mich diese Nachricht so sehr, dass ich es prompt nicht mehr so richtig kann.

KAPITEL 10

Lesen kann man nur lieben – wer's nicht tut,
hat noch nicht das richtige Buch für sich gefunden.

Etwa eine halbe Stunde vor Feierabend mailt Bryn mir schon wieder:

An: Hildyard, Clio
Von: Spurling, Bryn
Betreff: Re: Re: Re: Erstes Wiedersehen Noah & Violet

Hallo Clio,

hatte einen Run und hab den Kapitelanfang deinen Wünschen entsprechend um- bzw. neu geschrieben. Aber so ungern ich das zugebe: Ich brauche deine Hilfe.
Hab einen schönen Abend!

Bryn
📎 WaswillViolet.doc

Ich bin überrascht, wie zahm er klingt. Ist das eine Falle? Schon wieder viel zu neugierig öffne ich die Manuskriptszene.

Ich verstand mich selbst nicht mehr, und das war allein Violets Schuld. Seit ihrem Besuch am Vortag waren meine Gedanken reißende Wildwasser, die Stromschnelle um Stromschnelle meinen Verstand lahmlegten.

Wie hatte ich so abstumpfen können? Ich hatte jedes Recht, unter Damons Psychospiel zu leiden. Es gab nicht viele Menschen, denen ich in meinem bisherigen Leben vorbehaltlos vertraut hatte, und er war einer davon. Und dennoch … Mein jüngeres Ich wäre niemals passiv in Selbstmitleid versunken und hätte sich versteckt. Das war es ja, was Violet mir vorgeworfen hatte, und es war erschreckend leicht, mein Verhalten mit ihren Augen zu sehen. Das war aber auch das Einzige, was ich an ihrem Auftauchen durchschaute.

Es war lange her, dass wir beide mehr gewesen waren als Menschen, die einander mal gekannt hatten. Okay, nicht nur gekannt – geliebt. Auf jede nur erdenkliche Weise.

Frustriert begann ich, die komplette Wohnung aufzuräumen. Vielleicht würde das auch für mehr Klarheit in meinem Kopf sorgen.

Warum um alles in der Welt war Violet zu mir gekommen? Sie war mir nichts schuldig. Und wenn man jemandem nichts schuldig war, besuchte man ihn üblicherweise nicht, um ihm einen ermutigenden Schub zu geben. Sie hatte mich an einem Tiefpunkt vorgefunden: feige, verbittert und fast schon ein bisschen verwahrlost. Ich wünschte, ich

> **Bryn**
> Was das angeht, hattest du recht. Er benimmt sich wie ein Scheißkerl, nur weil er verletzt wurde. Auch wenn er insgesamt einfach eine etwas pessimistische Ader hat, wäre es sicher gut, ihn sympathischer darzustellen.
> Ich will nicht zu persönlich werden, aber da du angedeutet hast, dass du das Gefühl kennst, von jemandem dir Nahstehenden verraten zu werden ... Wie gehst du damit um? Ich könnte ein paar Anregungen für Noah brauchen, auch für den weiteren Handlungsverlauf.

würde mich deswegen nicht schämen. Es sollte mir egal sein, was sie von mir hielt. Wir hatten überhaupt keinen Bezug mehr zueinander. Doch dieses Warum ließ mich nicht los. Sie hatte immer gewusst, wo sie mich finden konnte, aber war nie zu mir gekommen. Nicht mal geschrieben hatten wir. Es war eine Funkstille gewesen, in der überhaupt keine Spannung gelegen hatte – weil wir uns zwar nicht vergessen hatten, aber eben nur auf diese Weise füreinander relevant gewesen waren: in Erinnerungen. Aus welchem Grund also hatte sie sich dazu entschlossen, sich bei jemandem blicken zu lassen, der aktuell nichts weiter als eine Vollkatastrophe war?

> **Bryn**
> Und hier habe ich jetzt einen richtigen Hänger: Ich weiß die Antwort selbst nicht. Würde nicht jeder Mensch, der halbwegs bei Trost ist, auf den Kontakt mit so einem … fail, mir fällt gerade nur »Rüpel« ein … verzichten?
> Warum versucht Violet, Noah aus seinem Schneckenhaus rauszukriegen? Was hat sie davon?

Shannon reagiert gar nicht erst auf mein leises Lachen. Das kennen wir schon voneinander, genau wie gelegentliches Fluchen, Seufzen oder besonders euphorisches Tastengeklapper. Ich wüsste auch gar nicht, was ich sagen sollte, würde sie nachfragen – *mein Autor hat mir gerade indirekt ein Friedensangebot gemacht*?

Am liebsten würde ich den Abschnitt sofort lektorieren und auf Bryns Fragen antworten, aber das muss warten. Bevor mein Bruder kommt, sollte ich noch meinen Wocheneinkauf erledigen, und das wird jetzt schon zeitlich knapp …

* * *

»Das Essen geht auf dich, oder?«, sind Cadens erste Worte, als ich ihm öffne. »Einmal diese seltsame Pizza mit Feta und Oliven für meine Schwester, einmal die mit dem Spiegelei in der Mitte – kein Plan, wie die noch mal heißt – ah, ja, genau! Und dann noch eine Funghi, eure Double Dough Balls mit dem Dip-Trio und zweimal Tiramisu zum Nachtisch. Perfekt. Danke.«

Es dauert einen Moment, bis ich kapiere, dass er das nicht mehr zu mir, sondern zu der Person vom Lieferservice gesagt hat. Er ist einer von diesen Menschen, die es perfektioniert haben, so mit ihren Kopfhörern zu telefonieren, dass es wirkt, als würden sie mit dir oder sich selbst reden.

»*Drei* Pizzen?«, frage ich.

»Eine für dich, zwei für mich.«

»Und ich zahle?«

»Deshalb hab ich ja gefragt.«

»Habe ich geantwortet?«

Er schiebt sich an mir vorbei durch die Haustür und wirft seine Jacke auf Keiras Schuhsammlung. »Du hattest deinen Ja-Blick.«

»Ich bin sicher, es war mein ›Ein Job im Lektorat macht finanziell nicht reich‹-Blick.«

Caden steuert mein Zimmer an, und wie immer zieht er die Schuhe im Gehen aus und lässt sie einfach da liegen, wo sie eben hinfallen. Er reißt die Tür auf und stößt beim Anblick meiner Bücher einen dramatischen Schrei aus. »Shit, Clio, du hast echt ein Problem! Das werden immer mehr von den Dingern. Beim letzten Mal konnte man wenigstens noch aus dem Fenster gucken.«

»Kann man immer noch.« Ich trete neben ihn und zerstöre mit einem routinierten Wuscheln durch seine ebenfalls dunkelblonden Haare seine Out-of-Bed-Frisur, bevor ich mir einen Weg zum Fenstersims bahne und den Stapel meiner Neuzugänge von dort auf den Boden wuchte.

Caden murmelt etwas, das verdächtig nach »Ich hasse Bücher!« klingt. Er lässt kaum eine Gelegenheit aus, das zu erwähnen.

»Einige von ihnen finanzieren deine Pizzen«, stelle ich klar. »Also sei lieber nett zu ihnen.«

Er kommt gespielt zögerlich ins Zimmer, verbeugt sich vor meinen Regalen und verkündet: »Ich betrachte euch quasi als meine Nichten und Neffen.«

»Hörst du, was sie sagen?«, frage ich.

»Dass sie mich lieben?«

»Dass du ein Spinner bist.«

Caden lässt sich mit so viel Schwung auf mein Bett plumpsen, dass der alte Lattenrost sich ächzend beschwert. »Apropos spinnende Menschen … Wie läuft's bei Keira und Luke?«

»Furchtbar.« Ich hieve den Klamottenberg von meinem Sessel, damit ich auch einen Sitzplatz habe.

»Wenn ich du wäre, würde ich einfach mit beiden was anfangen.«

»Super Idee, danke dafür. Moment, warte mal … war das nicht der Grund, warum deine einzige bisherige WG sich aufgelöst hat?«

»Da hast du möglicherweise was missverstanden.« Er hebt eine Schulter und setzt passend dazu seine Unschuldsmiene auf. »Und was macht dein Liebesleben so?«

Ich ahme seine Haltung samt Blick nach. »Sich darüber freuen, dass ich es vor meinem kleinen spätpubertierenden Bruder geheim halte.«

Er nickt wissend. »Weil es nicht existent ist.«

»Ich durchschaue deine Ablenkungsmanöver. Heute Abend haben wir ein ganz anderes Thema.«

»Und das war gerade eins von *deinen* Ablenkungsmanövern. Ich hab übrigens Mitchell getroffen.«

»Ich will's nicht wissen.«

»Hat nach dir gefragt.«

»Will's echt nicht wissen, Caden.«

»Und sagte: Deine Sis hat mich emotional zerstört.«

»Kann ich mir nicht vorstellen. Er ist sozusagen emotional unzerstörbar.«

»Vielleicht täuschst du dich da.«

»Wäre ich gezwungen, eine meiner gescheiterten Beziehungen wieder aufzunehmen, würde ich sicher nicht die zu Mitchell wählen.«

»Krass, also Jaxon? Der Typ hatte null Hobbys.«

»Und sein Name fängt mit J an. Wie Joshs, über den wir jetzt sprechen werden.«

Da werde ich Zeugin eines sehr seltenen Ereignisses: Caden Elliot Hildyard wird ernst.

Er zieht einen Zipfel meiner Tagesdecke zu sich heran und knetet ihn zwischen seinen Fingern.

»Wann hast du ihn gesehen?«, frage ich und kann nicht verhindern, dass es jetzt schon nach einem Verhör klingt. Tatsächlich ist es die erste von etwa zweitausend Fragen, die mir auf der Seele brennen.

Caden hat ein Bein auf die Matratze gestellt, das andere hängt über die Bettkante, und sein Fuß tippt auf den Boden, als würde er damit SOS morsen. »Ist 'ne Weile her«, gibt er zu. »War mehr ein Zufall. Ich wollte Mum überraschen, und er hing bei ihr im Wohnzimmer rum.«

Von dem Bild, wie Josh auf unserer Couch chillt, wird mir übel. Wenn es nach mir gegangen wäre, hätte er nie wieder einen Fuß über die Schwelle unseres Zuhauses gesetzt.

»Na ja, und er dann so: ›Aaaach, hi. Dich gibt's ja auch noch.‹ Und ich: ›Jo. Und dass ich voll keinen Plan vom Leben hab, nicht weiß, wo ich hinsoll und wo nicht und wen ich lieben soll und wen nicht, ist übrigens deine Schuld, alter Mann.‹«

Es klingt nach einer typischen Caden-Showeinlage, aber ich vermute, so ähnlich hat es sich tatsächlich abgespielt.

»Immerhin hatte er den Anstand, mich daraufhin auf ein Bier einzuladen. Also hab ich etwas später mal 'nen Abend mit ihm verbracht. Das war's schon. Wir haben uns nicht versöhnt oder so. Aber du kennst mich – ich bin nicht so wie du. Ich hab ihm einmal die Meinung gesagt und mich dann zurückgehalten.«

Draußen ist es mittlerweile stockdunkel, und als ich den Kopf schief lege und von meinem Platz aus durchs Fenster blicke, kann ich über den Lichtern der Straße den fast vollen Mond sehen. Ich wäge ab, was ich am dringendsten herausfinden muss, obwohl ich mich vor der Antwort fürchte. »Wie haben die beiden auf dich gewirkt? Glaubst du …?«

»Dass es ernst ist?«, hilft er mir.

Ich traue mich kaum zu nicken.

Cadens Blick sagt mir alles, was ich wissen muss.

Josh ist gekommen, um zu bleiben. Egal, ob wir ihn brauchen oder nicht. Egal, was es mit unserer Familie macht. Denn an dieser einen Sache wird sich nie etwas ändern: dass er allein entscheidet, ob er da ist oder nicht.

KAPITEL 11

Lesen bringt auf andere Gedanken.

Ich kann nicht schlafen, also setze ich mich mitten in der Nacht an meinen Schreibtisch und rufe über die Verlagscloud Bryns Kapitelanfang auf. Vielleicht ist unsere Arbeit am Buch gar nicht nur für ihn, sondern vor allem für mich selbst therapeutisch. Warum sonst sollte ich ein so dringendes Bedürfnis haben, genau jetzt meine Gedanken zu seinen Fragen niederzuschreiben?

Ich füge ein paar kleine Textänderungen ein und antworte ihm am Manuskriptrand zu den beiden Themen, die er aufgemacht hat.

Als ich fertig bin, lese ich mir die Szene samt unseren Kommentaren noch einmal komplett durch.

Ich verstand mich selbst nicht mehr, und das war allein Violets Schuld. Seit ihrem Besuch am Vortag waren meine Gedanken reißende Wildwasser, die Stromschnelle um Stromschnelle meinen Verstand lahmlegten.

> **Clio**
> Gefällt mir! Jetzt merkt man: Sie hat ihn aus dem Takt gebracht. Und wie!

Wie hatte ich so abstumpfen können? ~~Ich hatte jedes Recht,~~ Dass ich unter Damons Psychospiel ~~zu leiden~~ litt, war völlig klar. Es gab nicht viele Men-

> **Clio**
> Oder? Sonst würde es ja bedeuten, dass er leiden möchte?! (Wobei ich mir ehrlich gesagt nicht sicher bin, ob er nicht tatsächlich gern leidet – Stichwort Selbstmitleid und so, siehe auch nächster Vorschlag im Text. 😊)

schen, denen ich in meinem bisherigen Leben vorbehaltlos vertraut hatte, und er war einer davon. Und dennoch ... Mein jüngeres Ich ~~wäre~~hätte sich niemals passiv in Selbstmitleid ~~versunken~~ gesuhlt und ~~hätte~~sich versteckt. ~~Das war es ja, was~~Violets Vorwürfe nagten an mir~~vorgeworfen hatte~~, ~~und es~~denn leider war es erschreckend leicht, mein Verhalten mit ihren Augen zu sehen. Das war aber auch das Einzige, was ich an ihrem Auftauchen durchschaute.

Clio
Klang wie eine Erinnerung nur für die Leser*innen. Finde das »Nagen« würde es ziemlich gut treffen – natürlich nur, wenn du einverstanden bist (aber ich würde dir raten, es zu sein, weil es ein wirklich guter Vorschlag ist!)

Bryn
Was das angeht, hattest du recht. Er benimmt sich wie ein Scheißkerl, nur weil er verletzt wurde. Auch wenn er insgesamt einfach eine etwas pessimistische Ader hat, wäre es sicher gut, ihn sympathischer darzustellen.
Ich will nicht zu persönlich werden, aber da du angedeutet hast, dass du das Gefühl kennst, von jemandem dir Nahstehenden verraten zu werden ... Wie gehst du damit um? Ich könnte ein paar Anregungen für Noah brauchen, auch für den weiteren Handlungsverlauf.

Clio
Du stimmst mir zu? Das muss ich jetzt erst mal verarbeiten!
Ich habe leider so weit keine guten Empfehlungen. Um ehrlich zu sein, verdränge ich das Ganze, z. B., indem ich mitternächtliche Lektoratseinheiten einlege. Und gegenüber den Beteiligten mache ich einfach komplett dicht oder raste aus. Zu meiner Verteidigung muss ich sagen, dass es um eine Familiensache geht. Die sind immer die härtesten. Abgesehen von Beziehungskisten natürlich. Falls deine Trennung auch ein Hauch von Verrat umgeben haben sollte ... Irgendwie sagt mir das mein Bauchgefühl. Sorry, wenn **das** jetzt zu persönlich wird. Ich werde noch mal brainstormen, wie man erwachsen mit so einer Situation umgehen könnte. 😂

Es war lange her, dass wir beide mehr gewesen waren als Menschen, die einander mal gekannt hatten. Okay, nicht nur gekannt – geliebt. Auf jede nur erdenkliche Weise.

Clio
Oh, wow, BRYN! Gibt's ja nicht, du hast ihnen eine romantische Vorgeschichte gegeben. Danke!!! Das ebnet definitiv den Weg für die Badeseeszene! 😍

87

Frustriert begann ich, die komplette Wohnung aufzuräumen. Vielleicht würde das auch für mehr Klarheit in meinem Kopf sorgen.

Warum um alles in der Welt war Violet zu mir gekommen? Sie war mir nichts schuldig. Und wenn man jemandem nichts schuldig war, besuchte man ihn üblicherweise nicht, um ihm einen ermutigenden Schubs zu geben. Sie hatte mich an einem Tiefpunkt vorgefunden: feige, verbittert und fast schon ein bisschen verwahrlost. Ich wünschte, ich würde mich deswegen nicht schämen. Es sollte mir egal sein, was sie von mir dachte. Wir hatten überhaupt keinen Bezug mehr zueinander. Doch dieses Warum ließ mich nicht los. Sie hatte immer gewusst, wo sie mich finden konnte, aber war nie zu mir gekommen. Nicht mal geschrieben hatten wir. Es war eine Funkstille gewesen, in der überhaupt keine Spannung gelegen hatte – weil wir uns zwar nicht vergessen hatten, aber eben nur auf diese Weise füreinander relevant gewesen waren: in Erinnerungen. Was also konnte der Grund sein, dass sie sich dazu entschlossen hatte, sich bei jemandem blicken zu lassen, der aktuell nichts weiter als eine Vollkatastrophe war?

Clio
Haha, das habe ich auch schon versucht. Bringt aber nicht viel, wenn man in einer WG lebt und die anderen gleich wieder alles über den Haufen werfen – wortwörtlich.

Bryn
Und hier habe ich jetzt einen richtigen Hänger: Ich weiß die Antwort selbst nicht. Würde nicht jeder Mensch, der halbwegs bei Trost ist, auf den Kontakt mit so einem … fail, mir fällt gerade nur »Rüpel« ein … verzichten?
Warum versucht Violet, Noah aus seinem Schneckenhaus rauszukriegen? Was hat sie davon?

Clio
Einen »in Wahrheit ganz liebenswerten Schwarzmaler« hätte ich ihn genannt. 😊
Wieso muss sie etwas davon haben? Vielleicht hat ihre Intuition ihr einfach gesagt, dass Noah diesen Schubs gerade dringend braucht?!
Warum sie dranbleibt, hast du ja mittlerweile perfekt angelegt: weil da mal was war zwischen den beiden und sie ihn dadurch in so mancher Hinsicht sehr gut kennt. Sie weiß, er wird von allein nicht aus diesem Loch rauskommen.
Zudem will sie ihren Bruder nicht mit seinem falschen Spiel durchkommen lassen – aber das halte ich fast eher für einen Randaspekt, da sie ja immer ein eher distanziertes Verhältnis zu ihm hatte.

88

Sie hatte mich an einem Tiefpunkt vorgefunden.

An dieser Stelle bin ich hängen geblieben.

Ob ich Bryn auch an einem Tiefpunkt »begegnet« bin? Nachdem er geschrieben hat, dass er wegen seiner Trennung so harsch auf meinen Vorschlag mit der Lovestory reagiert hat, halte ich das für gar nicht so unwahrscheinlich. Ist es vor dem Hintergrund noch riskanter, ihn ein weiteres Mal darauf anzusprechen? Es geht mich überhaupt nichts an. Aber er ist Schriftsteller, und die *stellen* die Schrift – sie befragen nicht ihre Lektorin dazu, wie sie mit Verrat umgeht und weshalb man ihrer Meinung nach jemandem helfen wollen sollte, den Arsch hochzukriegen.

Also schicke ich alles so ab, wie es ist. Gut, und jetzt?

Ich werfe einen Schulterblick zum Bett. Irgendwie scheint es immer noch nicht nach mir zu rufen. Ich mache die Schreibtischlampe aus, woraufhin mein »Books Are my Happy Place«-Magnet von deren Schirm abfällt und ich mir den Kopf anstoße, als ich ihn vom Boden aufsammle. *Autsch.* Eine Hand an der zukünftigen Beule befestige ich mit der anderen den Magneten wieder an seinem Platz und will gerade den Laptop runterfahren, als ich im noch geöffneten Postfach eine neue Mail entdecke.

An: Hildyard, Clio
Von: Spurling, Bryn
Betreff: Nachteule oder nicht mehr zu retten?

Clio, muss ich mir Sorgen machen? Was ist das bitte für eine Work-Life-Balance?

Bryn

--

Gesendet: Heute 02:39 Uhr
Von: »Bryn Spurling« <spurling@googlemail.uk>
An: »Clio Hildyard« <hildyard@eastmorepublishing.uk>
Betreff: Re: Re: Re: Re: Erstes Wiedersehen Noah & Violet

Hallo Bryn,

hier kommt auch schon die Rückmeldung. 😊

Nachteulengrüße
Clio

::

An: Spurling, Bryn
Von: Hildyard, Clio
Betreff: Re: Nachteule oder nicht mehr zu retten?

Und wieso bist *du* noch wach? Ist jetzt auch nicht gerade normal?!

....

Meine Augen beginnen schon zu brennen, weil sie sich so auf den leuchtenden Bildschirm in der Dunkelheit fokussieren. Ich knipse die Lampe wieder an und schüttle den Kopf über mich selbst. Sitze ich jetzt ernsthaft hier und chatte per Mail mit einem Autor? Das ist definitiv nicht nur ein Work-Life-Balance-Problem.

Der Verdacht erhärtet sich, als ich einen kleinen Freudenkick bekomme, nur weil er wieder geantwortet hat.

An: Hildyard, Clio
Von: Spurling, Bryn
Betreff: Re: Re: Nachteule oder nicht mehr zu retten?

Na, ich schreibe. Meine Lektorin ist knallhart, die zwingt
mich dazu. Ihr war wohl nicht klar, dass ich Romantik nur
bei Dunkelheit und einem Glas Weißwein fabrizieren kann.
Ihre neusten Vorschläge sehe ich mir morgen – bzw. heute
später – an und melde mich dann bei ihr. Jetzt muss Noah
erst mal (bzw. erneut, weil mir die bisherige Fassung
selbst nicht mehr gefällt) die Begegnung mit seiner Ex
überstehen, die von Damon in Lügen eingesponnen wurde.
Ich beneide ihn nicht. Und bevor du fragst: Nein, ich habe
keinen ehemals besten Freund, der mir die Freundin
ausgespannt hat. Wobei ich sogar damit wahrscheinlich
besser umgehen könnte als mit dem, was mir passiert ist.
Gute Nacht, Clio.

An: Spurling, Bryn
Von: Hildyard, Clio
Betreff: Re: Re: Re: Nachteule oder nicht mehr zu retten?

Denkst du, nach diesem Teaser kann ich schlafen?

Ich beiße mir auf die Innenseite meiner Wange. Das ist jetzt
wohl der endgültige Beweis, dass man mich um diese Unzeit
nicht mehr an die Tastatur lassen sollte. Wieso versuche ich,
ihn über seine Privatangelegenheiten auszuquetschen? Ach ja,
ich weiß es wieder: Weil sie nicht verhindern dürfen, dass wir
am Ende einen wirklich guten Roman auf den Markt bringen.

An: Hildyard, Clio
Von: Spurling, Bryn
Betreff: Re: Re: Re: Re: Nachteule oder nicht mehr zu retten?

Es gibt Geschichten, die bleiben besser unerzählt. Sorry wegen meiner rätselhaften Andeutung – die Worte sind mit mir durchgegangen. Glaub, das Problem kennst du, oder? 😨

An: Spurling, Bryn
Von: Hildyard, Clio
Betreff: Re: Re: Re: Re: Re: Nachteule oder nicht mehr zu retten?

Argh. Ich wünsch dir richtig fiese Albträume, Bryn. Bis demnächst.

Ich warte auf eine kurze Erwiderung, aber die bleibt aus. Nach acht Minuten, die ich an der Zeitanzeige meines Laptops ungeschönt ablesen kann, will ich mich gerade kopfschüttelnd ins Bett begeben, da schreibt er mir doch noch zurück.

An: Hildyard, Clio
Von: Spurling, Bryn
Betreff: Re: Re: Re: Re: Re: Re: Nachteule oder nicht mehr zu retten?

Okay, warte, ich habe mir dein Szenenlektorat doch

schon angesehen und kann dich unmöglich in Ruhe einschlummern lassen, bevor ich nicht ein paar Dinge dazu klargestellt habe:

1. Violet hat Noah NICHT aus dem Takt gebracht. So gar nicht. Er war ein bisschen überrascht, das war alles.
2. Er leidet NICHT gern und ist auch NICHT so selbstmitleidig, wie du denkst (vor allem SUHLT er sich nicht darin)!
3. Wir sollten womöglich beide mal mit jemandem reden, der sich mit Bewältigungsstrategien auskennt. Wie sollen wir hoffnungslosen Fälle sonst dem armen Noah helfen?
4. Yes, »Hauch von Verrat« ist in Bezug auf meine Trennung noch untertrieben. (Sorry, schon wieder ein Teaser, das ist keine Absicht!!!) In welche Richtung geht denn deine Familienkrise (falls du drüber reden möchtest)?
5. Noch mal: Du bekommst deine Badeseeszene auf keinen Fall. Deinetwegen muss ich jetzt schon genug Schwachsinn ins Buch reinbasteln, denn durch die neue Vorgeschichte von V&N ändert sich ziemlich viel. Ich bin gerade sehr froh über dieses Pseudonym. So, wie du diesen Roman verschandelst, würde ich niemals meinen echten Namen draufstehen haben wollen.
6. Ein »in Wahrheit ganz liebenswerter Schwarzmaler« – das gefällt mir!
7. Violets Motiv erschließt sich mir nach wie vor nicht, auch wenn deine Denkansätze mir schon weiterhelfen. Noah ist gerade so richtig durch und übel drauf – und sie glaubt, er braucht jetzt sie in seinem Leben?

So, jetzt: Gute Nacht. Wir lesen uns nachher. 😊

Clio

Bevor ich in Versuchung komme, noch ein weiteres Mal zurückzuschreiben, fahre ich den Laptop endlich runter. Mir spukt auch eine Aufzählung durch den Kopf, aber es ist nicht die, die er mir gerade geschickt hat:

1. Er beginnt, unseren Austausch zu mögen.
2. Ich beginne, unseren Austausch zu mögen.
3. Es ist immer noch mitten in der Nacht, und ich bin unzurechnungsfähig.

Bilde ich mir das ein, oder hat er sich gefreut, nicht allein wach zu sein? Es wirkte fast, als wollte er hinauszögern, dass ich das Gespräch fürs Erste beende.

Ich krabble unter meine Decke, rolle mich auf die Seite und starre auf die dunklen Konturen meiner geliebten Bücherregale und -stapel.

Ich kehre zurück zum ersten Punkt seiner Liste, der auf jeden Fall gelogen war: Violet *hat* Noah aus dem Takt gebracht.

So wie ich Bryn Spurling.

KAPITEL 12

Lesen kann zu Schlafmangel führen.

»Morgen, Melly, würdest du mich bei einer superdummen Idee unterstützen?«

Sie blickt vom Bildschirm auf, als ich an ihren Tisch trete und meine flehentlichste Unschuldsmiene aufsetze.

»Kommt drauf an, wie dumm superdumm ist.« Sie greift nach einem der geschälten Apfelstücke, die sie auf einem kleinen Teller zu einem Kreis arrangiert hat. »Sag mal, hast du verschlafen? Du siehst aus wie aus dem Bett gefallen.«

»Ja und nein. Habe heute Nacht sozusagen schon eine Dreiviertelstunde vorgearbeitet und bin dafür länger liegen geblieben.«

Die restliche Zeit, die fürs Hin- und Her-Mailen draufgegangen ist, werde ich nicht als Arbeitszeit rechnen. Ich glaube nicht, dass Eastmore mich dafür bezahlen möchte, dass ich nächtlichen Deep Talk mit einem unserer Starautoren führe. Andererseits ... das ist garantiert hilfreich fürs Endprodukt, oder?

»Versuch einfach mal, dir einen etwas gesunderen Rhythmus anzugewöhnen«, rät Melly mir.

»So was in der Art hat Bryn mir auch geschrieben.«

»Oh, verschon mich bitte mit deinen Enemies-to-Lovers-Anwandlungen!«, bittet sie theatralisch.

»Wir waren nie Enemies«, sage ich, »und werden nie Lovers sein.«

»Womöglich ist er ein Rentner.«

»Ich befürchte, eher ein Teenager. So trotzig, wie er manchmal …« Ich stoppe mich, weil sich das jetzt selbst in meinen Ohren etwas zu liebevoll angehört hat. »Also, seine Agentin hat ihn in einem Interview als jungen Mann bezeichnet – macht meine Theorie wahrscheinlicher.« Ich grinse. »Jedenfalls besteht absolut kein Grund zur Sorge, es ist einfach nur … eine Zusammenarbeit der Extraklasse.«

Sie schüttelt den Kopf über mich, und da ich ja immer noch den Gefallen von ihr brauche, lasse ich das so stehen.

»Hat das, was du von mir willst, auch was mit ihm zu tun?«

»Nicht im Entferntesten! Es geht um Josh.«

Sie strafft sofort die Schultern, als würden wir uns jetzt auf gefährliches Gelände begeben. Ist auch ein bisschen so. »Okay? Was hast du vor?«

»Es wär möglich, dass ich gestern rangegangen bin, als er angerufen hat … und dass ich so getan habe, als wäre ich du.« Meine Beichte klingt, so laut ausgesprochen, wirklich nicht so toll. »Also nicht vorsätzlich«, erkläre ich schnell. »Ich hatte einen fiesen Moment und hab so getan, als hätte er gar nicht mich dran. Daraus hat er geschlussfolgert, dass du es sein musst.«

Mellys Telefon klingelt und hält sie davon ab, mich weiter so eingehend anzuschauen.

»Hallo«, begrüßt sie die Person am anderen Ende – offenbar jemand aus unserem Team. »Hmmm – ja … Mach ich … Kein Problem. Geb ich weiter … Ja, ciao!«

Sie notiert etwas auf ihrer schon ziemlich langen To-do-Liste, für die sie so einen Einkaufszettelblock verwendet. »Du willst unter meinem Namen mit deinem Vater schreiben«, stellt sie fest, noch bevor sie den Stift weglegt und wieder aufsieht.

Wie kann jemand einen anderen Menschen so gut kennen wie sie mich?

»Ich könnte behaupten, dass er mir leidtut, weil er ehrlich verzweifelt klang, und ich – also du – nicht verstehe, warum seine Tochter ihm keine Chance geben will. Ich tu so, als wollte ich vermitteln.«

Ich warte darauf, dass sie mich fragt, was ich mir davon verspreche, aber sie scheint es zu ahnen. Vielleicht sieht sie es sogar klarer als ich selbst.

»Das ist eine ganz neue Ebene von superdumm«, urteilt sie.

»Wenn ich dir verspreche, dass ich es später aufkläre? Ich will einfach nur wissen, wie er reagiert, wenn ich ihn ein paar Sachen frage.«

Melly nimmt ihr Handy zur Hand, und ich trete hoffnungsvoll hinter ihren Stuhl, um ihr über die Schulter blicken zu können.

Sie lässt das Display wieder schwarz werden. »Hey, verrückter Vorschlag: Frag ihn diese Sachen *persönlich*. Du bist doch sonst nicht so eine Schisserin.«

Sie hat recht. Aber diese Sache hat nicht nur etwas mit fehlendem Mut zu tun.

»Wenn ich mit ihm rede, dann … Er würde sich als mein Dad inszenieren. Das ertrag ich nicht. Abgesehen vom Biologischen ist er das einfach nicht mehr. Dieses ›Ich bin dein Vater, deshalb musst du mir zuhören‹ will ich mir nicht antun.«

Ihre Stirn hat sich in Falten gelegt. Einige lange Sekunden ringt sie mit sich. »Okay, lass uns einen Kompromiss ausprobieren: Ich schreibe ihm selbst, aber wir sprechen ab, was genau.«

Ich beuge mich vor und knuddle sie auf dem Stuhl, so gut das eben geht.

»Schon okay, schnell jetzt – ich arbeite eigentlich gerade!«

Ich lasse sie los, während sie Insta aufruft und *Josh Hildyard* ins Suchfeld tippt. Er hat ein peinliches Foto drin, auf dem er einem Lama den Kopf tätschelt und so breit grinst, als gäbe es keine Schwierigkeiten im Leben.

»Folg ihm bloß nicht«, sage ich. »Wir hoffen einfach, dass er die Nachricht trotzdem sieht.«

Melly schnaubt. »Ich hatte auch nicht vor, ihm zu folgen, danke.« Sie beginnt zu schreiben.

Hi, hier ist Melly. Ich habe versucht, mit Clio über Sie zu sprechen, aber wie Sie sich vorstellen können, war das Thema für sie schnell abgehakt …

»Und jetzt: Was willst du wissen?«

»*Darf ich fragen, warum Sie überhaupt wieder Kontakt zu ihr wollen?*«, diktiere ich. »*Wünscht Morgan sich das?*«

Melly tippt und sendet. »Sehen wir, was passiert. Aber jetzt wird erst mal weitergemacht. Husch, husch, lektorier was!«

Lachend gehe ich zur Tür. »Die Aufforderung werde ich mir vielleicht auf ein Motivationsposter drucken und an unsere Bürotür hängen.«

Kurz darauf stoße ich genau die auf und begrüße Shannon, die schon fleißig vor sich hin arbeitet.

Mir entkommt ein kleiner Freudenschrei, als ich eine Post-it-Nachricht von Chelsea auf meiner Tastatur finde: *Habe ausnahmsweise mal ganz schnell Zeit gefunden, mir diese Chimären-Story anzuschauen. Wenn Sie sich zutrauen, mit der Autorin ein anderes Ende zu erarbeiten, haben Sie meine Zustimmung für das Projekt.*

Wie schade, dass ich gerade heute so spät hergekommen bin. Ich hätte mich gern kurz persönlich mit ihr darüber unterhalten. Aber bestimmt wird sie bei Gelegenheit noch mal ein paar Worte dazu verlieren. Die Hauptsache ist erst mal, dass ich die Agentur kontaktieren kann. Auch wenn der Roman speziell ist, habe ich schon die ganze Zeit so ein Bauchgefühl, lieber schnell Interesse zu bekunden.

Also schreibe ich als Allererstes eine euphorische Mail an Carrie Staunton mit der Frage, ob die Autorin bereit wäre, über ein neues Ende zu sprechen. Die Agentur ist noch ziemlich jung, und bisher habe ich dort keinen Titel eingekauft. Noch weiß ich daher nicht, wie Carrie so tickt und was ich in den Verhandlungen mit ihr zu erwarten habe, aber ich bin optimistisch.

Ich kehre zu Bryns letzter Nachricht zurück, um sie doch noch zu beantworten.

··

An: Spurling, Bryn
Von: Hildyard, Clio
Betreff: Re: Re: Re: Re: Re: Re: Nachteule oder nicht mehr zu retten?

Hallo Bryn,

ich habe deine Klarstellungen zur Kenntnis genommen. Bei einigen der Punkte bin ich mir allerdings nicht sicher, ob ich dir glaube. Und meine Badeseeszene bekomme ich auf jeden Fall.
Meine Familienkrise geht in die Richtung schwieriger Elterngeschichten. Glaube kaum, dass du mir da weiterhelfen kannst …
Was Violet angeht: Du bist ihr Autor, du musst sie durchschauen! Wie wär's, wenn du just for fun bzw. zu Übungszwecken mal aus ihrer Sicht schreibst? Vielleicht einfach direkt das erste Wiedersehen oder ihre Gedanken danach? Du kannst mir das gern schicken, dann sage ich dir, ob es mir authentisch erscheint. 😊

Clio

In wirklich haargenau dem Moment, in dem ich die Mail sende, geht eine neue von ihm bei mir ein. Wenn das so weitergeht, können wir direkt einen Live-Chat aufmachen.

....

An: Hildyard, Clio
Von: Spurling, Bryn
Betreff: Erst mal was anderes ...

Guten Morgen Lieblingslektorin,

habe mich doch zuerst an den Vorspann zur Szene mit Noahs Eltern gesetzt. Die Szene mit der Ex hat mich schon damals beim Schreiben gekillt – ich glaube, ich brauche doch noch ein bisschen, bis ich sie überarbeiten kann. Und außerdem ist unser Plan ja, uns zuerst um alles mit Violet zu kümmern.

Bryn
🔗 Planung_Elterntreffen.doc

....

Ich öffne den Anhang, doch bevor ich reinlese, muss ich noch eine Sache loswerden.

....

An: Spurling, Bryn
Von: Hildyard, Clio
Betreff: Re: Erst mal was anderes ...

Lieblingslektorin??? Alles okay bei dir?

....

An: Hildyard, Clio
Von: Spurling, Bryn
Betreff: Re: Re: Erst mal was anderes ...

So schnell kann's gehen ... Was soll ich sagen? Nur weil du
schrecklich bist, muss ich dich ja nicht nicht mögen ...

An: Spurling, Bryn
Von: Hildyard, Clio
Betreff: Re: Re: Re: Erst mal was anderes ...

Okay, jetzt bin ich motiviert, dir in meiner gewohnt schreck-
lichen Art die neue Szene komplett zu zerlegen.
Du bist übrigens viel schwerer zu mögen als ich.

An: Hildyard, Clio
Von: Spurling, Bryn
Betreff: Re: Re: Re: Re: Erst mal was anderes ...

Can't wait. 😊 Und danke für das Kompliment.
Übrigens glaube ich kaum, dass ich aus Violets Sicht
schreiben kann. Aber ich probier's. Denn immer wenn ich
Nein zu dir sagen will, fällt mir wieder ein, dass ich ja alles
schreiben werde, was du willst ...

Und schon wieder grinse ich meinen Bildschirm an, als würde
Bryn sich nicht nur witzig fühlen, sondern wäre es wirklich.

Ich öffne die neue Szene. Interessant, dass er ausgerechnet
jetzt die vor Noahs Treffen mit seinen Eltern ausgewählt hat.

Aber gut, ich kann's kaum erwarten!

Ich war die Liste von Menschen durchgegangen, die mich dank Damon für verrückt hielten, auf mich herabsahen oder mich sogar hassten. Wen von ihnen würde ich am ehesten wieder auf meine Seite ziehen können? Das Problem war, dass die meisten allein schon wegen meines Stolzes nicht infrage kamen. Ich würde nicht bei Estelle angekrochen kommen, von der ich gedacht hatte, sie sei meine große Liebe, und die so leicht davon zu überzeugen gewesen war, dass ich sie hintergangen hatte. Vor allem nicht nach unserer unsäglichen letzten Begegnung in der Stadt.

Auch nicht bei den Richardsons, die mir, ohne mit der Wimper zu zucken, gekündigt hatten, obwohl ich fast ein halbes Jahrzehnt eins ihrer zuverlässigsten Teammitglieder gewesen war. Nein, der Logik nach sollte ich bei den Menschen anfangen, die schon dafür zuständig gewesen waren, mich zu lieben, bevor ich meine ersten Gedanken gedacht hatte: Mum und Dad. Und auch wenn ich es mir nicht gern eingestand, brauchte ich selbst dafür Unterstützung.

Es war das erste Mal, dass ich die Nummer von der Visitenkarte wählte. In den letzten Tagen war es immer Vi-

Bryn
Wie gesagt, ich hab's echt nicht gepackt, mich da wieder dranzusetzen. Irgendwelche Ideen dafür? Wie hast du die Szene mit Estelle denn beim Lesen empfunden?

Clio
Ich habe sogar eine ganz großartige Idee! Was, wenn Violet und Noah eine Art Date haben und dann GEMEINSAM Estelle begegnen? Wäre noch unangenehmer und die perfekte Gelegenheit für Noah, zu bemerken, dass seine Ex Violet nie das Wasser reichen konnte. 😊 Mich hat an der Szene eigentlich nichts gestört – sie ist unversöhnlich, aber das passt ja zu den Umständen und dem Ton des Buchs. Nun allerdings, wo ich diese Lösung vor Augen habe ...

Bryn
Apropos ... Da du meine Frage nicht beantwortet hast (tu es auch weiterhin nicht, wenn du nicht willst – no pressure!): Hat deine Familienkrise vielleicht auch was mit einem Mum- oder Dad-Problem zu tun?

Clio
Leider ja. Ganz klassisch: Er hat uns sitzen lassen, und jetzt will er nach all den Jahren zurückkommen. Sie tut, als hätte sie nur darauf gewartet.
Er will mich treffen, aber ich ihn nicht.

olet gewesen, die einen Schritt auf mich zu gemacht hatte – nie ich auf sie. Und auch wenn sie mit Sicherheit wusste, wie aufgeschmissen ich ohne sie wäre, hatte ich das so bisher noch nicht ausgesprochen.

Die Wahrheit machte mich zu schutzlos: Violet war die einzige Glühbirne, die in die verstaubte Fassung meines gerade wirklich düsteren Lebens zu passen schien. Mein Lichtblick.

Nur leider war es das letzte Mal, als ich solche Vergleiche gezogen hatte, gewaltig schiefgegangen mit uns.

Sie ging nach dem dritten Klingeln ran. Mit einem »Hey«, das klang wie: »Hey, willst du mehr?«, »Hey, kannst du nicht mehr ohne mich?«, »Hey, lass uns alles riskieren.«

Ich räusperte mich und hörte sie leise lachen, als wüsste sie genau, was ich gerade alles herausgehört hatte.

»Möchtest du auch etwas sagen, Noah? Oder rufst du häufiger an, um die Leute dann anzuschweigen?«

»Ich hätte gern, dass du mit mir nach Hause kommst. Zum Tee mit meinen Eltern.«

Wieder dieses Lachen. Himmel, sie war so anstrengend, viel zu sehr von sich selbst überzeugt und über alle Maßen großartig.

»Der erste Teil gefiel mir, dann wurde es seltsam.«

Ich schnaubte. »Würdest du bitte einfach zusagen?«

> **Clio**
> Fast so aufgeschmissen wie du ohne deine Lektorin. 😉

> **Clio**
> Oh, Bryn! Das ist so süß, dass ich nicht sicher bin, ob es nicht schon fast zu süß ist.
> Ist ebenfalls ein bisschen wie bei uns, oder? Weil ich Licht in dieses total düstere Manuskript bringe …

> **Clio**
> Ha! Also bist du Brite. Deine Vita ist fake, oder? Du kommst gar nicht aus Australien.

> **Clio**
> Das ist hoffentlich nicht, was du wirklich meinst?! Wie alt musst du sein, dass du eine Frau als »großartig« bezeichnest? »Großartig« ist Oma Lucia für Opa Carl, wenn sie ihm den Fernseher anmacht, damit er nicht aufstehen muss.
> Na los, sag mir, wie er Violet WIRKLICH findet. (Spoiler: Die Beschreibung, die ich suche, enthält nicht das Wort »heiß«.)

103

»Wozu soll ich dabei sein?«, fragte sie. »Als Zeugin, die bestätigt, dass du wirklich nichts von dem getan hast, was Damon über dich erzählt?«

»Sie dürfen uns ruhig für ein Paar halten.«

Kurz herrschte Stille~~ung~~ in der Leitung.

> **Clio**
> Da war dein Köpfchen wohl schon drei Worte weiter, was?
> Oder hat dich die wirklich knuffige Idee, dass er Fake Dating vorschiebt, weil er nicht zugeben kann, dass er echt auf sie steht, so durcheinandergebracht?

»Was bringt dich auf den Gedanken, ich könnte das mit meinem Ruf vereinbaren?«, neckte sie mich dann. »Du kannst mich nicht einfach in deine Pläne einspannen, ohne mir dafür ein echt gutes Angebot zu machen. Also: Was krieg ich dafür?«

Sie wusste, wie sehr ich ihre Hilfe brauchte. Ihr vermeintliches Vertrauen in mich könnte allen, die nicht mehr an mich glaubten, beweisen, dass ich nicht verrückt und gefährlich war. Violet Gardner würde sich nie in einen Mann verlieben, der war, wie Damon mich aussehen ließ. Das könnte tatsächlich meinen Ruf wiederherstellen.

»Für welchen Preis würdest du es tun?«, fragte ich nach kurzem Überlegen zurück und wartete auf eine weitere Wiederholung dieses speziellen Lachens.

»Überlege ich mir noch«, sagte sie jedoch nur, und es bestand kein Zweifel daran, wie gern sie mich in der Hand hatte. »Ich schlafe 'ne Nacht drüber.«

Fakt war, dass meine Nacht ihretwegen vermutlich schlaf*los* enden würde.

> **Clio**
> Da hast du die realen Schreibumstände ja sehr charmant eingebracht. 😊

KAPITEL 13

Lesen verbindet.

»Wir haben eine Antwort.«

Mellys Ankündigung ist das Erste seit Stunden, das es schafft, meine volle Aufmerksamkeit zu gewinnen. Es ist traurig, aber wahr: Mit Bryn zu arbeiten, macht mich unkonzentriert. Ständig klicke ich mich in meine Mails, nur um festzustellen, dass die Szene noch nicht wieder zu mir zurückgekommen ist, und selbst jetzt in der Pause auf der Picknickdecke, die wir im Verlagsgarten ausgebreitet haben, male ich mir aus, wie er wohl reagieren wird. Macht er dicht, oder erfahre ich endlich etwas mehr über ihn? Und hat ihn mein Vorschlag mit Noahs und Violets Date wohl so geärgert wie erhofft?

»Willst du gar nicht wissen, was Josh schreibt?«, fragt Melly und stupst mein Bein mit ihrem gesunden Knie an.

Mist, schon wieder abgeschweift!

»Doch, so was von! Hau raus.«

Melly räuspert sich und hält sich das Handy dichter vors Gesicht, damit sie die Nachricht trotz der Helligkeit hier draußen lesen kann. »Hallo Melly. Danke, dass Sie mich angeschrieben haben. Der Wunsch, wieder Kontakt zu Clio aufzunehmen, geht von mir aus. Morgan würde sich aber definitiv auch darüber freuen. Wenn Sie irgendeinen Weg sehen, meine Tochter dazu zu bringen, mir zuzuhören, wäre ich Ihnen sehr dankbar.

Alles, was ich möchte, ist eine Chance. Das Leben ist zu kurz, um uns von Menschen wegstoßen zu lassen, die wir lieben.«

Ich strecke die Hand aus, und Melly versteht sofort. Sie legt das Handy hinein, damit ich mich selbst davon überzeugen kann, dass das wirklich so da steht.

»Nicht sein Ernst«, murmele ich. »Ich bin ein Mensch, den er liebt? Gratulation, der Gedanke kommt ihm ja früh.«

»Oh my gosh, Josh. Jetzt hast du's endgültig versaut.« Melly schüttelt den Kopf.

Ich muss lachen, obwohl mir eigentlich gar nicht danach zumute ist. »*Gosh.* Das ist gut! So nenn ich ihn ab sofort.«

Ich lege das Handy zwischen uns, lasse mich auf den Rücken fallen und schirme meine Augen mit der Hand vor der Sonne ab. »Endgültig versaut hat er es allerdings schon vor 'ner ganzen Weile, nicht erst heute.«

Ich erinnere mich noch genau, wie ich ihn angefleht habe zu bleiben. Dann darum zurückzukommen. Schließlich nur noch, sich zu melden. Die Zeit der Chancen liegt lange, lange zurück.

»Du kannst ihm antworten, dass ich gesagt habe, für mich ist er gestorben.«

»Sicher?«

Obwohl ich nicht hinsehe, weiß ich genau, wie Melly gerade guckt. »Findest du, ich bin zu hart?«

»Auf keinen Fall!«

Ich bin beruhigt, wie schnell und überzeugt das kam. Wenn sie mir wie Mum das Gefühl gegeben hätte, dass ich mich kindisch und ungerecht verhalte, hätte mich das dann doch an mir zweifeln lassen.

»Ich hab nur Angst, es könnte eine zu große Sache draus werden, wenn du ihm ausweichst und dich das die ganze Zeit untergründig quält.«

Ich setze mich auf und greife nach dem Muffin, den ich mir

als Nachtisch zu den Sandwiches, die wir eben hatten, mitgebracht habe. »Keine Sorge. Mich quält nichts. Er mag wieder aufgetaucht sein, aber in meinem Leben wird er weiterhin nicht vorkommen.«

Leider weiß ich in Wahrheit nicht, ob es wirklich derart einfach ist und bleibt.

Zurück im Büro ist Bryns Rückmeldung da, doch gerade als ich sie genüsslich durchgehen will, klingelt mein Telefon.

»Eastmore Publishing, Hildyard, guten Tag.«

»Hi, Clio, hier Carrie. Ich dachte, ich rufe kurz an. Marcella und ich freuen uns sehr über euer Interesse an ihrer Dilogie! Sind es inhaltlich denn große Änderungen, die euch vorschweben?«

Ich fische mit einer Hand nach meinen Sitzungsnotizen, die ich in eine Schublade meines Rollcontainers gelegt habe, damit mein Arbeitsplatz aufgeräumter aussieht. In Gesprächen wie diesen bin ich normalerweise gut, aber das kommt jetzt ganz schön unvorbereitet und dann auch noch im Mittagstief.

Ich gebe mein Bestes, ihr positiv, aber ehrlich zu schildern, was aus meiner Sicht am Plot und dem Showdown gemacht werden müsste. Carrie hört aufmerksam zu und stimmt mir zumindest bei einigen Punkten direkt zu.

»Ich werde mit Marcella Rücksprache halten«, sagt sie am Ende unseres Telefonats. »Die Reihe bei Plots&Pieces zu platzieren, ist definitiv eine Option für sie. Sie hängt aber sehr an dem, was sie schon entwickelt hat, und wir müssen einfach schauen, ob es passt. Vielleicht könnt ihr euch auch persönlich dazu austauschen.«

»Gute Idee, biete ihr das von meiner Seite aus gern an, sofern sie sich grundsätzlich vorstellen kann zu überarbeiten.«

Wir verabschieden uns voneinander. Hoffentlich geht diese Marcella Walton in sich. Sie würde sich sonst eine tolle Möglichkeit verbauen.

»Daumen sind gedrückt.« Shannon, die das Gespräch beim Arbeiten halb mitbekommen hat, hebt zum Beweis beide Hände hoch.

»Danke!«

Und jetzt endlich zu Bryns zurückgeschickter Szene. Voller Neugier öffne ich sie.

Ich war die Liste von Menschen durchgegangen, die mich dank Damon für verrückt hielten, auf mich herabsahen oder mich sogar hassten. Wen von ihnen würde ich am ehesten wieder auf meine Seite ziehen können? Das Problem war, dass die meisten allein schon wegen meines Stolzes nicht infrage kamen. Ich würde nicht bei meiner vermeintlichen großen Liebe Estelle angekrochen kommen, die so unfassbar leicht davon zu überzeugen gewesen war, dass ich sie hintergangen hatte. Vor allem nicht nach unserer unsäglichen letzten Begegnung in der Stadt.

Bryn

Wie gesagt, ich hab's echt nicht gepackt, mich da wieder dranzusetzen. Irgendwelche Ideen dafür? Wie hast du die Szene mit Estelle denn beim Lesen empfunden?

Clio

Ich habe sogar eine ganz großartige Idee! Was, wenn Violet und Noah eine Art Date haben und dann GEMEINSAM Estelle begegnen? Wäre noch unangenehmer und die perfekte Gelegenheit für Noah, zu bemerken, dass seine Ex Violet nie das Wasser reichen konnte. 😊

Mich hat an der Szene eigentlich nichts gestört – sie ist unversöhnlich, aber das passt ja zu den Umständen und dem Ton des Buchs. Nun allerdings, wo ich diese Lösung vor Augen habe …

Bryn

Ich hoffe sehr für dich, dass das ein Witz sein soll. Ich weiß nicht mal, wer von beiden das weniger wollen würde. (Oder sich eingestehen würde, es zu wollen. Denn ja, ich hab kapiert, dass du willst, dass sie es wollen.)

Außerdem würde Noah Violet niemals in den Scheiß mit seiner Ex verwickeln.

Also lassen wir das Zusammentreffen mit Estelle doch, wie es ist.

Auch nicht bei den Richardsons, die mir, ohne mit der Wimper zu zucken, gekündigt hatten, obwohl ich seit fast einem halben Jahrzehnt eins ihrer zuverlässigsten Teammitglieder gewesen war.

Nein, der Logik nach sollte ich bei den Menschen anfangen, die schon dafür zuständig gewesen waren, mich zu lieben, bevor ich meine ersten Gedanken gedacht hatte: Mum und Dad. Und auch wenn ich es mir nicht gern eingestand, brauchte ich selbst dafür Unterstützung.

Es war das erste Mal, dass ich die Nummer von der Visitenkarte wählte. In den letzten Tagen war es immer Violet gewesen, die einen Schritt auf mich zu gemacht hatte – nie ich auf sie. Und auch wenn sie mit Sicherheit wusste, wie aufgeschmissen ich ohne sie wäre, hatte ich das so bisher noch nicht ausgesprochen. Die Wahrheit machte mich zu schutzlos: Violet war die einzige Glühbirne, die in die verstaubte Fassung meines gerade wirklich düsteren Lebens zu passen schien. Mein Lichtblick.

Nur leider war es das letzte Mal, als ich solche Vergleiche gezogen hatte, gewaltig schiefgegangen mit uns.

Sie ging nach dem dritten Klingeln

Bryn
Apropos ... Da du meine Frage nicht beantwortet hast (tu es auch weiterhin nicht, wenn du nicht willst – no pressure!): Hat deine Familienkrise vielleicht auch was mit einem Mum- oder Dad-Problem zu tun?

Clio
Leider ja. Ganz klassisch: Er hat uns sitzen lassen, und jetzt will er nach all den Jahren zurückkommen. Sie benimmt sich, als hätte sie nur darauf gewartet.
Er will mich treffen, aber ich ihn nicht.

Bryn
Die Clio, für die ich dich bisher halte, würde ihn treffen. Und es ihm trotzdem garantiert nicht zu leicht machen. Wovor hast du Angst?

Clio
...st so aufgeschmissen wie du ...ne deine Lektorin. 😉

...yn
...hast es erfasst.

Clio
Oh, Bryn! Das ist so süß, dass ich nicht sicher bin, ob es nicht schon fast zu süß ist.
Ist ebenfalls ein bisschen wie bei uns, oder? Weil ich Licht in dieses total düstere Manuskript bringe ...

Bryn
Nicht nur in das Manuskript, Clio.

ran. Mit einem »Hey«, das klang wie: »Hey, willst
du mehr?«, »Hey, kannst du nicht mehr ohne mich?«,
»Hey, lass uns alles riskieren.«

Ich räusperte mich und hörte sie leise lachen, als
wüsste sie genau, was ich gerade alles herausgehört
hatte.

»Möchtest du auch etwas sagen, Noah? Oder rufst du
häufiger an, um die Leute dann anzuschweigen?«

»Ich hätte gern, dass du mit mir nach Hause kommst.
Zum Tee mit meinen Eltern.«

Wieder dieses Lachen. Himmel, sie war
so anstrengend, viel zu sehr von sich
selbst überzeugt und ~~über alle Maßen~~
~~großartig~~durch und
durch schön.

»Der erste Teil ge-
fiel mir, aber dann
wurde es seltsam.«

Ich schnaubte. »Würdest du bitte
einfach zusagen?«

»Wozu soll ich dabei sein?«, fragte
sie. »Als Zeugin, die bestätigt,
dass du wirklich nichts von dem
getan hast, was Damon über dich
erzählt?«

»Sie dürfen uns ruhig für ein Paar
halten.«

Kurz herrschte Stil-
l~~eung~~ung in der Leitung.
»Was bringt dich auf
den Gedanken, ich
könnte das mit meinem Ruf vereinba-

110

ren?«, neckte sie mich dann. »Du kannst mich nicht einfach in deine Pläne einspannen, ohne mir dafür ein echt gutes Angebot zu machen. Also: Was krieg ich dafür?«

Sie wusste, wie sehr ich ihre Hilfe brauchte. Ihr vermeintliches Vertrauen in mich könnte allen, die nicht mehr an mich glaubten, beweisen, dass ich nicht verrückt und gefährlich war. Violet Gardner würde sich nie in einen Mann verlieben, der war, wie Damon mich aussehen ließ. Das könnte tatsächlich meinen Ruf wiederherstellen.

»Für welchen Preis würdest du es tun?«, fragte ich nach kurzem Überlegen zurück und wartete auf eine weitere Wiederholung dieses speziellen Lachens.

»Überlege ich mir noch«, sagte sie jedoch nur, und es bestand kein Zweifel daran, wie gern sie mich in der Hand hatte. »Ich schlafe 'ne Nacht drüber.«

Fakt war, dass meine Nacht ihretwegen vermutlich schlaflos enden würde.

> **Clio**
> Da hast du die realen Schreib-
> umstände ja sehr charmant einge-
> bracht . 😊
>
> **Bryn**
> Das war unbewusst. Stimmt aber
> vollkommen. Schon nicht so ein-
> fach, wenn einem eine besondere
> Frau den Schlaf raubt.

Für eine ganze Weile sitze ich nur da und versuche einzuordnen, warum ich so … positiv verwirrt bin. Mein Blick wandert noch einmal die Kommentarspalte entlang.

Nicht nur in das Manuskript, Clio.

Ich habe aus den meisten Worten, die er bisher an mich gerichtet hat, einen sarkastischen, manchmal mehr bissigen und manchmal mehr neckenden Unterton herausgelesen. Aber dieser Kommentar passt da irgendwie nicht rein. Es fehlt der Emoji, der anzeigt, dass es als *»Jaja, du hältst dich doch eh für die Größte, ohne die ich einpacken könnte«* gemeint ist.

Was, wenn er das hier genießt? Unsere kleinen Streitereien und dass unsere Zusammenarbeit eigentlich ein einziger Schlagabtausch ist?

Genieße *ich* es?

Vielleicht ja. Und vielleicht ein bisschen zu sehr.

•••

An: Spurling, Bryn
Von: Hildyard, Clio
Betreff: Stalker?

Hallo Bryn,

jetzt, wo ich weiß, dass wir uns gerade im selben Land befinden, bin ich umso beunruhigter darüber, dass du weißt, wie alt ich bin. Woher??? (Ich hatte dich übrigens ohne gegenteilige Hinweise so auf Mitte 40 geschätzt. 😃 Du sendest Midlife-Crisis-Signale aus.)

Deine Reaktion auf den Date-Vorschlag war absehbar. Du solltest daran arbeiten, weniger durchschaubar zu werden. Trotzdem habe ich jetzt Blut geleckt und will unbedingt ein Date, dann eben ohne Estelles Auftauchen. Das ist sogar noch besser! Schreib es am besten so, dass beide es nicht als Date sehen, aber sich insgeheim wünschen, es wäre eins. Das fände ich cute. (Und ja, ich sehe deine Grimasse förmlich vor mir. Tu's einfach.)

Es freut mich, dass du endlich verstehst, wie sehr du meine Hilfe brauchst. Zum Glück hast du wirklich die Beste der Besten an deiner Seite. (Du findest *mich* doch nicht etwa anstrengend und viel zu sehr von mir selbst überzeugt?)

Die Szene ist jetzt gut so.

....

Der Cursor blinkt mich auffordernd an.

Die Clio, für die ich dich bisher halte, würde ihn treffen.

Natürlich kennt er mich eigentlich überhaupt nicht. Wie kann es dann sein, dass mich das so aufrüttelt? Und dass ich es bisher nicht so gesehen habe? Es ist nicht meine Art, jemandem auszuweichen.

Wovor hast du Angst?

Gute Frage.

Davor, was es mit mir macht, Gosh wiederzusehen.

Davor, ihm eine Szene zu machen.

Davor, dass mein Schutzwall einbricht und ich Gefühle zeige, die ich ihn nicht sehen lassen will.

Ich beiße die Zähne zusammen, fest und noch ein bisschen fester.

Dann greife ich zum Handy.

Hallo Josh, tippe ich gleich nach dem Deblockieren. *Einmaliges Angebot: Übermorgen, 17 Uhr, zum Afternoon Tea in* The Ivy Oxford Brasserie. *Reservier einen Tisch, und lad mich ein. Oder lass es bleiben.*

Wenn ich ihn wenigstens was koste, lohnt sich das Ganze ja schon.

Habe meinen Vater jetzt ganz im Stil von SoHT dazu verdonnert, mich zum Tee einzuladen, falls er mich wirklich sehen will, ergänze ich in der Mail an Bryn und sende sie ab.

Ich beantworte ein paar andere Nachrichten und schaue dann nach, ob Gosh zurückgeschrieben hat. Ich werde sowieso erst wieder ruhiger, wenn ich seine Zu- oder Absage habe.

Tatsächlich, entweder das eine oder das andere ist da. Nur noch öffnen uuuuund …

113

> Danke, Clio!!! Das weiß ich sehr zu
> schätzen, und natürlich werde ich dich
> einladen.

Wie hoffnungsvoll er klingt.

Alles, was ich darauf zurückgebe, ist ein Daumen-hoch-Emoji, obwohl mein Inneres mir mit Bauchrumoren Daumen-runter signalisiert.

Ich werde ihn also doch treffen.

Schade, dass ich dabei im Gegensatz zu Noah niemanden an meiner Seite haben werde.

KAPITEL 14

Lesen hat Wunderland-Flair. We are all mad here.

»Clio, es ist was richtig Blödes passiert«, begrüßt Keira mich, als ich in unsere Küche komme, und hält halb verzweifelt, halb anklagend den Sprüharm unserer Spülmaschine hoch. »Was machen wir denn jetzt?«

»Na, wenn es nur das ist«, sage ich schulterzuckend, gehe zu ihr und nehme ihr das Ding ab. Leider ist es der obere Arm, und ich muss mich ziemlich verbiegen, um ihn wieder zu befestigen. Eine Vierteldrehung und ein leichtes Drücken, dann ist er da, wo er sein soll.

»Der Sprüharm wird durch Wasserdruck und spezielle Düsenlöcher angetrieben«, erkläre ich. »Bedeutet, er ist nicht wirklich ein Verschleißteil. Das Problem ist, dass hier jemand das Geschirr in der oberen Lade immer so unordentlich einräumt, dass das Ding daran hängen bleibt. Wenn das so weitergeht, brauchen wir bald einen neuen.«

»Luke«, knurrt Keira.

»Das ist deine Antwort auf allen Mist in deinem Leben, oder?«, frage ich, nicht nur im Spaß.

Die braunen Ringellöckchen, die ihr ins Gesicht fallen, sorgen wie immer dafür, dass ihre grimmige Miene nicht so richtig überzeugend wirkt.

»Mal im Ernst, wenn ihr euch nicht trennen wollt, versucht

doch vielleicht, euch etwas mehr lieb zu haben«, schlage ich vor, wo sich gerade schon mal die Gelegenheit bietet.

Keira kehrt an den Küchentisch zurück, auf dem Unikram von ihr verteilt liegt. Mit einem tiefen Seufzen setzt sie sich und betrachtet das Zettelchaos. »Ich weiß doch auch nicht, warum es so mies läuft.«

Ich sollte mich nicht weiter einmischen, aber das regt mich gerade schon wieder zu sehr auf. »Wenn nicht du, wer weiß es dann?«

Sie zieht den Reißverschluss ihrer roséfarbenen Sweatjacke bis zum Kinn hoch, als würde ihr bei den Gedanken, die ihr in diesem Moment durch den Kopf gehen, kalt werden. »Das erste halbe Jahr war der Wahnsinn.«

Ist es Glück oder Pech, dass ich das nicht mitbekommen habe? Als sie sich auf meine Suchanzeige wegen einer WG-Gründung gemeldet haben, waren sie schon länger ein Paar. Was bei mir den trügerischen Eindruck erweckte, sie wären ein gut ertragbares, eingespieltes Team.

»Aber dann ging es stetig bergab«, erinnere ich Keira. »Wäre es so eine große Sache aufzugeben? Man kann sich eben in Menschen täuschen.«

So weit ist es schon gekommen: Ich flehe meine Mitbewohnerin indirekt an, mit ihrem Partner Schluss zu machen, damit ich wieder mal eine Nacht am Wochenende durchschlafen, einen Tag ohne Gebrüll erleben, kurz: in Frieden leben kann.

»Fühlst du dich denn wohl als Single?«

Ich frage mich, ob mich die Frage vorsichtig hoffnungsvoll stimmen darf. »Sehr wohl«, beteuere ich und meine es auch so.

»Glaub ich dir nicht«, kommt Lukes Stimme von der Tür zum Flur. »Du würdest schon allein deswegen gern jemanden kennenlernen, um zu ihm ziehen zu können. Kein Mensch gibt sich das Theater hier freiwillig.«

Wow. So viel Reflexionsvermögen hätte ich ihm nicht zuge-
traut. Er nimmt wahr, dass es schrecklich ist, mit ihm und Keira
zusammenzuleben?

»Ihr gebt es euch doch auch«, stelle ich fest. Obwohl er natürlich ins Schwarze getroffen hat. Ich sollte ausziehen. Aber
ich liebe mein Zimmer, die Lage des Hauses und all die Ge-
wohnheiten, die damit verknüpft sind: meinen Arbeitsweg jeden Morgen und Abend und mein Lieblingscafé an der Ecke.
Außerdem könnte ich mir alleine keine halb so gute Wohnung
in Oxford leisten.

Weder Luke noch Keira scheint eine Erwiderung auf meine
Worte einzufallen, und ich bin ganz froh, als mein Handy zu
klingeln beginnt und mir einen guten Grund gibt, die zwei sich
selbst zu überlassen.

»Hi, Lorne.« Ich falle im dunklen Flur über etwas, fange
mich gerade noch am Schuhschrank ab und fluche.

»Hey – alles okay?«

Als ich das Licht einschalte, sehe ich, dass die Stolperfalle
Lukes Rucksack war. *Mann.* Ich reibe mir das schmerzende linke
Knie. »Ja, nur ein ganz alltäglicher WG-Unfall. Was gibt's?«

Normalerweise ruft er mich nicht einfach so an.

»Ich wollt nur fragen, ob ich dich spontan zum Essen einladen kann. Sitze hier vor der Burgerkarte und wurde versetzt.
Allein Burger essen, wenn du eigentlich ein Date hättest, ist
schon ziemlich erbärmlich. Gehen wär aber auch doof – ich
liebe Burger.«

Mein Magen ist von dem Angebot sehr angetan, aber ich
sehe gerade eine einmalige Gelegenheit. »Falls es nicht Melly
ist, die nicht aufgetaucht ist – ruf sie an.«

Kurz höre ich nichts als die Stimmen anderer Menschen im
Hintergrund, die vermutlich bereits ihre Burger genießen.

»Du weißt, dass sie mich abblitzen lassen würde.«

»Dann zieh es anders auf. Behaupte, es wäre kein Date.«

»Clio, im Ernst, ich trau mich nicht. Kommst du jetzt her oder nicht?«

Oha. So deutlich hat er trotz meiner zahlreichen Versuche, ihn damit aufzuziehen, nie zuvor zugegeben, dass er Interesse an Melly hat. Vor dem Hintergrund ist es mir unbegreiflich, warum er überhaupt noch irgendwen datet, statt sich mehr um sie zu bemühen. Ja, sie mag es ihm nicht leicht machen, aber so schnell aufzugeben, will so gar nicht zu ihm passen.

»Na gut, ich kann in 'ner Viertelstunde da sein.«

Und vielleicht sollten wir beide dann mal über meine beste Freundin sprechen.

* * *

»Wie läuft's mit Bryn?«, ist Lornes erste Frage, kaum dass ich ihm in der schummrig beleuchteten Nische gegenübersitze.

»Wir reden jetzt nicht über ihn. Wir reden darüber, warum du dich von einer versetzen lässt, die nicht Melly ist.«

Die Bedienung – ein langhaariger junger Mann, der zum eher unauffälligen weiß-grünen Arbeitsoutfit neongelbe Sneaker trägt – ruft mir über zwei Tische die Frage zu, was ich trinken möchte.

Meinen Burgerwunsch habe ich schon von unterwegs an Lorne durchgegeben, sodass unser Essen bald kommen sollte.

Ich bestelle einen Eistee und wende mich dann wieder auffordernd-erwartungsvoll Lorne zu.

»Lass es gut sein«, sagt er. »Ich weiß es zu schätzen, dass du mich genug magst, um mich mit deiner besten Freundin verkuppeln zu wollen, aber das wird nicht klappen.«

Ich beginne, ein Herz aus meiner Serviette zu falten. »Du willst mir also erzählen, du hättest dich nicht absichtlich in einem extrem unromantischen Imbiss mit einer höchstwahr-scheinlich unzuverlässigen und Schrägstrich oder desinteres-sierten Fremden verabredet?«

Er schnaubt. »Doch, das hab ich tatsächlich absichtlich ge-tan. Aber nicht wegen Melodea.«

»Nicht mal zu einem Prozent?«

Er inspiziert die Auswahl an Saucen und Gewürzen auf dem kleinen Holztablett in der Tischmitte, als hoffe er, irgendwas davon könnte mich womöglich dazu bewegen, den Mund zu halten. »Egal, wozu ich sie einladen würde – ihre Antwort wäre ein Nein.«

Ich schüttele den Kopf. Sie mag ihn, das weiß ich ganz genau, auch wenn oder vielleicht gerade *weil* sie nicht darüber spricht und genauso schnell das Thema wechselt wie er, sobald ich mich doch mal in diese Richtung vorzutasten versuche.

»Pass auf. Ich frag sie, ob sie rein hypothetisch auf ein Date mit dir gehen würde, falls du sie einlädst …« Ich ziehe mein Handy aus meinem *Booklover*-Jutebeutel und tippe sofort die Nachricht an sie. Lorne hält mich nicht auf, sieht aber irgend-wie … hm, nicht genervt, aber resigniert aus.

Vielleicht sollte ich wirklich aufhören, mich einzumischen. Auch wenn die Nachricht längst raus ist.

Mein Handy vibriert, und schon ist die Antwort da.

Lorne beugt sich vor und schaut zwar über Kopf auf mein Display, sieht aber zweifellos genauso deutlich wie ich, was dort steht.

NEIN.

Das habe ich ja mal wieder toll eingefädelt.

»Siehst du?« Lorne lehnt sich wieder zurück.

Melly schickt gleich noch eine Nachricht hinterher, und ich

richte das Handy ein bisschen auf, damit der Arme das jetzt auf keinen Fall auch noch mitkriegt.

> **Never ever. Lass mich mit dem Typen in Ruhe, Clio. Kapiert?**

Lornes Mundwinkel heben sich, aber auch wenn ich ganz offensichtlich nicht so eine gute Menschenkennerin bin, wie ich dachte, kann ich eindeutig sagen, dass dieses Lächeln nicht echt ist. »Also, Pech für dich – zurück auf Anfang: Wie läuft's mit Bryn?«

Ich bin kurz davor, mich bei ihm zu entschuldigen, doch irgendwas sagt mir, das würde die Situation nur schlimmer machen, also gebe ich nach. »Ich bin mir nicht sicher, wie es läuft.«

»Heißt?«

»Na ja, das Buch, an dem wir arbeiten, ist anders als sein erstes. Es gibt mir mehr und mehr das Gefühl, dass es seinem Verfasser nicht gut geht.« Mein Serviettenherz ist fertig, und Lorne betrachtet es mit gefurchter Stirn. »Ich versuche rauszufinden, was ich tun kann, damit sich der Zustand von beiden verbessert.«

»Awww. Die Lektorin will also ihren Autor retten?«

»Vor allem sein Buch!«, widerspreche ich, weiß aber selbst nicht, ob das nicht ein kleines bisschen geflunkert ist.

»Telefoniert ihr?«

»Was? Nein! Er will doch anonym bleiben.«

»Könnte ja 'nen Stimmverzerrer einsetzen.« Lorne krempelt die Ärmel seines grünen Pullis hoch. »Hallo, Cliiiio«, sagt er dann mit der schlimmsten verzerrten Horrorstimme, die ich je gehört habe. »Lass uns über mein Buuuuhuuuch sprechen.«

Ich werfe die Serviette nach ihm, die allerdings leider nicht so gut fliegt, und so landet das Herz formvollendet vor ihm auf dem Tisch.

Er zeichnet mit dem Zeigefinger einen Pfeil hindurch. »Im Ernst, ich an deiner Stelle würde ihn fragen, ob ihr telefonieren könnt«, beharrt er. »Du wirst ihn ja wohl kaum anhand seines Klangs identifizieren können.«

»Und wieso sollte ich mit ihm reden wollen?«

Er fasst das Serviettenherz mit beiden Händen an den geschwungenen oberen Rändern und lässt es vielsagend hin und her tanzen. »Das wäre doch *der* Romance-Plot überhaupt: Geheimnisvoller Bestsellerautor verliebt sich in seine Lektorin.«

Mein Lachen ist bestimmt bis in die Küche zu hören. »Danke, dass du es nicht umgekehrt vorgeschlagen hast. Ich wäre sonst doch etwas besorgt darüber gewesen, für wie unprofessionell du mich hältst.«

»Feelings never care about professionalism«, verkündet er wie irgend so ein Motivational Speaker. »Ich gebe dir die Erlaubnis, das in deinem Status zu teilen, wenn du mich als Urheber dieser bahnbrechenden Lebensweisheit angibst.«

Ich verkneife mir gerade so die Bemerkung, dass vielleicht er selbst das einstellen sollte, damit Melly es sieht. Denn vielleicht ist das ja das Problem: dass sie nicht riskieren will, irgendwann mit ihrem Ex zusammenarbeiten zu müssen?

»Ich bin auf jeden Fall sehr gespannt, in welche Richtung es gehen wird«, fährt er fort. »Tippe auf bittersüß-tragisch, flirty-verspielt und ein bisschen verrucht.«

»Ähm?! Bei Bryn und mir?«

»War ein langer Tag, was? Ich rede von der Fassung des Buchs, wenn du es fertig lektoriert hast.«

»Ah!«

Nicht nur in das Manuskript, Clio, erinnert mich etwas in mir hartnäckig an Bryns Reaktion auf mein »Ich bringe Licht in dein Manuskriptdunkel«-Witzeln. Und: *Schon nicht so einfach, wenn einem eine besondere Frau den Schlaf raubt.*

Ich weiß, dass wir Fremde füreinander sind. Dass uns nichts verbindet außer einer geschäftlichen, wenn auch kreativen und dadurch persönlichen Zusammenarbeit. Aber die Sache ist: Geschriebene Worte sind meine Schwachstelle. Sie kommen mir ganz schnell ganz nah. Vielleicht *zu* schnell *zu* nah, wenn ich mich genauer damit befasse, was hier gerade in mir vorgeht. Denn ja, ich hätte in der Tat nichts dagegen, wenn nicht nur meine Arbeit einen Unterschied für Bryns Buch macht, sondern ich selbst auch einen in seinem Leben.

KAPITEL 15

Lesen fragt nicht, Lesen versteht.

Freitagmorgen – schön, weil ich morgen endlich ausschlafen kann, schrecklich, weil ich heute Abend Gosh sehen werde. Falls er wirklich aufkreuzt. Noch bezweifle ich das.

Nach meinem Abend mit Lorne bin ich stark geblieben und habe nicht mehr in meine Mails geschaut. Hätte ich es getan, hätte ich aber tatsächlich schon Post gehabt. Um kurz nach Mitternacht hat Bryn mir gleich zweimal hintereinander geschrieben.

....

An: Hildyard, Clio
Von: Spurling, Bryn
Betreff: Re: Stalker?

Sorry, Clio, ich gestehe, ich habe dich tatsächlich gestalkt: auf LinkedIn. Da hast du im Text über dich dein Geburtsjahr angegeben (und by the way: Auf dem Foto siehst du gar nicht soo anstrengend und von dir selbst überzeugt aus – beim Onlinedating wär's ein Like).
Dass ich wirke wie ein Typ in der Midlife-Crisis, hat mir bisher auch noch niemand gesagt. Also danke für deine Ehrlichkeit.

Natürlich bekommst du deine Kein-Date-Date-Szene. Aber
nicht heute. Zuerst musste das Treffen mit den Eltern her.
Auch aus gegebenem Anlass. Viel Glück mit deinem Dad
nachher! Ich bin sicher, du wirst dich besser schlagen
als er.

Bryn
📎 Elternszene.doc

:::

An: Hildyard, Clio
Von: Spurling, Bryn
Betreff: Oh no.

Tut mir leid, das mit dem Like war voll daneben. Alles,
was ich sagen wollte, war: Du hast ein sympathisches
Aussehen. Auch wenn ich eigentlich überhaupt gar keinen
Kommentar dazu abgeben sollte. Oder wollte. Ach, du weißt
schon.

....

Mir liegen ein paar Dinge auf der Zunge – oder besser gesagt
in den Fingern –, aber für Geplänkel habe ich keine Zeit. Ich
sollte dringend schon mal den Anfang des Buchs bis dahin re-
digieren, wo es mit den ganzen neuen und überarbeiteten Szenen losgeht. Außerdem hat Bryn mir ja weiteres Futter ange-
hängt. Es wird sicher helfen, erst mal Noah zum Tee mit seinen
Eltern zu begleiten, bevor ich auf mich allein gestellt bin und
das Gleiche mit meinem Dad durchleben muss.

Vielleicht hat Bryn ja ein paar Geheimtipps für mich einge-
baut, wie ich das überstehe.

»Wie offensiv soll das Ganze denn werden?«, fragte Violet.

»Offensiv?« Ich zog den Zündschlüssel ab und wischte mir unauffällig die schweißnassen Hände an meiner dunklen Jeans ab.

Clio
Oder alternativ: hier

»Na, lassen wir sie nur spekulieren, ~~dass~~ob zwischen uns was ~~laufen könnte~~läuft, oder geben wir ihnen konkreten Anlass dazu?«

»Nur spekulieren!«, stellte ich hastig klar. Denn wenn es irgendetwas gab, was diese Situation noch komplizierter machen könnte, dann war es, dass Violet versuchte, meinen Eltern »konkreten Anlass« für Vermutungen über uns beide zu geben.

»Noah, um Himmels willen, entspann dich bitte! Ist ja schrecklich.«

Entspannen war gar nicht so einfach, wenn man die Hilfe der ersten Person, in die man je verliebt gewesen war, brauchte, um sein Image innerhalb der eigenen Familie wieder halbwegs in Ordnung zu bringen. Noch dazu, wenn diese Person völlig unberechenbar war.

Clio
Ich bin mir nicht ganz sicher – geht es denn wirklich um sein Image? Nicht eher um die Beziehungsebene?

Violet klappte die Sonnenblende herunter, um sich in dem kleinen Spiegel darin noch einmal zu vergewissern, dass sie super aussah. Was sie tat.

Clio
Du ahnst es sicher schon: Warum genau findet er das? Welche Details mag er an ihr?

»Hör auf zu sabbern, und steig endlich aus.«

»Sonst noch Anweisungen?«, fragte ich, halb gereizt, halb belustigt, und stieß die Tür auf.

Mein Elternhaus lag trügerisch friedlich hinter dem ~~grünen~~ Sichtschutzzaun, dabei wusste

Clio
Das ist innerhalb der letzten zwei Sätze schon Adjektiv Nummer 3 plus die zwei Adverbien. Die Farbe braucht man nicht unbedingt zu erfahren.

ich genau, dass mich hinter seinen Mauern Dutzende argwöhnische Fragen erwarteten, von Damon gesätes Misstrauen und verständnislose Enttäuschung. Seit über drei Monaten war ich nicht mehr hier gewesen, und mein letzter Anruf lag fast genauso lange zurück. Das Klacken der Zentralverriegelung hinter uns hatte in meinen Ohren etwas Endgültiges. Kein Verstecken mehr – weder im Wagen noch sonst wo.

Auf dem Weg zur Haustür hakte Violet sich bei mir unter. Ich war mir nicht sicher, ob die Bewegung am Vorhang im Küchenfenster der einzige Grund war, warum ich sie gewähren ließ, oder auch nur der hauptsächliche.

> **Clio**
> Den Satz mag ich ziemlich gern. 😊

Sie war es, die den Klingelknopf drückte. Ich hätte dafür vermutlich noch zehn Minuten länger gebraucht. Dementsprechend war ich auch nicht wirklich bereit, als mein Vater öffnete und uns mit einer Mischung aus Unsicherheit und Neugier entgegensah.

»Noah.«

»Dad.«

»Und Violet, wie schön. Es ist lange her.«

Sie löste ihren Arm aus meinem, was sich anfühlte, als würde sie mir meine Krücke entziehen. Die beiden schüttelten einander die Hand.

> **Clio**
> Mir ist schon klar, worauf du damit hinauswillst, aber das Bild will mir nicht so richtig gefallen. Sie stützt ihn, ja, aber nicht wie eine Krücke. Er ist nicht abhängig von ihr, sondern sie gibt ihm den Rückhalt, den er braucht, um die Dinge selbst in die Hand zu nehmen.

Dass meine Mutter drinnen wartete, statt uns entgegenzukommen, sprach Bände.

Ich versuchte, es nicht an mich heranzulassen.

126

Genau wie an diesem Einstieg in die Szene habe ich auch auf den folgenden drei Seiten wenig zu bemängeln. Es passt einfach alles: Die Stimmung beim Tee ist aufgeladen und irgendwo zwischen schlecht und gut, das Knistern zwischen Noah und Violet perfekt eingeflochten, besonders dafür, dass Bryn es nie hervorheben wollte. Auch den Spannungsplot, der schließlich immer noch der Kern seiner Story ist, führt er gekonnt wieder in den Fokus, als Noahs Mutter, kaum dass sich die Situation zum Positiven zu wenden scheint, verkündet, vor Gericht gegen ihren Sohn aussagen zu wollen, nachdem Damon ihr ins Gewissen geredet hat. Violet ergreift daraufhin Partei für Noah und rettet die Lage gerade noch so. Seine Mum verspricht, nicht voreilig zu entscheiden, und hört sich seine Version der Geschichte zumindest an. Sein Vater entschuldigt sich am Ende sogar dafür, Damons Aussagen nicht kritischer hinterfragt zu haben. An dieser Stelle ist Bryns einziger Kommentar im hinteren Teil des Dokuments platziert: *Vielleicht wird dein Dad dich ja auch überraschen.*

Obwohl ich das nicht glaube, hilft mir das so viel mehr als alles, womit ich mich die ganze Zeit selbst zu beruhigen versuche. Soll ich Gosh wirklich mit derselben Abwehrhaltung gegenübertreten, an der ich nun schon so lange festhalte? An der ich *mich* festhalte? Vielleicht ist es an der Zeit, ihm zumindest eine Gelegenheit zu geben, mir zu sagen, was er mir zu sagen hat.

Es hätte auch sein können, dass ich ihn nie wiedersehe. Ich versichere mir immer wieder, dass mir das lieber gewesen wäre, aber stimmt das wirklich? Ich muss ihn nicht wieder in mein Leben lassen, aber die Ungewissheit, warum überhaupt alles so gekommen ist, begleitet mich schon so lange. Will ich, dass sie für immer ein Teil von mir bleibt? Ich mag mich verletzlich fühlen, aber schlimmer kann es zwischen ihm und mir gar nicht mehr werden. So gesehen habe ich nichts zu verlieren. Außer –

und da bin ich Noah und Bryn wohl ähnlicher, als ich dachte – meinen Stolz.

Mein Blick fällt auf die Uhr, und ich erschrecke darüber, wie lang ich hier schon meinen Gedanken nachhänge. Das ist Arbeitszeit, und die ist ohnehin knapp. Nicht immer ganz einfach, in einem Job, der die ganze Zeit den Verstand fordert, auszublenden, was einen emotional beschäftigt. Wobei mir gerade die Arbeit am Text schon oft geholfen hat, besser mit diesen Dingen umgehen zu können. Manchmal spricht ein Buch mich an, als ob es mich verstünde. Und zurzeit ist das – auch wenn ich nicht weiß, was ich davon halten soll – *Sort of High Treason*.

....

An: Spurling, Bryn
Von: Hildyard, Clio
Betreff: Re: Oh no.

Also Bryn, du bist im Onlinedating unterwegs? Schadet das nicht deinem Wunsch nach einem Leben im Geheimen? 😊
Schreib da besser niemandem »*Du hast ein sympathisches Aussehen*«. Das ist lame und grammatikalisch gewöhnungsbedürftig.
Das Kapitel ist gut geworden, ich habe nur eine Handvoll Kleinigkeiten angemerkt. Ich werde nun parallel mit dem Gesamtlektorat beginnen – schick mir trotzdem unbedingt bald die Kein-Date-Date-Szene!
Clio

PS: Danke fürs Mutmachen. Ich bin gespannt, wie's heute Abend läuft. Leider hab ich keine Begleitung, die mich unterstützen kann wie Violet Noah ... Vielleicht sollte ich eine Krücke mitnehmen? 😵

Was ist eigentlich mit deinen Eltern? Hätten die gedacht, dass du mal Bestsellerautor wirst?

📎 Elternszene_CH.doc

••

Ich stelle mir auf meinem Handy einen Timer für eine Stunde und ziehe es durch, während des Lektorierens kein einziges Mal meine Mails zu checken. Da netterweise auch mein Telefon schweigt, komme ich wirklich gut voran.

Shannon schimpft, als der Alarmton am Ende der eingestellten Zeit ihr den Schreck des Tages verpasst, und ich werfe ein »Sorry, sorry, sorry!« zu ihr rüber.

Bryn hat in der Zwischenzeit geantwortet. Und Marcella Walton fragt, wann es mir passt, mal mit ihr zu sprechen. Ich sende ihr zwei Terminvorschläge, bevor ich Bryns Nachricht lese.

••

An: Hildyard, Clio
Von: Spurling, Bryn
Betreff: Re: Re: Oh no.

Nein, Onlinedating ist in der Tat so ziemlich das Letzte, wonach mir zurzeit der Sinn steht. Danke trotzdem für die Flirt-Lektion.
Ein »Leben im Geheimen« habe ich mir eigentlich nie gewünscht. Ich hätte gern eins, in dem ich weniger deprimiert rumhänge, besser schreibe, nie mit May zusammen war und eine Lektorin habe, die mich fordert und ein bisschen anhimmelt.
Ach, warte, Letzteres habe ich ja schon. 😛

Heute will's nicht so richtig gut klappen mit dem Überarbeiten, aber dass du im Elternkapitel nicht so viel zu
verschlimmbessern gefunden hast, hat mich wieder ein
bisschen motiviert.

Meine Eltern wissen nicht, dass ich schreibe. Beantwortet
das deine Frage?

::

An: Spurling, Bryn
Von: Hildyard, Clio
Betreff: Re: Re: Re: Oh no.

SIE WISSEN ES NICHT?

....

Erst dann sickert der Rest seiner Worte so richtig zu mir durch.
Eine May also ist für diese Verbitterung verantwortlich – und
dafür, dass ich so um die Lovestory im Buch kämpfen muss.

....

An: Spurling, Bryn
Von: Hildyard, Clio
Betreff: Die Zusammenhänge deiner Lebensträume

Die Schreibtherapie scheint Wirkung zu zeigen – der Punkt,
wo die Ex wieder namentlich genannt wird, ist der erste
Schritt zur Besserung.
Ich erkenne ein Kettenproblem in deiner Kummerliste, das
ich dir gern aufzeige:
Würdest du über May hinwegkommen, müsstest du nicht
mehr deprimiert rumhängen.

Würdest du nicht mehr deprimiert rumhängen, könntest du besser schreiben.

Würdest du besser schreiben, dann, und nur dann, hättest du vielleicht eine Lektorin, die dich ein bisschen anhimmelt.

Also … Träum weiter, Bryn.

....

Ich bekomme langsam ein Gefühl für ihn, und daher weiß ich, seine Reaktion wird innerhalb der nächsten fünf Minuten eintreffen. Einen Schluck Wasser und einen Müsliriegel später lache ich leise. Da ist sie ja!

....

An: Hildyard, Clio
Von: Spurling, Bryn
Betreff: Re: Re: Re: Re: Oh no.

Meine Eltern haben schon vor langer Zeit aufgehört, mich verstehen zu wollen. Sie würden gar nicht glauben, dass ich auch nur zwei Seiten Text zustande bringe.

Deine andere Mail ist leider nicht angekommen. Tut mir leid.

:::

An: Hildyard, Clio
Von: Spurling, Bryn
Betreff: Mail delivery failed: returning message to sender

This message was created automatically by mail delivery software.

A message that you sent could not be delivered to one
or more of its recipients. This is a permanent error. The
following address(es) failed:
spurling@clio.ist.die.fieseste.lektorin.der.welt.com

....

Mit einem Grinsen auf den Lippen begebe ich mich wieder an
sein Buch.

KAPITEL 16

Lesen lässt uns Kind bleiben und erwachsen sein.

Am späten Nachmittag hat Bryn mir noch den nun fertigen Einleitungsteil zur Elternbesuchsszene zurückgeschickt, und ich nutze die Zeit vor meinem Treffen, um seine Anpassungen durchzusehen. Es gibt keine bessere Ablenkung, als in Textarbeit abzutauchen.

»Wie offensiv soll das hier denn werden?«, fragte Violet.

»Offensiv?« Ich zog den Zündschlüssel ab und wischte mir unauffällig die schweißnassen Hände an meiner dunklen Jeans ab.

»Na, lassen wir sie nur spekulieren, ob zwischen uns was läuft, oder geben wir ihnen konkreten Anlass dazu?«

»Nur spekulieren!«, stellte ich hastig klar. Denn wenn es irgendetwas gab, was diese Situation noch komplizierter machen könnte, dann war es, dass Violet versuchte, meinen Eltern »konkreten Anlass« für Vermutungen über uns beide zu geben.

»Noah, um Himmels willen, entspann dich bitte! Ist ja schrecklich.«

Entspannen war gar nicht so einfach, wenn man die Hilfe der ersten Person, in die man je verliebt gewesen war, brauchte, um ~~sein Image innerhalb der eigenen Familie wieder halbwegs in Ordnung zu bringen~~ das Vertrauen seiner Eltern zurückzugewinnen. Noch dazu, wenn diese Person völlig unberechenbar war. Violet klappte die Sonnenblende herunter, um sich in dem kleinen Spiegel darin noch einmal zu vergewissern, dass sie super aussah. Was sie tat. Heute trug sie ihr dunkelblondes Haar offen, und eine weiße Perle schmückte jedes ihrer Ohrläppchen. Ihre eigenwillig gerade Stupsnase konkurrierte mit ihren stets leicht herausfordernd lächelnden Lippen um die Vorherrschaft in ihrem Gesicht, aber gegen ihre Augen konnten beide nur verlieren. Dieses unfassbare Graublau …

»Hör auf zu sabbern und steig endlich aus.«

»Sonst noch Anweisungen?«, fragte ich, halb gereizt, halb belustigt, und stieß die Tür auf.

Mein Elternhaus lag trügerisch friedlich hinter dem Sichtschutzzaun, dabei wusste ich genau, dass mich hinter seinen Mauern Dutzende argwöhnische Fragen erwarteten, von Damon gesätes Misstrauen und verständnislose Enttäuschung. Seit über drei Monaten war ich nicht mehr hier gewesen, und mein letzter Anruf lag fast genauso lange zurück.

Das Klacken der Zentralverriegelung hinter uns hatte

Clio
Ich bin mir nicht ganz sicher – geht es denn wirklich um sein Image? Nicht eher um die Beziehungsebene?

Bryn
Da bin ich mir auch nicht ganz sicher. Ist überhaupt noch eine Beziehungsebene da, wenn die eigenen Eltern nicht mehr an einen glauben? So besser?

Clio
Du ahnst es sicher schon: Warum genau findet er das? Welche Details mag er an ihr?

Bryn
Genügt das? Wird das nicht ein bisschen oberflächlich?

in meinen Ohren etwas Endgültiges. Kein Verstecken mehr – weder im Wagen noch sonst wo.

Auf dem Weg zur Haustür hakte Violet sich bei mir unter. Ich war mir nicht sicher, ob die Bewegung am Vorhang im Küchenfenster der einzige Grund war, warum ich sie gewähren ließ, oder auch nur der hauptsächliche.

> **Clio**
> Den Satz mag ich ziemlich gern. 😊
> **Bryn**
> Mich nervt er eher. 😊 Muss Noah sich wirklich so zu ihr hingezogen fühlen?

Sie war es, die den Klingelknopf drückte. Ich hätte dafür vermutlich noch zehn Minuten länger gebraucht. Dementsprechend war ich auch nicht wirklich bereit, als mein Vater öffnete und uns mit einer Mischung aus Unsicherheit und Neugier entgegensah.

»Noah.«

»Dad.«

»Und Violet, wie schön. Es ist lange her.«

Sie löste ihren Arm aus meinem, was sich anfühlte, als würde sie mir meine Krücke entziehen. Die beiden schüttelten einander die Hand.

Dass meine Mutter drinnen wartete, statt uns entgegenzukommen, sprach Bände.

Ich versuchte, es nicht an mich heranzulassen.

> **Clio**
> Mir ist schon klar, worauf du damit hinauswillst, aber das Bild will mir nicht so richtig gefallen. Sie stützt ihn, ja, aber nicht wie eine Krücke. Er ist nicht abhängig von ihr, sondern sie gibt ihm den Rückhalt, den er braucht, um die Dinge selbst in die Hand zu nehmen.
>
> **Bryn**
> Mir wäre es lieber, wenn das so bleibt. Du hast recht – abhängig ist Noah nicht von ihr, aber sie hilft ihm beim Heilungsprozess. Natürlich ist sie weit mehr als eine Krücke für ihn, aber ich mag den Bezug zum Sich-auf-jemanden-stützen-Können.

Ich akzeptiere alles so, wie er es umgesetzt hat, und füge die Szene in mein Arbeitsmanuskript ein.

Bryn hat das Undenkbare geschafft: Jetzt bin ich fast froh über die Verabredung mit

Gosh, denn die wird mich wiederum vom Buch ablenken. Vor allem davon, dass die neu eingefügte Beschreibung von Violet exakt meinem *LinkedIn*-Profilbild entspricht.

✳ ✳ ✳

»Hildyard, es müsste ein Tisch für zwei reserviert sein.«

Die Frau vom *The-Ivy*-Team, die mir am Eingang entgegengekommen ist, nickt und lächelt. »Er ist schon da. Ihr Vater, oder? Sie sehen ihm wahnsinnig ähnlich.« Ihre Gesichtszüge entgleisen keine zwei Sekunden später. »Oh nein, entschuldigen Sie, ich wollte Ihnen nicht zu nah treten!«

»Nein, nein, alles gut.« Na, ich muss ja ein Bild abgegeben haben, um so eine Reaktion hervorzurufen. Ich bin froh, dass mir selbst der Anblick erspart geblieben ist. »Er ist tatsächlich mein Vater.« Ich zwinge mich zu einem Lächeln.

Sie erwidert es und deutet die Tischreihe an der Fensterseite entlang. »Ganz hinten.«

Ich danke ihr und betrachte auf meinem Weg die farbenfrohen Polsterstühle mit botanischen Mustern an den Tischen, die sich mittig an der Deckensäule vorbei aneinanderreihen; die vielen Grünpflanzen auf den Fenstersimsen; die Menschen, die für das stetige, aber nicht zu laute Stimmengemurmel im Raum sorgen. Nur zu dem Mann, den ich gleich treffe – nach all den Jahren, all den Ereignissen, all den Gefühlen –, sehe ich nicht. Erst als ich den Tisch erreiche, an dem er wartet. Er hat den Platz auf der orangebraunen Polsterbank gewählt, womit mir der schlichte Holzstuhl ihm gegenüber bleibt.

»Du bist wirklich gekommen«, ist seine Begrüßung. Er steht sogar auf und hält mir seine Hand hin, die ich ignoriere.

Meine ersten Worte habe ich mir leider nicht zurechtgelegt, was mir jetzt zum Verhängnis wird. Wie soll ich ihn nennen?

Ich habe keinen Namen mehr für ihn. Jedenfalls keinen, den er auch zu hören bekommen soll.

»Hallo«, sage ich also bloß und überwinde mich endlich dazu, ihn direkt anzusehen. Es stimmt: Ich bin ihm wie aus dem Gesicht geschnitten. Jetzt, wo er die Haare im selben Dunkelblond wie meinem nicht mehr mittellang trägt, sondern kurz mit Seitenscheitel, fällt es noch mehr auf. Ich habe seine Gesichtsform, sein Kinn, seine Augen.

»Wir machen das so …« Ich wende den Blick als Erste ab, aber nur, um die beiden Snake Cubes aus meinem Beutel zu holen, dank derer ich heute Morgen noch mein ganzes Zimmer auf den Kopf gestellt habe. Wie alles, was in Zusammenhang mit Gosh steht, hatte ich sie tief vergraben; die beiden lagen zuunterst in dem Karton mit den paar Schulbüchern, die ich behalten habe.

Ich lege ihm einen der Knobelwürfel hin und den anderen vor mich selbst auf den Tisch, an dem ich jetzt Platz nehme.

»Wer den Würfel zuerst fertig hat, darf reden … Lach nicht!«

Er setzt sich wieder. »Einverstanden.«

Es tut gut, meine gesamte Konzentration auf diese Schlange kleiner, miteinander verbundener Holzvierecke zu lenken, weg von ihm. Kurz geht es nur darum, dieses Rätsel zu lösen und den fertigen Würfel daraus zu formen.

Zwischendurch kommt die Bedienung, die mich vorhin durchgelotst hat, zu uns, um unsere Bestellung aufzunehmen. Ich nehme die Scones mit Clotted Cream und Erdbeeren, Tee und ein Glas Champagner. Im Ernst, das brauche ich jetzt. Aber erst, wenn der Snake Cube gelöst ist.

»Ha, ich hab's noch drauf!«

Ich blicke nicht auf, als Gosh das ruft, und brauche nur Sekunden, bis auch ich fertig bin.

»Knapp«, sage ich. »Bestimmt wusstest du noch, wie der geht.«

Wie oft haben wir gemeinsam mit diesen beiden Würfeln auf den Stufen vor dem Haus oder am Küchentisch oder meinem Kinderbett gesessen. Er holte sie immer, wenn ich mit irgendeinem Problem zu ihm kam – egal, wie klein oder groß es mir erschien. Bis zu dem Tag, als er mich samt den Cubes und all meinen gegenwärtigen und künftigen Problemen zurückließ.

»Du siehst aus, als ob du mir 'ne Menge zu sagen hättest«, stellt er fest.

»Um zu hören, was das ist, hättest du langsamer sein müssen – denn jetzt hast du das Wort.«

Er bekommt ein bisschen mehr Bedenkzeit, weil unser Tee gebracht wird.

»Habe ich wirklich mit Melly geschrieben?«, fragt er. »Denn ich habe definitiv nicht mit ihr telefoniert. Ausgehend davon, dass ihr vermutlich nicht exakt gleich klingt?!«

Falls er glaubt, mich damit in Verlegenheit zu bringen, irrt er sich. Ich stehe zu meinen Schwächen.

»Ich wollte mir einen Puffer verschaffen – und Melly hat mir ein bisschen dabei geholfen. Außerdem war's ein Test. Den du nicht bestanden hast. Überraschung. Also was? Ist dir wieder eingefallen, wie wichtig ich dir bin? Versuchst du, mich mit Champagner zu bestechen, damit ich dich Mum noch einmal unglücklich machen lasse, weil dir da draußen einfach niemand anders an die Angel gehen wollte?«

Er besitzt die Unverfrorenheit zu lächeln und klopft mit seinem Würfel auf den Tisch. »Ich dachte, ich hab das Wort? Und nur zur Klarstellung: Den Champagner hast du dir selbst bestellt.«

»Muss seltsam für dich sein. Als du mich zuletzt gesehen hast, war ich noch weit davon entfernt, welchen trinken zu dürfen.«

In seiner Miene tut sich nichts, außer dass das irgendwie

herausfordernde Funkeln in seinen Augen sich noch ein wenig zu intensivieren scheint. Aber obwohl ich ihn im Grunde nicht mehr kenne, weiß ich, das ist nur Fassade. Im Inneren ist er nervös, aufgekratzt und womöglich sogar richtig verletzlich. Ich kann das nicht *nicht* erkennen, denn alle, die sagen, dass wir gleich ticken, haben leider eben doch recht. So teilen wir auch die Angewohnheit, anderen und uns selbst vorzumachen, viel unangreifbarer zu sein, als wir es sind.

»Irgendwo bist du immer noch dieselbe«, sagt er pseudophilosophisch und betont gelassen, während seine Fingerknöchel an der Tasse weiß hervortreten, so verkrampft umschließt er sie.

»Ich bin froh, dass du so wahnsinnig wütend bist«, sagt er. »Gleichgültigkeit könnte ich nicht aushalten, aber das … das verstehe ich.«

Schade, bis jetzt hatte ich mich mit meiner Wut eigentlich ganz wohlgefühlt. Doch wenn er sie gut findet – hm.

»Wir alle treffen in unserem Leben Entscheidungen, die …«

»Sprich für dich«, unterbreche ich ihn, bestimmt, aber nicht aggressiv. Einen emotionalen Ausraster wird er von mir nicht zu sehen bekommen. Nicht, wenn ich es irgendwie verhindern kann. »Du solltest dieses Gespräch hier nicht für Allgemeinplätze und hohle Phrasen verschwenden. Ich bin Lektorin, ich erkenne, ob Worte Gewicht haben oder nicht.«

Er hebt die Hände und hält mir die Innenflächen hin, als rechne er damit, von mir verhaftet zu werden. »Na gut, warte.«

Mit gerunzelter Stirn denkt er nach. »Ich weiß, dass keine Entschuldigung der Welt bei dir ziehen wird. Es gibt auch nicht wirklich eine. Aber zumindest ein paar Wahrheiten. Bereue ich den Verlauf meines Lebens? In Teilen ja, sehr sogar. Tut es mir leid, welche Auswirkungen meine Entscheidungen auf unsere Familie hatten? Definitiv.« Er lässt die Tasse los, lehnt sich zurück und verschränkt die Arme, und in diesem Moment sehe ich auch Caden in ihm. »Willst du meine Begründung für mein Verhalten hören? Dann lass es uns kurz und schmerzlos halten.« Er hält meinen Blick fest, und ich erwidere ihn, weil ich mich genauso unerschütterlich zeigen muss wie er.

»Ich hab's einfach so richtig verkackt, Clio.«

Er hat einen Hundeblick wie aus einer Filmszene. Und ein Hund wäre von seiner Ausdrucksweise wahrscheinlich auch deutlich überzeugter als ich.

»Deine Wortwahl passt vielleicht zu einer schlechten Note oder einem vermasselten Date. Aber dafür, wenn man als Vater versagt, erscheint mir das irgendwie unangemessen.«

»In Ordnung, dann habe ich eben so richtig *versagt.*«

Ich gönne mir einen Löffel Clotted Cream pur. Was soll das hier werden? Hat Mum ihn gezwungen, so reumütig bei mir angekrochen zu kommen?

»Wieso hast du es nicht einfach dabei belassen, wie es war?«, frage ich. »Musstest du unbedingt wieder auftauchen?«

Er nickt langsam. »Ich bin beruflich zurück in die Gegend gezogen. Deine Mutter und ich hatten seit Jahren keinen Kontakt, aber da war die ganze Zeit noch eine Aussprache offen. Dachte ich jedenfalls, als ich eines Abends spontan die halbe Stunde zu ihr gefahren bin und an ihrer Tür geklingelt habe.«

»Und dann hast du dich mit falschen Entschuldigungen und heuchlerischen Gesten wieder in ihr Leben geschlichen.«

»Nicht wirklich. Wir haben den Abend und die halbe Nacht durchgeredet. Und als ich ging und ihr alles Gute gewünscht habe, da bat sie mich um ein weiteres Treffen.«

Ich hätte es wissen müssen. Vielleicht wäre er tatsächlich wieder gegangen – aber Mums Gefühle sind gut darin, sie einzuholen.

»Du kennst sie doch«, sage ich, obwohl das nur bedingt stimmt, weil sonst alles anders gekommen wäre. »Sie konnte nie loslassen. Wie ich das sehe, machst du es ihr unnötig schwer. Schon wieder.«

Er stößt den Würfel an, sodass er zu mir herüberpurzelt. »Sorry, aber du hast keine Ahnung. Du weißt so gut wie nichts darüber, was zwischen deiner Mutter und mir war oder jetzt ist.«

»Dann erzähl mir eure Geschichte, und ich entscheide, ob mich die Prämisse überzeugt.«

»Die *was*?«

»Red einfach.«

Erstaunlicherweise folgt er meiner Aufforderung. Während ich so tue, als könnte ich problemlos meine Scones essen, obwohl mir jeder Bissen in der Kehle stecken zu bleiben droht, erzählt er. Davon, wie sehr ich damals die Pläne der beiden durcheinandergewirbelt habe. Wie sie sich in Newbury niedergelassen haben, zuerst im Obergeschoss von Mums Elternhaus, später im Eigenheim. Von zwölf Jahren voller Hochs und Tiefs. Er schweift ab, verliert sich in alten Geschichten unserer Familie, aber ich lasse ihn. Es tut auf fast schmerzhafte Art gut, ihn all das wieder hervorholen zu hören. Ich habe mir sehr lange nicht erlaubt, in Erinnerungen zu schwelgen, die ihn einschließen. Aber natürlich sind sie alle noch da.

Ich sehe mich wieder mit vier an seiner Hand zum Kindergarten gehen, mit sieben bei ihm in der Werkstatt Hausaufgaben machen, mit elf, wie ich ihm helfe, ein altes Motorrad wieder auf Vordermann zu bringen.

»Ich schlitterte damals langsam, aber sicher in eine Sinnkrise«, sagt Josh, nachdem wir eine Weile gedankenversunken geschwiegen haben. »Ich begann, mir selbst und Morgan Vorwürfe zu machen, weil ich mich rastlos fühlte und es mir vorkam, als hätte ich zu viele Opfer für uns vier gebracht. In den zwei Jahren, bevor ich ging, spitzten sich diese Gedanken immer weiter zu. Dann bekam ich dieses Jobangebot, mit dem ich nie im

Leben gerechnet hätte – von dem Architekturbüro in Dublin. Deine Mum sagte sofort Nein und blieb dabei.«

Mir war nicht klar, dass er sie überhaupt gebeten hat mitzukommen. Meines Wissens hat er seine Karriere und seine Identitätsprobleme ohne großes Hin und Her über uns gestellt.

»Ich glaubte fest daran, dass ich sie überzeugen könnte. Doch zwischen uns lief es zu der Zeit nicht besonders gut, und sie ließ nicht mit sich reden. Ich habe hinter ihrem Rücken zugesagt. Das war das Ende.«

»Schön. Aber was konnten Caden und ich dafür? Du hast dich nicht mal richtig verabschiedet, und im Gegensatz zu anderen Scheidungskindern hatten wir gar nichts: keine Dad-Wochenenden, keine Geburtstagspost, nada.«

Statt seinen letzten Scone vom hinteren Tellerrand zu sich zu ziehen, dreht er den ganzen Teller. »Es war besser so«, sagt er. »Ich wäre damals Gift für euch gewesen. Trotzdem wünschte ich, ich hätte gewusst, was ich heute weiß: dass es einen nur noch mehr zerstört, wenn man aufhört, für die da zu sein, die man liebt. Und dass es niemals gute Gründe dafür gibt.«

Und da sind sie, die ungebetenen Tränen. Sie brennen in meinen Augen, und ich blinzle dagegen an, bis ich wieder klare Sicht auf ihn habe.

Es war Gift für mich, dass er mich zurückgelassen hat. Monatelang habe ich Mum die Schuld gegeben. Hatte Selbstzweifel, weil er mich nicht so geliebt hat, wie ich felsenfest geglaubt hatte. Bis aus Mum, Caden und mir ein richtiges Team wurde, hat es gedauert. Und bis ich zu dem Zorn fand, den ich bis heute auf ihn habe.

»Du hast mir alles bedeutet, Clio, aber ich bin froh, dass du den Mann nie kennengelernt hast, der ich in den Jahren danach war.«

Ich kann nicht weiter darüber nachdenken. Das Gespräch

muss dringend weg von mir und ihm, hin zu ihm und Mum. »Aber jetzt denkst du, du könntest Mum doch wieder lieben? Entweder es funktioniert, oder es funktioniert nicht. Auf euch trifft Letzteres zu.«

Da bekomme ich diesen Blick, den Ältere einem zuwerfen, wenn sie denken, dass man noch nicht genug vom Leben weiß. Ich hasse das.

»In der Liebe geht es sehr stark ums Timing.«

So ein Schwachsinn.

»Und ich dachte immer, es geht um Verantwortung und Zusammenhalt. Um das Vertrauen, dass der Mensch, der dich liebt, dich nie im Stich lassen würde.«

Der Hieb hat gesessen, Josh braucht auffällig lange, um eine Entgegnung darauf zu finden.

»Darum auch.«

Woraufhin wiederum ich nicht mehr weiß, was ich sagen soll.

Schließlich fragt Josh: »Sag mal … Welche Plots&Pieces-Bücher sollte man unbedingt gelesen haben?«

Es ist ein Friedensangebot, ganz klar. Ein sehr wackliges, sehr gewolltes. Etwas in mir sträubt sich, aber ich lasse es sich sträuben. Ich springe über meinen Schatten und schenke meinem Vater das erste Lächeln seit meiner Kindheit. Es ist ebenfalls noch sehr wacklig und gewollt, und ich weiß nicht, ob ihm weitere folgen werden, aber für den Moment ist das okay. »Wie viel Zeit hast du?«

KAPITEL 17

Lesen weitet den Horizont.

Wieso bin ich enttäuscht? Bryn hatte fast drei Tage Zeit, mir zu schreiben, aber weder Samstag, Sonntag noch heute gab und gibt es ein Lebenszeichen von ihm. Es ärgert mich, dass ich das überhaupt erwartet habe. Und dass ich ein bisschen besorgt bin, ob bei ihm alles in Ordnung ist. Als wäre es so ungewöhnlich, wenn ein Autor seine Lektorin nicht pausenlos zutextet und sich nach ihrem Privatleben erkundigt.

Wir hatten einen schlechten Start, aber ich beginne mich zu fragen, ob das im Moment nicht sogar noch mehr daneben ist. Ich bin viel zu vertrauensselig. Er könnte sonst wer sein. Was, wenn er ein Psychopath ist? Vielleicht will er sich seit meiner ersten Mail an mir rächen und erschleicht sich mein Vertrauen, um mich dann auflaufen zu lassen? Was, wenn die Dinge, die er bisher über sich preisgegeben hat, nur erfunden sind?

Ich versuche, die Zweifel abzuschütteln. Nach der Mittagspause habe ich mein Telefonat mit Marcella Walton, und das will vorbereitet werden. Ich beginne, mir in Word eine Liste zu machen, welche Punkte ich ansprechen möchte.

»Clio?« Melly stürmt förmlich in den Raum und sieht ein bisschen gestresst aus.

»Was gibt's?«

Sie streckt ihren mit fast einem Dutzend Reifen geschmückten Arm aus, um auf den Arbeitsplatz mir gegenüber zu deuten. »Shannon ist krank.«

»Oh.«

»Ja. Oh hoch zwei sogar. Die Praktikantin aus Deutschland ist da, und niemand hat Zeit, sie rumzuführen und mit einer ersten Aufgabe zu versorgen.«

»Und da dachtest du an mich?«

Überflüssigerweise nickt sie.

»Na gut, kein Problem.«

Gemeinsam gehen wir nach unten, wo im Eingangsbereich eine junge Frau mit hellblondem Bob, Nasenring und mattrot geschminkten Lippen wartet. »Guten Morgen, ich bin Lilian Kunstmann«, stellt sie sich vor und erinnert mich mit diesem Aufregungsleuchten in den Augen an meine eigenen ersten Praktika in der Branche.

»Hi, Lilian aus dem Land der Buchpreisbindung!« Ich drücke ihr die Hand. »Mit dem Nachnamen versuche ich es lieber gar nicht erst, der klingt irgendwie cool, aber sicher nicht, wenn ich ihn aussprechen will.«

Sie lacht. »Mir war nicht klar, dass die Buchpreisbindung so ein charakteristisches Merkmal ist.«

»Oh, für Verlagsmenschen schon! Würden die Bücher hier auch feste Preise haben, gäbe es mehr gemütliche kleine Buchhandlungen. Und wer liebt die nicht?« Ich bedeute ihr, mir zu folgen. »Aber dafür kann ich dir einen gemütlichen kleinen Verlag präsentieren!«

Tatsächlich hat die Booksellers Association vor einer Weile schönerweise einen Anstieg unabhängiger Buchläden im United Kingdom gemeldet, aber in Deutschland sind es immer noch rund dreimal so viele.

Ich zeige Lilian zuerst die untere Etage samt Garten und Wintergarten. Einige Kolleginnen und Kollegen aus dem Eastmore-Team sind im Homeoffice oder kommen erst später am Morgen, aber ein paar Gesichter kann ich ihr schon vorstellen.

Es ist schön zu sehen, wie ihre Vorfreude auf die kommenden drei Monate mit jedem Raum und jeder Begegnung noch zu wachsen scheint. Und wie sie unsere farbenfrohen Bücherregale in Fluren und Büros ansieht, sagt mir fürs Erste alles, was ich wissen muss.

Zum Schluss führe ich sie zu dem für sie vorgesehenen Eckschreibtisch in dem kleinen Büro neben Shannons und meinem, von dem aus sie durchs Fenster einen perfekten Blick auf die pittoreske Nachbarschaft hat.

Ich gebe ihr eine kurze Einführung in unsere Cloud und die Ordnerstruktur, bevor ich sie mit einem digitalen Stapel unverlangt eingesandter Manuskripte allein lasse. Der Klassiker – aber auch wenn's nicht meine kreativste Idee war, denke ich, dass sie damit in jedem Fall einen unterhaltsamen ersten Tag verbringen wird. Die meisten Menschen würden nicht glauben, was uns alles so angeboten wird. Mein bisheriger Favorit war ein Bilderbuch über einen Goldfisch, der sich mit seinem Goldfischglas von Ort zu Ort beamen kann – bebildert mit verpixelten Fotos des Familienfischs des Autorenehepaars. Wobei ... die Memoiren dieser einen Frau, die über zehn Jahre lang exakt dokumentiert hat, was sie an welchem Tag angezogen hat, waren auch sehr besonders.

Wahrscheinlich bewege ich mich in letzter Zeit zu wenig, trotz meines wöchentlichen Schwimmens. Wieso sonst bin ich plötzlich so kurzatmig, als ich wieder an meinem Schreibtisch Platz nehme und sehe, von wem eine meiner neu eingegangenen E-Mails ist?

An: Hildyard, Clio
Von: Spurling, Bryn
Betreff: Das Date

Na, hast du mich vermisst?
Nach einem ziemlich frustrierenden Wochenende hatte
ich gestern Abend tatsächlich einen unerwarteten kleinen
Schreibflash und hoffe, das Ergebnis ist gut genug, um
dich für ein paar Minuten vergessen zu lassen, was für ein
schrecklicher Autor ich bin.

Wie lief es am Freitag? Hab an dich gedacht und dir beide
Daumen gedrückt.

Bryn
🔗 Date_erster Teil.doc

··

Also interessiert es ihn doch. Mein Leben interessiert ihn. Oder
zumindest tut er so. Aber wie dem auch sei – ich muss jetzt sofort wissen, was er da gestern aufs digitale Papier gebracht hat.
Und es natürlich ein bisschen sezieren …

»Weißt du noch, wie wir damals hinter diesem Truck
geknutscht haben und wie zwei Dominosteine umgekippt sind, als plötzlich
der Motor angelassen wurde?« Violet
grinste mich an, und alles, woran ich
denken konnte, war dieser unverkennbare Schwung ihres Munds und all die
Momente, in denen ihr Blick mir noch
viel, viel näher gegangen war.

> **Clio**
> Bester Szenenauftakt, den ich je
> gelesen habe! Wie kommst du auf
> so was?

> **Clio**
> Ähm, Bryn? Ich wusste nicht, dass
> ich SO überzeugend sein kann.
> Er ist ja plötzlich völlig liebes-
> krank. 😔

Ich hätte mich nicht auf dieses Treffen einlassen sollen. Und doch saßen wir nun in diesem Restaurant, warteten darauf, dass unsere Bestellung aufgenommen wurde, und taten so, als wäre das keine blöde Idee.

~~Das~~Dabei war das hier ~~war~~der Anfang meines Untergangs.

Clio
Du willst ihn so melodramatisch, oder?

Andererseits ... Konnte man überhaupt untergehen, wenn man schon am Boden angekommen war? War es möglich, dass er unter mir wegsplittern ~~würde~~ und ~~mich~~ noch tiefer stürzten ~~lassen würde~~? Wahrscheinlich war die Antwort darauf ein klares Ja. Denn auch wenn ich das erst nicht hatte sehen wollen: Violet war diejenige, die nicht nur all meine Schutzschilde mit Leichtigkeit durchbrach, sondern wirklich meine ganze Welt ins Wanken bringen konnte. Wie lange konnte so ein Boden also halten, wenn sie alles in Aufruhr brachte?

»Oder als wir auf dem Erdbeerfeld ...?«

»Nein, daran erinnere ich mich sogar am allerwenigsten.«

Clio
Mich würde das sehr interessieren.

Das war eine glatte Lüge. Am allerwenigsten erinnerte ich mich an den Unterschied zwischen ihren sommerweichen und wintersspröden Lippen auf meinen, an die weiche Haut ihrer Hüfte unter meinen Fingerspitzen und ...

Clio
It's getting hot. Warum nicht gleich so?

»Noah, dein Starren wird langsam unangenehm.«

»Ich sehe durch dich durch.«

»Tust du nicht. Obwohl es tatsächlich so ein Blick ist, der einen durchbohren könnte.«

Mir lagen zwei Trillionen Fragen auf der Zunge, aber ausnahmslos alle hätten mich lächerlich dastehen

lassen, also beschloss ich zu schweigen. Mein Mund hatte allerdings andere Pläne als mein Hirn. »Was soll
das eigentlich werden? Versuchst du,
mich zu verführen, weil ich gerade
einsam und angreifbar bin?«

> **Clio**
> Natürlich.

> **Clio**
> Ha, das finde ich super!

*So ein Mist. Hättest du mal lieber was von den
zwei Trillionen genommen – nichts davon wäre derart
schlimm gewesen.*

Nun war es umgekehrt: Violet, die *mich* mit ihrem
Blick nahezu durchlöcherte. »Aber sonst geht's dir
gut? Es ist nur ein Essen.«

»Und deine ganze kleine Ich-rette-Noah-Mission?«

»Ich rette dich nicht. Langsam bin ich mir nicht mal
mehr sicher, ob das überhaupt im Bereich des Möglichen läge~~wäre~~, selbst wenn ich es wollte. Aber klar,
ein wenig mitleiderregend bist du zur-
zeit schon.« Sie lachte über meine
entgleisenden Gesichtszüge. »So –
jetzt glaubst du nicht mehr, dass ich
dich *verführen* will, oder?«

> **Clio**
> Gib's ihm! Ich feiere sie gerade ein
> bisschen.

Mein Gehirn hatte immer noch nicht wieder seine volle
Arbeitsleistung erreicht. Das war auch der Grund,
warum ich meine Hand an meine Schulter führte. »Und
was soll dann das?«

Ihre Stirn legte sich in Falten, dann blickte sie
auf ihre eigene Schulter. Auf den Träger, der dort aus ihrem Kragen hervorlugte und verriet, dass sie irgendetwas drunter trug, was sie unverschämt
anziehend wirken ließ.

> **Clio**
> No way, das lasse ich dir nicht
> durchgehen. Du wirst diesen Träger
> beschreiben müssen. Farbe, Mach-
> art, Vermutung für den Rest der Un-
> terwäsche – her damit!

Violet schnaubte. »Du glaubst doch nicht ernsthaft, dass ich den absichtlich für dich rausschauen lasse? Oh, Noah. Das ist echt traurig.«

Da konnte ich ihr leider nur zustimmen. Traurig, dass ich überhaupt darauf geachtet hatte. Traurig, wie enttäuscht ich war, weil der Träger nichts mit mir zu tun hatte.

Ich stand auf und stieß mir in meiner Hast das Knie schmerzhaft am Tischbein. »Danke für deine seltsame, aber doch irgendwie hilfreiche ... Hilfe. Aber wir sollten mit was auch immer aufhören. Das war's.«

Clio

Ist es übrigens wirklich. Wenn du nicht aufpasst, wird Violet die Sympathieträgerin, und alle Leser*innen werden Noah hassen.

Clio

Okay, immer wenn ich anfange, schlecht von ihm zu denken, zeigt er so viel Selbsteinsicht. Das ist gruselig gut.

Clio

Uuuund, er läuft einfach weg. Sieht ihm ähnlich.

Ich speichere die Datei und hänge sie der Antwort auf Bryns Mail an:

· ·

An: Spurling, Bryn
Von: Hildyard, Clio
Betreff: Re: Das Date

Tut mir leid, dass dein Wochenende frustrierend war – aber der Frust scheint dich in genau die Schreibstimmung zu versetzen, in der ich dich brauche. 😊
Dass du kein schrecklicher Autor bist, muss ich dir nicht sagen ... Ich bin nicht dafür zuständig, dich zu bewundern.

Freitag war seltsam. Weniger schlimm, als ich dachte. Ein kleiner Anfang, der auch schnell wieder zu einem Ende führen kann. Ich weiß nicht so recht, was ich mir wünschen soll. Danke fürs An-mich-Denken!

Clio

📎 Date_erster Teil_CH.doc

··

Ich zögere. Ist das diesmal zu viel? Wenn er wirklich Selbstzweifel hat, sollte ich vielleicht doch noch etwas Netteres schreiben? Ich formuliere ein paar Sätze im Kopf, aber sie klingen alle fürchterlich schleimig, und ich schicke die Version ab, die ich schon getippt habe. Irgendetwas sagt mir, Bryn weiß mittlerweile ganz gut, wie er meine Worte zu verstehen hat.

KAPITEL 18

Lesen kann Funken entfachen.

»Ich brauche echt ein bisschen Bedenkzeit. Tut mir leid – ich hoffe, ich wirke nicht undankbar.«

»Nein, nein, ich versteh das«, beruhige ich Marcella schnell, denn irgendwo tue ich das wirklich.

Enttäuscht bin ich trotzdem. Dieses Gespräch hatte ich mir anders vorgestellt: mit einer Autorin, die übersprudelt vor Freude über unser Vertragsangebot und es kaum erwarten kann, sich in die Überarbeitung zu stürzen. Stattdessen habe ich es hier mit einem dieser Menschen zu tun, die sich ihrem Manuskript auf besondere Weise verpflichtet fühlen. Sie sieht Plots&Pieces als möglichen Partner – aber sie hat nicht oder zumindest noch nicht das Vertrauen, dass wir mit diesem Buch den bestmöglichen Weg gehen würden. Das verstehe ich, es gibt schließlich keine Garantien, dass persönliche Kompromisse für die Veröffentlichung sich lohnen werden.

Nichtsdestotrotz sind Chelseas Einwände gegen eine der Hauptauflösungen und die Kritikpunkte, die ich zu Handlung und Spannungsbogen habe, begründet und die Lösungsvorschläge gut. Marcella kennt es allerdings noch nicht, im Austausch mit jemandem große Eingriffe an ihrem Text vorzunehmen. Sie wollte Schriftstellerin werden, ist einer guten Idee nachgejagt und hat sie voller Euphorie und Spannung in ihren Laptop getippt – dann ist sie auf Agentursuche gegangen und war damit erfolgreich. Sie sieht das Buch nicht als Projekt, geschweige denn als Konsumgut. Es ist ihr Baby, ihre Leistung, ihr ganzer Stolz. Genau so, wie die Charaktere sich ihr gezeigt haben, wie die Geschichte unter ihren Händen verlaufen ist, möchte sie sie haben. Und all das hat seine Berechtigung. Doch wenn ich meine Arbeit gut mache, wird sie sehen, dass ich nicht vorhabe, mich wie eine Lehrerin mit Rotstift an das Buch zu setzen, sondern ihr eine Perspektive zu eröffnen, die sie selbst als Schreiberin nicht einnehmen kann: die einer professionellen Leserin mit ihrem Blick von außen.

Ich tippe einige Gesprächsnotizen in ein leeres Dokument, damit ich mich später erinnere, wie Marcella und ich verblieben sind. Während ich noch dabei bin, kommt die Date-Szene von Bryn zurück. Ich notiere schnell zwei letzte Stichpunkte, bevor ich mich ihr zuwende.

....

An: Hildyard, Clio
Von: Spurling, Bryn
Betreff: Re: Re: Das Date

Glaub mir, glücklicher würde ich noch viel besser schreiben. Aber ein bisschen bin ich das, jedes Mal, wenn du mir wieder etwas zu tun gibst und so wahnsinnig liebevolle Mails dazu schreibst.
Ich denke, auch ein kleiner Anfang kann ziemlich viel wert sein. Dein Vater hat jetzt einen ersten Eindruck davon, wer du heute bist, und er wäre verrückt, dich nicht zurückgewinnen zu wollen.

🔗 Date_erster_Teil_CH_BS.doc

Unsere Zusammenarbeit macht ihn ein bisschen glücklicher und ich bin jemand, den es sich zurückzugewinnen lohnt? Ich lese es noch dreimal, aber viel Spielraum für andere Interpretationen finde ich nicht. Allerdings ahne ich schon, dass Bryn mit meinem Lektorat weniger schmeichelhaft umgegangen ist.

»Weißt du noch, wie wir damals hinter diesem Truck geknutscht haben und wie zwei Dominosteine umgekippt sind, als plötzlich der Motor angelassen wurde?« Violet grinste mich an, und alles, woran ich denken konnte, war dieser unverkennbare Schwung ihres Munds und all die Momente, in denen ihr Blick mir noch viel, viel näher gegangen war.

Ich hätte mich nicht auf dieses Treffen einlassen sollen. Und doch saßen wir nun in diesem Restaurant, warteten darauf, dass unsere Bestellung aufgenommen wurde, und taten so, als wäre das keine blöde Idee. Dabei war das hier der Anfang meines Untergangs. Andererseits … Konnte man überhaupt untergehen, wenn man schon am Boden angekommen war? War es möglich, dass er unter mir wegsplittern würde und ich noch tiefer stürzte? Wahrscheinlich war die Antwort darauf ein klares Ja. Denn auch wenn ich das erst nicht hatte sehen wollen: Violet war diejenige, die nicht

> **Clio**
> Bester Szenenauftakt, den ich je gelesen habe! Wie kommst du auf so was?
>
> **Bryn**
> Dann liegt deine Messlatte tief. 😭 Aber danke. Wenn ich dir sagen würde, woher meine Ideen kommen, müsste ich dich umbringen. Haha, der war flach.

> **Clio**
> Ähm, Bryn? Ich wusste nicht, dass ich SO überzeugend sein kann. Er ist ja plötzlich völlig liebeskrank. 😳
>
> **Bryn**
> Sehr überzeugend. Außerdem macht es unerwartet viel Spaß, Charakteren den Kopf zu verdrehen

> **Clio**
> Du willst ihn so melodramatisch, oder?
>
> **Bryn**
> Er ist nicht melodramatisch! Fühlt sich für ihn wirklich so an.

nur all meine Schutzschilde mit Leichtigkeit durchbrach, sondern wirklich meine ganze Welt ins Wanken
bringen konnte. Wie lange konnte so ein Boden also
halten, wenn sie alles in Aufruhr brachte?

»Oder als wir auf dem Erdbeerfeld …?«

»Nein, daran erinnere ich mich sogar am allerwenigsten.«

Das war eine glatte Lüge. Am allerwenigsten erinnerte ich mich an den
Unterschied zwischen ihren sommerweichen und winterspröden Lippen auf meinen, an die weiche Haut ihrer Hüfte

unter meinen Finger-
spitzen und …

»Noah, dein Starren
wird langsam unangenehm.«

»Ich sehe durch dich durch.«

»Tust du nicht. Obwohl es tatsächlich so ein Blick ist, der einen
durchbohren könnte.«

Mir lagen zwei Trillionen Fragen
auf der Zunge, aber

ausnahmslos alle hätten mich lächerlich dastehen lassen, also beschloss
ich zu schweigen. Mein Mund hatte allerdings andere Pläne als mein Hirn.

»Was soll das eigentlich werden? Versuchst du, mich zu
verführen, weil ich
gerade einsam und
angreifbar bin?«

So ein Mist. Hättest du mal lieber

Clio
Mich würde das sehr interessieren.

Bryn
Kann ich mir vorstellen. Lass deiner Fantasie freien Lauf. Ich hab mir
nämlich ehrlich gesagt nicht überlegt, was sie da erzählen wollte.
Will es auch nicht wirklich wissen. 😊

o
s getting hot. Warum nicht
eich so?

yn
eil es nicht jedem Menschen, der
Buch liest, um Sex geht.
ntsprechende Szenen wirst du üb-
ens nie von mir zu lesen bekom-
n, und das meine ich ernst.)

Clio
Natürlich.

Bryn
Sag mal, ist das eigentlich normal,
dass die Lektorin dauernd das Verhalten des Protagonisten kommentieren muss? Solltest du dich nicht
mehr um den Text selbst kümmern?

o
, das finde ich super!

yn
he oben. 😑

155

was von den zwei Trillionen genommen – nichts davon wäre derart schlimm gewesen.

Nun war es umgekehrt: Violet, die *mich* mit ihrem Blick nahezu durchlöcherte. »Aber sonst geht's dir gut? Es ist nur ein Essen.«

»Und deine ganze kleine Ich-rette-Noah-Mission?«

»Ich rette dich nicht. Langsam bin ich mir nicht mal mehr sicher, ob das überhaupt im Bereich des Möglichen läge, selbst wenn ich es wollte. Aber klar, ein wenig mitleiderregend bist du zurzeit schon.« Sie lachte über meine entgleisenden Gesichtszüge. »So – jetzt glaubst du nicht mehr, dass ich dich *verführen* will, oder?«

Clio
Gib's ihm! Ich feiere sie gerade ein bisschen.
Bryn
Der arme Noah! Sie macht ihn total fertig, und du freust dich auch noch drüber.

Mein Gehirn hatte immer noch nicht wieder seine volle Arbeitsleistung erreicht. Das war auch der Grund, warum ich meine Hand an meine Schulter führte. »Und was soll dann das?«

Ihre Stirn legte sich in Falten, dann blickte sie auf ihre eigene Schulter. Auf den Träger, der dort aus ihrem Kragen hervorlugte und verriet, dass sie irgendetwas drunter trug, was sie unverschämt anziehend wirken ließ.

Clio
No way, das lasse ich dir nicht durchgehen. Du wirst diesen Träger beschreiben müssen. Farbe, Machart, Vermutung für den Rest der Unterwäsche – her damit!

Bryn
Was würde jemand wie Violet denn tragen? Da bin ich echt überfragt, und ich will mich auch nicht unbedingt länger als nötig mit der Thematik beschäftigen.

Violet schnaubte. »Du glaubst doch nicht ernsthaft, dass ich den absichtlich für dich rausschauen lasse? Oh, Noah. Das ist echt traurig.«

Da konnte ich ihr

Clio
Ist es übrigens wirklich. Wenn du nicht aufpasst, wird Violet die Sympathieträgerin, und alle Leser*innen werden Noah hassen.

Bryn
Wundern würde es mich nicht. Er ist einfach nicht gerade ein Charakter zum Liebhaben.

leider nur zustimmen. Traurig, dass ich überhaupt darauf geachtet hatte. Traurig, wie enttäuscht ich war, weil der Träger nichts mit mir zu tun hatte.

Ich stand auf und stieß mir in meiner Hast das Knie schmerzhaft am Tischbein. »Danke für deine seltsame, aber doch irgendwie hilfreiche … Hilfe. Aber wir sollten mit was auch immer aufhören. Das war's.«

> **Clio**
> Okay, immer wenn ich anfange, schlecht von ihm zu denken, zeigt er so viel Selbsteinsicht. Das ist gruselig gut.
>
> **Bryn**
> Jep, er weiß, dass er übel drauf ist. Macht es im Endeffekt aber auch nicht viel besser.

> **Clio**
> Uuuund, er läuft einfach weg. Sieht ihm ähnlich.
>
> **Bryn**
> Was soll das denn heißen?

Ich fasse meine Antworten in einer Nachricht zusammen, damit das Dokument kein weiteres Mal zu ihm zurückmuss. So, das hätten wir – fehlt nur noch eine Kleinigkeit. Ich nehme mein Handy und ziehe mein Shirt über einer Schulter ein Stückchen runter, als hätte es einen U-Boot-Ausschnitt. Mit der Selfie-Kamera fotografiere ich den nun rauslugenden Träger, dunkelrot mit feinem Spitzenrand zu beiden Seiten.

Ich sende es mit meiner Mail-App an mein Arbeitspostfach und schiebe den Anhang dann rüber in meine Nachricht an Bryn.

....

An: Spurling, Bryn
Von: Hildyard, Clio
Betreff: Re: Re: Re: Das Date

Ich erkläre die Szene hiermit für nahezu fertig. Ein paar Feststellungen nebenbei:

1. Meine Messlatte ist höher, als du denkst.
2. Noah *ist* melodramatisch.

3. Ich denke, du wärst gut darin, spicy Szenen zu schreiben. Und es hat schon seine Gründe, dass die Buchcommunity sie gern liest.

4. Ich kann nichts dafür, dass dein Protagonist mich aufregt. Ich muss das kommentieren, sonst zertrümmere ich seinetwegen noch meinen Schreibtisch.

5. Violet macht ihn nicht fertig. Sie bringt ihn bloß dazu, über seinen Schatten zu springen. Was er unter anderem deshalb braucht, weil er sich weder den Umständen noch sich selbst stellt. Er läuft davor weg. Punkt.

6. Ich hab mir letztens einen echt hübschen Balconette-BH geholt. Träger zur Ansicht im Anhang, vielleicht nehmen wir den?

 Trägerfoto.jpg

Im Moment des Absendens habe ich ein Déjà-vu. Mir bricht der Schweiß aus, und mein Herz schlägt so schnell, dass mir davon fast schlecht wird. Was habe ich da gerade getan? Das war nicht witzig, sondern hat eine Grenze überschritten.

Ihr überschreitet die ganze Zeit schon Grenzen, behauptet mein Gewissen.

Eine Terminerinnerung poppt auf meinem Bildschirm auf und verlangt meine Aufmerksamkeit: Videodreh mit Lorne in einer halben Stunde. Oh nein, das hatte ich komplett vergessen! Er will mit mir und ein paar anderen aus den beiden Lektoratsteams ein paar Kurzvorstellungen unserer aktuellen Programm-Highlights drehen. Eilig verfasse ich drei kleine Skripte für die Videoclips.

Mit fünfminütiger Verspätung platze ich schließlich in Lornes

Büro und schlage mir die Hand vor den Mund, als mir klar wird, dass ich damit die aktuelle Aufnahme verpatzt habe.

»Sorry! Ich dachte nicht, dass ihr noch dran seid!«

Melly zuckt mit den Schultern und zieht ihre langen Haare um den Nacken herum zur anderen Seite. »War eh nicht gut.«

Lorne legt mit einem Ausdruck absoluter Frustration das Handy auf den Tisch. So habe ich ihn noch nie gesehen. Er ist praktisch das Verlagssonnenscheinchen.

»Ich nehm einfach selbst eins auf«, meint Melly. »Lorne findet nämlich, dass ich angespannt und genervt wirke. Und das wollen wir ja nicht.«

Ich schaue von ihr zu ihm und wieder zurück. »*Bist* du denn angespannt und genervt?«

»Überhaupt nicht.« Sie steht auf und deutet auf den Platz, den jetzt ich einnehmen soll. »Es scheint nur gerade kein so guter Moment für eine Empfehlung von Happy-Melly zu sein.«

Bevor Lorne oder ich noch irgendwelche Einwände erheben können, lässt sie uns im Büro allein.

»War das also Grumpy-Melly?«, fragt Lorne.

So wie ich das sehe, war das Ich-habe-da-ein-Problem-mit-meinem-Kollegen-Melly. Nur verstehe ich es einfach nicht. Selbst wenn sie ihm auf keinen Fall Hoffnungen machen will, muss sie sich doch nicht gleich so abweisend verhalten? Aber wer weiß, wie viele Takes die beiden gerade versucht haben – vielleicht war es ihr unangenehm.

»Was ich dich noch fragen wollte …«, wechselt Lorne das Thema. »Jetzt, wo du Bryns Herz erobert hast« – er hebt die Hand, um meinen Widerspruch abzublocken –, »könntest du nicht mal versuchen, mit ihm über Social Media zu sprechen? Accounts mit dem Pseudonym wären super! Es ist eine Schande, dass er nirgendwo auftaucht. Und ich verlange ja nicht, dass er sich zeigt – aber er sollte online einfach präsent sein. Bei so vielen Fans ...«

»Ich fürchte, dafür gehört seine Abwesenheit in der öffentlichen Buchszene zu sehr zu dem Geheimnis, das er um seine Identität macht.«

Lorne seufzt. »Versuch's trotzdem, ja?«

Ich nicke, glaube aber, Bryns Antwort schon zu kennen.

Die, die ich allerdings noch nicht kenne, wartet bereits auf meinem PC auf mich, als ich vom Dreh zurückkehre:

An: Hildyard, Clio
Von: Spurling, Bryn
Betreff: Danke für die Inspiration?!

Also, Clio ... Meine Agentin hat vorhin angerufen, um zu fragen, wie es mit dir und mir so läuft. Ich weiß, das ist kein gutes Zeichen, sie kriegt meinetwegen noch graue Haare ... Ich hab ihr jedenfalls gesagt, dass du mich echt inspirierst. Ändere die Stelle in der Szene gern wie folgt:

Ihre Stirn legte sich in Falten, dann blickte sie auf ihre eigene Schulter. Auf den dunkelroten Träger, der dort aus ihrem Kragen hervorlugte, ein hell-dunkles, sinnliches Muster, ein hauchzartes Miteinander von Spitze auf Haut, das es nicht gebraucht hätte, um sie viel anziehender zu finden, als ich sollte. Aber es erinnerte mich ziemlich intensiv daran. ~~und verriet, dass sie irgendetwas drunter trug, was sie unangemessen anziehend wirken ließ.~~

Was deine Messlatte und Noahs Melodramatik angeht, bin ich anderer Meinung. Bitte trotzdem nicht den Schreibtisch zertrümmern! Deine Interpretation von Violets Rolle dagegen hat mich nachdenklich gemacht. Vielleicht ist da was dran.

Zum Schluss: Du bist doch wohl nicht im Lager »sex sells«?
Nein, schon gut, ich kann mir vorstellen, was dein Standpunkt ist. Was ich mit meinem Kommentar sagen wollte, war einfach, dass es mir manchmal so vorkommt, als würde heute vorausgesetzt, alle würden Storys mit möglichst viel Prickeln mögen. Es gibt aber in manchen Punkten so was wie »die Buchcommunity« nicht – nur eine Menge unterschiedlicher lesender Menschen. Wenn wir Diversität für die Inhalte fordern, müssen wir sie auch dem Publikum zugestehen.
Na ja, und was mich angeht, sehe ich es so: Wäre ich einer meiner Charaktere, würde ich den Autor dafür hassen, wenn er einfach alle Welt zu mir ins Schlafzimmer einlädt. 😵

Bryn

....

Ich könnte das jetzt fortführen und ihn damit necken, dass er sich anscheinend viel zu sehr mit seinen Charakteren identifiziert. Doch irgendwo verstehe ich ihn dafür zu gut, bin zu dankbar, ihn mit meiner Foto-Aktion nicht entsetzt zu haben, und zu zufrieden mit seiner wirklich sehr reizenden kleinen Überarbeitung. Außerdem beschäftigt mich gerade etwas anderes viel mehr: Er hat mir in Bezug auf Violet recht gegeben. Das will echt was heißen, oder?

KAPITEL 19

*Lesen bringt einen auf die eine oder
andere Weise durcheinander.*

Luke und Keira haben wieder ein kleines Hoch. Deshalb habe
ich heute Nacht kaum geschlafen – und wäre vorhin fast nicht
aus der Haustür gekommen, weil die zwei sie wie ein mensch-
liches Knäuel aus Schmatzmündern und Fangarmen blockiert
haben.

Im Verlag steht endlich mal wieder eine Coverbesprechung
an – es gibt kaum etwas, womit man mich glücklicher machen
kann.

Ich stelle Lilian unserer Grafikerin Brittany vor. Da Shannon leider noch nicht wieder fit ist, bin ich weiterhin vertre-
tende Praktikumsbetreuerin.

»Brittany gestaltet hauptsächlich fürs Eastmore-Haupt-
programm«, erkläre ich, »aber auch das eine oder andere für
Plots&Pieces. Den Rest übernehmen Freiberufliche, denen
wir dann für jeden Auftrag ein Coverbriefing schicken mit
den wichtigsten Fakten: Themen und Atmosphäre des Buchs,
mögliche Motive und all so was.«

Lilian hat dazu gleich eine ganze Ladung Fragen, also lasse
ich die zwei quatschend zurück, um mir noch schnell meinen
Sitzungskaffee zu holen.

Keine fünf Minuten später sind wir schon mitten im Sichten und Diskutieren. Der Tisch ist zur Schaufläche geworden, und alle drängen sich um die Entwürfe.

Bei zwei der Neuheiten aus dem übernächsten Programm sind wir schon recht weit, und die inzwischen umgesetzten Änderungswünsche daran finden alle gut.

Bei allem anderen gehen die Überlegungen und Geschmäcker zum Teil sehr weit auseinander.

Bei der Reihengestaltung zu *Too Good to Win* und dem Folgeband beschließen wir, dass Lorne ein Covervoting in seine Social-Media-Planung aufnehmen soll. Da er selbst bei dem Meeting nicht dabei ist, notiert Melly es für ihn im Protokoll, auch wenn sie jedes Mal leicht das Gesicht verzieht, wenn sein Name fällt.

»Ich habe auch ein paar erste Entwürfe für den neuen Spurling gemacht«, sagt Brittany und holt mich damit aus der Grübelei, wie ich es hinkriegen soll, dass die zwei sich vertragen. »Sein letztes Cover für das Buch bei Eastmore habe ich ja auch gestaltet, daher habe ich versucht, etwas hinzubekommen, was daran erinnert, aber gleichzeitig typisch Plots&Pieces ist.«

Mein Herz klopft erwartungsvoll, und ich beuge mich vor, als sie drei Ausdrucke in die Mitte legt.

»Das mittlere«, sage ich sofort. Es ist eine klare Sache. Die Typografie, die Farbwahl, einfach alles ist zu hundert Prozent Bryns Buch. *Sort of* steht breit und schlicht über *High Treason*, dessen Buchstaben förmlich über die helle Hintergrundfläche explodieren – schillernde Farbscherben scheinen davon abzusplittern und geben dem Ganzen eine ganz eigene kraftvolle Dynamik. Der Titel ist zwar, wenn man so will, das einzige Motiv, aber er hat es eben auch in sich. So, wie Brittany ihn in Szene gesetzt hat, springt er einem förmlich entgegen. Zusammen mit Bryns Namen natürlich, der in dicken schwarzen Lettern ganz oben prangt.

Zum Glück schließen sich die anderen meiner Wahl einstimmig an. Brittany will nur noch mal ein paar Farbvarianten ausprobieren, und dann kann ich bald Bryn einen Blick darauf werfen lassen. Vielleicht sollte es mir Sorgen machen, dass sich das ein bisschen anfühlt, als hätte ich das perfekte Weihnachtsgeschenk für meinen Freund gefunden. Wie immer meine Fantasie auf Weihnachten gekommen ist. Oder auf *Freund*.

* * *

Am frühen Nachmittag meldet sich Bryn, obwohl ja eigentlich ich mit Antworten dran war.

....

An: Hildyard, Clio

Von: Spurling, Bryn

Betreff: Der unerwartete Ausgang des unerwarteten Dates

Also, Clio, die Szene, die direkt an die im Restaurant anschließt, ist anders geworden, als ich dachte. Hast du womöglich eine Art Zauber auf mich verübt, damit ich so was schreibe? Ich kann mir nicht erklären, wo das sonst hergekommen sein soll. Aber lies selbst …

Bryn

📎 Parkplatzromantik.doc

....

Schlimm, dass ich schon wieder alles andere zurückstelle, um auf der Stelle zu erfahren, was er geschrieben hat. Wenigstens habe ich den Vorwand, es ja sowieso lektorieren zu müssen.

Ich hätte mit wirklich allem gerechnet – einem tage-
bis wochenlangen Schweigen, einer bissigen, aber
sehr gerechtfertigten Nachricht auf meinem Handy,
einem endgültigen Kontaktabbruch. Aber nicht damit,
dass Violet mir nachlaufen würde. Auf
dem Parkplatz neben dem Restaurant,
meinen Autoschlüssel schon in der
Hand, hörte ich sie hinter mir meinen
Namen rufen, gefolgt von einem »Halt
gefälligst sofort an!«

> **Clio**
> Mich wundert ja, dass er immer
> noch nicht kapiert hat, wie hartnä-
> ckig sie ist. Kann aber so bleiben,
> passt ins Bild.

Warum gab diese Frau mir eigentlich
ständig Befehle? Und wieso befolgte
ich die meisten davon? Warum blieb ich
auch jetzt nicht nur stehen, sondern
wandte mich ihr zu wie eine Pflanze dem
Sonnenlicht?

> **Clio**
> Niedlich. Aber auch ein biss-
> chen arg kitschig. Na gut, behal-
> ten wir es.

Mit jedem Schritt, den sie näher kam,
wusste ich weniger, wofür ich mich zu
wappnen hatte. Sie wirkte so zielstrebig. ~~und kochte vor einer Emotion, die
ich selbst dann nicht hätte benennen
können, hätte ich ihr Gesicht nicht
nur im~~ Im Schein der Straßenlaternen
~~gesehen~~schlugen mir die Emotionen in
ihrem Blick ungebremst entgegen.

> **Clio**
> »vor einer Emotion kochen« klingt
> nicht richtig für mich. Außerdem
> war in deiner Version »ihr Gesicht«
> das Gesicht der Emotion, die zuletzt
> Subjekt war.
> So würde es gut zu seinem Zurück-
> taumeln passen.

Ich taumelte zurück, als sie auch weniger als drei Meter von mir entfernt
nicht langsamer wurde. Doch sie ~~sprang
förmlich~~machte einen Satz vorwärts
und krallte die Hände in meine Jacke.

> **Clio**
> So? Wirkt sonst wie ein Hüpfer ...

165

»Du darfst nicht anfangen, selbst an die Version von dir zu glauben, die die anderen dir gerade spiegeln«, sagte sie. Mein Instinkt sagte mir, dass sie mich küssen wollte, und das ergab keinen Sinn, aber es ließ die so mühevoll unterdrückten Hoffnungen der letzten Tage in mir so stark an die Oberfläche drängen, dass ich ihr entgegenkam. Es gab Momente, in denen man nachdenken konnte, und das hier war keiner davon.

Mit einem Ruck zog sie mich an der Jacke zu sich, und dann tat sie es wirklich. Ich glaubte, sie einen leisen Fluch murmeln zu hören, bevor sie ihre Lippen sprechen ließ, ohne noch mehr zu sagen, ihre Zunge, ohne Worte zu formen.

Es war wie eine verfremdete Erinnerung – vertraut und doch atemberaubend neu. Atemberaubend in überhaupt jedem Sinne. Mein Herz war die See und Violet der Sturm, der es zum Tosen und Überschäumen brachte.

Ich umfasste ihr Gesicht, und sie legte ihre Hände auf meine, als wollte sie verhindern, dass ich sie jemals wieder ~~runternahm~~sinken ließ.

Wir sollten wieder zueinander gehören. Das war der einzige Gedanke, der es über den Wellenschlag dieser Küsse hinwegschaffte.

Erst in einer kurzen Atemholpause gesellten sich weitere dazu: *Wieso noch mal hat es nicht funktioniert mit uns? Und warum dachte ich, das hier könnte und sollte auf keinen Fall passieren?*

Doch egal, in welche Richtung ich weiterzudenken ver-
suchte – als Antwort präsentierten mir
meine Hirnwindungen immer dasselbe:
Violet und ich.

Da er nur die kleinen Änderungen anzuneh-
men hat, dauert es nicht lang, da kommt die
fertige Szene auch schon zu mir zurück.

> **Clio**
> Ich weiß gar nicht, was ich sagen
> soll, außer: Geht doch!
> Diese Szene ist wohl bisher meine
> liebste von allen. Ich weiß, ich hab
> mich schon viel über Noah aufge-
> regt, aber er und Violet … die zwei
> passen SO gut zusammen!

· ·

An: Hildyard, Clio
Von: Spurling, Bryn
Betreff: Re: Re: Der unerwartete Ausgang des unerwarteten
Dates

Würdest *du* gern so geküsst werden, Clio?

--

Gesendet: Heute 14:05 Uhr
Von: »Clio Hildyard« <hildyard@eastmorepublishing.uk>
An: »Bryn Spurling« <spurling@googlemail.uk>
Betreff: Re: Der unerwartete Ausgang des unerwarteten
Dates

Ich bin sehr stolz auf dich, was die Kussszene betrifft
(wenige Randnotizen dazu im Anhang).

Clio

🔗 Parkplatzromantik_bearbeitet_CH_BS.doc

· ·

Hastig schließe ich die Mail und öffne sie erneut. Steht immer noch da.

Hitze sammelt sich in meinem Bauch und steigt mir zu Kopf. Es geht keine weitere Nachricht mit einer überstürzten Entschuldigung ein. Bryn nimmt es nicht zurück.

Ich drücke die Knöchel gegen meine Lippen.

Zum ersten Mal wage ich es, ihn mir konkret vorzustellen. Verschiedene Fassungen eines Manns in ungefähr meinem Alter, alle ziemlich gut aussehend. Der Allerattraktivste von ihnen tritt näher, betrachtet mich intensiv aus dunklen Augen und fragt: »*Würdest du gern so geküsst werden, Clio? Von mir?*«

»Ich hole mir Kaffee, soll ich dir einen mitbringen?«

Lilian erschreckt mich so sehr, dass ich fast mein Wasserglas vom Tisch fege. Sie lächelt mich von der Tür aus an.

»Kaffee … ja, klingt gut. Brauche ich. Hilft sicher.«

Obwohl ich bezweifle, dass irgendein Kaffee der Welt stark genug dafür sein könnte.

* * *

Am Abend recherchiere ich trotz meines Misserfolgs beim letzten Mal wie wild nach einer Spur, wer Bryn sein könnte. Ein ehemaliger Spitzensportler? Ein Politiker? Zwillinge, die unter dem Pseudonym gemeinsam schreiben? Einer, der als Einziger eine Familientragödie überlebt hat? Ein hochbegabter Schüler? Jemand aus dem Verlagsteam (halte ich für unwahrscheinlich, doch es wird mir mit Sicherheit Albträume bescheren)? Die Fans überbieten sich gegenseitig mit den wahnwitzigsten Ideen. Einige sind aber auch der festen Überzeugung, dass er nur irgendjemand ist, ein Florist vielleicht, ein Zahnarzt oder ein Journalist, der das Bücherschreiben von seinem Hauptberuf trennen will.

Vielleicht ist das Pseudonym auch nur Teil eines Werbetricks, und er heißt wirklich Bryn Spurling? Dass man darunter nirgends ein Personenprofil findet, muss ja nichts heißen, oder?

Geheimnisvoll ist das Ganze ja eigentlich erst durch seinen Erfolg geworden. Würde sich sonst jemand dafür interessieren, was für ein Mensch er ist? Ich meine, außer mir natürlich.

Der Bryn aus meiner Fantasie ist zurück und streicht aufreizend langsam über meine Hüfte zum Bauch und ... Ich schüttle den Kopf und nehme die Hand von mir, die natürlich meine eigene ist. So weit ist es mit mir schon gekommen. Alles nur wegen seiner Nachricht. Was denkt er sich denn? Genau das sollte ich ihm antworten: *Was denkst du dir dabei????*

In einem neuen Tab logge ich mich ins Postfach ein, und als ich sehe, dass er mir in der Zwischenzeit selbst noch mal geschrieben hat, weiß ich wirklich nicht, was jetzt auf mich zukommt.

....

An: Hildyard, Clio
Von: Spurling, Bryn
Betreff: Innerer Monolog

Da ich, ehrlich gesagt, immer noch nicht so recht dahinterkomme, was Violet denkt und fühlt, habe ich jetzt umgesetzt, was du mir geraten hattest (zugegeben, eigentlich hatte ich vor, es einfach nie wieder zu erwähnen ...). Kannst du den inneren Monolog von Violet mal lesen und mir sagen, ob er zu dem passt, wie du sie siehst? Danke!

Bryn
🔗 Im_Kopf_von_Violet_Gardner.doc

....

Weil ich so nervös bin, klicke ich erst mal daneben, bevor ich das Dokument geöffnet bekomme.

Seit ich Noah wiederbegegnet bin, traue ich mir selbst nicht mehr über den Weg. Es war nie mein Plan, mich in die Katastrophe hineinzustürzen, zu der sein Leben geworden ist. Wir haben uns damals aus guten Gründen getrennt. Und aus ebenso guten Gründen sollte ich es jetzt dabei belassen, ihm dabei zu helfen, die Lügen meines Bruders zu widerlegen.
Ich bin zurzeit nicht auf der Suche nach jemandem. Außerdem mag ich Noah streng genommen nicht mal. Er ist immer so negativ, weicht gern aus und lässt aktuell niemanden an sich ran. Von der Tatsache, dass er sich die meiste Zeit wie ein bockiger kleiner Junge aufführt, mal ganz zu schweigen.
Und doch: Irgendetwas hat er immer noch an sich, etwas, was mich zu ihm hinzieht. Eigentlich weiß ich gar nicht, wer Noah heute ist, vielleicht nicht mal, wer er überhaupt ist. Aber es fühlt sich an, als wüsste ich es.
Ich werde weiter für ihn da sein, und zwar ohne dass er sich das verdienen muss, bleibe an ihm dran.
Da ist was zwischen uns, nicht nur wieder, sondern ganz neu. Ich würde gern wissen, was.

Es wäre besser, wenn ich nur oder auch nur in erster Linie Violet in den Worten wiederfinden würde. Wirklich.

Ich will das alles nicht mehr. Wenn Chelsea wüsste, was sich hier abspielt ... Wenn Bryn mich in die Irre führt ...

Und gleichzeitig will ich das alles doch. Weil ich mich jemandem nah und verbunden fühlen möchte und die Anziehung, die er mich empfinden lässt, vielleicht trügerisch ist, aber auf jeden Fall sehr real.

Wie viel ich gerade für einen inneren Monolog von Bryn Spurling geben würde!

....

An: Spurling, Bryn
Von: Hildyard, Clio
Betreff: Re: Innerer Monolog

Dein Gespür für Violet hat sich auch ziemlich verbessert, finde ich. Mir gefällt, dass sie in die ganze Sache reinge-stolpert ist, gleichzeitig aber sofort wusste, dass sie auf seiner Seite sein wird, komme, was wolle. Sie hat gern die Kontrolle, aber auch eine kleine Schwäche für Unberechen-bares.
Wieso aber sollte sie nicht auf der Suche sein? Ich glaube, sie mag ihr Leben, wie es ist, lässt sich aber offen, darin jemand Besonderem einen Platz zu geben. Man kann nie wissen, wann die Liebe zuschlägt. 😊

Clio

....

Wieso bringt er mich immer wieder dazu, Dinge zu schreiben, die etwas zwischen uns auszuloten scheinen? Ich weiß, warum ich sie denke, doch ich sollte sie ihm gegenüber nicht mal an-deuten.

Aber tut er nicht genau das auch? Oder ist das Wunsch-denken? Das heute Nachmittag war doch unmissverständlich, oder? Projiziere ich nur etwas auf ihn, dessen ich mir selbst nicht bewusst bin? Weil er für mich »irgendetwas an sich« hat?

Mein Blick wandert erneut die Zeilen entlang, verweilt überall dort, wo der Widerhall in meinem Inneren besonders stark ist.

Eigentlich weiß ich gar nicht, wer er überhaupt ist.

Aber es fühlt sich an, als wüsste ich es.

Ich bleibe an ihm dran.

Da ist was. Ich würde gern wissen, was.

Und vor allem, zurück zum Anfang: *Ich traue mir selbst nicht mehr über den Weg.*

KAPITEL 20

Lesen führt manchmal zu Schockzuständen.

Da mein WG-Pärchen heute schon vor mir ausgeflogen ist und im Verlag keine festen Termine anstehen, habe ich mir nach der viel zu kurzen und viel zu aufwühlenden Nacht spontan ein gemütliches Mittwochmorgen-Frühstück gegönnt. Ich werde die verlorene Stunde nachher einfach dranhängen. Im Moment bin ich abends seltsamerweise sowieso produktiver, da bietet sich das ja an.

Meine Mails habe ich trotzdem schon mal kurz gecheckt, ausnahmsweise nicht nur wegen Bryn, sondern weil Marcella oder ihre Agentin sich voraussichtlich heute melden werden, um mir ihre Entscheidung mitzuteilen. Trotz Marcellas Anspruchshaltung würde ich mich freuen, wenn die Zusammenarbeit zustande kommt – ich liebe das Projekt einfach. Noch hat sich keine von beiden gerührt.

Shannon ist wieder im Büro, aber aus irgendeinem Grund bekomme ich, als ich dort eintreffe, statt einer Wiedersehensbegrüßung einen besorgten Blick. »Ich soll dir sagen, dass Chelsea dich unverzüglich sprechen will, sobald du hier aufschlägst. Und dein Telefon klingelt ständig.«

Mich beschleicht sofort ein extrem ungutes Gefühl. Dabei kann ich mich nicht erinnern, irgendetwas falsch gemacht zu haben.

Außer eurem Starautor einen Eindruck von deiner Unterwäsche zu vermitteln, erinnert mich mein unbarmherziges Gedächtnis.

»Du hättest ruhig rangehen können«, sage ich verwirrt.

»Bin ich – aber es wurde jedes Mal direkt aufgelegt. Nummer unbekannt. Wie in einem Psychothriller. Ich hab schon überlegt, mich mit deinem Namen zu melden. Vielleicht hätte ich dann erfahren, wie die Person dich um die Ecke bringen will.«

Sie hat kaum ausgeredet, da klingelt das Telefon schon wieder. Kurz ringe ich mit mir, ob Chelseas Bitte nicht Vorrang hat, doch vielleicht ist es ja Carrie oder Marcella.

Ich beeile mich, an meinen Platz zu kommen, und nehme ab.

»Eastmore Publishing, Clio Hildyard, guten Morgen?«

»Clio. Ich bin's.«

Es ist eine fremde Männerstimme, und irgendetwas daran, vielleicht die Dringlichkeit oder dieser Klang, als würden hinter meinem Namen eine Menge Fragen stehen, gibt mir das Gefühl, aus Tausenden kleiner Antennen zu bestehen, die sich gerade alle auf ihn ausrichten.

»Ich will dir nur sagen, dass es mir leidtut. Wirklich. Ich verspreche dir, ich werde den Rest Weißwein wegkippen und nachts nie wieder eine Mail rausschicken, die nicht an dich geht. Ich mach's wieder gut. Bitte hass mich nicht.«

Dann klickt es und tutet, und obwohl beides sehr klarmacht, dass er das Gespräch, das gar keins war, gerade beendet hat, halte ich den Hörer noch lange Sekunden an mein Ohr.

Meine Finger suchen Halt an der Schreibtischkante.

»Wer zur Hölle war das?«, fragt Shannon.

»Bryn.« Ich hoffe, ich habe das nicht so dahingehaucht, wie es sich für mich selbst gerade angehört hat.

»*Spurling?*« Sie reißt die Augen auf. »Meinst du, Chelsea will dich seinetwegen sprechen? Gibt es irgendein Problem?«

»Offenbar schon …« Eins, das mit Weißwein und Nachtspontanität zu tun hat, wenn ich das richtig verstanden habe. Und das so gravierend ist, dass Bryn mich deswegen anruft – etwas, von dem ich nicht gedacht hätte, er würde es überhaupt jemals tun. Schon gar nicht, um sich zu *entschuldigen*.

»Ich muss sofort wissen, was los ist!« Hastig werfe ich die Tasche, die ich noch gar nicht abgenommen hatte, an eins der Tischbeine und meine Jacke über die Stuhllehne, bevor ich aus dem Zimmer hechte.

Schon Chelseas »Herein!«, das mir keine zwei Minuten später durch die verschlossene Tür entgegenhallt, klingt bedrohlich – oder mache ich mich nur verrückt?

Ich hebe das Kinn und trete ein. »Shannon sagt, Sie wollen mich sprechen? Ist alles in Ordnung?« Angesichts ihres Blicks wäre mir am Ende fast die Stimme versagt. Ich huste, als hätte ich bloß einen Frosch im Hals und nicht einen Kloß von der Größe eines 500-Seiten-Wälzers.

»Sie sollten sich besser setzen.«

Sechs, setzen? Oder alles wird gut, setzen?

Beinahe frage ich, ob es ums Spurling-Projekt geht, kann es mir aber gerade noch verkneifen. Das würde schließlich implizieren, dass es von meiner Seite aus Gesprächsbedarf dazu gibt.

Chelsea fährt sich mit der Hand durchs Gesicht, während ich mich auf dem Stuhl niederlasse, auf dem ich vor nicht allzu langer Zeit so gute Nachrichten in Empfang genommen habe.

»Spurling hat mich kontaktiert.«

Ich sauge meine Unterlippe ein, aber nur ganz leicht, damit es nicht so aussieht, als würde ich draufbeißen, obwohl ich es tue. Angespannt warte ich darauf, dass sie mehr preisgibt.

»Er will sich mit Ihnen treffen, um …« – sie blickt auf ihren Desktop und macht einen Doppelklick, den mein Herz sofort aufnimmt und in Dauerschleife fortführt – »›zu versuchen, Ihre

Differenzen beizulegen‹. Das ist ... Nun, ich weiß gar nicht, was ich dazu sagen soll.«

Ich warte noch kurz mit dem Reagieren, weil mir sonst eins von einer ganzen Reihe sich auf meiner Zunge drängelnder Schimpfwörter entkommen würde.

»Wie es aussieht, macht er ab übermorgen ein Schreibwochenende im Exmoor-Nationalpark«, fügt Chelsea hinzu. »Er will Sie in der Zeit dort haben. Was bitte ist da vorgefallen?«

Tja, das wüsste ich auch gern. Wirklich.

Alles, was mir einfällt, wäre unangemessen.

Der übertreibt.

Ich glaube, er war angetrunken.

»Clio, bitte seien Sie ehrlich. Fühlen Sie sich mit diesem Projekt noch wohl? Um was für eine Auseinandersetzung geht es hier?«

»So richtig kann ich mir das ehrlich gesagt auch nicht erklären.«

Sie schüttelt den Kopf. »Wie soll ich denn das verstehen? Keine Sorge, wenn er Sie unangemessen behandelt, übernehme ich die Betreuung selbst. Sagen Sie es einfach ganz offen. Wenn Sie erlauben, sehe ich mir auch gern den bisherigen Mailverlauf zwischen Ihnen an, um mir ein Bild zu machen.«

»Das ist nicht ...« ... *nicht gut, das kann ich leider nicht erlauben, das ... Hilfe!!!* »Das müssen Sie nicht. Wir kommunizieren auf normal respektvoller Ebene. Vielleicht ist es eine Art Witz. Er hat einen sehr eigenen Humor.«

Sie sieht mich lange an, auf eine Art, die ich kein bisschen deuten kann und die mir ziemlich unbehaglich zumute werden lässt.

»Clio ... Mir ist völlig bewusst, welches Machtungleichgewicht in dieser Situation besteht, und ich lasse nicht zu, dass er Spielchen mit Ihnen spielt.« Sie forscht in meinem Gesicht und findet dort wahrscheinlich nur Verwirrung. »Droht er Ihnen, dass Sie durch ihn Ihren Job verlieren könnten?«

»Was? Nein!«

»Gut. Denn er mag noch so erfolgreich und wichtig für uns sein – ich opfere ihm niemanden aus meinem Team!«

Plötzlich spüre ich das Kribbeln sich ankündigender Tränen in der Nase und blinzle heftig, als Chelsea kurz wieder auf ihren Bildschirm mit Bryns Nachricht schaut. Wenn ich jetzt anfange zu heulen, wird sie denken, dass sie mit ihrer Vermutung richtig liegt. Dabei bin ich bloß überfordert. Und ein bisschen gerührt, weil sie so leidenschaftlich für mich eintritt, obwohl sie gar nicht wissen kann, ob ich einen Fehler gemacht habe.

Ich muss irgendwas sagen, und zwar schnell. Sonst wirkt es, als würde ich eine Lüge erfinden.

»Das mit den Differenzen kann er wirklich nicht so gemeint haben. Ich habe bloß ein paar Vorschläge gemacht, über die wir uns nicht ganz einig waren. Vielleicht wäre es gar nicht schlecht, wenn ich ihn treffe – es ist sehr kurzfristig, aber ich könnte es einrichten. Dann kann ich die Wogen glätten. Ich gebe zu, mein Temperament geht manchmal ein bisschen mit mir durch.« Und Bryns Temperament mit Bryn. Falls der Anruf nicht Teil dieser Spielchen war, die Chelsea ihm zutraut. Lasse ich mir von einem berühmten, reichen Narzissten was vormachen?

»Dass er Ihnen geschrieben hat, ist meine Schuld«, höre ich mich sagen. »Ich habe das gewissermaßen provoziert.«

Wow, jetzt nehme ich ihn also auch noch auf meine Kosten in Schutz. Verdient er das? Nach der Nummer heute wohl eher nicht. Aber wie könnte ich ihr die Wahrheit erklären? Dass es für mich nur ein einziges Ungleichgewicht in unserer Zusammenarbeit gibt: Er weiß, wer ich bin, aber ich nicht, wer er ist.

Sicher, er kann sich über mich beschweren, er könnte sogar

vom Vertrag zurücktreten – dennoch empfinde ich da keinen Machtunterschied zwischen uns. Weil er mich braucht.

Und was, wenn du dir nur wünschst, dass es so ist? Klar, der große Bryn Spurling möchte ausgerechnet von dir aus seinem schriftstellerischen Schneckenhaus gelockt werden.

»Ehrlich gesagt betrachte ich es eher als Kompliment, dass er mich sehen will«, sage ich. »Das ist ein großer Schritt für ihn, oder nicht? Er hat offenbar mehr Vertrauen zu mir, als er zugibt. Und damit in meine Arbeit. Je mehr ich drüber nachdenke … Ich wette, er ist einfach überrascht, dass ich mich mit der Kritik an seinem Text nicht zurückhalte, nur weil er einen Bestseller gelandet hat. Es fuchst ihn, aber es gefällt ihm auch. Jetzt will er das gern face to face ausdiskutieren. Trotzdem hätte er sich deswegen nicht an Sie wenden sollen.«

Ich glaube, *ich* fuchse ihn. Und gefalle ihm vielleicht ein bisschen.

Oder aber Noah und Violet sind einfach bloß zwei Buchcharaktere ohne jeden Realitätsbezug.

»Also gut.« Chelsea nickt. »Aber zögern Sie nicht, mich anzusprechen, wenn es sich doch zu einem ernsteren Konflikt entwickeln sollte. Und nur damit Sie mich nicht falsch verstehen: Ich wollte ihm nichts unterstellen – es hat mich nur etwas alarmiert. Ihm dürfte sehr bewusst sein, wie wichtig sein Buch für uns ist. Fahren Sie zu dem Treffen. Aber versuchen Sie bitte, ihn nach Möglichkeit nicht noch einmal« – sie malt Anführungszeichen in die Luft, um mich zu zitieren – »gewissermaßen zu provozieren.«

Ich senke verlegen den Blick. »Habe ich nicht vor.« Auch wenn er mir das, wie ich ihn kenne, äußerst schwer machen könnte.

»Okay. Ich gebe gleich am Empfang Bescheid, dass ein Zimmer für Sie gebucht werden soll.« Sie greift zum Hörer, drückt die Durchwahl und lächelt mir noch einmal zu. »Sie werden Ihre Sache gut machen, davon bin ich nach wie vor überzeugt.«

Nur kann ich nicht mehr so genau sagen, was das eigentlich alles beinhaltet.

Auf dem Flur muss ich mich erst mal für ein paar Augenblicke an die Wand lehnen.

Ich werde Bryn sehen. Sehr bald schon.

Die Unruhe in meinem Inneren ist gut und schlecht zugleich. Ich habe Angst, und ich freue mich.

Verflucht, hör auf, dich zu freuen!

Bevor ich wieder nach oben gehe, statte ich Bryns früherer Lektorin einen Besuch ab. Womöglich ist sie die Einzige, die mir irgendetwas sagen kann, was ich noch nicht weiß.

Sie ist gerade alleine im Büro, was mir gelegen kommt. »Hi, Erin.«

Die Mitleidsmiene, die sie aufsetzt, als sie mich erkennt, sagt schon eine Menge aus. »Clio, richtig? Ich schätze, ich weiß, warum du mit mir reden willst.«

Ich setze mich auf den Platz ihr gegenüber. Der Laptop auf dem Tisch läuft, also kommt, wer auch immer hier sitzt, vielleicht jeden Moment zurück. »Er will mich treffen.«

»Ach du Schreck. Kannst du Nein sagen?«

Ich schüttle den Kopf. »Hat er dich wirklich so fertiggemacht? Hast du je mit ihm telefoniert oder so? Was ist deine Theorie über ihn?«

Sie massiert sich die Schläfen, als bereite der bloße Gedanke an ihn ihr Kopfschmerzen. »Nein, wir hatten nur schriftlichen Kontakt. Ich habe noch nie jemanden so Taktloses und Unzugängliches erlebt. Der Mann wird dich nicht glücklich machen.«

Ob mich die Formulierung so trifft, weil ich mir insgeheim genau das zusammenträume: dass er mich glücklich machen könnte? Ich schüttle den Kopf über mich selbst. Natürlich *nicht*!

»Meine Theorie ...« Erin tippt sich nachdenklich gegen die Lippen. »Er war irgendein hohes Tier im Finanzwesen, hat aber durch eine unbedachte, folgenschwere Fehlentscheidung seine Karriere zerstört, woraufhin seine Lebensgefährtin ihn sitzen gelassen hat. Vielleicht hatten sie sogar ein Kind, und sie hat es mitgenommen.« Sie lacht. »Okay, das ist nur eine der vielen möglichen Storys, die ich mir für ihn überlegt habe. Nur warum er sich die Mühe macht, Bücher zu veröffentlichen, obwohl er die Arbeit mit uns offensichtlich hasst, kann keine davon erklären.«

Das ist witzigerweise der Punkt, den ich mir am besten erschließen kann: Das Schreiben liebt er.

Der Kollege, dessen Stuhl ich belegt habe, kommt zur Tür herein, und ich erhebe mich.

»Okay. Danke, Erin. Irgendwie werde ich schon mit ihm fertig.«

»Das hoffe ich für dich. Viel Glück!«

Ich gehe wieder nach oben und erstatte Shannon kurz Bericht, um dann schnell eine Nachricht an Bryn abzufeuern.

· ·

An: Spurling, Bryn
Von: Hildyard, Clio
Betreff: Wieso???

Das kann nicht dein Ernst sein. Was fällt dir ein, mich in solche Schwierigkeiten zu bringen?
Meine Chefin wollte sogar unsere Mails lesen, verflucht!

· ·

Entweder, er ist besessen von mir, oder er hat – zu Recht – ein richtig schlechtes Gewissen und deshalb nervös darauf gewartet, dass ich mich melde. Jedenfalls ist seine Antwort noch schneller da als sonst:

··

An: Hildyard, Clio
Von: Spurling, Bryn
Betreff: Re: Wieso???

Ich dachte, wenn ich dich einfach frage, sagst du Nein.
Aber das entschuldigt nicht, was ich getan habe. Es war ein
Ausrutscher, ehrlich.
Soll ich dir einen Mailverlauf schreiben, wie er angemesse-
ner gewesen wäre?

··

An: Spurling, Bryn
Von: Hildyard, Clio
Betreff: Re: Re: Wieso???

Lass stecken!
Natürlich hätte ich nicht Nein gesagt. Wer würde schon ein
Treffen mit Bryn Spurling ausschlagen?

··

An: Hildyard, Clio
Von: Spurling, Bryn
Betreff: Re: Re: Re: Wieso???

Hab gehört, so toll ist er nicht. Ein ziemlicher Loser
eigentlich.

··

An: Spurling, Bryn
Von: Hildyard, Clio
Betreff: Re: Re: Re: Re: Wieso???

Das werde ich bald herausfinden.

KAPITEL 21

Lesen ist Geheimnisse-Ergründen.

»Noch kannst du es dir anders überlegen.« Melly reicht mir mit zweifelndem Blick die Pralinen, die ich Bryn mitbringen soll und die sie für mich gehalten hat, während ich in der schon im Kofferraum liegenden Reisetasche nach meinem Laptopkabel gesucht habe. Zum Glück war es da drin – sonst hätte ich noch mal zu Hause vorbeifahren müssen.

»Du kennst doch Clio«, sagt Lorne, der mit auffällig großem Sicherheitsabstand zu ihr an meiner anderen Seite steht. »Sie muss jede Herausforderung annehmen.«

»Du denkst, Bryn wollte mich herausfordern?« Ich lege die Pralinenschachtel oben auf mein Wechseloutfit und ziehe den Reißverschluss der Tasche darüber zu. So dürften sie die Reise überleben.

»Ich denke, er bestellt dich in ein romantisches Hotel, damit ihr an ein paar heißen Liebesszenen arbeiten könnt.«

»Mann, Lorne!«, ruft Melly.

Immerhin kommuniziert sie überhaupt mit ihm.

»Gefällt dir die Alternative besser?«, fragt er.

Sie reagiert nicht, also frage ich nach: »Und welche wäre das?«

»Dass er deine Leiche irgendwo im Nationalpark vergräbt. Er kann dich ja nicht wieder gehen lassen, wenn du weißt, wer er ist. Und bevor du mich jetzt wieder anfauchst, Melodea – das ist Shannons Vermutung. Meine kennt ihr ja schon.«

»Mir war nicht klar, dass im Verlag schon Wetten darauf abgeschlossen werden, was Bryn mit mir vorhat.« Beziehungsweise Mr Knight – so soll ich nämlich im Hotel nach ihm fragen. Ich knalle den Kofferraumdeckel zu. »Ist die viel entscheidendere Frage nicht, was *ich* mit *ihm* vorhabe?«

Lorne lacht. »War das jetzt deine anzügliche oder mörderische Betonung? Bei dir erkenn ich nie den Unterschied.«

»Weder noch.« Beim Fahren wird mir mit der Strickjacke sicher zu warm, also werfe ich sie auf den Rücksitz. »Ich werde mir nach diesem Wochenende ein für alle Mal seinen Respekt verdient haben, und er wird aus diesem Buch alles herausholen. So weit zu meinen Zielen. Noch Fragen?«

Melly umarmt mich. »Wird schon schiefgehen.«

»Nachdem Marcella mir abgesagt hat, kann die Woche nur noch besser werden.« Ganz drüber hinweg bin ich noch nicht. Sie hat doch noch ein Angebot von einem weiteren Verlag erhalten – und angenommen. Weil es von wem auch immer weniger Beanstandungen an ihrem Plot gab. Ich weiß, es ist nichts Persönliches, aber enttäuscht bin ich trotzdem.

»Wünsche ich dir sehr«, sagt Lorne. »Bring mir ein paar Autogrammkarten zum Verlosen mit. Und mach heimlich ein Foto von ihm.«

»Haha, klar.« Ich stoße meine Faust gegen seine und steige in meinen Wagen.

Die beiden winken, immer noch mehrere Meter auseinanderstehend, dann verschwinden sie und der Verlag auch schon aus meinem Rückspiegel, und ich bin allein mit meinen tosenden Gedanken und meinen weichen Knien.

* * *

Vor lauter Efeuranken ist unterhalb des grau gekachelten Dachs kaum etwas vom Hotel zu erkennen. Es hat etwas Wildromantisches inmitten der grünen Landschaften, durch die ich gefahren bin. Direkt daneben fließt ein kleiner Fluss entlang. Einige Sonnenschirme stehen an Holztischen vor dem Mäuerchen, das das Ufer vom Grundstück trennt.

Ich hole die Reisetasche aus dem Kofferraum. Ich musste sie mir spontan von Keira leihen, weil meine in unserem Kellerabteil unter tausend anderen Sachen begraben liegt.

Den langen Träger über meiner Schulter trage ich sie zum Eingang, über dem eine gusseiserne Laterne baumelt, und trete ein.

Hinter dem Empfangstresen steht eine junge Frau mit rotblonden Locken und lächelt mir entgegen. »Willkommen!«

»Hallo! Clio Hildyard – es müssten zwei Übernachtungen für mich gebucht sein.«

»Ah ja, genau! Mr Knight hat bereits eingecheckt. Er sitzt draußen an einem der Tische, soll ich Ihnen sagen.«

»Okaaay. Super.« Hat er mich etwa schon gesehen und beobachtet, wie ich reingegangen bin? Wieso habe ich mich nicht genauer umgeschaut?

Sie reicht mir meinen Zimmerschlüssel – keine Keycard, sondern einen richtigen mit Metallanhänger, auf dem in schwarzen Ziffern eine 27 steht.

»Danke …« – ich schaue auf das Namensschild, das an ihrem Shirt steckt – »… Tarah. Kann ich meine Tasche fürs Erste bei Ihnen lassen? Ich muss ihn einfach sofort sehen.«

Es wäre klüger, erst mal in Ruhe mein Zeug wegzubringen und mich frisch zu machen, aber dass er mir da draußen aufgelauert hat, bedarf ja wohl einer unverzüglichen Konfrontation.

»Na klar. Versteh ich, Sie haben da echt einen guten Fang gemacht.« Sie zwinkert mir zu.

»Einen … *wie bitte*?«

»Oh, sorry, keine Angst – ich hab nicht vor, ihn Ihnen wegzuschnappen.«

»Wie auch immer«, murmele ich. »Bis später dann.«

Die Gute scheint da was falsch verstanden zu haben, aber zumal sie ja auf keinen Fall rausfinden soll, dass es sich bei diesem Gast um einen Bestsellerautor handelt, lasse ich sie lieber in dem Glauben, ich wäre nicht geschäftlich, sondern privat mit ihm hier.

Bevor ich die Tür nach draußen wieder aufreiße, hole ich noch einmal tief Luft. Es ist so weit. Gleich treffe ich das wandelnde Geheimnis, das sich Bryn Spurling nennt.

Nach meinem kurzen Aufenthalt in der Lobby, in die kaum Tageslicht hereinkommt, bringt mich der Sonnenschein zum Blinzeln. Ich schirme die Augen mit der Hand ab und halte schon auf dem Weg zu den Plätzen am Fluss Ausschau. Es ist relativ viel los dort – zwei Seniorengrüppchen und ein Pärchen … und ein dunkelhaariger Typ im grauen Leinenhemd, der über ein Notizbuch gebeugt dasitzt, neben sich zwei große Gläser mit rotorangefarbenem Inhalt. Was sein Alter angeht, scheint er schon mal nicht gelogen zu haben, das kann hinkommen. Wie ein gefährlicher Psychopath sieht er auch nicht gerade aus, soweit sich das nach dem äußeren Eindruck beurteilen lässt.

Der Kies knirscht unter meinen Schritten, aber Bryn scheint nicht zu bemerken, dass jemand näher kommt.

»Tu nicht so, als wüsstest du nicht, dass ich da bin.« Ich ziehe den nur bedingt bequem aussehenden Shabby-Chic-Biergartenstuhl ihm gegenüber zurück.

Bryn schreckt nicht zusammen, was meine Vermutung bestätigt, und ich sehe, wie seine Lippen sich zu einem Lächeln verziehen, noch bevor er den Kopf hebt und mir einen ersten Blick in seine Augen gewährt.

Und was für Augen! In Buchprojekten habe ich in der Hinsicht schon eine Menge Beschreibungen gelesen, darunter einige ziemlich fantasievolle – von Bernsteinsprenkeln bis Perlmuttschimmern war alles dabei, und manches davon musste ich gnadenlos rauslektorieren. Aber der Punkt ist nicht, dass seine so eine tolle Farbe hätten – sie sind braun mit dunkelgrauem Ring um die Iris –, sondern dass sie, obwohl ich keine Ahnung hatte, wie sie aussehen, zu einhundert Prozent den Bryn widerspiegeln, den ich bisher nur durch Worte kenne: frech, amüsiert und gleichzeitig irgendwie nicht mit voller Strahlkraft, weil im Hintergrund eine bittere Traurigkeit darauf wartet, ihn immer wieder einzuholen.

Kann es sein, dass wir uns hier gerade intensiver anschauen, als es sich gehört?

»Willst du mich noch länger anstarren?«, frage ich, weil Angriff manchmal eben wirklich die beste Verteidigung ist.

Sein Schmunzeln vertieft sich. »Ich sehe durch dich durch.«

Es dauert nur einen kurzen Moment, bis ich weiß, welche Stelle aus seinem Buch er zitiert.

»Tust du nicht«, erwidere ich wie automatisch, was Violet in der Restaurantszene zu Noah gesagt hat. »Obwohl es tatsächlich so ein Blick ist, der einen durchbohren könnte.«

Bryn lacht, und das sollte höchstwahrscheinlich nicht meinen Pulsschlag verändern. »Es ist verstörend genug, dass ich das halbe Buch auswendig kenne, aber du? Wie oft hast du den Dialog gelesen?«

»Offensichtlich *zu* oft.«

»Wow, ich hätte nicht gedacht, dass du im realen Leben auch so extrem ehrlich bist.«

»Ich möchte das *extrem* gern rot unterkringeln. Man kann nur ehrlich sein oder unehrlich. Da gibt es keine Steigerungsmöglichkeit.«

»Ich merk's schon, wir beide werden viel Spaß haben dieses Wochenende.« Er schiebt mir eins der Gläser rüber. »Das hab ich dir bestellt. Ich bin dir was schuldig, und ich begleiche Schulden gern gleich.«

Ich setze mich. Auf ihn runterzuschauen, war irgendwie nett, aber langsam geht es mir in den Rücken. »Moooment. Du glaubst, ein Cocktail genügt mir als Entschuldigung dafür, dass du meiner Chefin geschrieben hast?«

»Na ja, ich dachte, es wäre zumindest ein Anfang.« Er klappt sein Notizbuch zu und nimmt einen Schluck aus seinem Glas. »Ist allerdings hausgemachte Pfirsich-Erdbeer-Limo. Ich werde in deiner Gegenwart ganz sicher nichts Alkoholisches trinken. Wer weiß, was du mich dann ins Buch schreiben lässt.«

Ich drehe den gläsernen Strohhalm in den Eiswürfeln, dass es nur so klimpert. »Ich brauche dich nicht angeheitert, um dich zu absolut allem überreden zu können.«

Erst in dem Schweigen, das meinen Worten folgt und sich spürbar aufheizt, wird mir klar, wie sich diese Aussage deuten lässt.

Bryn lacht wieder dieses unverschämt gewinnende Lachen und nimmt damit dem Moment die Spannung. »Die große Klappe hast du also auch nicht nur in deinen Nachrichten.«

Gut, dass das, was er von sich gibt, zuverlässig jeden potenziell gefährlichen, weil attraktiven Faktor an ihm zunichtemacht.

»Keine große Klappe«, pariere ich. »Nur viel Großes zu sagen.«

Er hebt die Hände wie zum Signal, dass ich gewonnen habe. »Ich beneide dich offiziell um deine Schlagfertigkeit.«

»Gut. Gewöhn dich besser dran.«

Er stützt seinen Ellbogen auf das Notizbuch und sein Kinn in die Hand. »Mal was ganz anderes: Fällt dir an mir gar nichts auf?«

»Ist das eine Fangfrage?« Ich nutze die Gelegenheit, ihn

noch einmal ganz ungeniert zu betrachten. »Also davon abgesehen, dass du so mittelmäßig gut aussiehst, wohl vor allem deine Augenringe.«

Diesmal lacht er nicht, sondern zieht vielmehr überrascht die Brauen hoch. Und da wird es mir klar: Er hat geglaubt, ich würde ihn erkennen.

»Moment mal, bist du berühmt oder so was? Also außer als Bryn Spurling?«

»Nee.«

»Das kam jetzt etwas zu schnell.«

»Überinterpretiert. Lektoratskrankheit.«

Nachdenklich spiele ich weiter mit meinem Strohhalm. »Also ist Knight ein weiterer erfundener Name? Hätte ich drauf kommen müssen! Nur du selbst würdest dich als edlen Ritter sehen.«

»Es ist der Familienname meiner Mutter«, verteidigt er sich. »Und Berühmtheit ist Definitionssache. Ich hab auch nicht erwartet, dass du mich zuordnen kannst.«

Er redet sich raus, und das Letzte war eine Lüge. Aber weil wir das beide wissen, spreche ich es nicht aus.

»Stehen da lauter romantische Ideen für Noah und Violet drin?«, frage ich und deute auf sein Buch.

Er nimmt seinen Ellbogen runter und streicht über den schlichten dunkelgrünen Einband. »Hättest du wohl gern.«

»Hätte ich.«

»Ich denke, wir haben jetzt langsam die Obergrenze des Erträglichen erreicht. Ich bin kein Romance-Autor. Und deine Bemühungen, das zu ändern, haben meine sonst so gut organisierte Planung völlig ruiniert. Deshalb hab ich hier drin To-do-Listen angelegt, welche Szenen jetzt schon final sind und wo ich noch mal ranmuss – und welche noch bei dir sind.«

»Darf ich mal?« Ich habe schon meine Hand am Buch, da fängt seine sie ein.

Die Berührung erschreckt uns beide, wir fahren hoch und sehen einander an, als hätten wir einen Schuss gehört.

Die Wärme seiner Finger verschwindet schon im nächsten Moment. »Nicht anfassen«, sagt er, und ich kapiere erst auf den zweiten Gedanken, dass er von dem Buch spricht.

»Also stehen doch pikante Details drin.«

Er geht nicht darauf ein, irgendetwas scheint ihn abzulenken. Ich folge seinem Blick zu meinem Zimmerschlüssel neben dem Glas.

»Du kannst nicht die 27 haben.« Er zieht den Schlüssel näher zu sich heran und überprüft die Ziffern noch mal aus der Nähe, als könnte er sich verguckt haben.

»Wieso? Ist das ein verfluchtes Zimmer?«

»Es ist *mein* Zimmer.« Bryn nimmt einen schwarzen Beutel vom Stuhl neben sich und zieht einen identischen Schlüssel heraus.

Identisch inklusive der 27.

»Clio … das hast du nicht wirklich getan, oder? Jetzt wird mir einiges klar. Diese Tarah hat mich vorher schon so merkwürdig auf dich angesprochen. Geht's noch? Du hast doch nicht gedacht, …?«

»Stopp mal, ja?« Sein angedeuteter Vorwurf lässt mir das Blut ins Gesicht schießen, und das macht es fast noch schlimmer. »Du glaubst, ich hab uns auf ein Doppelzimmer umgebucht? Aber sonst ist alles gut bei dir?« Ich unterdrücke den Impuls, ihm eine Limo-Dusche zu verpassen, und nehme ihm stattdessen die beiden Schlüssel weg, was er überrumpelt zulässt. »Ich klär das.«

Ich bin noch keine fünf Meter weit gekommen, da hat er mich schon eingeholt.

»*Wir* klären das«, stellt er klar. »Denn aus Erfahrung sind deine Lösungsansätze meist nicht so genial.«

»Schade, ich hatte gehofft, dass du auf der Personaltoilette übernachten kannst.«

Er hält mir die Tür auf, und gerade macht mich die Geste irgendwie aggressiv, weil sie so gönnerhaft wirkt. »Das Kompliment zu deiner Schlagfertigkeit nehme ich zurück«, sagt er grinsend. »Manchmal sind deine Kommentare auch einfach nur platt.«

Ich konzentriere mich auf Tarah, denn wenn das so weitergeht, dauert unser neustes verbales Duell noch bis übermorgen.

»Hier«, kommt sie mir zuvor und deutet neben sich zu Boden. »Ich habe gut drauf aufgepasst.« Sie bückt sich und hebt meine Tasche auf den Empfangstresen.

»Äh, ja, danke. Eigentlich geht's erst mal um ein großes Missverständnis. Wieso sind … Mr Knight und ich im selben Zimmer untergebracht?«

»Weil Sie …« Sie mustert uns mit gerunzelter Stirn, als könnte sie unseren Mienen entnehmen, was die richtige Antwort darauf ist. »Weil Sie das so wollten?«

»Wollten wir nicht!«, antworten Bryn und ich gleichzeitig.

Tarah deutet auf das Telefon neben sich. »Vorgestern erst kam der Anruf, dass Sie, Ms Hildyard, Mr Knight hier treffen wollen. Die Frau hat es so betont, als sei es … nun ja … eine geheime Verabredung. Ich habe nachgefragt, ob das Doppelzimmer in Ordnung sei, und die Antwort war Ja.«

Ich stöhne auf. »Weil meine Kollegin wahrscheinlich gedacht hat, Sie meinten ein Doppelzimmer *für mich allein*.« Schade, dass ich ihr nicht erklären kann, warum die Anfrage aus ganz anderen Gründen geheimnisvoll war, als sie vermutet.

»Hören Sie …« Tarah lächelt entschuldigend, aber gleichzeitig immer noch so verschwörerisch, als wäre sie in ein skandalöses Rendezvous eingeweiht. »Es tut mir schrecklich leid, wenn das ein Missverständnis war. Aber ich kann Ihnen leider keine zwei Einzelzimmer anbieten, weil wir ausgebucht sind. Ich war schon froh, dass ich Mr Knights ursprünglich reserviertes Zimmer neu vergeben konnte. Heute reist noch eine ganze Wandergruppe an, und alles passte von der Anzahl perfekt, nachdem ich für Sie beide die 27 reserviert hatte.«

Ich wäge meine Optionen ab und sehe fragend zu Bryn. »Was meinst du? Vielleicht gibt es eine Unterkunft in der Umgebung, auf die ich ausweichen kann?«

»Fragst du mich gerade um Erlaubnis, in meinem Zimmer zu schlafen?«

»Genau genommen ist es ebenso meins wie deins.«

Unsere Blicke veranstalten ein kleines Kräftemessen. Für Tarah sieht es vermutlich aus, als würden wir ohne Worte miteinander kommunizieren – wie die vermeintlichen Liebenden, die auf heimliche Zweisamkeit aus waren –, aber eigentlich versuchen wir nur, einander niederzustarren.

»Wenn das so ist«, sagt Bryn überhaupt nicht so nachgiebig, wie der Inhalt seiner Worte es vorgaukelt, »werden wir es wohl auch zusammen darin aushalten.«

KAPITEL 22

Lesen ist Digital Detox.

»Wow«, sage ich und blicke mich im Zimmer um, während Bryn einen Haufen Sachen von der zweiten Betthälfte zurück in seinen Koffer schaufelt.

»Sorry, ich konnte vorhin das Notizbuch nicht finden, deshalb das Chaos.«

Als wären seine überall verteilten Sachen gerade unser größtes Problem.

»Hätte nicht gedacht, dass das hier deinen Geschmack trifft.« Ich betrachte die Landhausstiltapeten, das wuchtige ornamentverzierte Bettgestell mit dem olivfarbenen gepolsterten Kopfteil und die Rüschenvorhänge.

»Tut es auch nicht. Mir ging es vor allem um die Lage.« Er schiebt seinen Koffer mit dem Fuß an die Wand.

»Weißt du was? Das solltest du Noah und Violet passieren lassen. Nur ein Zimmer für die zwei – dürfte spannend werden.«

Bryn hält inne und schaut mich an, als hätte ich sie nicht mehr alle. Habe ich wohl auch nicht.

»Also erstens wäre das superklischeehaft, und zweitens will ich nicht wissen, was du da gerade für Szenen im Kopf hast. Sei vorsichtig, sonst haben wir am Ende doch noch größere Differenzen beizulegen.«

»Du begibst dich auf sehr dünnes Eis. Ich hab dir die Nummer noch nicht verziehen.« Ich stelle meine Tasche neben die dunkle Holzkommode auf der Seite des Betts, die er für mich vorzusehen scheint. Eine grazile Nachttischlampe thront darauf – mit geschwungenen Füßen und einem Krönchen, das über ihren Schirm hinausragt. »Genauso wenig, wie dass du mir eben unterstellt hast, *ich* hätte das hier zu verantworten. Du hast mich quasi hergezwungen. Meinst du echt, da hab ich mir gedacht: Hey, wetten, dieser Autor, mit dem ich da arbeite, ist voll mein Typ – buch ich mich doch mal direkt in sein Bett? Ich bin wegen deines Buchs hier, ist das so schwer zu glauben?«

Wenigstens hat er den Anstand, betreten auszusehen. »Es tut mir leid. So denke ich eigentlich nicht über dich. Ich …« Er ringt um Worte, und sein Blick schweift durchs Fenster hinaus, als könnten die Tannen hinterm Haus sie ihm eingeben. »In letzter Zeit haben mich einfach ein paar Menschen zu viel für leicht zu haben gehalten. Und ich hab mich einmal zu oft manipulieren lassen.«

Ich bin mir nicht sicher, was ich mit der Erklärung anfangen soll. Es ist schlimm, wenn sein Vertrauen missbraucht wurde, aber das entschuldigt nicht, dass er mir dasselbe zutraut. »Bei mir wirst du nicht weit damit kommen, von anderen auf mich zu schließen«, stelle ich klar.

Er lächelt leicht, das Schuldbewusstsein in seinem Blick bleibt. »Und das ist einer der Gründe, warum ich liebend gern ›voll dein Typ‹ wäre, obwohl ich ausgesprochen froh bin, es nicht zu sein.«

Dieser Mann.

»Das küre ich hiermit zum Zitat des Jahres«, murmele ich, während er wieder zum Bett geht, um die zum Teil zerknautschte Decke aufzuschütteln. Ich hoffe, dass es nicht auch die Lüge des Jahres ist.

»Wie neu.«

»Super, danke.«

Tolles Gespräch. *Danke, dass du mein Bett machst, Bryn. Aber so richtig hilfreich ist es eigentlich gar nicht.*

Ich würde ja zu gern wissen, wieso er mich unbedingt sehen wollte, wenn er mir nicht traut. Würde ich darauf eine Antwort bekommen? Will ich sie hören?

»Jetzt kannst du mir doch im Grunde sagen, wer du bist«, versuche ich ein Thema anzuschneiden, das sich weniger um mich und die Frage dreht, ob ich auf ihn stehen könnte.

Bryn presst die Lippen zusammen. Ganz normale Lippen, keine, die mich näher interessieren würden. Ich kann meinen Blick nicht von ihnen abwenden.

»Lieber nicht«, beschließt er.

So leicht werde ich sicher nicht aufgeben. »Du dachtest doch, ich wüsste es sowieso, wenn ich dich sehe.«

»Ja. Aber irgendwie macht es mich gerade zu glücklich, dass du es nicht weißt.«

»Dann bist du ziemlich leicht glücklich zu machen.«

»Wahrscheinlich viel leichter, als ich lange dachte.«

Wie viele solch kryptischer Aussagen werde ich wohl noch aushalten, bis ich vor Neugier platze? Ich bin keine Freundin von ungelösten Rätseln. Vielleicht ist er so etwas wie ein lebender Snake Cube.

»Ich würde dieses Wochenende einfach gern Bryn sein«, sagt er. »Ohne dass du Vorwissen über mich hast, das beeinflusst, wie du mich siehst.«

Fast protestiere ich, denn ich muss sagen, ich beginne mich langsam ein bisschen dumm zu fühlen. Aber er hat so ernst geklungen. Als ob es eine Chance wäre, die ich ihm dringend geben muss.

»Einverstanden. Aber nur unter der Bedingung, dass wir uns endlich an die Arbeit machen.«

Daraufhin bekomme ich eine Art Lächeln, die ich bisher noch nicht an ihm gesehen habe – ein süßes, dankbares, auf keinen Fall auch nur das kleinste bisschen anziehendes.

Er holt seinen Laptop von dem antik wirkenden Holzschreibtisch mit den Schnörkelbeinen und klemmt ihn sich unter den Arm. »Ist Draußensitzen okay für dich? Vielleicht ist unser Tisch noch frei.«

»Klingt gut.« Ich schnappe mir ebenfalls meinen Laptop und folge ihm aus dem – aus *unserem* – Zimmer.

* * *

Es hat etwas Beruhigendes, fast Meditatives, wie wir nebeneinander vor uns hin arbeiten. Bryn tippt, ich tippe. Erst ist es mir etwas schwergefallen reinzufinden, seine Anwesenheit war mir nur allzu bewusst, aber er hat nach kurzem Nachdenken fast ununterbrochen durchgeschrieben, und das war irgendwie ansteckend.

Zwischendurch frage ich manchmal Dinge wie: »Würde Violet wirklich den Ausdruck ›Wichtigtuer‹ verwenden?« oder »Kannst du dir vorstellen, dass wir die halbe Seite mit Noahs Kindheitserinnerung an den Radunfall streichen?« Wir einigen uns im ersten Fall auf Nein, und Bryn lässt es mich zu »Angeber« ändern. Zum zweiten Vorschlag gibt er grummelnd seine Zustimmung, nachdem ich ihm erklärt habe, wie mich der Abschnitt beim Lesen aus dem Moment gerissen hat, auch wenn der Bezug inhaltlich gut passt.

Ich habe auf der Fahrt bloß kurz Pause gemacht, um ein Sandwich zu essen, daher knurrt ein paarmal mein Magen. Schließlich frage ich Bryn, ob der Verlag ihm eine Pizza ausgeben darf.

Er nickt, ohne von seinem Bildschirm aufzusehen. »Lass mich noch einen Satz schreiben, danach sehr gern.«

Wir ziehen auf die Terrasse des Hotelrestaurants um, von der aus man einen wunderbaren Blick in die grüne Weite unter einem Himmel voller Schäfchenwolken hat. Ein paar echte Schafe gibt es auch. Sie grasen auf einem der saftigen Felder einige Hundert Meter von uns entfernt.

Auch während des Essens bleiben wir beim Roman. Wir diskutieren, was noch über Noahs und Violets Vorgeschichte erwähnt werden sollte, philosophieren darüber, was in Damon vorgeht und ob es im Mittelteil noch irgendeinen kleinen Twist bräuchte, um die Spannung zu halten.

Da uns der neue Platz fast noch besser gefällt als der am Fluss, packen wir unsere Laptops hier wieder aus und bestellen Getränke nach.

»Ein anderes Wort für ›wollen‹?«, fragt Bryn mitten im Tippen.

»Mögen?«, schlage ich vor. »Beabsichtigen vielleicht? Oder vorhaben? Je nach Kontext.«

Seine Finger tanzen über die Tasten, ohne sie nach unten zu drücken – es ist nur ein Klopfen, kein Tippen. »Wollen im Sinne von ›etwas unbedingt wollen‹.«

»Begehren.«

Er lacht leise, und als ich aufschaue, treffen sich unsere Blicke. Ich frage mich, ob er ein Wollen in meinem sieht. Oder noch schlimmer: ein Unbedingt-Wollen.

»Passt nicht, oder?«, frage ich.

»Doch, tut es.«

Irgendetwas ist da auch in *seinem* Blick. Eine der vielen, vielen Arten zu wollen. Nur was will er?

Ein Klingelton dudelt los, und Bryn zieht ein Handy mit gesprungenem Display aus seiner Laptoptasche. Sein Gesicht verdunkelt sich schlagartig. »Sorry, da muss ich ran. Ist meine Anwältin.« Er steht auf und geht ein Stück weg, um zu telefonieren.

Ich lektoriere eine halbe Seite und muss jeden Satz zweimal lesen, weil ich ständig zu ihm hinübersehe. Er wird nicht laut, aber seine angespannten Schultern und die immer tiefer werdende Falte zwischen seinen Brauen sprechen für sich.

Als er zurückkommt, feuert Bryn das Handy förmlich auf den Tisch. Kein Wunder, dass es die Risse hat.

»Eine Ausnahme bei meinem Digital Detox«, sagt er, nachdem ich es ein paar Sekunden lang nachdenklich betrachtet habe. »Kann ich nur empfehlen.«

»Dann kann ich dich wahrscheinlich nicht dazu überreden, meinem Social-Media-Kollegen zuliebe online ein bisschen Spurling-Content zu liefern?«

»Auf keinen Fall!«

»Hatte ich mir gedacht.«

Will er darüber sprechen, warum seine Anwältin ihn in seiner Schreibauszeit anruft? Wenn, dann würde er es von sich aus tun, oder?

»Geht es dir gut?«, frage ich, eine Einladung, falls er sie braucht.

Er setzt sich wieder und scheint sich das selbst zu fragen. »Im Moment einigermaßen«, stellt er fast überrascht fest.

»Die Arbeit am Buch hilft«, vermute ich.

»Mit dir.«

Wie er mich ansieht, macht meine ganzen Bemühungen, mir etwas anderes einzureden, sinnlos: Bryn Spurling *ist* voll mein Typ.

»Dann ... sollten wir unbedingt sofort damit weitermachen«, stammle ich.

»Sollten wir.«

* * *

198

»Du zuerst?« Bryn deutet auf die Badezimmertür.

Noch nie hat sich das Schlafengehen derart kompliziert angefühlt. Gibt es eine Choreografie, wenn man sich mit jemandem bettfertig macht, mit dem man sich eigentlich nicht bettfertig machen sollte?

»Äh, ja. Okay.« Falls es auch ein Skript gibt, kann ich meinen Text jedenfalls schon mal nicht.

Ich bin halb durch die Tür, da fällt mir auf, dass ich mich auch lieber hier drin umziehen sollte. Mit einem »Sorry, hab's gleich« – warum entschuldige ich mich bei ihm? – hole ich mir meinen Pyjama aus der Tasche.

Vor dem Waschbecken, die Zahnbürste schon im Mund, erschließt sich mir, dass ich mich ja auch im Zimmer hätte umziehen können, während er gleich im Bad ist. Aber jetzt sollte ich es hier tun, oder?

Wieso machst du dir gerade so auffällig viele unnötige Gedanken?

Kann ich dir sagen, innere Kritikerin: weil es besser ist als das, was mir sonst alles durch den Kopf gehen könnte.

Ich verstaue meine Zahnbürste wieder im Etui, denn ja, sie könnte natürlich über dem Waschbecken stehen, aber sie will vielleicht nicht so nah zu Bryns. Wäre unpassend.

Kurz darauf wage ich mich ins Zimmer zurück.

Ohne ein Wort geht Bryn ins Bad und ist so taktvoll, nicht länger zu mir in meinen kurzen Schlafklamotten zu schauen. Was ich leider nur deshalb feststelle, weil ich ihn mir in seiner Blaues-Schlafshirt-schwarze-Shorts-Kombi sehr wohl ansehe.

Er zieht die Tür hinter sich ins Schloss. An der, wie mir siedend heiß einfällt, innen noch mein BH baumelt. Den hätte ich mal besser mitgenommen. Bryn wusste vorher schon mehr als genug über den Stil meiner Unterwäsche.

Ich lege die Pralinenschachtel auf sein Kissen und laufe ein paarmal durchs Zimmer, weil es mir irgendwie seltsam vorkäme, im Bett auf Bryn zu warten. Aber beschäftigt aussehen ist schwierig, wenn Schlaf das Ziel ist. Außerdem hat der Gedanke auch was, mich unter der Decke zu verstecken. Ja doch, das ist besser. Ich lege mich also ins Bett und probiere ein paar Positionen aus. Lässig sitzen und nachdenklich umherschauen? Auf der Seite liegen, auf den Ellbogen gestützt und das Handy in der Hand? Ich bin gerade bei Rückenlage mit einem angezogenen Bein, als Bryn zurückkommt und mich und meinen Deckenhügel zur Kenntnis nimmt.

»Machst du Yoga vor dem Einschlafen?«

»Jaaaaa-neiiin.«

»Ah.« Er schaltet das Deckenlicht aus, und auf einmal hat der Raum im Nachttischlampenschein eine ganz heimelige Kuschelatmosphäre.

Kuschelatmosphäre? Gute Nacht, Hirn.

Bryn entdeckt die Pralinen. »Für mich?«

»Vom Verlag, nicht von mir.« *Sehr wichtiges Detail.*

»Okay, ähm … danke an den Verlag.« Er legt sie beiseite, knipst die kleine Lampe ebenfalls aus und macht es sich auf seiner Bettseite gemütlich. »Dann schlaf mal gut.«

»Ebenso.«

Das war sie wohl, unsere letzte Kommunikation für heute.

Bedauerlicherweise fühle ich mich gar nicht müde. Meine Augen gewöhnen sich langsam an die Dunkelheit. Ich spähe zu Bryn hinüber, kann aber nur schemenhaft sein Profil ausmachen. Er hat die Arme hinterm Kopf verschränkt und liegt trotz des Abstands einfach viel zu nah. Vielleicht sollte ich doch noch irgendetwas Lockeres sagen?

»Ganz gut die Matratze, oder?«

Ach du Schande. Das Kissen ist bestimmt auch ganz gut – um mir selbst den Mund zu stopfen zum Beispiel …

Bryn lacht in sich hinein, und nun ist er zu weit weg, denn

dieses kleine Lachen hätte ich gern direkt bei mir. Ein bisschen angespannt klingt es allerdings, wenn ich mich nicht täu-
sche. »Keinen Pillow Talk jetzt, Clio. Im Ernst, schlaf einfach.«

»Wie du willst. Aber da verpasst du was.« Ich drehe mich auf
den Bauch und vergrabe mein Gesicht im Kissen. Vielleicht
hilft es ja wirklich gegen meinen höchst problematischen Drang,
das Falsche zu sagen. »Bis morgen dann.«

Als würden wir uns dann erst wiedersehen, statt hier nebeneinander zu schlummern.

»Bis morgen«, erwidert Bryn trotzdem.

Die Matratze, die ich eben so gelobt habe, ist leider eine
Doppelmatratze. Ich spüre es, wenn er sich bewegt, selbst wenn
er nur ein klein wenig sein Gewicht verlagert – was er im Laufe
der Minuten, die wir gemeinsam wach liegen, immer wieder tut.
Seine Atemzüge scheinen einen Widerhall zu haben, der durch
mich hindurchbebt.

Ich zähle Sekunden. Ich zähle Schäfchen. Ich zähle die Seiten eines fiktiven Wälzers, der die Geschichte der hoffnungslosen Clio Hildyard erzählt. Alles nur, um mich in den Schlaf
zu flüchten, weil ich mir viel zu sehr wünsche, Bryn würde zu
mir herüberrücken und mir wispernd gestehen, dass er es keinen Moment länger aushält, mich nicht zu berühren. Weil ich
selbst viel zu kurz davor bin, etwas in der Richtung zu tun.

KAPITEL 23

Lesen kann die Sinne vernebeln.

Was jetzt?

Meine Gedanken sind verschwommen und werden erst langsam klarer. Es dauert, bis ich verstehe, dass ich gerade aufgewacht bin. Dass ich in einem morgenlichtgefluteten Hotelzimmer neben Bryn liege und nichts von dem passiert ist, was mein Unterbewusstsein mich hat erleben lassen.

Ich kneife mich in die Seite, damit die Bilder verschwinden, aber das wollen sie nicht. Sie wollen Realität werden. Mein ganzer Körper sagt mir, ich soll näher zu Bryn. Soll den Traum als Anleitung verstehen, was ich tun muss, damit dieses Ziehen in mir aufhört.

Reiß dich zusammen!

Ich muss noch den ganzen Tag mit Bryn verbringen. Und die nächste Nacht. Und *so* darf ich mich dabei nicht fühlen.

Wenn ich aufstehe, wecke ich ihn vielleicht, und dafür bin ich so was von noch nicht bereit. Der schlafende Bryn ist gerade schon zu viel für mich, aber der wache?

Ich höre, wie er sich neben mir auf die andere Seite wälzt, und löse meinen Blick von der Decke, in der Hoffnung, dass er sich von mir weg- und nicht zu mir hergedreht hat. Doch genau das hat er getan.

Woanders hinsehen geht irgendwie nicht. Auch wenn ich

weiß, dass es nicht okay ist, ihn beim Schlafen zu beobachten. Ich würde es umgekehrt auch nicht wollen. Doch jetzt hat mein Körper sich auch noch mit meinem Kopf verbündet, der sich durch die Produktion dieses unsäglichen Traums dafür bestens qualifiziert hat.

Stell dir vor, das wäre nicht dein Autor, sondern dein Freund. Was du dann jetzt alles tun dürftest. Was ihr alles miteinander anstellen könntet, wenn du ihn erst mal geweckt hast.

Und dazu wieder die Bilder.

Du musst es dir nicht mal vorstellen. Schmieg dich einfach an ihn, als wärst du im Schlaf so gegen ihn gerollt, und schau, was passiert.

Die fragwürdigen Eingebungen kann ich halbwegs ignorieren, aber immer noch nicht den Blick von Bryn lösen. Mit geschlossenen Augen und entspannten Zügen wirkt er anders. Erst dadurch wird mir klar, dass er gestern die ganze Zeit eine leichte Abwehrhaltung hatte.

Seine Wimpern sind ungewöhnlich dicht, sein Kopf ruht auf seinem Arm, und wie er so daliegt, könnte er glatt für ein Bettenhaus modeln. Ich würde mir die Matratze sofort holen.

Der Fantasiemotor röhrt wieder los, und ich schlage die Decke zurück, um zu flüchten. So leise wie möglich suche ich mir etwas zum Anziehen raus und rette mich in die Dusche. Kaltes Wasser wäre wahrscheinlich angebracht, aber dafür bin ich nicht gemacht, es muss an der Grenze zu brüllend heiß sein.

Stichwort heiß …

Ich halte den Duschkopf näher an meinen Kopf, damit das Prasseln alle Gedanken übertönt.

Als ich fertig bin, trockne ich mich trockener ab als je zuvor in meinem Leben und föhne meine Haare so lang, dass ich sie leise zu weinen hören glaube.

Beim Blick auf die Uhr kriege ich einen kleinen Schock. Das

Frühstücksbüfett ist nur noch vierzig Minuten lang geöffnet. Bryn ärgert sich bestimmt schon, weil ich so ewig brauche.

Doch Fehlanzeige. Als ich ins Zimmer zurückkomme, schläft er immer noch wie ein Stein. Wer kann bitte weiterschlafen, wenn direkt hinter der Wand ein Föhn rumort?

Soll ich ihn ernsthaft wecken? Tu ich es nicht, bekommen wir nichts mehr zu essen.

»Bryn?«

Er rührt sich nicht.

Ich gehe ums Bett herum, um ihn an der Schulter zu berühren, aber er liegt inzwischen so weit in der Bettmitte, dass ich gar nicht drankomme. Ich stütze ein Knie auf und beuge mich über ihn. »Hey, aufwachen.«

Gerade will ich es doch mit der Hand an seiner Schulter versuchen, da dreht er sich blinzelnd auf den Rücken, und sie landet an seiner Wange. In einem Totalaussetzer streiche ich damit bis zu seinem Kinn. Bartstoppeln kitzeln meine Finger, und ich schlucke trocken, bevor ich es schaffe, die Hand wegzuziehen.

»Wie spät ist es?«, fragt er mit vom Schlaf belegter Stimme, die nicht unbedingt besser macht, was mit mir hier gerade nicht stimmt. Aber nett, dass er mir den Wangenstreichler durchgehen lässt. Eventuell war er noch nicht wach genug, um ihn richtig zu bemerken. Andererseits ... Kann man es überhaupt *nicht* bemerken, wenn einem jemand ins Gesicht fasst, außer man ist gerade ohnmächtig?

»Die Frühstückszeit läuft uns weg.« Ganz toll, jetzt klinge ich auch noch richtig verlegen.

Er setzt sich auf und scheint sich tatsächlich erst jetzt daran zu erinnern, mit wem er hier ist. Jedenfalls guckt er etwas entsetzt. Vielleicht auch nur wegen des Frühstücks.

»Geh ruhig schon runter, ich beeil mich. Tut mir leid, bin nicht vor drei eingeschlafen.« Er reibt sich die Augen, und ich würde ihm gern sagen, dass er das leider lassen muss, wenn er nicht von mir geküsst werden will.

Es wird Zeit, sich eine Ausrede einfallen zu lassen, warum ich nach dem Essen dringend abreisen muss.

»Nicht vor drei?«, frage ich dämlich.

»Keine Angst.« Seine Mundwinkel wandern nach oben. »Du schnarchst nicht.« Er schlägt die Decke zurück, und ich rette mich vom Bett, weil ich es nicht gebrauchen kann, dass sich mein Blick an Bryn in seinen Schlafshorts festsaugt und nicht mehr abgehen will.

»Echt, Clio, fang schon an, ich bin schnell.«

Ich bin auch schnell – im Katastrophenauslösen. Nur eine falsche Bewegung, eine Impulshandlung, und ich stecke bis zum Hals in Schwierigkeiten.

»Okay, bis gleich.« Ich schnappe mir meinen Schlüssel und verlasse das Zimmer mit einem Gefühl im Magen, das mich daran zweifeln lässt, ob ich überhaupt etwas runterbekommen werde.

Ein paar Schlucke Kaffee später beginnen meine Nerven sich langsam zu beruhigen. Aber auch nur so lange, bis Bryn auftaucht und sich mit immer noch schlafverhangenen Augen sein Frühstück schmecken lässt. Ich schaffe es kaum, ihn anzusehen.

»Hab Tarah eben gefragt, ob heute irgendwo im Haus was frei wird«, erklärt er zwischen zwei Bissen. »Dummerweise ist weiterhin alles belegt.«

»Ich dachte, ich schnarche nicht«, sage ich gespielt beleidigt und versuche mich dann an einer eleganten Überleitung: »Aber ich kann auch einfach heute Abend spät wegfahren. Würde uns eine weitere unangenehme Nacht ersparen.«

Bryn legt das Besteck weg, lehnt sich mit verschränkten Armen im Stuhl zurück und funkelt mich an, plötzlich gar nicht mehr verschlafen. »Ich find's nicht unangenehm.«

Weil dein Kopf dir nicht in Dauerschleife vorspielt, wie wir beide uns ziemlich nahekommen.

»Wieso hast du dann überhaupt nachgefragt?«

Er beugt sich wieder vor und holt sich mit der Gabel eine gegrillte Tomate, die er bedächtig kaut. »Weil's nicht unangenehm ist?«

»Ah, verstehe. Unangenehm wäre besser.« Leider kapiere ich erst, nachdem ich das gesagt habe, dass er genau das gemeint hat. Hat er doch? Moment, war das ein Seitenhieb, weil er durchaus mitbekommen hat, dass ich aus Versehen ein kleines bisschen scharf auf ihn bin?

»Bestehst du darauf, dass wir sofort weiterarbeiten?«, fragt er unvermittelt. »Ich würd nämlich gern eine kleine Tour durch den Nationalpark machen. Kannst mitkommen, wenn du willst. Ein Inspirationstrip sozusagen.«

»Frische Luft klingt gut. Ich hab zwar früher geschlafen als du, aber richtig erholt fühle ich mich auch nicht gerade.«

»Bist du auch ständig wieder wach geworden?«

»Nee. Ich hab geträumt.« Das *schlecht*, das eigentlich dazwischen gehört hätte, wollte irgendwie nicht mit.

»Von Noah und Violet?«, fragt er, betrachtet das Schälchen, das er mit Obst befüllt hat, und schiebt sich schließlich eine Traube in den Mund.

»Nah dran.«

Noch eine Traube zwischen diesen Lippen, die ich langsam zu hassen anfange, weil sie permanent zu weit weg sind und ich nicht verstehe, warum sie mich nicht einfach kaltlassen können.

»Klingt echt albtraumhaft«, sagt er. Lächelnd wie jemand, der genau weiß, dass sein Gegenüber dieses Lächeln nicht deuten kann.

* * *

206

In Bryns erstaunlich kleinem und wenig protzigen Wagen fahren wir eine knappe halbe Stunde nach Lynmouth. Nach dem dritten Liebeslied im Radio sehe ich seine Hand zum Aus-Knopf zucken, aber dann lässt er es doch laufen. Ihm ist wohl aufgefallen, dass wir sonst die Wahl zwischen Reden oder peinlicher Stille hätten.

Wir parken in dem Städtchen und wandern los.

Die einsame Landschaft entlang des East Lyn River erinnert mich an etwas … »Im Verlag gab es die Vermutung, dass du mich hier draußen irgendwo killen wirst.«

»Die scheinen ja ein richtig positives Bild von mir zu haben. Da frag ich mich, was meine Lektorin ihnen so über mich erzählt.«

Ich werfe ihm einen unschuldigen Blick zu, der hoffentlich ausreicht, um ihn nicht darauf kommen zu lassen, dass es da noch eine zweite Theorie gab.

Das Flussbett ist felsig, und so gibt es an vielen Stellen Stromschnellen und kleine Wasserfälle. Wir schweigen die meiste Zeit, und seltsamerweise wirkt es hier in der Natur lange nicht so unbehaglich, wie es das im Auto getan hätte.

Einmal macht Bryn mich auf zwei Reiher aufmerksam, die in einem tieferen Flussbecken fischen. Mehrmals reicht er mir die Hand an besonders unwegsamen Stellen an den Abhängen des Uferpfads. Für nassen Erdboden habe ich nicht die richtigen Schuhe dabei – er schon. Das ist meine Ausrede, um mir von ihm helfen zu lassen, obwohl ich normalerweise darauf bestehen würde, es gut allein zu schaffen.

»Ich wusste nicht, dass es so steil wird«, entschuldigt Bryn sich, als er mir mal wieder Halt gibt, um heil an einer Pfütze vorbeizukommen.

»Geht schon«, keuche ich und muss die Finger im nächsten Moment fester um seine schließen, weil ich wegrutsche.

Er reagiert blitzschnell und fängt meinen Sturz ab, indem er den Arm um meine Taille wirft. Dann rutscht er selbst und schafft es nur noch gerade so, uns nicht beide den Hang runterzureißen.

»Wollen wir lieber umdrehen?«, fragt er und lässt mich erst los, als er sicher ist, dass ich wieder festen Stand habe.

Ich schüttele den Kopf und marschiere an ihm vorbei weiter bergauf. »Merk dir das: Ich bin nicht die Art Frau, die auf halber Strecke umdreht.«

»Mir ist generell noch keine Frau wie du begegnet.«

Ich drehe mich um, aber seinem Gesichtsausdruck nach zu urteilen, meint er das weder als platte Anmache noch als ironische Beleidigung.

»Du meinst eine, die dermaßen schlecht in ihrem Job ist, dass man sich fragen muss, wer sie eingestellt hat?« Das konnte ich mir jetzt einfach nicht verkneifen, vor allem, weil ich mit seinem Kompliment nicht umzugehen weiß.

»Das wirst du mir für immer nachtragen, oder?«

»Gut möglich.«

Ein Stückchen weiter überqueren wir eine Brücke.

»Schreibst du eigentlich auch?«, fragt Bryn mich.

»Nein, nein. Hab's mal versucht, aber es war nicht mein D…« Ich unterbreche mich, weil er mich so schockiert von der Seite ansieht. »Was? Nicht jeder Mensch, der Geschichten liebt, muss welche schreiben.«

»Wir reden hier ja auch nicht über jeden, sondern über dich.«

Es schmeichelt mir ein bisschen, dass er mir das zutraut. Jeder in unserer Branche kennt den Standardspruch: *Wenn ich die Zeit hätte, würde ich auch mal ein Buch schreiben.*

Als wäre das ganz einfach und keine Frage des Talents. Meine Erfahrung sagt etwas anderes.

»Mich reizt es mehr, mich damit zu beschäftigen, wie Dinge

funktionieren. Oder Menschen. Oder eben Texte. Ich analysiere gern, ich sehe, wo es hakt, und ich liebe es, wenn ich jemandem helfen kann, etwas Gutes noch besser zu machen.«

Bryn bleibt stehen, um sich die Schnürsenkel zu binden, und ich warte kurz auf ihn.

»Und weißt du schon, wie ich funktioniere?« Er zieht den Knoten der perfekt gebundenen Schleife noch etwas fester zu.

»Zum Teil«, behaupte ich.

»Ich bin gespannt: simpel gestrickt oder kompliziert?«

Ich lache, während wir uns wieder in Bewegung setzen. »Beides. Du redest und handelst oft unüberlegt – also simpel gestrickt, wenn es darum geht, dich zu reizen.«

»So wie du.«

So wie ich.

»Aber deine Gedanken und dein Leben scheinen ziemlich kompliziert zu sein.«

»Kann ich nicht abstreiten.«

Wir erreichen den Teil des Rundwegs, der an der zerklüfteten Küste entlangführt. Die Aussicht ist wunderschön, und ich frage mich, wieso ich so selten mal rausfahre, obwohl man von Oxford aus leicht an Orte wie diesen kommen kann.

»Was macht dein gebrochenes Herz?«, höre ich mich fragen, obwohl mich das nichts angeht und ich es auch gar nicht wissen wollen sollte.

Er schaut aufs Meer hinaus. Der Himmel ist klar, und am Horizont zeichnet sich die Küste von Südwales ab. »Es ist nicht gebrochen.«

»Eingefroren? Versteinert?« Ich sollte nicht darüber witzeln, schließlich weiß ich, wie sehr ihn mitgenommen hat, was immer vorgefallen sein mag.

»Eher fast zerborsten vor Enttäuschung. So richtig poetisch gesagt.« Bryn schnaubt. »Ich habe früher nicht geglaubt, dass man mit jemandem aus seinem nächsten Umfeld eines Tages so fertig sein kann wie ich mit May.«

»Ist zwar was anderes, aber das habe ich in Bezug auf meinen Vater auch gedacht.«

»Gar nicht so anders. Nur hoffentlich mit besserer Wendung – wie läuft es denn?«

»Weiß noch nicht so recht. Wir wollen uns die Tage noch mal treffen. Ich habe Angst, dass ich schwach werde und anfange, wieder was von ihm zu erwarten.«

Eine ältere Dame kommt uns mit ihrem Beagle entgegen, und wir lassen sie vorbei.

»Das hätte in meinen Augen nichts mit Schwäche zu tun«, nimmt Bryn ein paar Meter weiter das Gespräch wieder auf. »Dass du ihn komplett abblocken wolltest, fand ich schwächer. Ich hoffe, ich darf das sagen, weil ich selbst der schlimmste Abblocker bin.«

Ich nutze die Gelegenheit, auf ihn zurückzukommen, während seine Worte noch in mir arbeiten. »Apropos. Hattest du nie das Bedürfnis, deinen Eltern zu sagen, dass du Autor bist?«

»Mein Vater hat mich mal einen Publikumsmagneten genannt«, sagt er. »Egal, was ich tue, es ziehe Aufmerksamkeit auf sich. Ich will nicht, dass auch noch mein Schreiben ihm recht gibt.«

»Eine Gabe zum Aufmerksamkeitbekommen? Das klingt doch eigentlich ziemlich praktisch!«

Sein Brummen klingt alles andere als zustimmend. »Das habe ich auch lange gedacht. Aber dann wurde es meine persönliche Hölle. Darf ich dir ein Geheimnis verraten?«

»Es wird bei mir sicher sein. Vorausgesetzt, du hältst dich weiterhin an meine Überarbeitungsvorschläge.«

Er grinst, wird aber sofort wieder ernst. »Ich wollte nicht, dass *Last Summer's Scars* ein Bestseller wird.«

»Bryn!« Ich stoße meine Faust gegen seine Schulter. »So was darfst du doch nicht zu deiner Lektorin sagen!«

Für den Bruchteil einer Sekunde streift seine Hand meinen Arm, so kurz, dass es auch Einbildung gewesen sein könnte. »Ich habe das zu der Frau gesagt, die nie auf halber Strecke umdreht.«

Während des ganzen Abstiegs zurück zum Auto lässt mich die Frage nicht los, wie man unfreiwillig erfolgreich sein kann – und wieso er ausgerechnet mir solche Dinge über sich anvertraut.

KAPITEL 24

Lesen ist wie hautnah dabei sein.

Mitten in der Nacht werde ich wach. Das Bett neben mir ist leer, und sofort stürmen meine Gedanken los: Ist er gegangen? Was, wenn ich ihn nicht wiedersehe? Wenn ich nie erfahre, wer er ist? Gab es irgendwelche Anzeichen dafür, dass er verschwinden würde?

Wir haben nach unserer Rückkehr aus Lynmouth den Nachmittag über auf der Terrasse gesessen und uns *Sort of High Treason* gewidmet, bevor es uns zu kühl wurde und wir im Inneren des Hotelrestaurants noch ein bisschen weitergearbeitet haben. Wie am ersten Abend auch haben wir uns nacheinander im Bad fertig gemacht und uns nach dem Ausknipsen der Lampen fast förmlich eine gute Nacht gewünscht.

Im nächsten Moment fällt mein suchender Blick auf die Gestalt am Fenster. Bryn steht mit dem Rücken zu mir da. Die Hände zu Fäusten geballt aufs Sims gestützt, blickt er in die Schwärze hinaus, die hier auf dem Land so tief ist, wie sie nur werden kann. Es dürfte schon weit nach Mitternacht sein, nicht mal die Hotelbeleuchtung ist noch an.

Etwas an seiner Haltung bringt Bewegung in mich, lässt mich die Beine aus dem Bett schwingen, aufstehen und zu ihm gehen. Obwohl er mich hören muss, rührt er sich nicht von der Stelle.

»Bryn …« Ich will die Hand heben, um sie auf seine Schulter

zu legen, doch in haargenau diesem Moment dreht er sich ruckartig zu mir um, und sie knallt stattdessen gegen seinen Bauch. Mein Daumen trifft zwischen Hosenbund und Shirtsaum auf einen Streifen warmer Haut.

Du wolltest ihn fragen, ob alles in Ordnung ist. Jetzt mach schon! Und nimm verflucht noch mal bloß die Hand da weg – jetzt!

Mit einem Schaudern, das bis in meine Stimme rieselt, bitte ich: »Komm zurück ins Bett.«

Oh. Nein. Ohneinohneinohnein. Als stünde es mir zu, so was zu sagen. Ihn abzulenken, weil es offensichtlich Dinge gibt, die ihn um den Schlaf bringen.

Komm zurück ins Bett, Schatz.

Ich habe hier gerade den ersten Dominostein angetippt. Wenn er kippt, wird er alle zu Fall bringen, unaufhaltsam.

Dominosteine? Kam das nicht im Manuskript vor? In der Kussszene?

Bryn fasst nach meinem Handgelenk und zieht es samt Hand sanft, aber nachdrücklich von seinem Bauch weg. »Okay. Wir sollten uns echt wieder hinlegen.«

»Gute Idee.« Ist es wirklich. Ich selbst habe nämlich gerade gar keine guten Ideen. Keine einzige. Nur ganz, ganz schlechte.

Er kehrt auf seine und ich kehre auf meine Bettseite zurück. Ich überlege, ob ich mich überhaupt wieder zudecken sollte. Meine Ideen heben meine Körpertemperatur nämlich ziemlich an. Trotzdem ziehe ich die Decke schließlich sogar bis zum Hals hoch, keine Ahnung, fühlt sich irgendwie sicherer an.

Von Bryn kommt nichts. Ich höre ihn nicht mal atmen.

Vielleicht drei oder vier Minuten lang horche ich angestrengt in die Dunkelheit, dann rolle ich mich so lautlos wie möglich auf die Seite und zucke zusammen. Er liegt mir zugewandt da, viel näher, als ich geschätzt hätte, und beobachtet mich.

Das ist zu viel. Ohne darüber nachzudenken, rutsche ich ein

Stück auf ihn zu, und noch eins. Ich bilde mir ein, dass Bryn mir entgegenkommt, und schon spüre ich seinen Brustkorb an meinem.

»Clio.« Statt dass er mich wegzuschieben versucht, spüre ich plötzlich seine Hände an der Rückseite meiner Oberschenkel, genau dort, wo meine kurze Pyjamahose endet.

Ich gebe einen kleinen drängenden Laut von mir, wie ich ihn noch nie gehört habe. Ein Laut, der sagt: *Achtung, an diesem Punkt verliere ich die Kontrolle.*

»Ich denke, es wäre besser, wenn ich jetzt das Zimmer verlasse«, murmelt Bryn, aber jedes einzelne Wort ist voller Widerwillen.

Er will bleiben.

Und ich will, dass er bleibt.

Passt zusammen.

Er zieht scharf die Luft ein, als ich mich dichter an ihn drücke.

»Clio«, sagt er wieder, als wäre ich alles, was ihm noch einfällt. Alles, was gerade für ihn existiert.

»Wir …«, beginnt er, da küsse ich ihm dieses Wir von den Lippen und ziehe mich dann millimeterweit zurück, weil ich wissen muss, ob er mehr will.

Er neigt das Kinn und gibt mir den kurzen Kuss wieder, fast eher ein Stups von Mund an Mund, bevor er zum dritten Mal ansetzt.

Diesmal gibt es keine Zurückhaltung mehr. Der Druck seiner Hände wird stärker, nicht viel, aber gerade so sehr, dass ein weiterer flehentlicher Ton aus meinem Mund kommt. Trotzdem überlasse ich Bryn nicht die Oberhand. Weil ich ihm genauso viel Wollen entgegenzusetzen habe, wie er mich spüren lässt – einschließlich aller anderen Wörter, die man dafür finden könnte.

Meine Rechte fährt unter sein Shirt, nach oben bis zu seinem Herzen, als könnte ich es daran hindern, uns beiden davonzurasen. Und wie es rast.

Es hat mich noch nie so verrückt gemacht, jemanden verrückt zu machen.

»Das geht nicht«, stößt Bryn zusammen mit einem abgehackten Atemzug hervor.

Tut es auch nicht, und doch sehen wir hier gerade, dass es das tut.

Meine Lippen gleiten die Linie seines Kiefers entlang. »Du kannst mir keinen Korb geben, während deine Hände an meinem Po liegen.«

»Liegen sie gar nicht«, behauptet er.

Sein Lächeln ist gefährlich. Ich sehe es nicht mal, ich fühle es nur. Und ich liebe diese Gefahr, es ist eine, in die ich mich sofort begeben will.

Bryns Hände wandern hoch, unter den Stoff meiner Shorts. »Das wäre hier.«

»Du nimmst es aber auch ganz genau.« Mit einer Bewegung aus der Hüfte stoße ich mit meinem Unterkörper gegen ihn, und er packt mit einem leisen Ächzen noch fester zu.

Er lässt mich los, nur um mich gleich darauf an den Schultern festzuhalten. »Das ist ein beschissener Moment, um dir das zu sagen, aber ich hab kein einziges –«

»Warte.« Ich entwinde mich ihm, krabble zu meiner Bettkante, beuge mich darüber und wühle im Seitenfach von Keiras Tasche, bis Folienverpackung zwischen meinen Fingern knistert. Auf meine Mitbewohnerin ist Verlass.

Zwei Stück. Wird er denken, ich habe die extra seinetwegen mitgebracht? Egal.

Schon bin ich wieder bei ihm. »Bitte schön.«

Da sehe ich ihn zum ersten Mal ernsthaft zögern, seit er mich zurückgeküsst hat.

»Es ist nur … lange her«, sagt er, als er mein stummes Fragen bemerkt. »Und es war immer nur sie.«

Das bringt auch mich kurz ins Stocken. Sehr kurz. »Dann wird es wohl Zeit, dass ich es bin.«

»Ich glaube auch.« Er beugt sich wieder vor, um mich zu küssen. Wie meine Hand sich vorhin den Weg zu seinem Herzen gesucht hat, streicht nun seine über meinen Bauch höher, langsamer, aber nicht weniger zielsicher. Wie zur Probe umfängt sie meine Brust und entlockt mir etwas zwischen Seufzen und Keuchen, bevor sie dort innehält, wo das Klopfen am deutlichsten zu spüren sein muss.

Er bringt seinen Mund an mein Ohr. »Adrian«, raunt er.

»Hm?«

»Wir können das hier unmöglich tun, wenn du nicht mal weißt, wie ich heiße.«

Er klingt, als ob ihm noch ein paar Gründe mehr einfallen könnten, also lasse ich ihm gar nicht erst den Raum dafür. »Jetzt weiß ich es ja.«

Er lacht, leise und schaudererzeugend, und durch zwei Lagen Stoff, der dünn, aber gerade kaum dünn genug ist, fühle ich einen Moment später seine Fingerknöchel sehr nah am empfindlichsten Punkt, den sie finden könnten. Schwer atmend starte ich ein Ablenkungsmanöver mit einem neuen, noch tieferen Kuss, denn ich werde nicht in seinen Händen zu Wachs werden, bevor er es nicht in meinen ist.

Es braucht nur wenige Handgriffe, bis er mich ausgezogen hat und ich ihn. Das Bett flüstert deckenraschelnd Beifall.

Mein Körper ist schon früher entdeckt und erkundet worden – aber nie so. Nie war jede noch so flüchtige Berührung wie ein Versprechen, jeder Atemhauch auf meiner Haut wie ein: Ich will nur dich.

»Es wird keine Liebesgeschichte«, wispert Bryn. *Adrian.*

»Werden wir noch sehen«, erwidere ich rau.

Ihm fehlt der Atem, um zu protestieren. Ich bin über ihm, er lehnt sich ans Polster des Kopfteils, und seine Hände helfen mir genau dorthin, wo er mich haben will. Wo ich um jeden Preis hinmöchte. Mit einer Langsamkeit, zu der mir eigentlich jede Geduld fehlt, lasse ich mich ihm entgegensinken. So tief, wie es geht. Bis wir uns so nah sind, dass es alles auslöscht, was uns eigentlich hätte aufhalten sollen.

KAPITEL 25

Lesen ist ein Wechselbad der Gefühle.

Stetiges Tastenklappern weckt mich. Es gehört zu meinen liebsten Geräuschen, ich wünschte, ich würde es bei jedem Aufwachen hören.

»Ich hoffe, du schreibst gerade eine süße Szene für mich«, murmle ich und gähne.

Das Geklapper verstummt, und mein noch halb träumendes Halbschlaf-Ich verlässt mich, um mich auf einmal hellwach und mit einem sehr flauen Gefühl in der Magengegend in die Realität zu schicken.

Adrian haut auf eine einzelne Taste, und ich frage mich, ob es *Escape* war. »Merkst du nicht, wie deine ganzen süßen Szenen mich langsam in den Wahnsinn treiben?«

»Doch, schon.« Ich versuche, meine Gefühle zu ordnen. Sie wollen gar nicht richtig zu mir durchdringen. Bin ich schockiert und überfordert? Bereue ich, was passiert ist? Macht es mir Angst?

Wie konnte ich nur?

»Das war das Unprofessionellste, was ich je getan habe«, stelle ich fest, und Lornes Statement schießt mir durch den Kopf: Feelings never care about professionalism.

»Find ich gar nicht.« Adrian schaut über die Schulter zu mir, und sein Blick kommt auf meinem Gesicht zum Ruhen. »Das

218

Unprofessionellste, was du je getan hast, war, wenn du mich fragst, die zweite Mail, die du mir geschrieben hast.«

Humor ist also die Waffe unserer Wahl, wie schon so oft, nur dass sie sich gerade viel weniger unbeschwert anfühlt als sonst.

»Sagt ja der Richtige. Die hatte wenigstens eine Grußformel und enthielt mehr als einen Satz.«

Er schüttelt den Kopf und sieht einen Moment lang aus, als würde er gern zu mir rüberkommen. Stattdessen wendet er sich wieder dem Bildschirm zu.

»Ich tippe noch ein paar Sätze und packe dann zusammen. Frühstück lass ich heute ausfallen.«

Da wären wir also doch. Nächstes Kapitel: die Flucht.

»Oh nein, das wirst du nicht. Wie sieht das denn aus, wenn wir versehentlich ein Doppelzimmer bekommen und du vor dem zweiten Frühstück abreist? Du bleibst schön hier.«

»Okay. Wie du möchtest. Ein gezwungenes Frühstück, bevor wir uns verabschieden und nie wieder ein Wort hierüber verlieren.«

Wow. Das ist brutaler, als ich erwartet hatte.

»Nur zur Sicherheit, weil du gerade ein bisschen arschig rüberkommst: Wir tun also so, als wäre nichts gewesen?«

»Halte ich für besser«, sagt er zu seinem Laptop. »Man kann jeden Handlungsstrang umschreiben. Einigen wir uns auf die Variante, dass wir einfach beide neben der Spur waren und ein bisschen Nähe gebraucht haben.«

Ich habe keine Ahnung, was ich gerade von ihm oder mir oder uns zu erwarten habe, und vielleicht ist es diese Ahnungslosigkeit, dank der ein Teil von mir nicht zustimmen will. »Das war nicht nur ein bisschen Nähe.«

»Dann eben ein bisschen mehr.«

Ich schlage die Decke zurück und sehe genau, wie seine Schultern sich anspannen. Natürlich weiß er, dass ich immer noch nackt bin. »Welche Version entspräche denn der Wahrheit? Was ist die Rohfassung?«

Ob er ahnt, wie viel Mut mich diese Frage gekostet hat? Jedenfalls lässt er sich viel Zeit mit der Antwort.

Ich stehe auf. Meine Beine fühlen sich butterweich an, mein ganzer Körper ist komplett adrianised.

»Meine Wahrheit«, beginnt er, »ist, dass ich alles tun würde, um mein Leben wieder in den Griff zu bekommen, und du hilfst mir nicht gerade dabei.«

Mir geht auf, dass ich meine Wahrheit zu heute Nacht nicht kenne – und seine nicht verstehe.

»Bist du verheiratet?«, frage ich.

Immerhin ziehe ich damit endlich wieder seinen Blick auf mich, obwohl er sich sofort wieder wegdreht, weil ich ja nichts anhabe und das nun wohl auf einmal ein Problem darstellt.

Trotzdem habe ich die Empörung in seiner Miene gesehen. Er ist wütend, weil ich das für möglich zu halten scheine.

»Wäre ich fast gewesen, aber nein. So krass daneben bin ich auch wieder nicht.«

Habe ich auch nicht angenommen, doch von mir aus kann er das ruhig denken, so wie er sich hier gerade aufführt.

»Bist du kriminell?«

»Hallo?«

»Ja oder nein?«

»Nein.«

»Also einfach ein schlechter Mensch?«

Er lacht, aber es klingt gequält. »Das würden eine Menge Leute bejahen.«

»Gut zu wissen.« Ich knie mich vor meine Reisetasche und suche mir Unterwäsche und Socken heraus, vollkommen ratlos. Was will ich? Seinen Vorschlag annehmen und zusehen, dass wir das mit dem Buch noch halbwegs gut über die Bühne kriegen? Irgendetwas in mir protestiert dagegen. Weiß, wie schwer es ist, dieses Gefühl zu finden, das er mir gibt, wenn er mich nicht gerade loszuwerden versucht.

»Noch eine Frage: Wieso wolltest du mich unbedingt sehen? Wir hätten einfach telefonieren können. Das mit dem Treffen ging allein von dir aus.«

Ich hänge mir meine graue Jeans und die cremefarbene Schlupfbluse über den Arm und zwinge mich, nicht nachzusehen, ob er immer noch auf seinen Laptop starrt.

»Ich denke darüber nach, das Land zu verlassen. Auf Dauer, meine ich.«

»Was ist das denn für eine Antwort?« Vor allem: Was ist das denn für eine bescheuerte Idee?

»Ich musste einfach wissen, wer du bist.«

Wie ironisch, wo ich doch umgekehrt immer noch keine Ahnung habe.

»Schön, dass du es so schnell herausgefunden hast. Die meisten brauchen viel länger, um mich kennenzulernen, aber du bist wirklich unschlagbar darin.«

Wie soll ich seine schreckliche Passivität aushalten? Was muss ich tun, um sie zu durchbrechen?

Das weißt du genau. Nur nicht nachgeben, du weißt, wie das bei ihm läuft. Von Noah. Sei wie Violet.

»Also, Adrian. Oder soll es lieber Bryn sein? Mr Knight? Was auch immer!« Er verpasst, wie ich hocherhobenen Hauptes dastehe und ihn anfunkle, weil er damit beschäftigt ist, seine Hände zu betrachten, die reglos auf den Tasten liegen. Dieselben Hände, die *Last Summer's Scars* getippt haben und alles, was von *Sort of High Treason* schon vorliegt. Dieselben Hände, die heute Nacht ganz andere Geschichten auf meiner Haut erzählt haben. »Dann machen wir es so. Kein Wiedersehen, kein persönlicher Austausch mehr, nur das Buch. Der Kontakt beschränkt sich ab jetzt auf die Arbeit, und in ein oder zwei Jahren habe ich dann hoffentlich auch vergessen, wie du klingst, wenn du für mich kommst.«

Er vergräbt das Gesicht in den Händen.

»Daher als Tipp: Ich werde jetzt ins Bad gehen, und das ist die letzte Chance in deinem Leben, mich noch mal unbekleidet zu sehen, also nutz sie oder lass es bleiben.«

Ich überprüfe nicht, wofür er sich entscheidet, knalle die Badezimmertür hinter mir zu und frage mich, ob Keira sich *so* fühlt, wenn sie das tut. Falls ja, kann ich sie plötzlich viel besser verstehen.

Unter der Dusche versuche ich, meine eigene Blödheit von mir abzubrausen, und ärgere mich über mich selbst, weil ich es – wie Josh es ausdrücken würde – so richtig verkackt habe.

»Willst du immer noch mit mir frühstücken?«, fragt Adrian, als ich zurückkomme.

»Ja, sehr gern!«, sage ich, so freundlich-förmlich ich kann. »Tatsächlich hatte ich es mir für heute aufgehoben, dir das Cover zu zeigen.« *Da, bitte. Es geht ums Buch.*

»Da kann ich natürlich nicht Nein sagen«, gibt Adrian freundlich-förmlich zurück, aber er bekommt es weniger gut hin als ich, weil er jetzt neugierig hoch hundert ist.

In der Zwischenzeit hat er seine Sachen gepackt. Sie stehen schon bei der Tür, und ich platziere meine kurz darauf direkt daneben.

»Hast du das Zimmer eigentlich bezahlt?«, rufe ich, denn nun ist er ins Bad gegangen. Gerade rauscht das Wasser wieder los, und ich sehe *nicht* vor mir, wie Adrian nackt in der Dusche steht, wo ich eben noch war.

»Bei der Ankunft.«

Ich ziehe die Mappe mit dem Coverausdruck aus der Tasche und klemme sie mir unter den Arm. »Das geht nicht. Der Verlag muss das zahlen, ich kann ja wohl schlecht sagen, dass du mich eingeladen hast. Ich klär das.« Was er dazu meint, warte ich nicht mehr ab. Folgen kann er mir ja schlecht.

An der Rezeption checkt gerade eine Gruppe älterer Damen aus, und eine überschüttet Tarah noch ausgiebig mit Komplimenten zum so wahnsinnig charmanten Hotel.

Als ich endlich an den Tresen treten kann, bin ich richtig geladen. Das Hotel ist nicht charmant, es ist eine einzige Falle.

»Guten Morgen, wie kann ich helfen?«

Mir ist nicht mehr zu helfen, meine Liebe.

»Morgen. Wir müssten das mit der Zahlung anders regeln«, erkläre ich. »Können Sie Mr Knight das Geld bitte erstatten? Der Verlag trägt die Kosten für den Aufenthalt.«

Sie runzelt die Stirn. »Das können wir nicht so ohne Weiteres rückabwickeln, fürchte ich.«

»Und ich fürchte, dass ich gefeuert werde, wenn rauskommt, dass ich mit einem Autor, dessen Projekt ich betreue, ins Bett gegangen bin.«

Tarahs Augen weiten sich.

»War ein Witz«, sage ich schnell. »Sie wissen schon, bildlich gesprochen. Aber ich brauche eine Rechnung für den Verlag. Unbedingt.«

Sie überlegt und reicht mir dann einen Bogen zum Ausfüllen. »Dann erstellen wir einen neuen Buchungsvorgang. Mr Knight soll sich das Geld vor seiner Abreise hier abholen.«

»Danke.« Ich trage die Informationen ein und spüre die ganze Zeit ihren Blick auf mir.

»Sie sind also Lektorin?«, fragt sie schließlich.

Ich brumme zustimmend und kreuze mit einem Stich im Magen an, dass ich geschäftlich gereist bin und nicht privat.

»Ich schreibe auch.«

Bitte nicht dieses Gespräch. Nicht jetzt.

»Ah.«

»Romance hauptsächlich.«

Davon hab ich im Moment die Schnauze voll.

»Spannend. Vielleicht reichen Sie ja mal was bei uns ein. Auf unserer Website gibt es die Liste mit den Formalitäten.«

»Sie denken, ich hab's nicht drauf.«

Ich halte inne und blicke von dem Blatt auf. »Das habe ich nicht gesagt.«

»Hat Mr Knight schon veröffentlicht oder geht es um sein erstes Buch?«

»Das erste bei unserem Imprint und an dem wir zusammen arbeiten«, weiche ich aus. Sonst kombiniert sie am Ende doch, dass Bryn Spurling hier war beziehungsweise aktuell noch ist.

»Wird bestimmt ein Bestseller«, meint sie, und ich muss daran denken, wie Adrian gesagt hat, einen Bestseller habe er nie schreiben wollen.

»Hoffentlich nicht«, höre ich da direkt hinter mir, als hätte er genau diesen Moment für seinen Auftritt abgepasst.

Wieso kann er nicht wenigstens eine richtig anstrengende Stimme haben statt so einer, die klingt, wie ein Chocolate Cookie schmeckt?

»Wie sieht's aus, Clio – du hast doch gesagt, wir frühstücken gemütlich?«

»Ich zahle Ihnen eben noch das Geld zurück«, sagt Tarah.

»Und ich geh schon mal vor«, verkünde ich und lasse beide stehen. Soll die Ich-will-auch-Autorin-werden-Lady sich doch mit dem Experten austauschen.

»Das ist ziemlich unhöflich, dass du ohne mich angefangen hast«, beschwert Adrian sich, als er zehn Minuten später an meinen Tisch kommt.

»Das ist ziemlich viel zu essen für jemanden, der das Frühstück ausfallen lassen wollte«, kontere ich mit Blick auf sein voll beladenes Tablett. »Aber wahrscheinlich ist dir einfach bewusst geworden, dass es das letzte ist, das du jemals mit mir zusammen erleben wirst.«

Hör schon auf, was willst du denn von ihm hören?, fragt mich der Rest meines Verstands. *Aus euch wird nichts, und das ist auch besser so.*

Adrian schaufelt sich zwei Löffel Baked Beans in den Mund und kaut so energisch, als müsste er sie mit seinen Zähnen restlos zermahlen. Seine Haare sind an den Spitzen noch feucht, und das ist im Moment fast noch schlimmer als seine Stimme mit dem Cookie-Geschmack-Klang. Was mache ich hier bloß? So ein Cover lässt sich problemlos mailen. Ich hätte ihn abreisen lassen sollen, jede Minute früher wäre hilfreich gewesen. Warum konnte ich das nicht?

Ich nehme den Ausdruck aus der Mappe und lege ihn zwischen uns.

Adrians bis gerade verschlossenes Gesicht leuchtet richtig auf. »Das ist echt schön!«

»Freut mich.« Womöglich bin ich gerade etwas eifersüchtig auf dieses Cover, weil er es viel unbefangener betrachtet als mich. Ich ziehe es weg und stecke es wieder in die Mappe.

Mein Appetit hat sich verabschiedet, und während ich trotzdem meinen Teller zu leeren versuche, wächst die Anspannung zwischen uns mit jeder Sekunde weiter an.

Schließlich holt Adrian tief Luft. »Ich wünsche mir ständig, jemand anderes zu sein. Seit einer Weile jeden Tag, aber noch nie so sehr wie jetzt gerade.«

Ich rühre mir Zucker in den Kaffee, obwohl ich den nie gesüßt trinke. »Damit du niemand wärst, der was mit mir angefangen hat, um es direkt wieder zu beenden?«

Jetzt kippt er seinen Kaffee runter, als wäre es Whiskey, und setzt die Tasse dann hart wieder auf den Tisch.

»Darum geht es nicht.«

»Oh, mir schon.« Sollte es aber nicht. Wahrscheinlich spinnen bloß immer noch meine Hormone.

Er legt seine Hand über meine, die irgendwie gerade untätig auf dem Tisch liegt und noch das Löffelchen umklammert hält. Ich ziehe sie nicht weg.

»Wir sind zu weit gegangen«, sagt er.

»Ja.«

Eigentlich eine seltsame Formulierung – zu weit gehen. Wer würde schon weitergehen, wenn er bereits da ist, wo er hinwollte? Außer vielleicht versehentlich, wenn man das Ziel übersehen hat. Die Sache ist, dass man selbst dann zurückgehen könnte.

»Wir haben doch schon alles geklärt.« Ich hoffe, er hört nicht den Trotz heraus, von dem ich nicht weiß, woher er kommt. »Betrachten wir es als kleinen Patzer im Betriebsablauf.«

Autsch, das hast du jetzt wirklich nicht so schön gesagt.

Adrians Hand verlässt meine und umschließt stattdessen seine leere Tasse.

* * *

Auf dem Parkplatz ist nichts los, da sind nur wir beide und unser Schweigen.

»Warum machst du eigentlich ein Schreibwochenende, das am Sonntagmorgen endet?«, durchbreche ich die Stille. So wie ich ihn auch fragen würde, wenn wir uns viel fremder wären.

»Meine Schwester hat Geburtstag. Ich versuche, dort aufzutauchen, ohne zerrissen zu werden. Eingeladen hat sie mich, aber der Rest der Gäste … hm.«

»Du hast sie noch nie erwähnt.«

»Wenn du wüsstest, wen und was ich alles nicht erwähnt habe.«

»Ich habe auch ein paar Geheimnisse«, behaupte ich. »Nur dass ich Geheimnisse hasse, ist keins.«

Er lächelt. Ich hatte nicht damit gerechnet, das noch mal zu sehen, bevor wir auseinandergehen, und es macht zu viel mit mir.

»Kommen wir zum Ablauf der nächsten zwei Minuten«, sage ich. »Ich gebe dir nicht meine Nummer, obwohl du dir wünschen wirst, ich hätte es getan. Du steigst in deine Klapperkiste von Auto, und ich werde weder winken noch dir nachsehen. Ich warte sogar fünf Minuten, damit ich nicht hinter dir herfahren muss. Vorher schütteln wir uns noch die Hand wie Geschäftsleute.«

Schon ist das Lächeln ausgelöscht.

»Auch das ist ein letztes Mal«, erinnere ich ihn. »Du willst mich nicht wiedersehen. Mich nie wieder berühren. Nichts.« Klingt alles viel zu beleidigt. Als würde *ich* es wollen. Würde ich?

»Machen wir es kurz und schmerzlos«, sagt Adrian, obwohl es das schon jetzt nicht mehr ist.

Er reicht mir tatsächlich die Hand, und ich drücke sie – kurz und schmerzlos, aber unnötig fest.

Ich folge ihm zu seinem Auto, das passenderweise weit weg von meinem parkt.

Adrian schließt es auf und öffnet die Fahrertür.

»Wie wäre es mit einem Abschiedskuss?« *Im Ernst, lass es endlich gut sein, was soll denn das?* »Sonst wirst du niemals in deiner ganzen Zeit auf dieser Welt einen von mir bekommen.«

Er setzt sich hinters Steuer und steckt den Schlüssel ein, dann flucht er leise und steigt wieder aus. Prüfend schaut er sich um. Ich verstehe erst, warum, als er mich umarmt, und taumle vor Überraschung rückwärts gegen seinen Wagen. Er küsst mich, und ich erwidere alles: Umarmung und Kuss, Entschlossenheit und Verzweiflung.

»Mach's gut«, sagt er.

»Werde ich – zum Glück ohne dich.«

Er murmelt nur etwas Unverständliches und setzt sich wieder ins Auto.

Ich durchkreuze meinen eigenen Plan, den ich ihm eben präsentiert habe. Meine Nummer habe ich ihm nicht gegeben, er ist eingestiegen, fährt weg, und ich winke nicht.

Aber ich sehe ihm nach. Auch noch, als die Rücklichter schon längst zwischen den Weiten der grünen Hügellandschaft verschwunden sind.

KAPITEL 26

Lesen bewahrt nicht unbedingt vor Fehlern.

»Guten Morgen!«, ruft Melly mir entgegen, und dass Lorne sich gleichzeitig mit ihr in der Teeküche aufhält, während sie sich auf der Arbeitsfläche einen kleinen Obstsalat schnippelt, lässt keinen Zweifel: Das hier ist ein Überfall.

Beide haben mir gestern geschrieben, beide habe ich hingehalten mit: *Erzähl ich dir morgen.*

Für Mum war es ein: *War okay, wird schon.*

Das ganze Team wird wissen wollen, wie es mit Bryn Spurling lief, natürlich inklusive Chelsea.

Doch obwohl ich einen langen Nachmittag und gefühlt noch längeren Abend Zeit hatte, mich darauf einzustellen, weiß ich nicht, was ich sagen soll. Vielleicht, weil ich zuerst Binge-Reading und danach Binge-Watching betrieben habe, um nicht mehr über das Wochenende nachdenken zu müssen.

»Es passt nicht zu dir, so überhaupt nichts zu verraten«, beschwert sich Melly. »Ich wäre fast bei dir vorbeigekommen.«

»Siehst du nicht, was los ist?«, fragt Lorne. »Das da auf ihrem Gesicht ist der Landhotel-Glow.«

Melly schaut mich prüfend an. »Ich weiß nicht, was du damit meinst, aber ich finde, sie wirkt eher ein bisschen fertig.«

»Passt zusammen: der Glow und die leichte Erschöpfung nach einem Abenteuer.«

229

Ich dränge Lorne zur Seite, damit ich mir einen Kaffee holen kann. »Durch ein Missverständnis hatten wir ein Zimmer mit Doppelbett.«

Mein Blick folgt konzentriert den beiden schwarz-flüssigen Strahlen in meine Tasse.

»Clio«, höre ich Lorne plötzlich echt ernst neben mir. »Sag uns bitte, dass du das nicht getan hast.«

»Würde ich gern.« Ich schließe die Augen. »Aber ich kriege das hin, es geht mir nur noch um den Roman.«

»Ist das dein Ernst?« Die Schärfe in Mellys Worten lässt mich zusammenzucken. Erschrocken wende ich mich zu ihr um. Seit wir uns kennen, hat sie mich noch nie so angesehen – als wäre ich ihr auf einmal fremd.

»Es ist einfach passiert.« Viel dümmer hätte ich es wohl nicht ausdrücken können. Es war weder ein Zufall noch ein Unfall.

»Ah, verstehe. Einfach passiert. Das tut mir leid für dich.« Melly schüttelt den Kopf, gibt einen kleinen Schmerzenslaut von sich, als sie ihr Knie belastet, und lässt uns in der Küche zurück.

»Ist sie jetzt sauer auf mich?«

Das willst du ausgerechnet von mir wissen?, fragt Lorne mich mit den Augen. »Ich glaube, sie muss das erst mal verarbeiten«, meint er nach einem Moment und legt mir eine Hand zwischen die Schulterblätter. »Geht es dir gut?«

»Ich weiß ehrlich gesagt nicht, wie es mir geht.«

Raphaela aus der Buchhaltung kommt um die Ecke und befüllt nach einem kurzen »Guten Morgen« den Wasserkocher.

Wir stehen schweigend da, bis sie ihre Teetasse bereitgestellt hat und fürs Erste wieder gegangen ist.

»Hast du …?«, fragt Lorne in das einsetzende Rauschen des Kochers hinein und setzt dann noch mal neu an: »Ich meine … Hat er es darauf angelegt?« Er sieht mich unheimlich besorgt an.

»Nein. Es war nicht Bryns Schuld. Also schon, weil er er war und ich seinetwegen den Verstand verloren habe, aber nicht *so*.«

»Gut. Es wirkt nach außen bloß etwas bedenklich: Ein Mann mit Einfluss auf den Erfolg unseres Verlags zwingt dich förmlich, ihn in einem Hotel zu treffen, dann gibt es nur ein Zimmer, und am Ende erscheint sein Buch nur bei uns, weil er gekriegt hat, was er wollte.«

Mir läuft ein Schauder über den Rücken, so naheliegend klingt das. Das Bild, das Lorne da gerade entworfen hat, gesellt sich zu all den Erkenntnissen, die gestern auf der Rückfahrt über mich hereingebrochen sind.

Erstens: Ich habe Berufliches und Privates auf derart hochexplosive Weise vermischt, dass mir jeden Moment alles um die Ohren fliegen könnte, was ich in den letzten Jahren erreicht habe. Zweitens: Es könnte den Verlag eine Menge kosten. Drittens: Es könnte *mich* eine Menge kosten. Viertens: Es könnte Adrian eine Menge kosten. Fünftens: Ich habe entgegen meinen eigenen Werten gehandelt. Und jetzt, ganz neu, sechstens: Nach außen sieht es aus, als hätte ich mir das Wohlwollen eines reichen Kerls mit meinem Körper erkauft.

Ich seufze. »Er hatte wirklich keine bösen Absichten. Von ihm aus wäre das nicht … einfach passiert.«

Lorne umarmt mich, und genau das brauche ich gerade gegen dieses Gefühl auseinanderzufallen.

»Aber ich würde ja schon gern wissen, wer er ist«, sagt er. »Verrätst du's mir, oder hat er es dir verboten?«

Ich lache unglücklich. »Er hat es mir nicht gesagt.«

Alles, was ich habe, ist sein Vorname, und vielleicht gerade deswegen möchte ich den noch eine Weile für mich behalten.

»Und du hast nicht versucht, es aus ihm rauszubekommen?«

An seiner Stelle würde ich mich auch über mich aufregen. Wie soll ich ihm erklären, dass Adrian mich darum gebeten hat, nicht weiter zu fragen? Dass er nicht mehr sein will, wer auch immer er ist? Für eine kurze Weile konnte ich ihm diesen Wunsch erfüllen, und ich weiß selbst nicht, warum ich das Gefühl hatte, das für ihn tun zu müssen.

»Es hat sich nicht ergeben«, bringe ich die zweite leere Ausrede für heute.

»Wie ist er denn so? Komm schon, gib mir Details – wie alt ist er, wie sieht er aus, ist er live sympathischer als in seinen Mails? Ich mein, dass du … dass ihr … da muss er ja echt was an sich haben.«

Ich verstehe seine Neugier nur zu gut, aber sie tötet gerade meinen letzten zum Zerreißen gespannten Nerv. »Sorry, nicht hier und nicht jetzt, okay? Sollten wir uns nicht langsam mal an die Arbeit machen?«

»Wäre eine Idee«, sagt Raphaela, die zurück ist, um sich ihren Tee aufzugießen. »Übrigens, Clio, hab gehört, du hast Bryn Spurling getroffen? Gibst du mir einen Hinweis? Ich verrat's auch keinem!«

Ich winke ab. »Niemand, den man kennt. Einfach nur ein Kerl, der sich gern selbst inszeniert. Aber von der Art her live nicht so schlimm wie in seinen Nachrichten.«

Sie wirkt enttäuscht und wird nun hoffentlich keine Story zum Weitertratschen draus machen können.

»Es bringt überhaupt nichts, wenn du dir jetzt Vorwürfe machst«, sagt Lorne zu mir, bevor sich unsere Wege vor seinem Büro trennen, und ich bringe ein schwaches Lächeln zustande, um seins zu erwidern.

Das stimmt natürlich, aber mit Selbstvorwürfen ist das so eine Sache. Ohne sie wüsste ich gerade erst recht nicht mehr, was sich richtig oder falsch anzufühlen hat.

* * *

»Wie war's?«, erkundigt sich Shannon, im nächsten Moment erklingt von der Tür Erins Stimme: »Genau, wie war's?«, und ich erzähle den beiden, dass Bryn und ich einen ganz guten Austausch hatten. Sie wollen natürlich auch wissen, wie er so ist, und ich behaupte, sie können ihn sich als recht unauffälligen Typen vorstellen, der netter ist, als er tut.

Mum meinte, deine Nachricht wegen dieses Schreibwochenendes (oder was genau war das?) habe komisch geklungen, textet mir mein Bruder. *Soll nachforschen, was mit dir los ist.*

Nicht mehr viel, schreibe ich zurück. *Aber sag ihr das ja nicht.*

»Wie war das Treffen mit Bryn Spurling?«, fragt Lilian, als ich ihr vor der Toilette begegne, und ich sage ihr, es sei sehr spannend gewesen, unseren Bestsellerautor persönlich kennenzulernen. Auf ihre Frage hin, ob er gut aussieht, lüge ich: »Mittelmäßig.«

Und, wie war das Wochenende?, schreibt meine Sandkastenfreundin Lucy, der ich in einer Sprachnachricht in einem unserer Lebensupdates von dem anstehenden Treffen erzählt hatte.

Verwirrend, antworte ich. *Es bestand wohl immer die Gefahr, dass ich eines Tages mein Herz an einen Autor verliere.*

»Wie ist es gelaufen?«, fragt Chelsea mich, als sie mich nach ihrem Zoom-Meeting aufsucht, und mir steigt die Hitze in die Wangen, während ich behaupte, wir seien jetzt auf einem guten Weg und hätten einen Draht zueinander.

»Das erleichtert mich wirklich«, sagt sie. »Spurling scheint ein wirklich schwieriger Mensch zu sein. Aber ich wusste, dass Sie das hinkriegen.«

Meine Nerven flattern mir fast davon, und als sie gegangen ist, lasse ich die Stirn auf den kühlen Tisch sinken. Ich kriege *gar nichts* hin, wenn es um Spurling geht, und das beweist nicht nur, wie wenig ich ihr Vertrauen verdient habe, sondern vor allem auch, dass ich mindestens so schwierig bin wie er.

KAPITEL 27

Lesen löst leider nicht all deine Probleme –
aber wenigstens verursacht es keine neuen.

Es ist nicht meine Woche.

Die Zeit vergeht schleppend, Adrian meldet sich nicht, ich muss mich plötzlich durch sein Manuskript *kämpfen*, weil es schon fast wehtut, bloß sachliche Textänderungen zu machen und sie hier und da in knappen Worten am Rand zu erläutern oder ihn ums Bearbeiten zu bitten.

Melly hat mich nicht weiter gemieden oder konfrontiert, aber ich spüre, dass sie nicht mit meinem Fehler klarkommt.

Fehler, betone ich für mein Herz immer wieder.

Wo ist Adrian?, fragt es dann zurück. *Du vermisst ihn.*

Ich denke zu viel darüber nach, wie es ihm gehen mag. Was es wohl mit dem Anruf seiner Anwältin auf sich hatte. Warum er so schlecht schläft. Ob er auch an mich denkt.

Wieder und wieder ertappe ich mich dabei, wie ich in winzigen Abständen meinen Posteingang checke. Meine Hoffnung will sich einfach nicht betäuben lassen, obwohl sie jedes Mal enttäuscht wird.

Am Donnerstagabend bin ich mit Josh zu einem Abendspaziergang verabredet. Wer hätte gedacht, dass sogar das mir einmal eine willkommene Abwechslung sein würde?

Unser Treffpunkt ist der Parkplatz in der Walton Well Road.

Während wir den Weg durch die Port Meadow Richtung Themse entlangschlendern, zappelt Josh auffällig viel herum: Ständig schiebt er eine Hand in seine Jackentasche und zieht sie direkt wieder heraus, kickt Steinchen vor sich her, räuspert sich oder fährt sich durch die Haare.

»Man könnte meinen, du siehst mich zum ersten Mal seit Jahren«, stelle ich fest, als wir den Fluss erreicht haben, ohne dass er auch nur ein Wort gesagt hat. »Dabei haben wir *das* Treffen doch hinter uns. Fällt dir schon kein Gesprächsthema mehr ein?«

Nun wandern seine beiden Hände in die Taschen. »Ich muss dir etwas sagen, und ich weiß nicht, wie.«

»Du gehst wieder weg?« Es ist mir einfach rausgerutscht.

Trotz des Versuchs, mich damit zu arrangieren, ihn doch ab und zu sehen zu müssen – mich vielleicht sogar halbwegs mit ihm zu versöhnen –, erleichtert mich der Gedanke. Besser, er zieht jetzt die Reißleine, als später, wenn nicht nur Mum, sondern womöglich auch Caden und ich wieder Vertrauen in ihn hätten.

Denn ist das nicht einer der Gründe, warum ich ihn so vehement ausschließen wollte? Er könnte mir wieder wichtig werden, und allein schon die Möglichkeit jagt mir wahnsinnige Angst ein.

»Das ist es nicht«, murmelt er. Sein Blick schweift rastlos umher, über das Wasser, die weite grüne Wiese, nur mich trifft er nie.

»Ich soll bei Mum ein gutes Wort für dich einlegen? Sorry, aber das mach ich auf keinen Fall. Auch nicht bei Caden.«

»Eher müsste ich sie fragen, ob sie das für mich bei dir tun.«

»Komm schon, so furchterregend bin ich nun auch nicht.«

Er windet sich weiter, die nächsten zehn, zwanzig, dreißig, hundert Meter.

»Ich habe deine Mutter gefragt, ob sie mich zurücknimmt«, eröffnet er mir dann.

»Ja, ist mir klar, sie sagte ja bereits, dass ihr es noch mal versucht. Ich fass es zwar nicht und finde es auch nach wie vor nicht wirklich gut, aber es ist eben so.«

Josh seufzt. »Ich meinte, wir wollen wieder heiraten.«

In mir fällt eine Tür ins Schloss.

Er hat das Knallen nicht gehört. »Sie hat Ja gesagt – unter der Bedingung, dass Caden und du zur Feier kommt. Und uns deswegen nicht das Leben schwer macht.«

Ich dränge das Brodeln zurück, das mich überkochen lassen will. Darauf wartet er doch nur, damit er sich dann denken kann: *War ja klar, dass Clio wieder emotional wird und um sich schlägt. Nicht meine Schuld.*

»Es ist ziemlich beleidigend, das so auszudrücken«, sage ich. »Außerdem auch noch sehr ironisch, findest du nicht? Als würden Caden und ich dir oder Mum *das Leben schwer machen.*«

»Leg jetzt bitte nicht jedes meiner Worte auf die Goldwaage. Die Situation ist nicht einfach für mich, okay?«

Die Situation ist nicht einfach für ihn. Wie schade, wo es doch so wichtig ist, dass Josh Hildyard es immer schön einfach hat. Wo doch alle anderen alles dafür tun sollten.

Ich brauche dringend ein Ventil, sonst werde ich doch noch rumbrüllen. Am besten gehe ich. Vorher muss ich allerdings noch meinen Standpunkt klarmachen, denn wegzurennen, wirkt leider nicht viel überlegener, als laut zu werden.

»Für mich sieht die Sache so aus«, sage ich ihm also ins Gesicht, so ruhig ich kann. »Dir ist klar geworden, dass du aufgrund deiner egoistischen Entscheidungen mittlerweile allein dastehst. Da gibt es aber zum Glück ja noch Morgan von damals, die sowieso nie den Anschein gemacht hat, wirklich über dich hinweg zu sein. Viel hat es dich nicht gekostet, wieder bei ihr aufzukreuzen – so nach dem Motto: Mal sehen, was passiert ... oh, Volltreffer, die Frau nimmt mich zurück!« Josh will mich unterbrechen, aber ich lasse es nicht zu. »Zu guter Letzt beschließt du, ihr einen zweiten Antrag zu machen. Um dich abzusichern und nach außen davon abzulenken, dass du die Familie bereits einmal zerbrochen hast.«

Endlich schweigt er, mit zusammengepressten Lippen und einem Schmerz in den Augen, den er sich selbst zuzuschreiben hat.

»Meine Antwort lautet Nein«, lasse ich ihn wissen. »Es steht mir nicht zu, die Entschlüsse meiner Mutter zu bewerten, aber für mich und mein Leben darf und werde ich meine eigenen fassen. Wenn ihr wieder heiratet, werde ich nicht da sein.«

Weder läuft noch ruft er mir nach, als ich den Weg zurückgehe, mit großen, aber gemäßigten Schritten. Es überrascht mich nicht, denn er hat noch nie gewusst, wie man mit Menschen, die einem nahestehen sollten, umgeht. Mein Naturell mag seinem noch so ähnlich sein – verstehen kann er mich offensichtlich trotzdem nicht.

Ein alter Herr, der mir entgegenkommt, fragt, ob ich Hilfe brauche.

»Danke, nein, alles gut«, schniefe ich. »Schönen Abend noch.«

Ich atme gegen die Tränen an und suche nach ihrem Ursprung.

Er liegt nicht bei Josh, sondern bei Mum. Wieso will sie nach so kurzer Zeit wieder Ja zu ihm sagen? Warum schickt sie ihn vor, um es ihren Kindern beizubringen?

Endlich bin ich wieder am Parkplatz.

Ich brauche jemanden, mit dem ich jetzt ungefiltert reden kann, der meine Gefühle stehen lässt, bis sie sich von selbst so weit legen, dass ich wieder Luft bekomme.

Adrian.

»Scheiße!«, schreie ich, und die Familienmutter am Kofferraum ein paar Wagen weiter, wo zwei Jungs gerade ihre Schuhe wechseln, wirft mir einen sehr missbilligenden Blick zu.

»Entschuldigung.« Ich eile zu meinem Auto und fahre ein paar Straßen weiter und dann links ran. Kaum ist der Motor aus, habe ich mein Handy in der Hand und Cadens Kontakt gewählt.

»Ich habe schon drauf gewartet«, meldet er sich.

»Also hat Josh dir die frohe Kunde zuerst überbracht?«

»Ja, heute Morgen. Ich hab ihm gesagt, er soll sich auf was gefasst machen.«

»Nur von mir?«

Er lacht, und obwohl es unpassend ist, hilft es mir ein bisschen. »Ich habe ihm auch gesagt, dass ich Mum wen Besseres gewünscht hätte und ich mir sehr gut überlegen werde, ob ich mit ihnen feiere.«

»Es geht viel zu schnell«, sage ich. »Er kann doch nicht einfach wiederkommen und sie ein zweites Mal heiraten!«

Caden schweigt für seine Verhältnisse erstaunlich lang, bestimmt fünf Sekunden. »Zu schnell und zu heftig ist aber das Markenzeichen von uns Hildyards«, sagt er dann.

Dazu habe ich leider keinen Gegenbeweis auf Lager, nicht mal einen witzigen Kommentar.

Zu schnell und zu heftig.

Er hat recht, so lieben wir alle vier, ganz besonders ich.

KAPITEL 28

Lesen kann hin und wieder aggressiv machen.

....

An: Spurling, Bryn
Von: Hildyard, Clio
Betreff: Detaillektorat Part 1

Guten Morgen Bryn,

gestern habe ich die erste Hälfte des Manuskripts fertig
redigiert und gerade noch mal mit etwas Abstand über ein
paar letzte Stellen geschaut.
Bearbeite diesen Teil bitte bis spätestens Mitte übernächs-
ter Woche, damit wir den Zeitplan halten können. Danke.

Herzliche Grüße
Clio

☍ Sort of High Treason_Teil 1_CH.doc

....

An: Hildyard, Clio
Von: Spurling, Bryn
Betreff: Re: Detaillektorat Teil 1

Hallo Clio,

danke schön. Das sollte ich zeitlich schaffen.
Ich war etwas ratlos, wie ich an die Kussszene anknüpfen
kann. Vielleicht sollten wir sie doch besser wieder raus-
schmeißen. Falls du sie unbedingt behalten willst, könnte
am darauffolgenden Kapitelanfang die kurze Passage im
Anhang folgen, damit das Buch sich im nächsten Teil mehr
um die Zuspitzung mit Damon drehen kann. Noah und Violet
könnten einfach bis zum Schluss umeinander rumschlei-
chen, und dann lass ich offen, ob noch was aus ihnen wird.
Ich denke, da haben jetzt genug Funken gesprüht.

Herzliche Grüße zurück
Bryn
📎 Übergang_nach_Kussszene.doc

Alte Gefühle wieder aufleben zu lassen, war selten
eine gute Idee. Ich hätte Violet nicht mit zu mir
nehmen dürfen nach diesem Kuss, auf den zu viele weitere gefolgt waren. Von Anfang an hätte ich Distanz
wahren müssen, weil sie trotz allem Damons Schwester
war und einem Teil meiner Vergangenheit angehörte,
der abgeschlossen sein sollte.
Wie es schien, sah sie das genauso, denn als ich am
nächsten Morgen wach wurde, war ich allein. Sie hatte
mir auch keine Nachricht hinterlassen.

Es war kein schönes Gefühl, aber ein irgendwie beruhigendes. All die Wut, die Damon in mir gesät hatte, die ganze große Enttäuschung, die ich für mich selbst war – sie verdiente es, von alldem unberührt zu bleiben.

Jeder Moment an meiner Seite war einer zu viel.

Es war an der Zeit, für mich selbst zu kämpfen, statt mich mit einer Liebe abzulenken, die keinerlei Zukunft hatte.

(Hier lässt sich dann der bisherige Kapitelanfang gut anschließen, wo er den Anruf von Damon bekommt.)

....

An: Spurling, Bryn
Von: Hildyard, Clio
Betreff: Re: Re: Detaillektorat Teil 1

Bryn,

die Kussszene bleibt. Von mir aus füge ich den Absatz ein, möchte dir aber aus mehreren Gründen davon abraten. Zunächst einmal wäre der Stimmungswechsel ziemlich abrupt, dem kann man beim Lesen nicht folgen.

Ich halte es zudem für äußerst unromantisch, dass die beiden direkt nach dem ersten Kuss seit ihrer Trennung miteinander im Bett landen. Selbst wenn: Violet ist als Charakter nicht so angelegt, dass sie danach klischeehaft unbemerkt abhaut. Dafür steht sie auch viel zu heftig auf Noah.

Es ist ebenfalls nicht besonders logisch, dass er sie nicht mit seinen Problemen in Berührung kommen lassen will – sie steckt doch bereits mittendrin. Und wieso behauptet er, er habe versucht, sich mit ihr abzulenken? Aus meiner Sicht war sie kein Zeitvertreib, um auf andere Gedanken zu kommen, sondern eine echte Mitstreiterin und Partnerin. Jemand, den er aus tiefstem Herzen lieben könnte.

Clio

···

An Freitagen sollte man sich nicht mit mir anlegen – und auch sonst nie. Ich bin richtig zufrieden, wie gekonnt ich den Mist, den Adrian da fabriziert hat, auseinandergenommen habe. Er spinnt ja wohl, wenn er das ernst gemeint hat.

Ich mache mich daran, ein paar Mails von Anfang der Woche abzuarbeiten. Carrie Staunton hat mir zwei Prüftitel geschickt, von denen sie denkt, dass sie zu uns passen könnten; unsere Romance-Erfolgsautorin Alyson Williams meldet sich aus ihrer Schreibpause zurück und pitcht mir ihre nächste Buchidee, und dann gibt es noch einige Infos aus dem Team.

Es ist fast Mittag, als Adrians Antwort eingeht. Dafür, dass er eine gute Woche rein gar nichts von sich hat hören lassen, ist er heute ja geradezu gesprächig.

···

An: Hildyard, Clio
Von: Spurling, Bryn
Betreff: Re: Re: Re: Detaillektorat Teil 1

Hallo Clio,

Hauptsache, deine Kritik ist fast so lang wie mein Text an sich.
Tut mir leid, das war wirklich nicht meine Bestleistung.

Ich schreibe eine neue Überleitung, in der es einfach beim Küssen auf dem Parkplatz geblieben ist und am nächsten Tag beide so tun, als wäre nichts passiert.

Bryn

PS: Ist es möglich, zu heftig auf jemanden zu stehen? Gehört das nicht auch zu den Dingen, die man nicht steigern kann?

••

»Hast du gerade geknurrt?«, fragt Shannon.

»Sorry. Spurling nervt mich.«

»Also, ich weiß schon, warum Chelsea ihn dir zugeteilt hat. Du zähmst ihn schon noch.« Sie tippt bereits weiter; im Gegensatz zu mir ist sie ein Multitasking-Talent.

»Das Wort erinnert mich immer an *Der kleine Prinz*«, sage ich.

»Jetzt, wo du's sagst. Wie war das? ›Wenn du mich zähmst, werden wir einander brauchen‹«, zitiert Shannon den Fuchs aus der Geschichte und grinst mich an.

Die Definition lässt mich ehrlich gesagt befürchten, dass ich Adrian längst gezähmt habe.

Und er mich.

••

An: Spurling, Bryn
Von: Hildyard, Clio
Betreff: Re: Re: Re: Re: Detaillektorat Teil 1

Bryn,

auch dein neuer Lösungsansatz überzeugt mich nicht

243

gerade, aber mach, wie du denkst. Das Buch wird sich trotzdem verkaufen, und bei uns im Verlag wird (in dem Fall zum Glück) nirgends angegeben, wer für das Lektorat verantwortlich war.

Zu deiner Frage: Man kann fast alles zu heftig tun oder empfinden.

Clio

....

Unter Garantie hat er eine hitzigere Antwort erwartet. Aber ich habe nicht vor, ihn so leicht in mir lesen zu lassen.

KAPITEL 29

Lesen bewegt etwas in dir.

Aus Lukes Zimmer dringt so laute Musik, dass ich mir erst nicht sicher bin, ob es tatsächlich an der Tür geklingelt hat. Ich lege das Buch weg, das mir in der letzten Stunde die Flucht aus der Welt ermöglicht hat, in der auch Josh und Adrian leben, und sehe nach.

»Ich hoffe, du hast Zeit«, begrüßt mich meine Mutter. »Caden ist auch gleich da.«

»Du hättest mir auch ruhig sagen können, dass ihr vorhabt, hier aufzutauchen.« Sie denkt doch nicht, sie kann mich bei einem Überraschungsbesuch dazu überreden, zu ihrer Hochzeit 2.0 zu kommen?

»Jetzt sieh mich nicht so an!« Mum tritt an mir vorbei ins Haus und drückt mir eine Dose in die Hand, in der ich, als ich den Deckel anhebe, ihre weltbesten Cranberry Cookies erspähe. Mit Bestechung versucht sie es also auch noch.

»Können wir ins Wohnzimmer?« Sie seufzt. »Und soll ich den jungen Mann vielleicht fragen, ob er auf diese Lautstärke besteht?«

»Das willst du nicht«, sage ich. »Die junge Frau ist nämlich auch da drin, und an deiner Stelle würde ich jetzt nicht den Kopf zur Tür reinstecken.«

Ich halte ihr die Tür zur Wohnküche auf, und als ich sie hinter uns schließe, klingt die Musik zumindest einen Tick gedämpfter als in meinem direkt angrenzenden Zimmer.

»Ich kann mir Schöneres vorstellen, als an meinem Feierabend über Josh zu reden«, sage ich.

Mum setzt sich in Keiras Lieblingssessel und zieht sich das Kissen mit dem dunkelroten Fellbezug auf den Schoß.

»Wir sprechen auch nicht in erster Linie über ihn, sondern über mich, Caden und dich.«

»Auch nicht gerade meine Lieblingsthemen«, witzele ich.

Hier kann man die Türklingel klar und deutlich hören. Das dürfte dann jetzt wohl mein Bruder sein.

»Ich geh schon.«

Caden bekommt neben meinem »Hi!« einen äußerst vorwurfsvollen Blick.

»Was? Dürfte interessant werden, oder nicht?« Er hängt mir seine Jacke über den Arm, als wäre ich seine Butlerin. »Aber bitte schreit euch nicht an, ja? Danach ist mir nicht so.«

»Ich kann auch gern dich anschreien, Nervensäge.«

Er geht vor mir her, umarmt Mum auf dem Sessel und setzt sich dann mit übereinandergeschlagenen Beinen auf eins der Sofas.

»Ich möchte mich bei euch entschuldigen«, sagt Mum, noch bevor ich ebenfalls sitze. »Dass ich es euch nicht sofort gesagt habe, als das mit Josh und mir über eine Aussprache hinausging, könnt ihr sicher verstehen. Aber ich habe euch unnötig lang im Dunkeln gelassen und dann auch noch ihn gedrängt, mit euch über die Hochzeit zu reden, statt selbst das Gespräch zu suchen. Das war falsch.«

»Jo.« Mein Bruder bringt es sprachlich wie immer auf den Punkt.

»Danke, dass du das sagst, Mum.« Ich suche nach Worten. »Für mich kommt das viel zu plötzlich. Ich musste mich wirk-

246

lich dazu durchringen, mich mit Josh zu treffen, und gefühlt in der nächsten Sekunde verlangt ihr von mir, mich auf eure Hochzeit einzustellen.«

Cadens Luftholen lässt mich hoffen, dass ich ihn dazu animiert habe, auch mal zwei, drei ganze Sätze beizutragen.

»Sie hat recht. Wir haben euch seit seiner Rückkehr nie zusammen erlebt. Unser letzter Stand war, dass wir ohne ihn besser dran sind. Da können wir nicht einfach umswitchen.«

Caden legt die Hand auf meine Schulter, und mir wird auf einmal bewusst, dass es ihn nur gibt, weil Mum und Josh lange genug zusammengeblieben sind. Uns beide gibt es nur dank der beiden – so selbstverständlich und doch völlig verrückt.

»Ich weiß, dass ich euch viel zumute und die Dinge nicht optimal angegangen bin.« Mum zupft an ihrer übergroßen Strickjacke, die Granny ihr angeblich schon gehäkelt hat, als ich noch ein Embryo war. »Aber ich sehe das so: Hätte ich jemand anderen kennengelernt, dann hätte dieser Mann in seinem Leben auch schon Fehler gemacht. So wie Josh. So wie wir alle. Es tut mir leid, dass ich euch vermittelt habe, er allein wäre für das Scheitern unserer Ehe verantwortlich gewesen. Wie in so vielen Fällen hatten wir beide unseren Anteil daran, und das jetzt ist keine Neuauflage einer Fehlentscheidung, sondern die Folge einer Liebe, die dazugelernt hat.« Sie sieht von Caden zu mir. »Bitte geht noch einmal in euch. Es würde mir unendlich viel bedeuten, wenn ihr hinter uns steht.«

Ich wünschte, Josh einen so großen Vertrauensvorschuss zu geben, wäre nicht dermaßen furchteinflößend. Kann ich das? Für Mum?

Ein weiteres Mal für diesen Abend meldet sich die Türklingel.

Ich springe auf. »Wehe, das ist Josh! Ich bin so oder so noch nicht bereit für eine Familienwiedervereinigung.«

Mum schüttelt den Kopf. »Er weiß nicht, dass wir heute hier sind.«

Trotzdem bin ich erleichtert, als die Tür den Blick auf Melly freigibt.

»Hey, was machst du gerade? Ich dachte, wir könnten noch ein Bier zusammen trinken, falls du welches dahast.«

Ich umarme sie. »Meine Mum und Caden sind da, aber die freuen sich bestimmt, dich zu sehen, und ich glaub auch nicht, dass sie noch ewig bleiben wollen.«

Sie zieht Jacke und Schuhe aus und kommt mit mir ins Wohnzimmer.

Mum begrüßt Melly wie eine verschollene Tochter, während Caden ihr etwas awkward zuwinkt. Er weiß, dass er keine Chance hat bei ihr, aber ich glaube, wenn er eine hätte, würde er sie nutzen. Zum Glück würde er niemals eine Abfuhr von jemandem riskieren, dem er aller Wahrscheinlichkeit nach noch oft in seinem Leben begegnen wird.

»Ich mach mich mal wieder auf den Weg.« Meine Mutter erhebt sich aus dem Sessel.

Caden fragt, ob er noch ein bisschen bleiben kann, und Melly und ich haben nichts dagegen.

Ich begleite Mum zur Tür.

Zu meiner Verwunderung scheinen die beiden anderen ein Gesprächsthema gefunden zu haben, denn als ich mich wieder der Wohnzimmertür nähere, höre ich sie reden.

Melly: »Das musst du Clio schon selbst fragen.«

Caden: »Hab ich schon. Du kennst sie ja. Geht ihren kleinen Bruder nichts an.«

Melly: »Tut es ja auch nicht.«

»Was geht dich nichts an?« Ich schlendere zum Kühlschrank, wo ich leider nur noch eine Flasche Bier finde. Also muss ich gleich mal schauen, was der Keller noch zu bieten hat. Ich suche nach dem Flaschenöffner und stöbere ihn in der Zuckerdose auf. Luke findet echt für alles ein liebevolles Zuhause.

»Es geht um deinen Autor«, erklärt Melly.

Ich bleibe auf halbem Weg zurück zu ihnen stehen und verschränke samt Flasche die Arme vor der Brust. *Brr, ist die kalt!* »Warum sagst du das so?«

»Du weißt, warum.«

»Aber ich nicht!«, beschwert sich mein Bruder.

»Er ist berühmt oder so, aber ich habe ihn nicht erkannt. Wir haben am Buch gearbeitet. Noch Fragen?«

Caden dehnt die Arme hinter dem Nacken und lässt sie dann ausgebreitet auf der Sofalehne liegen. »Eine nur: Was daran hat dich so aufgewühlt, dass Mum sich Sorgen macht und ich dieses spezielle Bauchgefühl habe, das nur dann auftritt, wenn meine große Schwester was Dummes tut?«

Ich beschließe, dass es der perfekte Moment ist, um mich in den Keller zu verdrücken. Melly bekommt die geöffnete Flasche, dann bin ich auch schon weg.

»Es war ein Missverständnis!«, werfe ich noch über die Schulter. »Wir hätten zwei Einzelzimmer haben müssen, dann wäre auch nichts passiert.«

»Clio!«, ruft Caden mir nach, und selbst er, der King of Mistakes, klingt schockiert.

Jetzt darf ich mich gleich von ihm aufziehen lassen, während in Mellys Miene wieder dieses Unverständnis steht – und beides auch noch völlig zu Recht.

Es hat sich gut angefühlt, diesen Fehler zu begehen. Nach wie vor weiß ich nicht mal, ob es in jeder Hinsicht einer war. Aber eins ist mir sehr bewusst: Ohne dieses Wochenende, ohne diese zweite Nacht im Hotel würden Adrian und ich noch immer miteinander schreiben, noch immer Dinge miteinander teilen. Es fehlt mir viel zu sehr. *Er* fehlt mir.

KAPITEL 30

Lesen ist einer der Schlüssel zum Glück.

Am Montag wartet auf meinem Schreibtisch ein brauner Umschlag auf mich, der mit der Post gekommen ist. Verwundert nehme ich ihn in die Hand. Eigentlich kriege ich höchstens mal zu Weihnachten Briefe oder sogar liebe kleine Päckchen von meinen Kontakten. Papiermanuskripte nehmen wir nicht mehr an, und sie würden auch nicht bei mir landen.

Ich drehe den Umschlag um, und beim Anblick des Absenders, der handschriftlich auf die Klebelasche geschrieben steht, muss ich mich erst mal hinsetzen.

A. Knight, dazu eine Adresse in London, im Norden der Stadt, wie Google Maps mir verrät.

Ich suche meine Schere und schlitze den Umschlag auf. Es ist kein Brief oder auch nur eine Notiz dabei, alles, was ich herausziehe, sind mit Text bedruckte Blätter.

Eine weitere Buchszene? Wieso sollte er mir die auf diesem Weg schicken? Das ergibt keinen Sinn.

Ich beginne zu lesen.

`In der letzten Stunde waren nur zwei Autos auf den Hotelparkplatz gefahren, und als ich wieder Räder auf dem Kies hörte, blickte ich sofort auf. Ich wusste, dass sie es war.`

Ein Renault Clio. Selbst ihr Auto brachte mich zum Lächeln, und nach all den Wochen und Monaten voller Ärger und Zweifel fühlte sich das immer noch sehr, sehr ungewohnt an.

Sie stieg aus – ihr Outfit eine Kombi aus blauer Businesshose und beerenfarbenem Chiffonshirt – und ging mit einer beachtlich großen Reisetasche zum Eingang. Und obwohl mir das noch weitere Minuten verschaffte, obwohl ich schon länger hier gewartet hatte, hätte mich keine noch so große Zeitspanne darauf vorbereiten können, sie live und in Farbe vor mir zu haben. Gerade noch hatte ich beobachtet, wie sie das Gebäude wieder verließ und, die Hand gegen die Sonne über die Augen gehoben, Ausschau hielt, und im nächsten Moment stand sie schon an meinem Tisch.

»Tu nicht so, als wüsstest du nicht, dass ich da bin«, war das Erste, was sie zu mir sagte, bevor sie einen der Stühle nach hinten zog.

Schon wieder musste ich lächeln. Weil sie wirklich hier war. Weil ihre Stimme weich und gleichzeitig ein bisschen kratzig klang und einfach nur schön.

Dann hob ich den Blick und versenkte ihn mehr versehentlich in ihrem, der schon so intensiv an mir haftete. Sie reagierte nicht überrascht, nicht schockiert, der Aha-Moment blieb aus.

Sie weiß nicht, wer ich bin.

Wann hatte mich zuletzt irgendetwas dermaßen überrascht und so sehr erleichtert?

»Willst du mich noch länger anstarren?«, fragte sie. Meine Mundwinkel wanderten noch höher. »Ich sehe durch dich durch«, zitierte ich in einem Anflug von Übermut aus meinem Buch.

Ich war mehr als beeindruckt, als sie innerhalb weniger Sekunden Violets Erwiderung darauf parat hatte. Wir verfielen in einen kleinen mühelosen Schlagabtausch darüber, wie gut sie mein Buch kannte, über die nicht existente Steigerungsmöglichkeit von *ehrlich* und große Klappen.

Es war erschreckend, denn alles war wie immer, seit wir miteinander zu tun hatten, und doch gab es da ein klitzekleines Problem: Sie war nicht mehr dieses Wesen hinter den Textzeilen, sondern eine sehr reale Frau. Eine, in die ausgerechnet ich, ausgerechnet jetzt mit zu hoher Wahrscheinlichkeit schon von Minute eins an hoffnungslos verknallt war. Aber das würde schnell verfliegen – oder vielmehr von ihr selbst im Keim erstickt werden. Ich half ein bisschen nach und fragte sie, ob ihr gar nichts an mir auffalle. Natürlich, ich sah mittlerweile etwas anders aus, dadurch, dass meine Haare wieder ihre Naturfarbe hatten und ich weniger teure Klamotten trug. Aber es war immer noch mein Gesicht. Ich war immer noch ich. Sie hatte keine Ahnung. Ich war bereit gewesen, ihr und nur ihr meine Identität zu offenbaren. Doch das hier war mehr, als ich zu hoffen gewagt hätte. Für sie durfte ich Bryn sein.

Ich entspannte mich, wir zogen einander auf, und dann … dann fiel mein Blick auf ihren Zimmerschlüssel.

Jetzt sitzen wir wieder hier, zum Arbeiten, und sie denkt, dass ich schreibe. Was ich auch tue, nur nicht am Buch. Es fühlt sich verboten an, einen Text über sie zu verfassen, aber falls sie keine Herzens-

252

brecherin ist, die schon in Tagebüchern anderer ver-
ewigt wurde, dann bin ich wahrscheinlich der Erste,
der über sie schreibt.

Ihr Magen knurrt zum mindestens vierten Mal binnen
weniger Minuten. »Darf ich dich im Namen des Verlags
auf eine Pizza einladen?«, fragt sie.

»Lass mich noch einen Satz schreiben, danach sehr
gern«, antworte ich und tippe genau diese Buchstaben
hier.

Das Essen war gut, aber am besten geschmeckt haben
ihre Blicke, ihre Worte, ihr Lachen. Ich sollte mich
jetzt endlich an *Sort of High Treason* setzen. Nur
fällt es so schwer, mich darauf zu besinnen, dass
ich deswegen hier bin.

In der letzten Zeit habe ich so wenig gewollt,
eigentlich nur, dass ich nicht ertrinke in meinen
Enttäuschungen und dem Hass fremder Leute – und sol-
cher, die mir erst nach Langem fremd geworden sind.
Die mir schaden wollen und es, ohne zu zögern, auch
tun werden, sobald ich mich zu weit vorwage.

Doch hier und heute gibt es plötzlich wieder etwas,
was ich … Moment, »wollen« habe ich gerade erst benutzt. Ich frage sie nach einem Synonym. Sie hat eins
für mich. Also:

Hier und heute gibt es plötzlich wieder etwas, was
ich *begehre*. Jemanden.

Meine Hände klappen die Seiten ganz ruhig wieder zusammen
und schieben sie zurück in den Umschlag, aber in mir herrscht
Aufruhr. Ich habe das Gefühl, in tosendem Wind zu stehen, es
rauscht in den Ohren, in meinen Adern, in meinen Gedanken.

Vielleicht war ich diejenige, die den entscheidenden Schritt auf ihn zu gemacht hat, doch gewollt hat er das ebenso sehr.

Aus welchem Grund teilt er mir das nun mehr als nur zwischen den Zeilen mit? Die einzig sinnvolle Erklärung treibt meinen Blutdruck in die Höhe: Er bereut sein eindeutiges Nein inzwischen und schafft es nicht mehr, daran festzuhalten.

Wie reagiere ich jetzt am besten? Er soll nicht glauben, dass er mich so leicht zum Schmelzen bringen kann. Oder besser gesagt: nicht *wissen*, dass er das kann.

· ·

An: Spurling, Bryn
Von: Hildyard, Clio
Betreff: Bist du da?

Adrian, aktualisierst du gerade ständig deine Mails, in der Hoffnung, dass ich dir schreibe?

::

An: Hildyard, Clio
Von: Spurling, Bryn
Betreff: Re: Bist du da?

Könnte sein.

::

An: Spurling, Bryn
Von: Hildyard, Clio
Betreff: Re: Re: Bist du da?

Wenn es dir keine Umstände macht, hätte ich gern noch den Text zum Rest des Wochenendes.

An: Hildyard, Clio
Von: Spurling, Bryn
Betreff: Re: Re: Re: Bist du da?

Dir den Teil zu zeigen, hat schon genug Überwindung
gekostet. Ich hatte es auch eigentlich nicht vor.

An: Spurling, Bryn
Von: Hildyard, Clio
Betreff: Re: Re: Re: Re: Bist du da?

Du scheinst oft Dinge zu tun, die du eigentlich nicht
vorhattest.
Könnte es außerdem sein, dass du mich doch wiedersehen
willst?

An: Hildyard, Clio
Von: Spurling, Bryn
Betreff: Re: Re: Re: Re: Re: Bist du da?

Ja. So schnell wie möglich.

An: Spurling, Bryn
Von: Hildyard, Clio
Betreff: Re: Re: Re: Re: Re: Re: Bist du da?

Freitagnachmittag? Wo?

An: Hildyard, Clio
Von: Spurling, Bryn
Betreff: Re: Re: Re: Re: Re: Re: Re: Bist du da?

Bis dahin sind es noch über 100 Stunden, das wird hart.
15 Uhr an der Seawall in Newport – da, wo die *Seawall Tearooms* sind? Oder ist dir die Fahrt zu weit?

An: Spurling, Bryn
Von: Hildyard, Clio
Betreff: Re: Re: Re: Re: Re: Re: Re: Re: Bist du da?

Letzte Woche bist du doch auch noch super ohne mich klargekommen?! 😊
Da bin ich bisher nicht gewesen, ich werde dort sein.
Ab jetzt werde ich dir nicht mehr glauben, wenn du »nie« sagst.

An: Hildyard, Clio
Von: Spurling, Bryn
Betreff: Re: Re: Re: Re: Re: Re: Re: Re: Re: Bist du da?

Viel weniger super, als du denkst.
Vielleicht hast du recht – ich sage nie mehr »nie«.

Womöglich habe ich ihn zuerst zum Schmelzen gebracht. Seine Nachrichten klingen auf einmal so weich wie angeblich meine Stimme. Ich glaube nicht, dass er mir das vorspielt.

Was mir allerdings Sorgen macht, ist, wie sehr ich mich über unsere Verabredung freue. Dabei ist es diesmal definitiv keine berufliche, und egal, was meine Gefühle davon halten: Das sollten wir lieber lassen. Nur kann das, wie es aussieht, weder er noch ich.

KAPITEL 31

Lesen beschert Herzklopfmomente.

Noch neunzehn Minuten, behauptet mein Navi, als ich über die Prince of Wales Bridge fahre. Nur noch neunzehn Minuten von den über hundert Stunden, die Adrian und mich bei unserem letzten Kontakt getrennt haben. Ich war ein paarmal kurz davor, mich rückzuversichern, ob es dabei bleibt, dass wir uns sehen, doch habe mich erfolgreich davon abgehalten. Es war wie ein unausgesprochenes Abkommen: Wer zuerst noch mal schreibt, hat verloren. Und irgendwie fühlt es sich so an, als hätten wir alles, was es zu uns zu sagen gibt, für dieses Treffen aufgespart. Es regelrecht angestaut, was mich betrifft.

Die nächsten Kilometer, der nächste Zeitcheck – zehn Minuten.

Schafe grasen auf der Weide zu meiner Linken. Fünf Minuten. Vier, drei, zwei, eins … Ich parke das Auto am Rand der schmalen Straße und lege die letzten Meter zu Fuß zurück, dem Meeresrauschen nach.

Adrian steht mit dem Rücken zu mir auf dem Damm, ich sehe ihn schon von Weitem und werde schneller. Erst an der kleinen Treppe zwinge ich mich, meine Geschwindigkeit wieder zu drosseln, und schleiche sie geradezu hinauf, damit er mich noch nicht bemerkt.

Doch als ich oben bin, sieht er sich um und entdeckt mich.

Ich würde immer wieder alles riskieren, was ich hier riskiere, nur für diesen Blick. Kein Mensch hat mich jemals so angesehen, wie er es gerade tut – als wäre ich ein Versprechen, wie es ihm noch niemand gemacht hat; eine Geschichte, die er kaum erwarten kann zu lesen.

Er kommt näher, öffnet die Arme, und als meine wie im Reflex in seine Richtung zucken, legt er sie um mich und stützt das Kinn in mein Haar. »Du bist wirklich gekommen.«

Meine Nase streift seinen Hals entlang und nimmt diesen leichten Duft mit Orangennote wahr, an den ich mich mehr als gut erinnere. »Ich dachte, dass wir erst mal streiten würden.«

»Worüber denn?«, fragt er unschuldig.

»Zum Beispiel darüber, dass ich mehr will. Mehr als schöne Worte und gestohlene Momente.«

Er schiebt mich auf Armeslänge von sich und blickt mich mit gefurchter Stirn an. »Du machst mir ein bisschen Angst.«

»Das ist mein Job.« Obwohl ich mir ehrlich gesagt selbst Angst mache, weil ich genau den gerade seinetwegen aufs Spiel setze … Was ich nicht sollte. Nur will es sich nicht richtig falsch anfühlen.

»Ähm … Du bist Lektorin?!«

»Ja. Und wenn ich dir sage: Es ist noch einiges am Buch zu machen, aber keine Sorge, das wird schon – dann meine ich: Ich werde jeden einzelnen Satz auf die Goldwaage legen. Wenn ich an einer Stelle schreibe: Bitte schau hier noch mal drüber, ob du die Atmosphäre deutlicher herausarbeiten kannst – dann meine ich: Streng dich verdammt noch mal an, denn ich werde erst zufrieden sein, wenn du alles gegeben hast.«

Seine Hände gleiten von meinen Oberarmen nach unten und umfassen meine. Ich betrachte seine zusammengezogenen Brauen, den leichten Bartschatten auf Wangen und Kinn und die eingezogene Unterlippe, um zuletzt direkt in seine Augen zu blicken. Darin glühen Trotz, Sorge, aber auch dieses Unbedingt-Wollen.

Ich hole Luft und stelle mich alldem. »Und wenn ich dir hier und jetzt sage: Lass uns sehen, wohin das zwischen uns führt – dann bedeutet es: Überleg dir das gut, denn was ich mit deinem Kopf und deinem Körper und deinem Herzen machen werde, wird dein Leben verändern.«

Er schließt die Augen, wie um sich zu besinnen, und schluckt. »Warum zittern dann deine Hände?«, fragt er leise.

»Weil ich aufgeregt bin. So was sage ich nicht jeden Tag.« Ich ziehe meine verräterischen Finger aus seinem sanften Griff. »Wollen wir ein Stück gehen?« Ich deute auf den Weg, der sich bis in die Ferne am Wasser entlangzieht. »Sorry, dass ich so mit der Tür ins Haus gefallen bin – eigentlich wollte ich warten, wie das Date sich entwickelt. Das sollten sozusagen meine Abschiedsworte werden, die du dann mit nach Hause hättest nehmen können. Ich lass dir natürlich gern Zeit, um drüber nachzudenken.«

Er lacht, aber nicht so richtig fröhlich. »Ich habe die letzten Tage kaum an etwas anderes gedacht, Clio.«

Als daran, wie du mit mir zusammen sein kannst? An uns?

Seltsam, dass ich das nach dem, was ich eben gesagt habe, nicht auszusprechen wage.

Ich versuche, einen lockereren Ton anzuschlagen. »Mir den Text zu schicken, war bereits eine Entscheidung. Oder willst du das wieder mal auf deinen Weißwein schieben?«

So viel dazu, dass ich ihm Zeit geben will und muss.

»Kann ich nicht, hab keinen mehr im Haus, seit meine Lektorin mehr oder weniger deswegen Schwierigkeiten bekommen hat.«

»Ist auch besser so.«

Ich gehe los, und kaum ist er neben mir, ergreift er wie selbstverständlich wieder meine Hand. »Ich bin nicht stolz darauf, wie ich mich an dem Morgen im Hotel benommen habe – ich war heillos überfordert. Ich wollte auch mehr, aber im Moment kann ich mich und mein Leben niemandem antun. Als Allerletztes dir.«

»Ich verzeih dir. Die Frage ist ja wohl vielmehr, ob *ich dich mir* antun möchte.«

»Du weißt immer noch nicht, wer ich bin«, stellt er fest.

»Stimmt. Mal ehrlich: Habe ich eine Bildungslücke, dass ich nicht drauf komme?«

»Nicht wirklich.«

Ein Teil von mir will es endlich herauskriegen, aber er soll verstehen, wie unwichtig es meinen Gefühlen ist. »Du kannst es mir jederzeit sagen, wenn du so weit bist. Bis dahin weiß ich genug. Du erinnerst dich? – Nicht verheiratet, nicht kriminell und wahrscheinlich kein schlechter Mensch.«

Er überlegt ein paar Meter lang. »Was, wenn es da einen großen Scherbenhaufen gibt und ich mir nie verzeihen könnte, solltest du dich daran schneiden?«

Mir fallen nur Antworten ein, die nicht zu dem Ernst passen, mit dem er das gefragt hat – dass das sehr blumig-dramatisch klingt oder dass mir so schnell nichts passiert. Wirklich beruhigen kann ich ihn auch nicht; schließlich gibt es genügend Verletzungen, die man nicht mal für jemanden ertragen sollte, den man wirklich gernhat.

»Wir könnten uns diese Scherben zusammen ansehen und vielleicht sogar vorsichtig ein paar aufsammeln.«

Er drückt meine Hand, und ich lasse das als vorläufige Erwiderung gelten. Ich möchte ihn nicht drängen, mir von den Dingen zu erzählen, die ihn belasten – egal, wie sehr ich mir wünsche, er würde es tun.

Eine Zeit lang laufen wir schweigend weiter. Viel ist hier

nicht los, aber jedes Mal, wenn uns doch mal jemand entgegenkommt, schaut Adrian wie zufällig zur Seite oder zu Boden. Wie viele Menschen müssen sein Gesicht kennen, dass er ständig damit rechnet, angesprochen zu werden?

»Hast du eigentlich schon immer geschrieben?« Es interessiert mich wirklich, aber ich ärgere mich über mich selbst, weil ich jetzt einen auf Interviewerin mache.

»Ich habe mir schon immer Geschichten ausgedacht. Meine Schwester hat mir viel vorgelesen, schon als sie es selbst gerade erst konnte.«

Er hat ein Lächeln in der Stimme, und ich drehe leicht den Kopf, um es mir auch auf seinen Lippen anzuschauen. Ich mag es sehr.

»Mit elf, zwölf wurde sie dann ein Fan von Liebesgeschichten und hat mich immer mit den besonders schnulzigen Szenen genervt.«

Ich muss lachen. »Lass mich raten – du fandst Liebe doof.«

»So was von. Hat aber nicht lange angehalten. Mit May bin ich zusammengekommen, als ich siebzehn war.«

Ich habe etwas Respekt davor, dass er nur eine einzige Beziehung hatte und die auch noch ewig lang war. »Habt ihr euch in der Schule kennengelernt?«

»Nein, auf einem Event. Können wir vielleicht nicht über sie reden?«

Ich bin auf diese Art neugierig, bei der man die Antworten eigentlich gar nicht wissen, die Fragen aber trotzdem dringend stellen will. Nur gerade so halte ich mich zurück, für ihn, für uns. »Dann zurück zum Ausgangsthema. Jetzt, wo ich weiß, seit wann du schreibst … *Warum* schreibst du?«

»Uff. Aus so vielen Gründen.«

»Wir haben Zeit. Es sei denn, ich habe dich vorhin so verstört, dass du es kaum erwarten kannst, mich loszuwerden. Dann würdest du aber nicht immer noch meine Hand halten, nehme ich an?«

Sein Daumen streichelt meinen. »Dann würde ich ganz viele Dinge nicht tun, die ich definitiv noch tun möchte.«

Auf einmal bin ich sehr froh über die frische Meeresbrise, die mein Gesicht kühlt. Dabei war seine Betonung gar nicht aufgeladen, sondern einfach nur sehr … entschlossen? Hoffnungsvoll?

Ich lasse mir ein paar Atemzüge Zeit mit meinen nächsten Worten, um sicherzugehen, dass ich überhaupt genug Luft dafür habe. »Also, ich warte auf deine Liebeserklärung.«

Er wirft mir einen Blick zu, der mich zum Lachen bringt.

»Ans Schreiben, nicht an mich.«

Eine Richtigstellung, die ich sofort ein bisschen bereue.

»Es hilft mir«, beginnt er. »Ständig. Es gibt mir etwas, was ich sonst kaum irgendwo bekomme, eine Art beflügelnde Energie. Das Schreiben hat mir in einer Zeit, in der ich nicht mehr wusste, ob ich noch etwas zu sagen habe, eine neue Stimme gegeben. Zweimal eigentlich schon: *Last Summer's Scars* war mein Rückzugsort und *Sort of High Treason* vom ersten Satz an so was wie mein Rettungsanker. Selbst wenn gar nichts mehr ging, waren da immer noch Worte in mir.« Er seufzt. »Aber das zweite Buch kommt nicht ans erste ran, oder? Es ist nicht gut.«

»Noch nicht.« Ich lache, und dann quieke ich, weil er mich fast vom Damm schubst, um mich im letzten Moment mit seinen Armen abzufangen.

»Hey!«, beschwere ich mich, komme aber nicht weiter, weil er mich küsst, ganz kurz nur, aber es lässt mich trotzdem komplett verstummen. Es bedeutet so viel.

»Dir kann man es echt nicht recht machen«, sagt er, wobei sein Blick immer noch an meinem Mund hängt.

Er bietet mir seinen Arm an, und ich hake mich bei ihm ein, als wir weitergehen.

»Im Ernst«, sagt er. »Ich glaube, ich versuche damit zu viel zu verarbeiten. Was, wenn mein Schreiben den Themen meiner Realität nicht standhält?«

»Ähnlichkeiten mit lebenden oder toten Personen sind rein zufällig«, erinnere ich ihn an die Regel für zu veröffentlichende Werke. »Ich werde dich nicht verpetzen, aber das muss ich jetzt fragen: Gibt es einen Damon, der dich fertigmachen will?«

Zögert er?

»Natürlich haben meine Charaktere keine Vorbilder in der Wirklichkeit. Nie.«

»Nie?« Nicht nur, dass er diese niedliche Drei-Buchstaben-Kombination laut seiner letzten Mail aus seinem Wortschatz gestrichen hat – ich weiß ja wohl am besten, was für eine fette Lüge seine Behauptung ist.

Er bleibt mir die Antwort schuldig, und mein Blick sucht seinen vergeblich.

»Was sind denn die Themen deiner Realität, denen du dich mit deinem Schreiben stellen musst?«, hake ich nach. Sein Gesicht verdunkelt sich, und ich versuche sofort, dafür zu sorgen, dass es sich wieder erhellt: »Ich meine, es kommt keine attraktive Lektorin im Buch vor, soweit ich weiß.«

Geschafft – sogar ein Schmunzeln bekomme ich.

»Du denkst, *das* ist Thema bei mir?«

»Mir wurde ein Beweis dafür per Post zugestellt.«

»Bestimmt eine Fälschung.«

»Na klar.«

Wieder schweigen wir, und ich warte, ob er den Faden wieder aufnehmen möchte oder nicht.

»Also …«, sagt Adrian schließlich mit einer Schwere in der Stimme, von der ich ihn befreien würde, wenn ich nur könnte. »Meine Themen: Verrat, Geldgier, Lügen, mangelndes Vertrauen, zerbrochene Beziehungen – geschäftlich und privat –, vorgetäuschte Freundschaft. Eben der Stoff, aus dem krasse Geschichten sind.«

»Klingt düster.«

»Ist es.«

»War es. Bis deine persönliche Violet kam. Sie steht nämlich für Hoffnung, Unterstützung und Neuanfang.«

Er zieht eine Grimasse, die jedoch nicht verbergen kann, dass seine Wangen plötzlich viel mehr Farbe haben. »Kitschig.«

»Süß!« Ich meine Violet, aber vor allem auch ihn.

Wir gehen noch ein ganzes Stück weiter und drehen erst um, als es zu dämmern beginnt. Auch wenn wir nicht mehr viel sprechen, ist es, als würden wir uns eine ganze Menge sagen, während wir den Wellen und unseren Atemzügen lauschen.

Bei seinem Auto angekommen, stehen wir ein paar Sekunden unschlüssig da, bis ich meine Finger in seine Gürtelschlaufen schiebe und er die Stirn an meine legt.

»Bekomme ich diesmal deine Nummer?« Er fragt es, als hätte er mich schon beim letzten Mal darum gebeten.

»Nein.«

»Darf ich dir wenigstens meine geben?«

»Wir machen das anders: Ich gebe dir meine Adresse. Bist du am Freitag um 19:30 Uhr schon verplant?«

»Nein, noch nicht. Bittest du mich gerade etwa um ein weiteres Date?«

Ich schüttele den Kopf. »Es ist deine restliche Bedenkzeit. Wenn du mich besuchen kommst, werte ich das als ›Wir werden der Sache eine Chance geben‹.«

»Das ist eine schreckliche Bezeichnung. So nüchtern.«

»Ach, Klappe! Küsst du mich jetzt, oder wie sieht's aus?«

»Gut, dass du fragst.«

Unsere Lippen kommen einander entgegen, und ich schließe die Augen, als sie sich treffen.

Er würde das nicht tun, um mich dann doch noch zurückzuweisen, oder?

Er vertieft den Kuss nicht, auch wenn er weniger flüchtig ausfällt als der vorhin, und das lässt meine Zweifel nur noch lauter werden. Hoffentlich sieht er sie mir nicht an. Genau wie bei unserem Abschied vorm Hotel habe ich das Gefühl, dass ich Sicherheit ausstrahlen muss.

»Dann bis höchstwahrscheinlich Freitag«, sage ich daher.

Auf dem Weg zu meinem eigenen Auto drehe ich mich noch mal um. Adrian steht immer noch da, wo ich ihn zurückgelassen habe, und schaut mir nach. Das ist gut, oder? Gefällt mir besser als umgekehrt. »Übrigens erwarte ich, dass du die Zeit, die uns noch bis zur Manuskriptabgabe bleibt, dafür nutzt, die Lovestory zu einem guten Ende zu bringen.«

Er atmet tief durch, selbst auf die sicher zehn Meter Entfernung kann ich es nicht nur sehen, sondern auch hören. »Ich versuche es.«

KAPITEL 32

Lesen macht das Leben schöner.

Meine Woche ist ein ständiger Wechsel zwischen Schwebezustand und Anspannung. Adrian und ich stehen die ganze Zeit im Austausch, aber wir schreiben nur über das Buch. Er fragt mich, wie Violet reagieren würde, wenn ihr Bruder sie als Lügnerin hinstellt, oder was sie wohl antworten würde, wenn Noah sie fragt, welche Pläne sie für ihre Zukunft hätte, würden keinerlei Umstände eine Rolle spielen. Ich lasse ihn wissen, dass diese Pläne Noah mittlerweile auf jeden Fall einschließen.

Vielleicht schreiben wir in Wirklichkeit doch nicht nur über das Buch.

Am Dienstag weist er mich darauf hin, dass eine Bekannte von ihm, die er als echt talentiert einschätzt, ihren ersten Roman beendet habe und überlege, ob sie auf Agentur- oder Verlagssuche gehen soll. Da sie nicht wisse, dass er Autor ist, könne er sie nicht auf direktem Weg mit Plots&Pieces zusammenzubringen versuchen, aber vielleicht wolle ich sie ja mal unverbindlich danach fragen.

Cecily Norman – der Name kommt mir bekannt vor, und es braucht nur ein paar Klicks, bis ich sie zuordnen kann: eine junge Moderatorin mit sehr reichweitenstarken Social-Media-Kanälen, auf denen sie klugen und zum Teil sehr witzigen Content rund um das Thema Persönlichkeitsentwicklung liefert.

Tatsächlich hat sie in ihrem vorletzten Post von ihrem Buch berichtet, einem »gesellschaftskritischen Unterhaltungsroman«, wie sie es nennt. Ich finde auch ihre Website und schreibe ihr eine Nachricht übers Kontaktformular.

Dann kann ich nicht widerstehen und mache in der Liste der Accounts, von denen sie abonniert wurde, einen Suchdurchlauf nach »Adrian«.

Drei der Ergebnisse kann ich dank der Profilfotos ausschließen und habe am Schluss nur noch einen User übrig: adrian_knight. Kann wohl kaum ein Zufall sein, oder? Leider fehlt es hier völlig an persönlichen Fotos. Sieht ihm ähnlich. Das Profilbild ist eine Steilklippenkante, die Beiträge bestehen aus Natur- und Stadtaufnahmen mit einzelnen Textzeilen wie *»Bin ich hier richtig?«* oder *»Die Welt ist so still und so laut und niemals etwas dazwischen.«*

Eine Followerschaft von 156 Menschen, 234 folgt er selbst. Berühmt sieht wohl anders aus.

Ob es eher seine Familie ist, durch die man ihn kennt? Oder seine Ex?

Ich suche bei ihm nach einer May, finde aber keine – wahrscheinlich sind die zwei einander längst entfolgt. Auch bei Cecily stoße ich nicht auf eine Prominente mit dem Namen, bloß auf irgendwelche Normalo-Mays.

Ich gebe auf. Es ist sowieso stillos zu spionieren, wenn ich doch die ganze Zeit behaupte, es sei in Ordnung für mich, sein Geheimnis noch nicht zu kennen.

Am Mittwoch schickt Cecily mir eine sehr liebe Nachricht und ihr Manuskript. Es ist der Wahnsinn. Ich lese es noch am selben Tag im Schnelldurchlauf komplett. Am Donnerstagmorgen hat Chelsea es im Postfach. Freitag vor Arbeitsende steht sie bei mir im Büro, durch und durch begeistert. Es ist eine absolute Ausnahme, dass eine Prüfung in einer solchen Geschwindigkeit abläuft und Chelsea auch noch direkt ihr Okay zu einem Projekt gibt, aber es geht ja auch um eine Person, die bereits in der Öffentlichkeit steht.

»Die Idee, sie anzufragen, war brillant. Clio, Sie sind unglaublich!«

Bin ich wirklich, denn ich empfinde etwas Unglaubliches für einen Autor, der heute Abend vielleicht nicht auftauchen wird. Was mich nicht brillant und unglaublich, sondern unglaublich unbrillant macht, aber leider zu wenig mit meinem Verstand zu tun hat, um es ändern zu können.

»Es war ein Tipp von Spurling«, sage ich und kapiere erst in dem Moment, dass Adrian dabei wohl gewissermaßen auch an eine Wiedergutmachung gedacht haben muss.

»Wow, was haben Sie nur mit diesem Mann gemacht? Er setzt sich ja plötzlich richtig für uns ein!«

Auf einmal sehr verlegen, murmle ich etwas von einer stark verbesserten Lektorin-Autor-Beziehung.

Nur ein falsches Wort könnte mich vom Ende meiner Karriere trennen.

* * *

Was, wenn er nicht kommt? Was, wenn doch?

Eine lange Stunde ist es noch bis 19:30 Uhr. Keira und Luke haben ein paar Leute eingeladen, und dem Lachen aus dem Wohnzimmer nach zu urteilen, ist die Stimmung gut. Keira meinte, ich könne gern dazu kommen, und ich glaube, das werde ich auch, falls … Die Klingel ertönt, das dürfte unsere Vermieterin sein; sie wollte kurz den Schlüssel für den neu montierten Briefkasten vorbeibringen. Keira ist beim alten kürzlich der Schlüssel im Schloss abgebrochen.

Schwungvoll öffne ich die Tür. Es ist *nicht* unsere Vermieterin.

Adrian trägt eine schwarze Windjacke, die Kapuze über dem Kopf, obwohl es ein milder, trockener Abend ist.

»Sieh an.« Ganz cool stütze ich eine Hand in den Türrahmen, während ich innerlich alles andere als *ganz cool* bin.

Er misst mich mit seinem Blick von meinen Kuschelsocken über mein bereits ausgehfertiges Outfit aus Strumpfhose mit Lochmuster, dunklem Rock und hellem Shirt bis zu meinem Handtuchturban und gibt dann ein fast verzweifeltes »Hallo« von sich.

»Ich wusste, was es bedeutet hätte, wenn du hier um 19:30 Uhr auftauchst«, sage ich. »Schließlich habe ich das festgelegt. Aber was heißt eine Stunde zu früh? Und wofür steht die Jacke?«

Er löst meine Hand vom weiß gestrichenen Holz und haucht einen Kuss darauf. »Zu früh bedeutet: Meine Antwort ist ein absolutes Ja, obwohl sie nur ein Nein sein dürfte. Ja zu dir, weil allein der Gedanke an ein Nein wehtut.«

Ich atme auf. Wie hätte ich damit klarkommen sollen, wenn seine Entscheidung anders ausgefallen wäre? Gleichzeitig hätte es die Dinge einfacher gemacht. Einfach und schmerzhaft. Denn ja, auch mir hat der Gedanke an ein Nein wehgetan.

Adrian zieht seine Kapuze noch ein Stückchen tiefer in die Stirn. »Und die Jacke steht leider für: Es muss unter allen Umständen geheim bleiben. Wenn nicht, haben wir ein echtes Problem. Beziehungsweise ich hab das Problem schon, aber es würde mich umbringen, wenn es sich auf dich überträgt.«

Kann ich das? Ein Geheimnis sein? *Will* ich das?

»Bedeutet das, wir müssen uns jetzt in meinem Zimmer verschanzen?«

Hinter uns geht eine Tür, und wir zucken beide zusammen. Jemand schlurft kommentarlos zur Toilette.

»So verlockend deine Idee für mich gerade auch klingt …«, sagt Adrian, und seine Augen machen sehr deutlich, dass er nicht den Verstecken-Aspekt meint. »Wir können ruhig irgendwohin, wo nicht so viel los ist, und uns unauffällig verhalten.«

»Wir könnten einfach jedes Mal knutschen, wenn jemand vorbeikommt, damit niemand dein Gesicht sieht.«

»Glaub mir, das ist ein katastrophaler Plan. Falls ich nämlich *dabei* erkannt werde …«

»Okay, okay. Aber wir müssen dich wenigstens besser tarnen. Die Kapuze ist kontraproduktiv.«

»Ich habe auch noch eine Brille ohne Stärke.« Er zieht ein Etui aus der Jackentasche, klappt es auf und entnimmt eine Brille mit dickem schwarzem Rahmen. Grinsend sehe ich zu, wie er sie sich auf die Nase schiebt.

»Erstens: Das hier fühlt sich gerade absurd an. Zweitens: Macht echt viel aus – du siehst anders aus.«

»Anders *heiß*?«

»Ah, sind wir heute auf Komplimente aus? Ich glaub nicht, dass die dir bekommen. Aber weißt du, was ich so richtig heiß an dir finde?« Ich trete einen Schritt näher und schiebe die Brille mit dem Zeigefinger auf seiner Nase nach oben.

»Du wirst es mir hoffentlich verraten.«

Ich werde ernster und halte den Blickkontakt. »Wie du über die Liebe schreibst.«

Er wird rot, und ich bin so nett, nichts weiter dazu zu sagen.

»Ich hab noch 'ne Cap von Caden. Die hol ich dir. Und föhn mir noch schnell die Haare.« Mit federnden Schritten mache ich mich auf den Weg zu meinem Zimmer.

»Caden? Ich trag ganz sicher nichts von dei–«

»Er ist mein Bruder«, erkläre ich über die Schulter. »Bist nicht der Einzige, der gut darin ist, unerwähnt zu lassen, dass es noch weitere Familienmitglieder gibt.«

Kurzentschlossen winke ich ihn hinter mir her, damit er nicht am Ende bei uns im Flur enttarnt wird, während ich im Bad bin.

»Gehen wir zuerst ein bisschen shoppen?«, fragt er, tritt hinter mir ins Zimmer und pfeift beim Anblick meiner Bücherschätze. Sie fühlen sich geschmeichelt, dass zur Abwechslung mal jemand so beeindruckt von ihnen ist.

»Shoppen?«, frage ich.

»*Blackwell's* hat noch 'ne Weile offen. Darfst dir was aussuchen, ich zahle.«

Ich bekomme Schnappatmung. »Wow, da geht aber jemand aufs Ganze. Und das, nachdem du mir doch praktisch schon Cecilys Buch geschenkt hast. Danke übrigens.«

Er lächelt und setzt sich auf mein Bett. Mein Gedächtnis nutzt das als Improvisationsübung: Spiele eine schöne Sequenz ab, die Adrian und eine Matratze beinhaltet. *Vintage-Möbel, Klamotten am Boden, Hände auf Haut, …*

Okay, höchste Zeit, mich endlich föhnen zu gehen. Sonst schaffen wir es vielleicht gar nicht erst in die Buchhandlung.

∗ ∗ ∗

»Für meinen Freund einen Weißwein und für mich einen Cider – süß bitte.«

»Nein, hören Sie nicht auf sie, keinen Alkohol für mich, ich muss noch fahren! Ich nehm 'ne Cola.«

Die Kellnerin nickt und zieht weiter, während ich etwas zu enttäuscht darüber bin, dass Adrian ganz offensichtlich nicht vorhat, über Nacht zu bleiben.

Obwohl er im Halbdunkel sitzt, weil wir uns in den hintersten Winkel des Pubs zurückgezogen haben, leuchtet mir sein Grinsen förmlich entgegen.

»Du kannst uns nicht einfach als Paar ausgeben.«

»Siehst du doch, wie ich das kann. Außerdem haben wir schon ein paar Punkte erledigt, die Paare so machen.«

Er lacht. Ich darf nicht süchtig werden nach diesem Lachen, sonst werde ich nicht aushalten, dass er anderthalb Stunden Fahrt von mir entfernt lebt.

»*Erledigt?*«, fragt er. »Im Sinne von abgehakt? Hinter uns gebracht?«

Ich rutsche mit dem Stuhl so dicht an den Tisch heran, dass ich darunter sein Knie mit meinem anstupsen kann. »Im Sinne von: feierlich begangen.«

Er hat noch so ein Lachen für mich. »Ich glaube, heute gehen wir beide nicht mehr weiter auf Synonymsuche. Nicht dein Tag.«

Ich strecke ihm die Zunge raus, und er schaut sie auf eine Weise an, die sie rosa anlaufen lassen würde, wenn das nicht ohnehin schon ihre Farbe wäre. Meine Hand tastet nach dem Jutebeutel, den ich auf dem Tisch abgelegt habe, und streichelt seinen Inhalt – drei neue Buchlieblinge für meine Sammlung. »Du hast wahrscheinlich so viel Kohle, dass du mir auch locker ein ganzes Haus für meine eigene Bibliothek kaufen könntest, oder?«

Er antwortet nicht und guckt etwas betreten.

»Shit, das sollte eigentlich ein Witz sein.« Ich muss das erst kurz verarbeiten. Natürlich war mir klar, dass er reich sein muss, aber … oha. Er könnte eine Privatbibliothek aufbauen! »Ich ziehe meinen Wunsch zurück, lass uns in ein paar Jahren noch mal drüber sprechen, wenn du mich so richtig krass lieb hast, dass du es wirklich in Erwägung ziehst, ja?«

Jetzt knufft sein Knie meins. »Ist schon längst der Fall.«

»Äh … hä?« Vielleicht hat er recht. Meine Sprachkompetenz ist heute eher so mittelprächtig. Könnte auch damit zusammenhängen, dass er gerade auf die Kante der Bank vorgerutscht ist, um unauffällig den Arm unter den Tisch zu strecken und meinen Oberschenkel zu streicheln.

»Ich hab dich jetzt schon so richtig krass lieb.«

»Oh … ich … oh.«

»Sie ist sprachlos«, murmelt er. »Dass ich das noch erlebe.« Mit der unbeschäftigten Hand schiebt er den kleinen Speisekartenständer, die Dekovase mit der unechten Blume drin und die Gewürze beiseite und beugt sich dann in meine Richtung.

Ich blinzle dreimal, weil im Ernst: Was ist mit meinem Leben passiert, dass ich nun mit fast schon bedenklich hohem Puls hier sitze und diesen Mann anstarren darf?

»Das Angebot ist noch gültig für fünf, vier, drei, …«

Gerade noch rechtzeitig erwache ich aus meiner Starre und komme ihm entgegen. Der Kuss ist wie eine Antwort, auf die man gehofft hat. Er schmeckt nach mehr. Dazu wandern Adrians Finger elektrisierend sanft die Innenseite meines Beins entlang, vor und zurück und jedes Mal ein klein wenig weiter nach oben. Ich wünschte, ich hätte auf die Strumpfhose unterm Rock verzichtet.

»Stoppstoppstopp«, haucht Adrian gegen meinen Mund. »Nicht hier. Keine Aufmerksamkeit.«

Meine Zungenspitze sagt noch schnell seiner Lippe, wie toll sie sie findet. »Du hast doch angefangen«, sage ich vermeintlich ungerührt und rücke mit dem Stuhl nach hinten aus seiner Reichweite, was mich in Wahrheit fast unmenschlich viel Willenskraft kostet. »Ich wollte doch, dass die Leute uns applaudieren, und dann ein bisschen mit dir angeben.«

Auf einmal ist es nicht mehr nur die dunkle Ecke, die für die Schatten auf seinem Gesicht verantwortlich ist.

»Es gibt kaum Menschen, vor denen du mit mir angeben könntest«, sagt er. »Die meisten würden dich eher bemitleiden.«

»Dann wissen sie nicht, was ich weiß.« Ich senke die Stimme, damit mich definitiv niemand außer ihm hören kann. »Dass Adrian Knight alias Bryn Spurling alias wer-immer-du-auchbist ein Hauptgewinn ist. Und zwar nicht wegen seines Geldes, seines Bestsellers oder seiner sonstigen Errungenschaften.«

»Sagen wir uns jetzt den ganzen Abend rührende Sachen?«, versucht er, die Verlegenheit zu überspielen, die ihm aber zu seinem Pech ins Gesicht geschrieben steht.

»Nein, erst mal trinken wir auf uns.« Denn ich sehe passenderweise gerade unsere Drinks kommen.

Wir nehmen die Gläser entgegen, und das leise Klirren, als wir anstoßen, klingt wunderschön – wie ein Geräusch, das ein perfektes Glücksgefühl von sich geben würde.

»Und wir sollten *schnell* trinken«, sage ich. »Damit wir bald hier raus können.«

Adrian studiert mein Gesicht und grinst. »Weil wir frische Luft brauchen?« Demonstrativ trinkt er in langen Zügen die Cola leer. Das traue ich mich mit meinem Cider dann doch nicht.

»Weil wir hier zu viel Aufmerksamkeit erregen. Ich würd dich gern irgendwo, wo wir unter uns sind, davon überzeugen, dass du heute nicht mehr fahren musst.«

Er trommelt mit den Fingern, die eben noch mein Bein unsicher gemacht haben, gegen mein Glas. Ich hebe es an die Lippen und nehme wenigstens schon mal zwei Schlucke.

»Auf diesen Überzeugungsversuch werde ich nicht verzichten – fairerweise solltest du aber wissen, dass du keine Chance hast. Nicht dieses Mal. Bei euch zu Hause sind gerade zu viele Menschen, und ich hab morgen früh einen Termin mit meiner Anwältin, den ich nicht verschieben kann.«

»Schade. Seh ich aber ein.« Ich winke der Kellnerin, damit das Bezahlen schon mal erledigt ist.

Als wir wenig später zur Tür hinaustreten, fällt mir etwas ein, was ich bis zu diesem Moment völlig verdrängt hatte.

»Sag mal ... War das eigentlich ernst gemeint, dass du überlegst auszuwandern? Angesichts der aktuellen Entwicklungen sollte ich das nämlich vielleicht wissen.«

Eigentlich, nämlich und vielleicht streichen!, beschwert sich meine innere Lektorin. *Unnötige Füllwörter, die vermitteln Unsicherheit.* Was Kommunikation betrifft, fand ich es schon immer schade, dass das Leben nicht die Änderungsfunktionen eines Worddokuments besitzt.

Adrian späht in die schmale Flucht zwischen Pub und Nachbargebäude. Triumphierend grinsend zieht er mich hinein und hinter einen Palettenstapel, der uns vor Blicken von der Straße aus verbirgt.

»Mein Bedürfnis wegzuziehen, ist irgendwie rapide gesunken, kann's mir nicht erklären«, meint er, die Hände schon an meinem Gesicht – trotzdem bin ich diejenige, die den Kuss beginnt, erst spielerisch mit sanftem Necken seiner Unterlippe, dann drängender.

»Das hier könnte für uns beide echt richtig übel ausgehen«, bringt Adrian nach einem kleinen Luftschnappen heraus.

Ich sperre ihn mit meinen Händen links und rechts an der rauen Fassade zwischen mir und der Wand ein. »Aber außer dir und mir ist keiner hier, der es rausfinden kann«, erzähle ich seinem Hals, bevor ich ihn mit fünf federleichten Küssen versehe und spüre, wie Adrian erschaudert.

»Wenn ich eins gelernt hab, dann dass immer alles rauskommt«, murmelt er.

»Was muss ich noch tun, damit du wenigstens mal kurz aufhörst, dir Sorgen zu machen? Ah, warte, hab 'ne Idee!« In einer fließenden Bewegung ziehe ich mein Shirt über den Kopf und werfe es auf die Paletten.

Damit hat er nicht gerechnet. Es ist so schön, wie ihm meinetwegen der Atem stockt und in seinem Blick dieses Sehnen aufglüht, das ganz allein auf mich ausgerichtet ist.

Endlich ist er still, und es ist, als würden sich nun seine Hände meine Taille aufwärts küssen, während seine Lippen wieder meine suchen und finden.

Wenn er schon nach Hause fahren muss, soll er es wenigstens liebestrunken tun.

KAPITEL 33

Lesen legt Gefühle frei.

Wieder heißt es eine lange Woche warten, bis wir uns wiedersehen, aber diesmal ist alles anders. Ich habe meine Handynummer rausgerückt, und Adrian textet mir so oft und viel, dass er schon in kürzester Zeit den Chat-Umfang einiger meiner langjährigen Kontakte sprengt. Wir telefonieren in die Nächte hinein, und ich habe seine Stimme auch dann im Ohr, wenn wir gerade nicht sprechen. So etwas habe ich noch nie zuvor erlebt.

Ich ziehe ihn damit auf, dass er mir doch was von Digital Detox erzählt hat, und er antwortet, die ganze Zeit mit mir zu schreiben oder zu reden, sei das Entgiftendste, was er sich vorstellen kann.

Ihn in meinem Leben zu haben, gibt mir das Gefühl, dreimal so viel Energie zu haben wie vorher und auch mindestens dreimal so glücklich zu sein. Es macht mich sogar so übermütig, dass ich mich mit Caden darauf einige, zur Hochzeit zu gehen – und Mum ankündige, jemanden mitzubringen. Obwohl ich Adrian gar nicht gefragt habe und sich irgendwie nicht der richtige Moment einstellen will, in dem ich das nachholen könnte.

Wir diskutieren viel übers Schreiben und Veröffentlichen, sind nicht immer einer Meinung, aber ich liebe es, all die buchigen Themen mit ihm zu teilen. Ich habe ihm beim Abschied nach unserem Oxford-Date mein Exemplar von *Hard to Say I*

Love You von Julie Chapel als Leihgabe aufgedrängt, eins meiner liebsten Romance-Bücher, eine Übersetzung aus dem Deutschen. Jetzt schickt er mir regelmäßig Leseupdates und Zitate. Ich hatte mir schon gedacht, dass das Schreibthema ihm gefallen wird.

Dass wir uns wieder am Freitag treffen, war die ganze Zeit wie eine unausgesprochene Abmachung. Erst am Mittwochabend frage ich konkret nach, die Beine über die Lehne meines Sessels gelegt, das Handy am Ohr.

»Ich habe frei und begleite meine beste Freundin am Spätnachmittag zu einem wichtigen Termin. Davor hätte ich ausgiebig Zeit.«

»Klingt gut. Wir müssen allerdings in Zukunft noch vorsichtiger sein, als ich gedacht hatte«, sagt er. »Heute wurde ich auf der Straße nach Längerem mal wieder angesprochen.«

»Vielleicht sollten wir eine Liste mit einsamen Orten anlegen«, scherze ich.

»Komm zu mir nach Hause. Das ist aktuell der einsamste Ort, den ich mir vorstellen kann.«

Das lässt mich schlucken. Manchmal fühle ich mich auch in der WG einsam, aber es kommt nie an das heran, was in seinen Worten mitgeschwungen hat.

»Habt ihr zusammengewohnt, May und du?« Ich beiße mir auf die Zunge. Er redet von Einsamkeit, und ich frage mal wieder nach der Ex.

Ich höre Adrian durchatmen.

»Tut mir leid, du musst nicht antworten. Ich –«

»Schon okay. Ja, haben wir, aber nein, nicht hier. Sie ist auch nicht der Grund. Nie irgendwen herkommen zu lassen, war keine Entscheidung, sondern eine Konsequenz.«

»Und mich lässt du?«

»Du bist ja nicht irgendwer.«

Es ist, als hätte er gesagt: Du bist alles für mich.

Ich möchte so sehr, dass endlich übermorgen ist.

»Übrigens habe ich immerhin eine Katze. Und ein Aquarium voller Fische, die ich nach Leuten benannt habe, die ich kenne.«

Irgendwie überrascht mich das, ich habe nie drüber nachgedacht, ob er vielleicht Tiere hat. Ich stelle mir vor, wie er durch eine Glasscheibe Dutzende schillernde Fische in einem Wald aus wogenden Halmen beobachtet, während er über sein Buch nachdenkt. Dann, wie er eine flauschige Katze streichelt. Dann, wie er mich streichelt. Ähm, okay, nicht abschweifen. »Gibt's auch eine Clio?«

»Das ist seit Kurzem der Zweitname der Katze.«

»Perfekt. Und ihr erster?«

»Raiponce.«

»Gesundheit?!«

»Rapunzel auf Französisch. Hieß schon so, als ich sie bekommen habe, liegt wohl am Puschelschwanz.«

»Ihr Zweitname gefällt mir besser.«

»Mir auch.«

Ein paar Sekunden lang herrscht Schweigen zwischen uns. Irgendetwas gibt mir das Gefühl, er will mir eine Frage stellen.

Adrian räuspert sich. »Darf ich dir eine Szene vorlesen, an der ich heute gearbeitet habe?«

»Aber gern. Ich hoffe, es ist —«

»Sei einfach still, okay?«, unterbricht er mich.

Ich lache, tue ihm aber den Gefallen. Am Ende überlegt er es sich sonst noch anders, und ich bin viel zu gespannt, wozu er diesmal mein Feedback brauchen kann.

»Die Finsternis vor dem Fenster war so tief, dass es nichts gab, an das ich meinen Blick hätte heften können. Er prallte an der Scheibe ab und fand keine Ablenkung.«

Ich mag, wie er liest. Er sollte Hörbuchsprecher werden —

oder Märchenerzähler. Wo im Buch befinden wir uns? Letztes Drittel, so viel ist klar, zumal wir mit den ersten Teilen ja so gut wie fertig sind.

»Morgen würde alles sein wie zuvor. Ich hatte mir eine kleine Oase geschaffen, etwas Zeit außerhalb des Käfigs, dessen Stäbe aus den Ereignissen der letzten Monate bestanden. Aber ich hatte nicht bedacht, dass man auf der Weiterreise weg vom Wasser immer noch verdursten kann.«

Er macht eine Pause, und ich bin kurz davor, seine mal wieder etwas dramatisch geratene Metaphorik zu kommentieren, halte mich jedoch zurück. Jemandem einen eigenen Text vorzulesen, den noch nie ein Mensch gehört hat, ist so persönlich. Es ist nicht der richtige Moment für eines unserer Wortgefechte.

»Als ich sie aufstehen und zu mir tapsen hörte, erstarrte ich. ›Es hat seinen Grund, dass ich hier stehe, statt neben dir zu liegen‹, wollte ich sagen, aber brachte nicht eine Silbe davon über die Lippen – denn natürlich, *natürlich*, wollte ich, dass sie zu mir kam.«

Er hat doch nicht …? Ich nehme die Beine von der Lehne und ziehe sie an, schlinge den linken Arm um meine Knie, als könnte ich mich an mir selbst festhalten.

»Ich hatte damit gerechnet, dass sie mich ansprechen würde – aber nicht mit ihrer Hand, die, als ich mich umdrehte, versehentlich Bekanntschaft mit meinem Bauch machte. Und zuallerletzt mit ihrem gehauchten ›Komm zurück ins Bett‹. Es war zu viel und zu wenig und das, was sie da anstieß, zu gewaltig, um ihm Einhalt zu gebieten. Dennoch versuchte ich es.

Wir legten uns wieder hin. Sie zappelte ein bisschen mit der Decke herum, ich stellte mich tot und beobachtete sie, so gut meine Augen mich in der Dunkelheit ließen, aus der weitmöglichsten Nähe. Meine Fantasie war dort spielen gegangen, wo ich es ihr verboten hatte, und ich hielt dagegen, indem ich mir

vorstellte, in der Mitte des Betts würde ein Hochspannungs-
zaun verlaufen. Meine Hände würden gegrillt, wenn ich sie
nicht bei mir behielt.

Auf einmal drehte sie den Kopf. Und ehe ich es kommen sah,
war sie bei mir, an mir und ich in Gedanken schon in ihr.

Alles, was ich sagte, war ihr Name – wie eine Bitte, ein Fluch,
ein Geständnis. Meine Hände fanden ihren Weg dahin, wo
ihre Shorts endeten, fühlten zarte, warme Gänsehaut, und der
Laut, der ihr entkam, ließ meinen Puls auf Lichtgeschwindig-
keit hochschießen. Ich wollte nicht gehen, aber ich erklärte ihr
trotzdem, dass ich es tun sollte – und war erleichtert, als sie
mich davon abhielt. Sie drängte sich mir entgegen, und spätestens jetzt spürte sie, wie sehr ich sie wollte.

Ich kratzte alle Beherrschungsreserven zusammen, um noch
einmal ihren Namen zu sagen und zu einem letzten Protest
anzusetzen, doch da küsste sie mich. Kurz und fragend, und
ich konnte nicht mehr. Ich konnte einfach nicht mehr. Genauso kurz, aber mehr antwortend als zurückfragend drückte
ich meine Lippen auf ihre. Nach einer winzigen Pause küsste
ich sie wieder, diesmal mit dem Ziel, nicht mehr damit aufzuhören. Sie schmeckte nach Träumen mit der Frische von Kräuter-
zahnpasta. Nach so viel mehr. Meine Finger gruben sich einen
Hauch fester in ihre Oberschenkel, und der kleine Ton, mit dem
sie darauf reagierte, brachte alles in mir zum Beben. Ihre Hand
suchte sich ihren Weg zu meinem Herzen, und aus irgendeinem
Grund rief diese Berührung Gedanken wach, die sich in meine
wohlige Benommenheit rammten: Wenn ich das hier nicht be-
endete – was würde das für sie bedeuten? Was würde es mit uns
beiden machen? Wir hatten nur den Moment, aber der war
nicht genug. Ihr nahezukommen, würde noch mehr Schmerzen verursachen, als es hier und jetzt aufzuhalten.

›Das geht nicht‹, keuchte ich.

Aber sie hatte schon immer gewusst, wie man dafür sorgte, dass ich meine Meinung änderte.

Und aller Angst, aller Hoffnungslosigkeit zum Trotz ließ ich sie.«

Ich habe das Handy zwischendurch auf laut gestellt und es auf meinem Bein abgelegt, damit er nicht hört, wie schwer ich atme. Es dauert ein paar Sekunden, bis ich realisiere, dass es anscheinend nicht weitergeht.

»Clio? Bist du noch dran?«

Ich nehme das Handy wieder ans Ohr und presse mir die andere Hand gegen die Brust, damit mir mein Herz nicht entkommt. »Du kannst da unmöglich einen Cliffhanger setzen.« Ich wollte diesen verspielten Ton, genau den, der so schnell seine Meinung ändert, aber stattdessen habe ich es eher rausgekrächzt.

Sein kleines, tiefes Lachen lässt mein Herz noch einmal besonders heftig gegen meine Brustwirbel donnern.

»Irgendwie hatte ich geahnt, dass du das sagen würdest. Aber ehrlich, ich glaube, den Rest könnte ich niemals in Worte fassen. Unbeschreiblich.«

Da ist so eine grenzenlose Zärtlichkeit in seiner Stimme, dass ich schon wieder kaum noch Luft bekomme.

»Übermorgen bei dir«, wispere ich.

* * *

»Gibt es eigentlich auch Nachteile, wenn man sich entscheidet, ins Lektorat zu gehen?«, fragt Lilian.

Shannon, Melly, sie und ich machen gemeinsam unsere Donnerstagsmittagspause im Verlagsgarten. Wir haben die Klappstühle rausgeholt und sitzen in einem kleinen Kreis, als wären wir eine Selbsthilfegruppe.

Lorne hat irgendein Webinar, das über Mittag geht, ich schätze, nur deswegen leistet meine beste Freundin uns Gesellschaft. Das kann echt nicht auf Dauer so weitergehen; ich sollte, wenn sie das mit ihrem Knie am Freitag hinter sich hat, mal vorsichtig mit ihr zu reden versuchen. Sie ist wegen der OP die ganze Zeit schon merklich angespannt, deswegen stehen die Chancen, dass sie sich mir anvertraut, hinterher sicher besser.

»Nachteile am Lektorinsein?« Shannon nimmt einen Schluck von dem grünen Gebräu in ihrer Glasflasche. »Wenige. Manchmal muss man Absagen verteilen, die einem leidtun – es kann sogar vorkommen, dass man sich selbst ein Ja gewünscht hätte und die Entscheidung anderer kommunizieren muss. Außerdem gibt es da das Problem, dass man sich ganz oft entweder in eine Idee oder einen Schreibstil verliebt, aber das jeweils andere überzeugt gar nicht, passt nicht zum Verlag, oder das Timing ist einfach schlecht. Das ist jedes Mal so schade!«

»Das Lektorieren hat außerdem überraschend viel mit Psychologie zu tun«, merke ich an. »Was cool, aber nicht immer einfach ist. Die Zusammenarbeit mit den Kreativen kann herausfordernd werden, wenn man keine Verbindung zueinander findet.«

Melly wirft mir einen Blick zu. »Andersherum fällt es einigen schwer, professionelle Distanz zu halten, wenn sie so intensiv mit jemandem an einem Buch herumfeilen und sich der Person dadurch gewissermaßen emotional nah fühlen.«

Senfsoße tropft auf meine Finger, weil ich das Lachs-Avocado-Brötchen in meinen Händen unbewusst halb zerdrückt habe. Hastig schüttele ich die Serviette aus, mit der ich es festgehalten habe, und rette mein hellgelbes Shirt gerade noch so vor farblich zwar ähnlichen, aber trotzdem unerwünschten Flecken.

»Du meinst, dass die Leute, deren Bücher man betreut, so

sympathisch sind, dass die Ebene immer freundschaftlicher wird?«, fragt Lilian.

»Das wäre eher ein Positivbeispiel.« Melly streift einen ihrer Ballerinas ab und lässt das Gras ihre Zehen kitzeln. »Sofern es nicht dazu führt, dass man sich deshalb mit der Kritik am Text zurückhält.«

»Zum Glück für unser ganzes Team haben wir Melly«, sage ich. »Wenn du Fragen zu professioneller Distanz unter Arbeitskontakten hast, kannst du dich jederzeit vertrauensvoll an sie wenden. Es ist sozusagen ihr Herzensthema.«

Shannon sieht zwischen Melly und mir hin und her.

»Reden wir hier gerade über Lorne?«, fragt sie.

Diesmal trifft mich ein Todesblick von Melly. Offensichtlich denkt sie, ich hätte meinen Verdacht, dass da zwischen Lorne und ihr irgendetwas im Busch ist, mit Shannon geteilt. Habe ich nicht – es fällt nur wohl nicht allein mir auf.

»Nein.« Melly pustet eine Fliege von ihrem Arm. »Wir wissen gar nicht so genau, über wen wir hier gerade eigentlich reden.«

Ihr Kommentar trifft mich, trotz der guten Gründe dafür, dass ich Adrian Zeit gebe und mich auf ihn einlasse, obwohl ich noch kaum etwas über ihn und sein Leben weiß. Er ruft meine Angst wach. Was, wenn ich mich in etwas verrenne? Oder wenn ich sehr bald für meine Gefühle bezahlen muss und nie wieder in dieser Runde sitzen darf?

Ich bekomme wie durch einen Nebelschleier mit, dass Melly wieder zu unverfänglicheren Themen übergeht und Lilian erzählt, wie seltsam es ist, so viel Arbeit in ein Buch zu stecken, die im besten Fall am Ende niemand bemerkt.

»Entschuldige«, sagt sie, als wir die Pause beenden und sie mich an der Tür zum Wintergarten an der Schulter zurückhält. »Ich wollte nicht sticheln, das ist mir nur rausgerutscht, weil ich mir Sorgen mache. Was du zwischen euch zulässt oder nicht zulässt, musst du schließlich selbst wissen.«

»Alles gut, ich wäre eher beunruhigt, wenn du dich nicht sorgen würdest.«

Wahrscheinlich trägt das jetzt auch nicht gerade zu ihrer Beruhigung bei. Aber das ist es ja: Beruhigend ist gar nichts an dem, was zwischen Adrian und mir passiert.

»Dass wir beim selben Verlag landen, war so unwahrscheinlich, aber wir haben es tatsächlich geschafft. Er könnte das mit einem Schlag kaputtmachen, und ich verstehe einfach nicht, wie es dir das wert sein kann.«

Ich weiß nicht, was ich darauf erwidern soll. Es stimmt, ich bringe seinetwegen etwas in Gefahr, das mir unendlich viel bedeutet. Auf sie muss es wirken, als würde ich das einfach verdrängen. Die meiste Zeit tue ich das vielleicht auch.

»Glaub mir, ich habe nicht vor, seinetwegen aus dem Verlag zu fliegen. Dazu wird es nicht kommen«, verspreche ich schließlich.

Sie seufzt. »Du gibst ihm so viel von dir.«

Damit hat sie recht. Ich kann mir selbst nicht erklären, warum ich trotzdem das Gefühl habe, genauso viel von ihm zurückzubekommen.

KAPITEL 34

Lesen inspiriert Tagträume.

Adrians Haus hat eine Tiefgarage. Es ist ein schräges Gefühl, meinen Wagen darin neben seinem zu parken und dann im Glasaufzug in die erste Wohnetage zu fahren.

Da er von oben die Schranke geöffnet hat, weiß Adrian, dass ich da bin. Er erwartet mich hinter den aufgleitenden Türen.

»Hey.« Sein Blick scannt mich in meinem hellblauen Hemdblusenkleid von oben bis unten, und ich grinse verschlagen.

»Kann man einfach aufknöpfen. Hab die Unterwäsche drunter, die ich für Violet vorgeschlagen hatte.«

Ich quieke erschrocken, denn im nächsten Moment schiebt er mich rückwärts gegen den Aufzug, ich suche im Reflex mit beiden Händen Halt am Glas hinter mir, und er küsst mich, als wäre es das Einzige, was er je mit seinem Leben anfangen wollte. Die Kühle in meinem Rücken und die Wärme seines Körpers vor mir bilden einen schwindelerregenden Kontrast, und ich will mehr, mehr, mehr.

Da beendet Adrian den Kuss und tritt mit einem vielsagenden Lächeln ein Stück zurück. »Gut zu wissen.«

Einige Sekunden lang sehen wir uns einfach nur an, dann nimmt er mir meine Tasche ab, und ich folge ihm mit immer noch wild klopfendem Herzen über den edlen Parkettboden den Gang entlang.

»Nur zur Absicherung, Ms Hildyard: Ihre Absichten sind hoffentlich nicht rein libidinöser Natur?«

Wir betreten einen hellen, offenen Raum mit Kamin, abstrakten Gemälden vom Meer an allen vier Wänden und grauen Polstermöbeln. Hinter der weißgerahmten Fensterfront liegt ein beeindruckender Garten. Ich stoße einen Pfiff aus.

»Meine Absichten?«, frage ich dann. Ich ziehe mein Handy hervor und tue so, als würde ich einen Anruf machen. »Mum? Hi, ich wollt dir nur sagen, ich werde ebenfalls heiraten. Hab da einen Typen kennengelernt, der 'ne Villa in Highgate hat. Millionenschwer, der Kerl, und *so* heiß … Was? Ob ich Gefühle für ihn habe? Auf keinen Fall! Aber was nicht ist, kann ja noch werden.«

Lachend streckt Adrian die Hand nach dem Handy aus, und ich lege es hinein. Er hält es sich selbst ans Ohr. »Hi, Clios Mum. Ja, genau, der bin ich. Seien Sie gewiss, Ihre Tochter ist bei mir in den besten Händen. Wie bitte? Ich soll mir nichts draus machen, dass sie so ein schlimmes Mädchen ist? Ist gut, ich halt das schon aus.«

Er legt das Handy auf der nächstbesten Ablagefläche ab – einem weißen Designertischchen – und entgeht dadurch meinem Ellbogen, den ich ihm gerade in die Seite stoßen wollte. Stattdessen breite ich die Arme aus, sobald er sich wieder zu mir umdreht.

»Aww.« Er zieht mich an sich.

»Ich hab dich vermisst«, murmele ich gegen die Brusttasche seines grauen Shirts.

Adrian legt eine Hand in meinen Nacken. »Ich dich auch. Die ganze Zeit.«

Ich möchte gern da ansetzen, wo wir eben aufgehört haben, aber er soll nicht glauben, dass ich tatsächlich nur hier bin, um über ihn herzufallen. »Wie sieht's mit einer Room Tour aus?«

Er seufzt. »Um ehrlich zu sein, nutze ich nur diesen Raum, ein Schlafzimmer, ein Bad und den Garten. Eigentlich wollte ich hier gar nicht einziehen, es war als Mietobjekt gedacht. Aber dann hat leider jemand meine letzte Adresse rausgefunden. Es ist nur eine Übergangslösung. Hab ich mir zumindest immer gesagt.«

»Also, ich würde es sofort nehmen – und auf keinen Fall vermieten.« Ich gehe zu den Fenstern und blicke hinaus auf die wunderschöne Anlage und den gepflegten Straßenzug dahinter. »Du kannst doch nicht reich, talentiert *und* bescheiden sein.«

»Ist alles relativ.« Er schnaubt. »Ich fühle mich irgendwie nicht wohl, wenn ich zu viel Raum nur für mich habe. Kannst du dir vorstellen, wie unheimlich es ist, wenn du nachts wach liegst und dir klar wird, dass du innerhalb von fast anderthalbtausend Quadratmetern das einzige menschliche Wesen bist?«

Ich wandere am Kamin vorbei zur Sofalandschaft, wo ich sein Aquarium entdecke. Schon knie ich auf der Couch davor und beobachte das bunte Treiben. »Du kannst mich sicher überreden, auch das eine oder andere Mal über Nacht zu bleiben.«

»Das wäre schön.«

Mein Grinsen bekommen nur die Fische zu sehen. »Gibt es auch einen, der nach deiner letzten Lektorin benannt ist? Eine Erin?«

Ich höre seine Schritte näher kommen. »Nein. Sie hat mich nicht genug geärgert, um in diesem Aquarium vorzukommen.«

»Aber du sie, hab ich gehört. Du sollst unausstehlich gewesen sein. Kann ich mir gar nicht vorstellen, mein süßer Inbegriff der Fröhlichkeit.«

Adrian kniet sich neben mich aufs Sofa und stützt die Arme auf die Kopflehne, den Blick ebenfalls ins Wasserpflanzendickicht gerichtet. »Vielleicht schreib ich ihr mal eine Entschuldigungskarte.« Er legt mir eine Hand auf den Rücken, und ich liebe, dass er wahrscheinlich nicht mal darüber nachgedacht hat, ob er das tun soll oder nicht.

Ich betrachte ihn von der Seite, schaue zu, wie er der Bahn eines feuerroten Fischchens direkt am Glas entlang folgt.

»Also hat sie dich vorgewarnt, als feststand, dass du das Buch betreuen wirst?«, fragt er.

»Ich mache mir grundsätzlich lieber selbst ein Bild. Aber ich geb zu, als du mich plötzlich treffen wolltest, hab ich dann doch mit ihr über dich gesprochen.«

»Ich bin meinem Ruf bei euch gerecht geworden, oder?«

»Kann man so sagen. Erst mal jedenfalls. Da wusste ich ja noch nicht, wie gut du küsst.«

»Stimmt. Das wird Erin allerdings nie erfahren, auch wenn sie mich deshalb weiterhin nicht leiden kann. Du solltest es übrigens auch nicht rausfinden.«

Kurz stelle ich mir vor, wie das gewesen wäre: es nicht rauszufinden. Es hätte mehr Sicherheit bedeutet. Ich müsste nicht diese ganzen Gedanken ruhigstellen, was mein Team von mir denken könnte oder was hinter Adrians Angst steckt. Was passieren würde, sollte das mit uns nicht geheim bleiben.

Doch all das Unberechenbare wiegt nicht auf, dass ich, ohne zu suchen, jemanden gefunden habe, den ich nicht mehr loslassen möchte.

»Was, wenn ich dieser Mann bin, der die Leute tyrannisiert, mit denen er arbeitet?«, fragt er. »Eingebildet, ungehobelt, abweisend und innerlich leer?«

»Adrian Bryn Knight Spurling whatever. Du bist nichts davon.« Ich lege meine Finger unter sein Kinn, und er wendet mir das Gesicht zu. Wie kann man so deprimiert und so glücklich zugleich aussehen?

Ich glaube, er wollte so rüberkommen – als wäre er dieser unfreundliche Mensch, der niemanden mehr an sich heranlässt.

Aus Selbstschutz? Zum Schutz der anderen? Beides? Auch das werde ich noch herausfinden.

Vielleicht bin ich naiv zu denken, ich könnte meinen Gefühlen trauen. Ich stehe erst ganz am Anfang, ihn verstehen zu lernen, doch ich habe nicht vor, auch nur einen Schritt zurückzumachen. »Und jetzt zeig mir deine Bücher, okay? Ich muss wissen, was du liest.«

Er rappelt sich hoch und hält mir die Hand hin, um mich ebenfalls auf die Füße zu ziehen. »Stimmt, hab ich glatt vergessen: mein Schreibzimmer.«

Wir steigen eine Treppe ins Obergeschoss hoch, und er präsentiert mir den Ort, an dem ein Teil seines Debüts sowie fast der gesamte Text von *Sort of High Treason* entstanden sind. Sein Schreibtisch steht direkt am Terrassenfenster, und bei gutem Wetter – auch wenn es das in London bekanntlich selten gibt – arbeitet er draußen. Das Zimmer ist auch nicht gerade klein, doch er hat seine Regale als Raumteiler eingesetzt, damit es sich so anfühlt.

Ich mache Bekanntschaft mit Raiponce, die hier oben auf ihrem Kratzbaum abhängt und extra runterspringt, um mir um die Beine zu streichen. Dann analysiere ich ausgiebig Adrians Lesegeschmack. Er hat vielleicht ein Zehntel so viele Bücher wie ich und eine Tendenz zu Biografien der unterschiedlichsten Persönlichkeiten. Dazu ein paar Psychothriller, deren Titel mir fast ausnahmslos nichts sagen. Zu meiner Überraschung besitzt er auch eine Handvoll Liebesromane – von seiner Schwester »geerbt«, aber angeblich tatsächlich gelesen.

Nach meiner Regalbesichtigung lädt Adrian mich zu Wraps und Limo auf die Terrasse ein. Ich wäre niemals auf die Idee gekommen, der Füllung gesalzene Erdnüsse hinzuzufügen, stelle aber fest, dass ich mich daran gewöhnen könnte. Genau wie daran, mit ihm zu essen.

Da ich ihm gegenübersitze, wirkt es nicht so aufdringlich, wenn ich jedes Mal seinen Mund betrachte, wenn er etwas sagt. Seine Hände, die den Wrap halten. Ab und zu scheint es mir, als ob auch in seinem Blick eine gewisse Spannung läge, aber er lässt es sich durch nichts anderes anmerken.

Ich zwinge meine Gedanken aus dem Kopfkinosaal raus, in dem sie sich gern einen sehr freizügigen Film ansehen würden, der auf genau dieser Terrasse spielt.

»Möchtest du jetzt den Garten sehen?«, fragt Adrian schließlich und sammelt mit der Gabel zwei letzte Salatblätter auf, die aus seinem Wrap gefallen sind.

»Klar! Wie spät ist es denn?«

Er dreht sein Handgelenk, sodass ich einen Blick auf seine Uhr werfen kann. Es bleiben noch etwa anderthalb Stunden, bevor ich losmuss, damit ich es pünktlich zu Melly schaffe.

Wir begeben uns ins Erdgeschoss und von dort nach draußen. Vor dem Haus ist alles penibel gemäht und zurechtgestutzt, aber im hinteren Teil des Gartens wurde der Natur etwas mehr Freiheit zugestanden. Ich ziehe meine Römersandalen aus und laufe barfuß weiter. Es gibt ein paar knorrige Apfelbäume, und unter einem davon lege ich mich ins Gras und spähe durch das Schatten spendende Geäst in den Sommerhimmel.

Adrian setzt sich neben mich.

»Was?« Ich drehe den Kopf, um ihn anzusehen.

»Wie, was?«

»Du hast dich angefühlt, als wolltest du was sagen.«

Er streckt die Beine aus und lässt dann seinen Oberkörper nach hinten sinken, um sich neben mich zu legen. »Eher etwas tun.«

So leicht lässt sich also der Modus wechseln. Nur ein paar kleine Worte, bei denen selbst von hier aus die Rauchmelder im Haus losgehen müssten.

Ich kann das auch.

»Mit mir?« Ein verspieltes kleines Murmeln.

Sein Gesicht nähert sich meinem, und ich würde den Moment gern festhalten, um mich später immer wieder darin einwickeln zu können. Wie konnte ich so viel Glück haben? Dass wir nach dem schwierigen Start, den wir hingelegt haben, überhaupt bis hierher gekommen sind!

Seine Lippen umschmeicheln und stupsen und zupfen meine, bis ich sie öffne und er mit der Zunge meinen Mund erobern kann.

»Soll ich dir was verraten?«, fragt er, als wir Nasenspitze an Nasenspitze daliegen und beinahe so atemlos Luft holen, als wären wir nach langen Minuten unter Wasser an die Oberfläche gekommen.

»Hat es was mit mir zu tun?«

Sein kleines Lachen sagt Ja. »Da ist was in meiner Hosentasche. Es fängt mit K an, und ich glaube, wir könnten es jeden Moment brauchen.«

»Oooooha. Die ganze Zeit wartest du also bloß auf die richtige Gelegenheit, und da ärgerst du mich damit, dass *ich* nur an das eine denken würde?« Ich lasse es tadelnd klingen, während mir sekündlich wärmer wird.

»Ja und nein.« Er stützt sich mit der Hand hoch, schwingt sich über mich und platziert dann die Linke links und die Rechte rechts von meinem Kopf auf der Wiese. »Hab mir sagen lassen, dieses Kleid muss man einfach nur aufknöpfen?!«

Jetzt bin ich es, die auf diese zustimmende Art lacht, ein bisschen ungläubig und ziemlich aufgekratzt.

Adrian fängt an und nimmt sich ausgesprochen viel Zeit für jeden Knopf. »Das hier ist nur die Praline auf der schon perfekten Pralinentorte.« Er drückt einen Kuss über den Mittelsteg meines BHs, und trotz der Hitze bekomme ich Gänsehaut.

»Ich bin die Torte?«, keuche ich.

»Der Tag mit dir.« Er nimmt sich den nächsten Knopf vor.

Ich greife nach seinem Shirt, und er hält inne, damit wir es mit vereinten Kräften über seinen Kopf ziehen können. Dann umfasst er meine Handgelenke und führt sie zu Boden.

»Die bleiben jetzt hier, okay? Ich kann mich sonst nicht konzentrieren.«

Er bringt sein Gesicht wieder auf die Höhe von meinem, um mich zu küssen, als wäre das der Punkt hinter seinem Satz.

»Wenn du dich konzentrieren kannst, läuft sowieso was falsch«, stelle ich flüsternd fest, sobald ich den Atem dafür habe.

Sein Zeige- und Mittelfinger streichen gemeinsam von meinem Hals bis dahin hinab, wo das Kleid noch zu ist. Er öffnet zwei weitere Knöpfe, und seine Lippen unternehmen einen Streifzug über meinen Bauch.

»Ich kannte das so nicht«, murmelt er. »Gleich nach dem Aufwachen lächeln zu müssen, weil ich an dich denke. Wie oft dein Name durch meinen Kopf schwirrt. Was deine Nähe mit mir macht.«

Plötzlich bin ich dankbar, dass meine Hände vorerst ins Gras verbannt wurden. Sein Blick, seine Berührungen und seine Worte sind schon fast unmöglich gleichzeitig zu verarbeiten; würde ich jetzt auch noch seine Haut unter meinen Fingern spüren, würde mein Herz platzen.

Adrian schiebt den letzten Knopf durchs Loch und lässt mein Kleid zu beiden Seiten aufgleiten, als wäre es ein Vorhang. Zum ersten Mal betrachtet er mich ganz in Ruhe und bei Tageslicht, und ich wusste nicht, dass irgendetwas so guttun kann, wie zu sehen, was seine Augen dabei sagen.

Ich richte den Oberkörper auf, um aus den Ärmeln und dem BH zu schlüpfen, und Adrian, der sich derweil von Hose und

Boxershorts verabschiedet hat, hilft mir, damit es mit dem Slip schneller geht.

Dann sinke ich wieder auf den Rücken und sauge alles in mich auf – die Düfte des Gartens in der Sommerluft, unser aufbrandendes Raunen und Keuchen und Stöhnen, wie es sich anfühlt, Adrian so nahezukommen, ihn in mir zu spüren. Ich schließe die Augen, und das Sonnenlicht, das durch die Baumkrone fällt, tanzt auf meinen Lidern, bis es zu Lichtpunkten explodiert.

KAPITEL 35

Lesen kann ganz schön aufwühlen.

Ein Windhauch kitzelt meine Nase. Meine Gedanken versuchen, mich räumlich und zeitlich zu verorten, und als es ihnen gelingt, fahre ich ruckartig hoch und stoße Adrian dabei versehentlich mein Knie in die Seite.

»Hallo?«, beschwert er sich träge.

Melly! Wie konnte ich einfach eindösen, obwohl ich doch genau wusste, dass ich unbedingt pünktlich losmuss?

»Wie spät ist es?« Auf dem Handy hatte ich mir extra einen Wecker für meine Abfahrt gestellt, aber das liegt noch im Haus. Ich werfe mir das völlig zerknautschte Kleid über die Schultern und verknote fast meine Arme beim Versuch, wieder hineinzuschlüpfen.

Adrian schaut auf seine Uhr. »Oh, Mist, schon fast vier!«

Um halb hätte ich sie abholen müssen. Zurück nach Oxford brauche ich über eine Stunde.

»Scheiße!«

Ich kann sie nicht allein lassen. Ihre Tante ist leider ausgerechnet über dieses Wochenende auf Dienstreise – einer der Gründe, warum Melly mich gefragt hat. Der Hauptgrund war, dass sie ihre beste Freundin braucht.

Adrian streift sich ebenfalls seine Klamotten über, als hätten wir es eilig – dabei ist es so oder so zu spät.

Lorne? Ich wünschte, ich könnte ihn bitten, Melly zu begleiten. Mir fällt niemand ein, dem ich es mehr zutraue, jemanden vor einer OP zu beruhigen. Und ich weiß, dass Melly ihm wichtig ist, auch ohne das zwischen den beiden zu durchschauen. Ich seufze. »Stell dir vor, du wärst in jemanden verknallt, aber irgendwie wäre das Ganze ziemlich kompliziert … Wie sehr würdest du deine Freundin Clio hassen, wenn sie diese Person zu dir schickt, um dir bei deiner Kniearthroskopie beizustehen?«

Ich bücke mich nach Slip, BH und den Sandalen. Mein Rücken protestiert – er fand die ganze Aktion am Boden nicht ganz so großartig wie einige andere Körperteile.

Adrian folgt mir Richtung Haus. »Das solltest du lassen. Ich weiß, du magst romantische Verwicklungen, aber dich da einzumischen, ist keine gute Idee.«

»Normalerweise wird was draus, wenn ich welche wittere!«

Er bleibt stehen, und obwohl ich mich gerade schrecklich fühle, macht sein Lächeln mich für einen Moment ganz ruhig. »Offensichtlich.« Er wirft mir einen Luftkuss zu. »Lass deine Freundin trotzdem damit in Ruhe.«

So schwer es mir fällt – das sollte ich natürlich wirklich tun.

Wir begeben uns auf schnellstem Wege zu meinem Handy, obwohl ich weiß, dass Melly wahrscheinlich längst in der Praxis ist – schlimmstenfalls ganz allein – und ich sie nicht erreichen kann. Beim Anblick der fünf entgangenen Anrufe von ihr beiße ich mir auf die Lippe. Sie hat auf mich gezählt, und ich bin nicht aufgetaucht.

Außerdem hat Shannon zweimal angerufen und mir danach getextet, dass sie Melly fährt und wartet, bis sie nach der Narkose wieder wach ist, um sie dann auch nach Hause zu bringen. Glück im Unglück.

Ich wähle die Mailbox an, auf der Melly zwei Nachrichten hinterlassen hat.

»Clio? Kommst du noch? Bitte meld dich so schnell wie möglich, das wird langsam knapp!«

Ich grabe die Zähne noch tiefer in meine Lippe, während die Ansage vor der zweiten Nachricht abgespielt wird.

»Okay, lässt du mich gerade für *ihn* sitzen? Ich kann's nicht glauben. Aber schön, ich hoffe, du hast gerade Spaß mit ihm, während ich hier durchdrehe.«

Ein zittriger Atemzug ist zu hören, dann spricht wieder die Automatikstimme, und ich drücke wie benommen auf den roten Button.

Adrians Gesicht hat sich verdunkelt.

»Sie ist nicht dein größter Fan«, gebe ich zu. »Aber das liegt nur daran, da–«

»Wem hast du noch alles von uns erzählt?«, unterbricht er mich.

Der Vorwurf trifft mich unvorbereitet. »Nur Melly und Lorne – einem Freund und Kollegen. Sie würden niemals irgendwem was sagen.«

Er sieht alles andere als beruhigt aus, eher noch ernster. »Das macht schon zwei Personen im Verlag. Nur eine Bemerkung, die jemand anders mitbekommt, und wir haben ein riesengroßes Problem.«

Als ob ich nicht vernünftig nachgedacht hätte!

»Ich hätte also das Wichtigste, was gerade in meinem Leben passiert, nicht mit den Menschen teilen dürfen, die mir am meisten bedeuten? Obwohl ich ihnen vollkommen vertraue?«

Heißt das umgekehrt, in seinem Umfeld weiß absolut niemand von mir? Der Gedanke fühlt sich unschön an. Als würde Adrian mich aus seiner Welt heraushalten – wie eine Geliebte, die man nur im Hotel trifft. Was aus offensichtlichen Gründen einen wunden Punkt berührt.

»Das mit uns wird nicht so funktionieren, wie du dir das vorstellst.« Adrian tritt vor mich und schiebt einen Knopf zurück ins Loch, den ich aus Versehen übersprungen haben muss. Die Selbstverständlichkeit, mit der er das tut, während er mein Herz bricht, killt mich.

»Woher willst du wissen, was ich mir vorstelle?«

Wir starren einander in die Augen.

»Weil du es mir gesagt hast. Auf der Seawall, du erinnerst dich? Du willst ›mehr als schöne Worte und gestohlene Momente‹.«

»Du doch auch!« Ich habe es bewusst nicht als Frage formuliert, denn am Ende versucht er noch, es abzustreiten. »Ich weiß sehr genau, wie vorsichtig wir sein müssen. Denkst du, ich will, dass mir gekündigt wird? Oder dass wir beide in den Medien landen? Aber es besteht ein Unterschied zwischen vorsichtig und angstgetrieben. Ich möchte im Rahmen der Möglichkeiten alles, was geht. Deshalb habe ich auch meiner Mum gesagt, dass ich meinen neuen Freund zur Hochzeit 2.0 mitbringe.«

Es ist ein richtig schlechter Augenblick, um ihm das zu beichten, aber gleichzeitig ist es das beste Beispiel. Ich werde ihn dort brauchen, und wenigstens im Privaten können wir doch als Paar auftreten, oder nicht? Ich kläre vorher, dass keine Fotos von ihm nach außen gelangen dürfen, und unter den Gästen wird niemand sein, der uns etwas Böses will, selbst wenn ihn jemand erkennen sollte.

Adrian macht einen Schritt rückwärts, weg von mir, und ich spüre, wie er das auch innerlich versucht. »*Was?* Himmel, genau davon rede ich doch!«

»Von der zweiten Hochzeit meiner Eltern?«

»Das wird nicht passieren, Clio. Ich kann nicht als dein Date irgendwohin mitkommen oder deine Familie kennenlernen, so gern ich es möchte. Vielleicht eines Tages, wenn wir kein gemeinsames Projekt mehr haben und ich mehr in Vergessenheit geraten bin. Doch bis dahin bleibt es dabei: Alles, was ich sein kann, ist dein Geheimnis, so wie du meins – auch wenn du Geheimnisse noch so sehr hasst. Daran wird sich in nächster Zeit nichts ändern.«

Ich straffe die Schultern. »Und wie sich das ändern wird!« Es ist eine klare Ansage, aber sie reicht nicht aus; ich spüre, dass ich direkt nachlegen muss. »Ich weiß nicht, wer du warst, dass du diese Person für mich nicht sein willst, aber ich kenne *dich*. Du kannst dich nicht weigern, ein Teil von meinem Leben zu werden. Weil du es längst bist. Wir müssen einfach Schritt für Schritt schauen, wie wir vorgehen, damit sich alles fügt.«

Adrian fährt sich mit der Hand durch die Haare, die nach vorhin im Garten eh schon maximal verwuschelt sind. »Als ich dir gesagt habe, dass es keine Liebesgeschichte wird, war das doch nicht, um dich zu verletzen – sondern weil unsere Situation es ausschließt.«

Wieso fällt es ihm so unendlich schwer, nach vorn zu blicken? Was auch immer vorgefallen ist, muss ihn wirklich alle Zuversicht gekostet haben. Doch wenn er so weitermacht, wird mich das meine kosten.

Ich atme tief durch. »Es *ist* aber eine Liebesgeschichte, und du und ich entscheiden, wie wir sie weiterschreiben.«

Er schüttelt wortlos den Kopf, die Lippen aufeinandergepresst. Sein Schweigen erwischt mich kälter, als jede Widerrede es gekonnt hätte.

»Wenn das so ist, dann habe ich dir im Moment auch nichts mehr zu sagen.« Ich nehme meine Tasche und verlasse den Raum, steuere den Aufzug an und warte auf Schritte hinter mir. Sie bleiben aus.

* * *

Der Ersatzschlüssel liegt an seinem Platz unterm Blumenkübel. Ich habe in der WG gewartet, bis Shannon mir geschrieben hat. Jetzt ist Melly allein zu Hause und will mich wahrscheinlich nicht sehen. Trotzdem bin ich hier, mit diesem Drücken im Bauch, das mich zurück nach Oxford begleitet hat und gegen das auch eine riesige Tasse Kamillentee nichts ausrichten konnte.

Ich habe etwas Wichtiges versäumt, und meine Entschuldigung dafür ist denkbar schlecht.

Der Drang, mein Handy zu checken, wird beinahe übermächtig, aber da das abzusehen war, habe ich es direkt im Auto liegen lassen. So kann ich mich fragen, ob Adrian sich in der Zwischenzeit dazu überwindet, den ersten Schritt zu machen, und leide nicht pausenlos, wenn er es nicht tut.

Okay, los jetzt!

Ich stecke den Schlüssel ins Schloss und öffne Mellys Wohnungstür.

»Melly?«, rufe ich, damit sie sich nicht zu Tode erschreckt.

»Hier!«, kommt es aus der Küche.

Sie scheint also noch mit mir zu reden. Trotzdem atme ich tief ein und aus, bevor ich mich zu ihr rein wage.

Sie sitzt im Profil zu mir an dem kleinen Tisch beim Fenster und löffelt Müsli, das Bein mit dem operierten Knie ausgestreckt mit einem Handtuch darauf, unter dem sich bestimmt ein Kühlakku befindet. Zwei Unterarmgehstützen lehnen an der Küchenzeile. Sie sieht müde aus, aber auch erleichtert-entspannt.

»Wie geht es dir?« Ihr Gesichtsausdruck, als sie sich mir zuwendet, lässt mich auf halbem Weg zu ihr und einer Umarmung innehalten.

»Noch ein bisschen fertig von der Narkose, aber sonst okay. Waren ja im Endeffekt nur zwei kleine Schnitte und ungefähr fünfzehn Minuten Operationszeit.« Was sie sagt, ist halb so wild, aber *wie* sie es sagt – unendlich kühl.

»Bitte verzeih mir.«

Sie lacht traurig. »Was denn genau? Dass du Besseres zu tun hast, als dein Wort zu halten und für die Leute da zu sein, denen du wirklich wichtig bist? Weil es für dich jetzt oberste Priorität hat, mit deinem heißen Unbekannten … ein Beet umzugraben oder so?«

Ich folge ihrem Blick zu meinen Händen, zu den schwarzen Rändern unter meinen Nägeln, die ich bis jetzt überhaupt nicht wahrgenommen hatte. Erde. Das Blut schießt mir ins Gesicht.

»Ist deine Sache. Wehgetan hat's mir trotzdem.«

Wenn die Wahrheit nicht so unsagbar blöd klingen würde.

Tut mir voll leid, ich lag super in der Zeit – bis ich beim Nachspiel weggedämmert bin.

»Dass ich es nicht hergeschafft habe, hatte rein gar nichts mit meinen Prioritäten zu tun! Glaub mir das bitte. Es ist einfach total unglücklich gelaufen. Sag mir, wie ich es wiedergutmachen kann, und ich tu's.«

Sie holt Luft, um etwas zu sagen, stoppt sich dann aber selbst und schließt die Augen.

»Was?«

Sie schüttelt den Kopf.

»Ich will wissen, was du gerade gedacht hast.«

Melly öffnet die Augen wieder, und darin liegt so viel Enttäuschung, dass mir die Kehle eng wird. »Mir gefällt nicht, was diese Affäre mit dir macht. Die ganze Zeit habe ich Angst davor, wie sehr es dich mitnehmen wird, wenn er dich fallen lässt, und gleichzeitig kann ich es kaum erwarten, weil du endlich aufwachen musst.«

So sieht sie mich also. Als ein Naivchen, das sich nur benutzen lässt.

»Es ist keine Affäre.« *Aber eine Liebesgeschichte auch nicht*, sagt Adrians Stimme in meinem Kopf.

»Und wie nennt sich das dann, wenn man sich von einem Starautor mit krassem Fehlverhalten flachlegen lässt?« Sie zieht scharf die Luft ein. »Mist, entschuldige. Das woll…«

»Nein, ist schon gut«, fauche ich. »Ganz offensichtlich hältst du ja wirklich so wenig von mir. Bitte, dann verurteil mich halt. Ganz ehrlich, du solltest es endlich mit Lorne tun, dann wärst du vielleicht nicht mehr so verdammt scheiße drauf!«

Jetzt bin ich es, die über sich selbst erschrickt. Ich bin zu weit gegangen; das sagen mir nicht nur die Tränen in ihren Augen. Es war einfach zu viel – meine Schuldgefühle, Adrians hochgezogene Mauer, ihre Vorwürfe. Doch all das rechtfertigt nicht, was ich soeben von mir gegeben habe.

»Wow, Clio, sorry, ich lag falsch. Er scheint dir wirklich gutzutun. Seit das mit euch läuft, bist du plötzlich so sensibel.« Sie schnieft. »Danke für deinen liebevollen Rat. Ich werde ihn allerdings leider nicht befolgen können, da Lorne und ich es nie wieder ›tun‹ werden und ich dann wohl für immer ›so verdammt scheiße drauf‹ sein werde! Geh jetzt.«

Ich ersticke fast. *Nie WIEDER?*, schießt es mir durch den Kopf, und ich versuche, den Sinn ihrer Worte zu erfassen, während ich weine und Angst vor mir selbst habe und davor, dass hier gerade etwas unwiederbringlich kaputtgegangen ist. In Scherben gesprungen, weil ich meine Gefühle nicht unter Kontrolle habe.

»Melly …«

»Geh!«

Ich taumle aus der Küche, den Flur entlang, zur Tür hinaus und auf die Auffahrt. Im Auto lasse ich den Kopf gegen das Lenkrad sinken und heule mir die Seele aus dem Leib.

KAPITEL 36

Lesen ist bunt: Niemand liest dieselbe
Geschichte auf dieselbe Weise wie du.

»Okay, ja, das machen wir so. Überleg es dir in Ruhe. Bis dann!«
Shannon fährt zusammen, als ich den Hörer aufs Telefon
knalle.

»Entschuldigung. War ein schwieriges Gespräch.«

»Habe ich mitbekommen.«

Nora Conway hat nach zwei Büchern, die sie mit unserem
Verlag gemacht hat, eine Schreibkrise. Sie sagt, es fühle sich
nicht mehr richtig an, nur noch nach Mithaltenwollen und
Geldverdienen. Ihre letzte Idee musste ich leider absagen, aber
sie hat den Drang, sie jetzt umzusetzen, was sie für das andere
Projekt, das wir gemeinsam geplottet haben, blockiert. Auch
wenn ich nicht schreibe, stelle ich es mir tatsächlich nicht leicht
vor, wenn eine Geschichte drängt, geschrieben zu werden, und
man sich zwingt, sie zurückzuhalten. Bücher wollen nicht »vielleicht« geschrieben werden, und Kreativprozesse brauchen Freiheit. Trotzdem.

Shannon lächelt mir aufmunternd zu. »Deine Fähigkeiten als
Kummertante waren gefragt, aber du scheinst dafür heute selbst
zu viel Kummer zu haben. Mach dir mal keinen Kopf. Nora arbeitet viel zu gern mit dir, um sich von uns zu trennen. Weißt
du noch, wie sie damals ihren Debütvertrag auflösen wollte, weil

du angeblich viel zu viele Änderungsvorschläge und Kommentare ins Manuskript gemacht hattest?«

Ich lächle, schwach, aber es ist mehr als in der ganzen Zeit seit Freitag. »Wie könnte ich das vergessen?«

»Sie hat dir geschrieben, dass sie dir für deine Mühe dankt, ihr Buch allerdings gut war, wie es war. Was nicht ganz falsch war – nur eben auch weit entfernt von richtig.« Shannon zieht eine ihrer Schreibtischschubladen auf und wirft mir ein Schokobonbon rüber. »Sag Bescheid, wenn du auch eine Kummertante brauchst, ja?«

»Danke.« Ich bin versucht, ihr alles zu erzählen. Doch ich will ihr nicht auch noch das Wissen aufbürden, dass ihre Kollegin sich in eine Totalkatastrophe hineinmanövriert hat. Außerdem wäre sie dann schon die dritte eingeweihte Person im Verlag. Adrians Panik beginnt wohl, auf mich abzufärben. »Ich glaube, erst mal brauche ich ein bisschen frische Luft. Bin gleich wieder da.«

Ich nehme mein Handy mit, obwohl es immer noch weder eine Nachricht von Melly noch von Adrian anzeigt. Denken etwa beide, dass ich den Anfang machen muss? Sollte ich das?

Ich habe eins der deprimierendsten Wochenenden meines bisherigen Lebens hinter mir, und langsam halte ich die Stille nicht mehr aus, die mir beide entgegendröhnen lassen.

Mir fehlen doch sonst nie die Worte, warum dann jetzt? Wieso traue ich mich nicht, mich bei Melly zu entschuldigen? Und aus welchem Grund schreibe ich Adrian nicht, dass es nicht okay war, wie er mich hat gehen lassen?

Auf meinem Weg zum Ausgang halte ich inne und mache noch einmal kehrt, um bei Lorne vorbeizuschauen. Er hat ungelogen über zehn angefangene Mails auf dem Bildschirm offen, scheint sie aber alle augenblicklich zu vergessen, als er mein Gesicht sieht. Schon ist er bei mir und umarmt mich.

»Melly hasst mich«, sage ich brüchig. »Ich habe es wegen Bryn verpasst, sie zu ihrer OP zu begleiten.«

»Auf keinen Fall hasst sie dich – glaub mir, ich kenne den Unterschied.« Er geht zurück zu seinem Schreibtisch und holt mir einen Schokoriegel.

»Warum füttern mich hier alle mit Süßigkeiten, wenn ich traurig bin?« Ich nehme den Riegel natürlich trotzdem. »Dich hasst sie auch nicht. Apropos … Sie hat da was erwähnt. Ist da was zwischen euch passiert, von dem ich wissen sollte?«

Lornes Augen verengen sich. »Wenn sie es dir nicht erzählt hat, wohl nicht.«

Ich beginne, ernsthaft an mir zu zweifeln. Wie konnte mir das entgehen? Zwei meiner Lieblingsmenschen sind sich aus irgendwelchen widersprüchlichen Gründen viel nähergekommen, als ich geahnt habe, und ich habe dauernd meine blöden Kommentare gemacht.

Lorne drückt meinen Arm. »Nimm mir das jetzt bitte nicht übel, aber wenn du die Menschen in deinem Leben auch nur halb so aufmerksam lesen würdest wie deine Manuskripte, würde dir das eine Menge Ärger ersparen, Clio.«

Es tut weh, aber er hat recht.

Ich seufze. »Melly hat auch gesagt, dass ich unsensibel bin.«

»Sie selbst noch viel mehr«, murmelt er.

Es ist wahrscheinlich ein guter Moment, um als neue einfühlsamere Version meiner selbst durchzustarten und nicht nachzuhaken.

»Könnt ihr was auch immer wieder geradebiegen?«

Ganz lassen kann ich es auch wieder nicht.

Er zuckt mit den Schultern. »Fürchte nicht. Aber ihr zwei schon. Aus meiner Sicht seid ihr das beste Beste-Freundinnen-Duo überhaupt.«

»Danke.«

Ich umarme ihn noch mal, bevor ich nach draußen gehe. Zu lang darf meine Notfallpause auch nicht werden.

Mit schnellen Schritten laufe ich einmal um den Block, um den Kopf freizukriegen. Es klappt nur bedingt, aber zurück im Büro habe ich zumindest in Bezug auf Melly meine Entscheidung getroffen.

Gerade habe ich mich gesetzt und zu tippen begonnen, da erscheint eine Nachricht von ihr in unserem Verlauf: *Bin heute im Homeoffice, magst du vielleicht in der Mittagspause zum Reden vorbeikommen?*

Ich atme auf und lösche meinen bisherigen Anfang, um direkt zu antworten: *Wollte dir auch gerade schreiben. Ich komme gegen halb eins.*

Dahinter platziere ich noch ein Herz, weil meins gerade überquillt und ich ihr ins Gedächtnis rufen will, dass ich sie lieb habe, ganz egal, was wir einander an den Kopf geworfen haben.

Als ich mich endlich wieder der Arbeit widme, finde ich auch eine Nachricht von Adrian im Postfach vor.

....

An: Hildyard, Clio
Von: Spurling, Bryn
Betreff: Es geht aufs Ende zu

Guten Morgen Clio,

anbei vier der noch ausstehenden Kapitel, bald ist es geschafft.

Grüße aus London
Bryn
🔗 Kapitel 45–48.doc

Ich bekomme nur deshalb keinen Schreikrampf, weil Shannon sich für heute schon genug Sorgen um mich gemacht hat.

··

An: Spurling, Bryn
Von: Hildyard, Clio
Betreff: Re: Es geht aufs Ende zu

Hallo Bryn,

ich bin mir nicht sicher, ob ich Lust habe, sie zu lesen.

Clio

··

Eine bessere Reaktion hat er schlicht nicht verdient. Ich meine, geht's noch? Wenn ich allein die Grenzen zwischen der Arbeit am Buch und uns verwischt hätte, hätte ich vielleicht Nachsicht mit ihm, aber so? Er erwartet doch wohl nicht, dass ich ohne jegliche Aussprache zur Tagesordnung übergehe, seine vier Kapitel bearbeite und womöglich beim Rücksenden noch »mit freundlichen Grüßen« versehe?

Wenigstens lässt er sich dazu herab, mir gleich zurückzuschreiben.

··

An: Hildyard, Clio
Von: Spurling, Bryn
Betreff: Re: Re: Es geht aufs Ende zu

Kannst du bitte sachlich bleiben?

··

Sehr witzig, wirklich. Ich tippe mehrere Zeilen, frage ihn, für wie sachlich er sich gehalten hat in dieser Nacht im Hotel oder in all den Momenten danach.

Dann erinnere ich mich daran, dass ich so nicht mehr vorgehen wollte.

Also lese ich mir die vier Kapitel durch und stelle fest, dass Noah Violet komplett ausschließt, um sie vor ihrem verrückten Bruder zu schützen, der mittlerweile auch ihr das Leben zur Hölle zu machen versucht.

Ich habe selten so was Dämliches gelesen.

....

An: Spurling, Bryn
Von: Hildyard, Clio
Betreff: Re: Re: Re: Es geht aufs Ende zu

Hallo Bryn,

aber klar, sehr gern.
Sachliche Anmerkung: Ich hasse, wie schwer du es uns beiden gerade machst.
Sachliche Anweisung: Schreib das bitte noch mal neu. Dir muss doch klar sein, dass Violet nicht beschützt zu werden braucht.

Clio

....

Darauf bekomme ich – was für eine Überraschung – keine Antwort mehr.

* * *

Melly liegt mit ihrem Reader auf dem Sofa und ist so vertieft in ihre Pausenlektüre, dass sie mich erst bemerkt, als ich mich räuspere.

»Hi.« Ich gehe neben ihr in die Hocke und greife nach ihrer Hand. Sie lässt es zu, drückt sogar zurück.

»Hi.« Sie versetzt den Reader in den Schlafmodus. »Es tut mir leid, dass ich dich auf der Mailbox so angeraunzt habe. Und dann später, als du extra noch zu mir gekommen bist, gleich noch mal viel schlimmer.«

Ich stoße die Luft aus. »*Du* entschuldigst dich?«

»Na ja, ich werde es nicht herausfordern, dich an einen Fremden zu verlieren, indem ich mich weiter mit dir streite.«

Ich setze mich auf den Boden und bette meine Wange aufs Sofa, so, dass ich sie ansehen kann. »Du verlierst mich doch nicht!«

Sie zuckt mit der Schulter, die sich fast direkt vor meiner Nase befindet, und die Bewegung lässt ihr eine ihrer langen dunklen Strähnen ins Gesicht rutschen. »Hat sich so angefühlt. Du warst nicht da.«

War ich nicht. Das steht im Raum, und egal, wie gern ich es wegschieben würde, es bleibt ein Fakt.

Sie streicht sich die Strähne hinters Ohr. »Aber ich habe viel nachgedacht, und mir ist aufgegangen, dass ich in der letzten Zeit auch nicht so die beste Freundin war, die man sich wünschen kann.«

Ich richte mich auf, ohne den Blick von ihrem Gesicht zu lösen. »Das ist Unsinn! Wieso denkst du so was?«

Sie schwingt vorsichtig die Beine über die Sofakante und setzt sich aufrecht hin. »Na ja, seit du Bryn getroffen hast, habe ich dich nur kritisiert. Ich habe dich nicht verstanden – warum du bei der Zusammenarbeit nicht die Distanz gewahrt hast, wieso du unbedingt und schon nach so kurzer Zeit mit ihm im

Bett landen musstest, weshalb es für dich plötzlich nur noch um ihn ging, …«

Meine Finger haben sich in den flauschigen Wohnzimmerteppich gegraben, so fest, dass sie ein bisschen schmerzen, als ich sie wieder lockere. Es stimmt, ich war vollkommen kopflos, und an ihrer Stelle hätte ich mich auch gesorgt.

»Aber ich weiß, dass du auf dich aufpassen kannst«, fährt Melly fort. »Außerdem bist du keine, die ihr Herz leichtfertig verschenkt. Für eine kurze Weile habe ich daran gezweifelt, und dafür schäme ich mich echt.«

Schon wieder brennen Tränen in meinen Augen. Wie kann es sein, dass sie an mich glaubt, aber ich selbst nicht mehr so richtig? Habe ich nicht genau das getan, was sie befürchtet hat? Mein Herz leichtfertig verschenkt an einen Typen, der keine Zukunft für uns sieht?

»Meine Gefühle hatten wohl auch viel mit mir selbst zu tun.«

Mellys deutlich leisere Worte lassen mich aufhorchen und lenken mich augenblicklich von meinen eigenen Gefühlen ab.

Ich warte ab, denn es klang, als wäre sie noch dabei, Mut zu sammeln.

»Zwischen euch war direkt so eine starke Anziehung, oder? Erst zwischen den Zeilen, aber dann im Hotel auch sofort auf anderer Ebene. Du fandst ihn attraktiv, und du wolltest ihn.«

Ich lehne mich zurück und sehe zu ihr auf. »Kann man so sagen.«

Sie nickt langsam. »Das kenne ich nicht.«

»In dieser Intensität war es mir auch neu«, gebe ich zu.

»Nein, du verstehst nicht. Ich meinte nicht, dass ich es *noch* nicht kenne, sondern *gar* nicht.«

Es dauert einen Augenblick, bis bei mir einrastet, was sie mir sagen will.

»Oh. Ich … Das ist doch völlig okay?« Hm, auf die Reaktion kann ich jetzt nicht gerade stolz sein.

»Natürlich. Aber es ist nicht unbedingt einfach, wenn du nicht sagen kannst, ob du einem anderen Menschen je so nah kommen möchtest, und die Art, wie du empfindest, zu niemandem passen will.«

Ob es für sie aktuell nicht eher heißen müsste: *zu jemand Bestimmtem* nicht passen will?

Ich erinnere mich an die vielen Male, die Melly in meiner Gegenwart angeflirtet, mit anerkennenden Blicken bedacht, nach ihrer Nummer gefragt wurde. Natürlich habe ich immer bemerkt, dass ihr das unangenehm war. Aber nie wäre ich daraufgekommen, wie viel dahintersteckt. Dass es für sie jedes Mal bedeutet, auf eine Weise wahrgenommen zu werden, die ihr nicht entspricht.

Meine Gedanken schnellen aus irgendeinem Grund zu meiner kleinen Diskussion mit Bryn über Spice in Büchern zurück.

Meinte Melly das, als sie sagte, bei Romance wäre die Umsetzung oft nichts für sie? Überblättert sie entsprechende Szenen mit dem Gefühl, aus dem Rahmen zu fallen? Sich selbst nicht in der Liebesgeschichte wiederzufinden? Stichwort Liebesgeschichte …

»Aber du kennst es, dich zu verlieben, stimmt's?«, taste ich mich vorsichtig ans Thema heran. Denn ich bin mir sicherer als je zuvor: Melly *hat* sich verliebt. In jemanden, der mit großer Wahrscheinlichkeit anders liebt als sie.

»Da bin ich mir nicht so sicher. Und selbst wenn …«, sagt sie mit einer Tonne Resignation in der Stimme. »Alles, was ich dann tun muss, ist abzuwarten, bis das Gefühl verschwindet.«

»Er sollte es wissen, Melly.«

Ihre Augen verraten mir, dass er das, wenn es nach ihr geht, nie wird.

»Glaub mir, das bringt auch nichts mehr. Sagen wir, ich habe ihm einen komplett anderen Eindruck von mir vermittelt. Und wahrscheinlich habe ich ihn danach so mies behandelt wie noch keinen Menschen in meinem Leben.«

Ich atme zischend aus. Langsam bekomme ich eine vage Vorstellung davon, was sich zwischen den beiden abgespielt haben muss, doch trotz der vielen Fragen, die bleiben, dränge ich sie nicht, mir mehr zu erzählen.

Sie fasst nach meiner Hand und drückt sie. »Bitte lass das Thema auf sich beruhen.«

»Werde ich«, verspreche ich ihr. »Aber du solltest das nicht. Sogar auf keinen Fall.«

In meiner Handtasche vibriert das Handy.

Melly stupst mich an, unübersehbar erleichtert über die Ablenkung. »Sieh schon nach, das ist bestimmt dein süßer Autor!«

Ich beuge mich vor und greife mir die Tasche vom Boden. Die eingegangene Nachricht ist tatsächlich von Adrian.

> Wie sauer bist du noch?

Es ist nicht viel, aber immerhin.

Ich beschließe trotzdem, ihn jetzt auch mal ein paar Stunden schmoren zu lassen.

KAPITEL 37

Lesen heißt,
die Welt für eine Weile auf stumm schalten.

Meine Kopfschmerzen sind trotz Tablette brutal geblieben. Ich schleppe mich hauptsächlich deshalb zur Tür, damit das Klingeln aufhört. Luke und Keira haben mal wieder ein paar Leute eingeladen, und über das Gelächter und Geplapper hinweg hat es offenbar niemand gehört. Nur ich, die schon im Bett lag und zu schlafen versucht hat.

»Herein, herein, erste Tür rechts«, sage ich schon beim Öffnen, und mein dann folgender überraschter Aufschrei gefällt meinem Schädel überhaupt nicht.

»Ich musste dich sehen.« Fast verlegen schiebt Adrian die Hände in seine Jackentaschen.

Hätte ich das geahnt, würde ich sicher nicht in meinem viel zu großen Pyjama mit den tanzenden Pandas drauf stecken.

Ich drücke mir die Faust gegen die Schläfe, als ließe sich so das Pochen dahinter eindämmen. »Ich habe dir doch geschrieben, dass es mir nicht gut geht. Sollte heißen: Lass mich besser in Ruhe.«

»Und ich dachte, es bedeutet ...« – er zeigt zwischen uns beiden hin und her und deutet dann eine Umarmung an – »komm her und kümmer dich um mich.«

Ich will diesen Blick nicht zu mir vordringen lassen. »Ich

314

kümmer dich aber leider nur, wenn es dir gerade passt und es deine Tarnung nicht gefährdet.«

»Mach ruhig weiter. Beleidige mich, schrei mich an, lass es raus.« Er stellt einen Fuß in die Tür, als könnte ich ihn sonst jeden Moment aussperren. »Ich werde nicht gehen.«

Ich bin viel zu fertig, um irgendetwas von den Dingen zu tun, die er mir gerade erlaubt hat. »Warum bist du hier?«, frage ich also nur.

»Warum wundert es dich? Ich dachte, du wärst dir sicher, dass ich gar nicht mehr ohne dich kann.«

Auf dem laternenerhellten Gehweg geht ein Mann mit zwei kleinen Kindern vorbei, eins an der rechten, eins an der linken Hand. Mein Blick folgt ihnen; es ist mir gerade unmöglich, stattdessen Adrian anzusehen. »Vielleicht habe ich mich da geirrt.«

Er zögert kurz, doch dann traut er sich, mich in den Arm zu nehmen. »Hast du nicht.«

Das Dröhnen scheint ein klein wenig abzuebben, als ich meinen Kopf an seine Schulter lehne.

»Du hast recht damit, dass wir zusammen Wege suchen sollten, uns aus der Deckung zu wagen. Jetzt, nicht erst irgendwann.« Er streichelt meinen Rücken. »Mir macht es manchmal selbst Angst, wie viel Angst ich davor habe. Und wie ich mich dann verhalte. Bitte entschuldige.«

Die Erleichterung lässt mir einen zentnerschweren Stein vom Herzen fallen. »Danke, dass du dazu stehst.«

Es ist nur ein Anfang, aber es macht mir so viel Mut.

»Darf ich dich küssen, Clio?«

»Seit wann erwarte ich, dass du vorher fragst?«

Er schiebt sich mit mir in den Flur und zieht die Tür zu.

Nicht, dass uns noch jemand sieht!, höhnt meine innere Stimme, aber im Moment interessiert sie mich nicht.

Ich löse mein Gesicht von Adrians Jacke, weil er mich schlecht küssen kann, wenn es darin vergraben ist.

»Ich liebe dich«, sagt er leise.

Seine Lippen berühren meine, bevor ich etwas erwidern kann. Mein Kopf implodiert jetzt doppelt – er schmerzt und wirft gleichzeitig mit Glücksgedankenkonfetti.

Ein Pfiff hinter uns lässt uns auseinanderschrecken. Als ich mich umdrehe, ist der Typ, der ihn ausgestoßen hat, schon halb im Bad verschwunden. Er scheint sich nicht wirklich gefragt zu haben, wer genau wir sind.

»Ich wünschte, wir könnten reden oder … nicht reden, aber bedauerlicherweise halten mich meine Kopfschmerzen von so ziemlich allem ab, und ich war eigentlich schon im Bett.«

Er streichelt meine Wange. »Stört es dich, wenn ich trotzdem bleibe? Ich habe meinen Laptop mitgebracht, dann arbeite ich einfach noch ein bisschen am Buch, während du schläfst.«

Ich bringe nur ein Nicken zustande. Sein Vorschlag ist fast schon zu schön, um wahr zu sein.

Er zieht seine Jacke aus und hängt sie an die Garderobe, an die sie gerade so noch passt. »Hast du zufällig eine Zahnbürste übrig?« Mit einem Grinsen betrachtet er mich von Kopf bis Fuß. »Und falls du in deinen Schlafklamotten immer diese Größe hast, pass ich vielleicht in was von deinen Sachen rein.«

»Eine Zahnbürste sollte noch da sein. Aber wenn du hier schlafen willst, bestehe ich darauf, dass du es in Unterwäsche tust. Nackt wäre auch okay für mich.«

»Oooookay. Ich hole jetzt erst mal den Laptop aus dem Auto.«

In der Zwischenzeit suche ich nach einer frischen Zahnbürste und werde auch fündig.

Nicht viel später liegen wir auf meinem Bett, das gerade groß genug dafür ist, dass er mit einem Kissen auf dem Schoß und seinem Laptop darauf ein paar Zeilen tippen kann und ich neben ihm schlafe. Ich rolle mich zusammen, schmiege meinen Kopf an sein Bein wie eine Katze und schließe die Augen.

»Wolltest du echt niemandem von mir erzählen?« Ich bin wirklich nicht mehr besonders aufnahmefähig, aber diese Frage hat mich jetzt schon zu lang gequält, um sie ihm nicht zu stellen.

Adrian seufzt. »Doch, natürlich. Das werde ich auch noch. Ich will deine Herzensmenschen kennenlernen, und ich stelle dir meine vor. Sind nur noch wenige leider, die immer noch zu mir halten, aber den wichtigsten von ihnen kennst du schon.« Er streicht mir mit der Hand über den Kopf.

»Jetzt übertreib mal nicht«, raune ich.

»Mach ich nicht, Clio.«

Dieses warme Gefühl, das man nur ganz, ganz selten im Leben bekommt, erobert meinen Brustkorb. Auch wenn es sich den Raum mit einem gewissen Frust teilen muss und ich nicht anders kann, als ihn auch ernst zu nehmen. »Wenn das wahr ist, dann schließ mich nie wieder so aus.«

Ich höre ihn schlucken. »Das kann ich dir nicht versprechen. Ich arbeite dran, aber … Es fällt mir schwer, ein offenes Buch zu sein. Selbst für dich.«

»Dran zu arbeiten, ist alles, was ich von dir verlange. Und überleg dir das bitte mit der Hochzeit. Ardington House, Samstag in vier Wochen.«

»Okay, ja, ich denke darüber nach.« Wieder seufzt er – das tut er entschieden zu oft. »Weißt du, irgendwie hat jeder die Chance, jemand zu werden – und ich hab das Gefühl, ich habe mich für die falsche Person entschieden. Es kommt mir einfach nicht fair vor, dass du jetzt auch darunter leiden sollst.«

Ich rutsche ein Stück Richtung Kopfende, weil ich in der Katzenpose wahrscheinlich sowieso nicht einschlafen kann. Es verlangt mir alle Konzentration ab, die ich noch aufbringen kann, aber ich muss unbedingt die richtigen Worte finden. »Ich leide nicht. Was daran liegt, dass ich dich auch liebe. Und zwar genau als den Mann, der du jetzt bist. Als Adrian und als Bryn.« Geschafft, genau so wollte ich das zum Ausdruck bringen.

Er legt seine Hand auf meine Schulter, ihre Wärme dringt durch den dünnen Panda-Stoff direkt zu meiner Haut durch, und sein Schweigen sagt mir, dass er ein bisschen überwältigt ist.

Ich drehe den Kopf und hauche einen Kuss auf seinen Handrücken. »Ich fürchte, jetzt muss ich trotzdem erst mal schlafen.«

»Okay.« Selbst dem kleinen Wort ist anzuhören, wie sehr ihn bewegt, was ich ihm eben gesagt habe. Er tippt gegen meine Nasenspitze. »Gute Nacht, meine süße Buchliebhaberin.«

»Uh, ich weiß nicht, versuch's noch mal.«

»Und trotz Kopfschmerz des Todes ist sie fordernd wie immer. Na gut, wie wär's mit … Buchfee? Manuskriptlady? Bibliophile Maus? Heiße Muse? Unwiderstehliche Vielleserin?«

Ich will die Vorschläge noch kommentieren, aber meine Lider sind sehr, sehr schwer geworden, diese Hammerschläge stören meine Gedanken, und …

* * *

»Aufwachen, die Arbeit ruft!«

Kaum etwas könnte mich effektiver aus dem Schlaf reißen als Adrians Atem an meinem Ohr. Mein Puls ist sofort voll da, mein Körper schüttet Endorphine aus.

»Mein Wecker hat aber noch nicht geklingelt.«

»Hat er schon. Dreimal sogar. Ich hab ihn ausgemacht, er hat genervt.«

»Ups.«

Er streicht mir übers Haar. »Geht's dir besser?«

»Ja«, murmele ich. »Vor allem, weil du da bist.«

Ich schließe die Augen, als er meinen Hals küsst. Können wir vielleicht einfach für immer hierbleiben?

»Dann zu meiner zweitwichtigsten Frage … Kannst du heute ins Homeoffice?«

»Ins Bedoffice, meinst du?«

Sein Lachen jagt mir eine Gänsehaut über die Arme. »Das wäre auch was, aber … das Buch, Clio. Es muss fertig werden. Hatte vor ein paar Minuten einen Noah-Damon-Dialog im Kopf, der perfekt passen würde – jetzt ist er schon zur Hälfte wieder weg. Ach ja, und eine neue Romanidee kam mir auch wie aus dem Nichts.«

»Krass! Meine Musenfähigkeiten wirken. Dabei war Clio eigentlich für die Kunst der Geschichtsschreibung zuständig, wenn ich mich recht erinnere. Verrat mir die Idee trotzdem.«

»Auf keinen Fall, sie befindet sich noch in der Geburtsphase.«

»Im Ideen-zur-Welt-Helfen bin ich auch ganz gut.«

»Glaub ich dir. Aber nein – noch nicht.«

Ich mache einen Schmollmund und angle mir das Handy vom Nachtschränkchen. »Hattest du auch noch eine drittwichtigste Frage?«

»Ja, tatsächlich: Gibt's in dieser Wohnung eine Kaffeemaschine?«

»Gibt es.«

Ich schreibe Melly, während er mir über die Schulter schaut.

> Morgen 🖤 Kannst du mich beim Jour fixe entschuldigen? Arbeite spontan von zu Hause am neuen Spurling … mit Spurling (ich schwör's, wir beschäftigen uns nur mit dem Manuskript!)

»Du solltest nicht meinetwegen euer Meeting verpassen.«
Sein schlechtes Gewissen würde authentischer wirken, würden
seine Lippen sich jetzt nicht meinem Nacken widmen. »Ich
wusste ja nicht, dass ihr eins habt.«

Ich winke ab. »Für heute hatte ich kein allzu wichtiges Thema
auf der Liste. Und die anderen werden's mir nicht übel nehmen,
wenn sie hören, dass ich mich um unseren Bestsellergaranten
kümmere. Sorry, ich weiß, den Titel hast du nicht gern.«

»Aber die Frau, die ihn mir gerade verliehen hat, schon. Sehr
gern sogar.«

Ich drehe mich zu ihm um und gebe ihm einen Kuss auf
die Nase, bevor ich meine Beine über die Bettkante schwinge.
»Schleimen wird dir jetzt auch nicht helfen. Los, fertig machen
und ran ans Buch!«

Ich lasse ihn zuerst ins Bad und mache uns in der Zwischenzeit schon mal eine ganze Kanne Kaffee.

Dadurch, dass es schon etwas später ist als sonst, haben wir
die WG für uns. Ich habe es nicht mal gehört, als Keira und
Luke aufgestanden sind und das Haus verlassen haben.

Die Wohnung fühlt sich anders an, wenn Adrian da ist. Mehr
nach einem Zuhause. Ich glaube, es haftet an ihm, und er wird
es wieder mitnehmen. Aber mit etwas Glück kommt er ja ab
jetzt häufiger her.

Während ich schon mal mit meinen Mails anfange, kocht er
uns Porridge. Als müsste er alles noch perfekter machen.

Kurz darauf sitzen wir gemeinsam am Esstisch und tippen
vor uns hin, neben uns die dampfenden Schälchen zum Zwi-
schendrinlöffeln. Immer wenn Adrian innehält, um nachzudenken, legt er mir die Hand aufs Bein. Wie lange es wohl noch
dauert, bis ich schmelze und unter den Tisch fließe?

»Clio?«

Ich hebe die Hand, damit er mit seiner Frage noch einen

Moment wartet, tippe den letzten Satz meiner aktuellen Nachricht und sende sie ab. »Ja?«

»Du hast inzwischen genug Indizien, um herauszufinden, wer ich bin. Wieso hast du es noch nicht getan?«

Das kommt etwas unvermittelt. Wie oft hat er sich das wohl schon gefragt?

»Weil du mich darum gebeten hast.«

Er zieht meine Rechte in seine Linke. »Ich glaube nicht, dass ich das aushalten würde, wenn ich du wäre.«

»Ich weiß alles über dich, was für mich zählt.« Ich entziehe ihm meine Hand wieder, damit zur Abwechslung mal sein Bein eine Streicheleinheit bekommt. »Was nicht heißt, dass ich nicht immer noch drauf warte, dass du es mir verrätst.«

»Okay.«

Mehr sagt er nicht dazu, aber für den Moment ist es in Ordnung.

Wir arbeiten weiter, zuerst nebeneinanderher, dann miteinander am Buch. Ich habe mir während des Lektorats ein paar Notizen gemacht, was ich ihn noch fragen will, und wir gehen sie zusammen durch.

»Hey!« Plötzlich steht Keira in der Tür. Ich habe sie gar nicht im Flur gehört.

Ihr Blick geht zwischen uns hin und her, zuerst neugierig, dann irritiert. Eine tiefe Falte gräbt sich in ihre Stirn. »Adrian?«

Jetzt bin *ich* irritiert. »Ihr kennt euch?«

»Nein«, antworten beide gleichzeitig.

Erst da begreife ich, dass sie ihn bloß zuordnen kann, weil er ja berühmt ist.

Ihre Miene verfinstert sich sekündlich mehr. Keira betrachtet uns, wie wir da so nah am Tisch beieinandersitzen, wie die Stühle es uns erlauben, und sucht schließlich meinen Blick. »Wirklich? Hätte nicht gedacht, dass du so wenig Selbstachtung hast.«

Ohne ein weiteres Wort zu verlieren, lässt sie uns wieder allein.

»Was war *das* denn?«

Meine Frage bewegt Adrian nur zu einem kleinen Schnauben. »Das Übliche.«

»Sogar mit meiner Mitbewohnerin hast du es dir verscherzt?« Mir ist klar, dass die Bemerkung nicht witzig ist, aber ich fühle mich so hilflos. Zu sehen, wie diese Resignation seine Züge erobert, tut mir fast körperlich weh.

»Sieht so aus«, scherzt er ebenso halbherzig zurück und konzentriert sich dann wieder auf seinen Bildschirm, als wäre die kleine Unterbrechung nicht weiter von Bedeutung gewesen.

Aber das war sie. Sie hat uns an den Countdown erinnert, von dem wir eben noch so getan haben, als würde er nicht runterzählen. Bald werde ich auf die eine oder andere Weise erfahren, wer er ist – ob wir das wollen oder nicht.

KAPITEL 38

Lesen kann dich unvorbereitet erschüttern.

»Dürfte ich vielleicht endlich mal etwas über deinen mysteriösen neuen Freund erfahren?« Auf der Suche nach einem Cocktailkleid für mich, das ich auf der Hochzeit tragen kann, geht Mum den Verkaufsständer mir gegenüber durch.

»Du meinst, so wie du mir von dir und Josh erzählt hast?« Auch wenn ich noch nicht ganz drüber hinweg bin, sage ich es, als würde ich sie bloß aufziehen. Ob sie ahnt, wie viel Angst mir der Gedanke an diese Zukunft macht, auf die sie sich so freut? Die, in der ich nicht mehr spontan am Wochenende zu Mum komme, sondern zu Mum und Dad? Die, in der ich einen Weg finden muss, Josh wieder an meinem Leben teilhaben zu lassen?

»Würdest du dich mal bei ihm melden?«, fragt Mum, die mich leider zu gut kennt. »Er war ziemlich durch den Wind nach eurem Treffen, und du hast ihn seitdem gemieden. Ich habe ihm schon ein paarmal gesagt, er soll auf dich zugehen, aber … ich schätze, du kannst ziemlich Furcht einflößend sein.«

»*Furcht einflößend?* Was möchtest du mir damit sagen?«

»Nur, dass du ein gefühlsbetonter Mensch bist. Dich gegen sich aufzubringen, ist, wie von einem Sturm erfasst zu werden. Aber wenn man deine Liebe gewinnt, ist sie bedingungslos.«

Ich betrachte abwägend ein gelbes Kleid mit einer schönen Raffung in der Taille und Schmucksteinen an den Trägern. Würde mich das blass machen?

»Hättest du das nicht so schön ausgedrückt, wäre ich ein bisschen beleidigt. Aber gut, ich schreibe Josh, dass ich ihn aktuell nicht mit einem meiner Wutstürme zu vernichten gedenke.«

»Danke.« Sie grinst mich an. »Zurück zu Mr Unknown. Ich finde schon, dass du mir mehr verraten solltest. Immerhin willst du ihn zu meiner Hochzeit mitbringen!«

Sie hält ein pistaziengrünes Kleid hoch, und ich nicke.

»Das probiere ich!« Was soll's – das gelbe auch, ein Versuch kostet ja nichts. »Ehrlich gesagt habe ich ihn noch gar nicht überreden können. Da war ich vielleicht etwas voreilig.«

»Hat er denn auch einen Namen?«, fragt Mum.

Sie folgt mir zur Kabine und bleibt direkt davor stehen, als ich mit den beiden Kleidern darin verschwinde und den Vorhang zuziehe. Ich kann ihre weißen Schuhspitzen sehen.

Ich schaue in den Spiegel und lächle mir selbst zu. »Hab noch ein bisschen Geduld. Sobald es offiziell wird, bist du eine der Ersten, denen ich es sage.«

»Was soll das heißen?« Sie reißt den Vorhang auf. »Du datest jemanden, der es unverbindlich halten will? Das sieht dir gar nicht ähnlich.«

»Ganz ruhig, Mum.« Ich schüttele den Kopf und ziehe den Vorhang wieder zu, bevor ich aus meinem Shirt schlüpfe. »Es ist nicht unverbindlich, sondern einfach nur noch nicht bereit, erzählt zu werden.«

Ich steige in das grüne Kleid und ziehe behutsam den Reißverschluss am Rücken so weit hoch, wie ich es allein schaffe, dann spähe ich durch den Vorhang und winke sie zu mir rein. Sie tritt hinter mich und schließt das Kleid bis zum Nacken, während wir mich beide im Spiegel betrachten.

»Wenn du mich fragst, siehst du ziemlich verliebt aus«, neckt Mum mich.

Tue ich wirklich – so sehr wie nie zuvor.

* * *

»Ich glaub, ich gönne mir mal wieder eine *Life & Style*«, beschließt Mum, als wir nach dem Kleidershopping am *Bonn Square News* vorbeikommen. Zielstrebig begibt sie sich auf die Suche nach ihrem liebsten Klatschmagazin, und ich mache ausnahmsweise keinen Witz über ihre Promileben-Obsessionen. Stattdessen frage ich mich, ob Adrian die Art Berühmtheitsstatus hat, dass er in einer Zeitschrift landen würde. Mein Blick schweift über die Auslage. Schlagzeile um Schlagzeile über die Royal Family, True Crime, Starallüren, Datingshows und … Moment. Ist das …? Bin das …?

Ich ziehe die aktuelle Ausgabe der *Closer* aus dem Ständer und starre auf das Foto links unter dem Titelschriftzug. *Adrian wieder auf Beutefang*, steht in weißen Großbuchstaben darauf; es zeigt Adrian von der Seite, und mit der Beute ist wohl die Frau in seiner Umarmung gemeint, deren Gesicht nicht zu erkennen ist, weil sie es an seiner Schulter vergraben hat – ich.

Mein Kopf schaltet in den Notbetrieb. Ich verlagere den Griff um das Magazin, sodass meine Hand über dem Bild liegt.

»Ich nehme mir vielleicht auch mal eins mit«, sage ich zu Mum, die auflacht und »Sieh an!« sagt, und trage es zur Kasse.

Als ich wenig später die WG betrete, kann ich mich kaum an den Weg dorthin oder den Abschied von Mum erinnern.

Ich hole die Zeitschrift wieder hervor, sinke damit auf die Wohnzimmercouch und blättere zu dem Artikel über uns. Das Foto ist gemacht worden, als wir uns nach dem gemeinsamen Arbeiten in der WG ein paar Straßen weiter an Adrians Auto verabschiedet haben. Wir waren so selten zusammen auf offener Straße, trotzdem hat es gereicht.

Viel gibt der Artikel nicht her – und für mich doch alles.

Adrian Sherburn hat anscheinend eine Neue.

Sherburn. Irgendwas klingelt da. Wobei gerade alles in mir klingelt und das deshalb nichts heißen muss.

Nach dem #notyourdarling-Debakel hat Amanda Darlings Ex sich offenbar wieder eine Freundin geangelt, lese ich. *Die beiden wurden in inniger Umarmung zusammen in Oxford entdeckt. Hoffentlich weiß die bisher Unbekannte, worauf sie sich da einlässt ... Seine Socia-Media-Accounts hat der Influencer jedenfalls immer noch nicht wieder angerührt – sie präsentieren weiterhin all die gemeinsamen Erinnerungen aus seiner Beziehung mit Amy.*

Die Fragen in meinem Kopf drängeln sich gegenseitig weg. *#notyourdarling*-Debakel? Nicht May, sondern Amanda? Influencer? Ernsthaft? *Das* soll sein großes Geheimnis sein? Adrian und Amanda – doch, da war was. Irgendeine Skandaltrennung, oder?

Mein Hirn hat meine Gefühle so weit von meinem Verstand abgespalten, dass ich einfach völlig nüchtern zu recherchieren beginne.

Amanda Darling, tippe ich ins Suchfeld meines Handys und nehme erst dann wahr, dass mir mehrere Anrufe von Adrian angezeigt werden. Ich hatte das Handy die ganze Zeit auf stumm und in der Tasche.

Also weiß er schon davon?

Ich sollte sofort zurückrufen, aber ich schaffe es nicht, diese plötzliche selbstzerstörerische Neugier ist zu groß. Ich setze meine Suche nach Amanda fort. Sie bringt es auf eine Followerschaft von viereinhalb Millionen. In ihrer Bio ist *#notyourdarling* verlinkt, und als ich darauf gehe, springen mir unter den Top-Beiträgen Fotos mit Schlagzeilen und Zitaten darauf entgegen.

Aus bei A&A – Ein Ende mit Schrecken
»Adrian geht seit Monaten fremd, mit wer weiß wie vielen.«
Adrian & Faye: Die Story einer Affäre

Ich weiß überhaupt nicht, was ich lesen, wo ich hinklicken, was ich denken soll.

Wieso habe ich trotz all seiner Andeutungen nicht damit gerechnet, dass Adrian öffentlich als hinterhältiger Player dasteht?

War er das vielleicht in der Vergangenheit?, flüstern meine Gedanken.

Ich brauche dringend einen Kontext, also suche ich mir erst mal einen Online-Artikel, den ich ganz einfach über die Suchanfrage *»Adrian Amanda Trennung«* finde.

Untergang eines Traumpaars

Es ist offiziell: Amanda Darling und Adrian Sherburn, die als Influencer-Paar für ihre Couple Comedy und ihren Travel Content bekannt sind, gehen von nun an getrennte Wege. Nicht einmal zwei Monate nach ihrer Verlobung hat Amanda den Schlussstrich gezogen. Was ist passiert? Wir haben die Antworten für euch.

Es begann mit einem äußerst heißen Knutschvideo von Fashion-Influencerin Faye Goodham und Adrian auf einer Poolliege. Schon seit Monaten sollen die beiden eine geheime Liebesaffäre führen, die nun ein Hotelangestellter ans Licht gebracht hat.

Nachdem das Geheimnis gelüftet war, wurde bekannt, dass Adrian sich Gerüchten zufolge auch mit weiteren Frauen vergnügt haben soll. Am schlimmsten wird seine Amy jedoch die Sache mit Faye getroffen haben – schließlich kennen die beiden Influencerinnen sich schon lange, und Faye wird wie A&A durch Eric Morris (Langway Management) vertreten.

Beim ersten Versuch verfehlt mein Zeigefinger den Link zum Poolvideo, so sehr zittert er.

Es ist gerade mal zehn Sekunden lang, aber noch schlimmer, als mein Kopf es beim Lesen des Artikels für mich visualisiert hatte.

Adrian liegt in Badehose auf dem Rücken, Faye hängt in Hotpants und oben ohne auf ihm, die nackten Brüste an seinen Oberkörper gedrückt, ihre Lippen auf seinen, seine Hände an ihrer Taille.

Er ist es, wenn auch mit blond gefärbten Haaren, anderer Frisur und durchtrainierter, als ich ihn kenne. Es gibt keinen Zweifel.

»Clio, alles gut? Du siehst verstört aus.«

Ich bin so heftig zusammengezuckt, dass mir das Handy in den Schoß gefallen ist – so vertieft, wie ich war, habe ich Keira gar nicht reinkommen hören.

Wortlos greife ich wieder danach und halte es ihr hin, damit sie Adrian und Faye sehen kann.

»Das hier hast du gemeint, oder?« Ich klinge nicht wie ich selbst, mehr wie eine automatische Durchsagenstimme.

Keira öffnet den Mund und schließt ihn wieder. Dann kommt sie zu mir, lässt sich neben mich aufs Sofa sinken und umarmt mich von der Seite. »Du hast es nicht gewusst?«

»Nein.« Mein Herz müsste eigentlich rasen, aber stattdessen spüre ich es nicht mehr, und das macht mich panisch.

»Kannst du mir mehr darüber sagen?«, bitte ich, denn ganz offensichtlich hat sie alles mitverfolgt. »Ich kann mir gerade nicht noch mehr ansehen oder durchlesen. Echt nicht.«

Sie drückt mich ein zweites Mal, und ich denke nicht, dass das ein gutes Zeichen ist.

»Wenn du von seiner Karriere und seiner Beziehung zu Amanda weißt und der Sache mit Faye, dann sind das im Grunde schon die harten Fakten.« Sie schluckt. »Es darf auf keinen Fall rauskommen, wer du bist – die zerfleischen dich jetzt schon, wo sie es noch nicht mal wissen.«

Mit einem tiefen Durchatmen zieht sie mir das Handy aus der Hand und sucht einen Post heraus, der das Foto von Adrian und mir zeigt.

Sie deutet auf die Kommentarspalte, und mit jedem Wort, das ich in mich aufnehme, ballt sich mein Herz schmerzhafter zusammen. Hunderte von Menschen scheinen nicht nur Adrian, sondern auch mich abgrundtief zu hassen. Einige bemitleiden mich auch nur.

Die Arme hat offensichtlich einen miserablen Männergeschmack.

Nur eine Frau ohne jegliche Werte würde was mit dem anfangen.

Die will doch bloß an seine Kohle.

Kann mir nicht vorstellen, dass die mehr als zwei Gehirnzellen hat.

Dazwischen immer wieder Vermutungen, wer ich sein könnte:

Garantiert eine Schauspielerin. Komm gerade nicht auf den Namen, aber die Haare passen schon mal.

Ist das @ginajoannesaunders.official? Obwohl … nee, vom dem, was man erkennt, ist die aufm Foto zu hässlich.

Irgendeine Namenlose, die drauf hofft, dass er sie groß rausbringt.

Ich zucke heftig zusammen, als mein Handy summt. Adrian hat mir zwei Nachrichten geschrieben. Die erste beinhaltet einen Link, die zu einem weiteren der Posts mit dem kursierenden Bild führt.

Die zweite presst mir mit einem Schlag den Rest Luft aus der Lunge.

> Es tut mir leid. Ich wollte wirklich, dass du es wenigstens von mir erfährst. Das war's dann wohl mit unserer schönen Illusion.

»Ich muss telefonieren!« Es ist eine Kurzschlusshandlung, und doch das Einzige, was mir gerade richtig vorkommt. Ich lasse Keira im Wohnzimmer zurück, eile in mein Zimmer und rufe Chelsea an.

»Clio?« Sie klingt verwirrt. Kein Wunder, ich habe mich noch nie zuvor außerhalb der Arbeitszeit bei ihr gemeldet.

»Hallo. Es gibt ein Problem.« Ich lache, obwohl nichts an der Situation lustig ist.

Ich höre Geschirrklappern und scheitere daran, mir Chelsea bei etwas so Alltäglichem vorzustellen wie dem Ausräumen einer Spülmaschine.

»Was für ein Problem?« Die Ruhe, mit der sie das fragt, lässt mich selbst ein kleines bisschen ruhiger werden.

»Es ist nicht bei dem einen Treffen geblieben. Mit Bryn, meine ich. Ich … Wir … Na ja, es geht über die Zusammenarbeit am Buch hinaus. Wir wurden miteinander gesehen, man erkennt mich nicht, aber … Was, wenn …?«

»Erzählen Sie mir hier gerade, dass Sie eine Liebesbeziehung zu einem unserer Kreativen eingegangen sind?« Sie fragt es ganz nüchtern, doch ruhig würde ich das nun nicht mehr nennen.

»Ja.«

War es das? Habe ich gerade mein Ende bei Eastmore besiegelt? Ich musste es ihr sagen, oder? Es wäre noch schlimmer, wenn sie es auf anderem Weg erfahren hätte.

»Wer ist er?«

Ich lasse mich aufs Bett sinken und zögere noch einen Moment lang. »Adrian Sherburn.«

»Der Influencer?«

Wenn sie das weiß, kennt sie auch die Geschichten über ihn? »Genau.«

Chelseas Schweigen hält zu lange an. »Wollten Sie das?«

»Nein, natürlich …« Ich unterbreche mich selbst, als sich mir mit Verzögerung ihr Unterton erschließt. Sie meint, was auch Lorne mich sofort gefragt hat: ob es wirklich eine *Liebes*beziehung ist. »Ich hätte mich nie in diese Situation bringen dürfen«, korrigiere ich. »Aber ja, privat wollte ich das.«

Sie murmelt etwas vor sich hin, was ich nicht verstehe. »Ich sehe mir das gerade an«, seufzt sie dann. »Wir müssen das absolut vertraulich behandeln. Wenn bekannt wird, wer Sie sind, wird das Ganze auf den Verlag zurückfallen. Allein schon, wenn Mr Sherburn das Projekt kippt, sind Sie und ich geliefert.«

Ich weiß. Ich weiß und habe es trotzdem riskiert. Was muss sie von mir denken?

»Clio, ich erwarte von Ihnen, dass Sie alles tun, damit dieses Buch erscheint – und zwar ohne den Beigeschmack einer unangemessenen romantischen Verstrickung. Lassen Sie sich nicht noch einmal mit ihm sehen. Ich möchte Ihnen nicht Ihre Gefühle absprechen, aber wenn Sie daran festhalten wollen, dann warten Sie bitte, bis Sie dadurch nicht mehr in ein Wespennest stechen.«

Ich verspreche es ihr mit dem schlechtesten Gewissen und der größten Angst, die ich jemals hatte.

KAPITEL 39

*Lesen ist, als besuche man eine Ausstellung
von Worten und Gefühlen.*

Hinter mir liegt eine nahezu schlaflose Nacht, in der ich eine
ganze Reihe verschiedener Phasen durchlebt habe: Überforde-
rung, Zorn, Hilflosigkeit, Frustration, Zusammenbruch. Erst war
ich verwirrt und entsetzt, dann angewidert, um mich schließlich einfach nur noch ausgelaugt zu fühlen.

Meine Augen brennen von den vielen Bildern und Worten
und Videos, durch die ich mich geklickt und gescrollt habe. Bilder und Worte und Videos von Adrian und über ihn. Wobei ich
ihn nur schwer mit diesem Mann in Verbindung bringen kann –
mit diesem nie um einen Spruch verlegenen Content Creator,
der sich selbst, seine Beziehung und fast sein ganzes Leben zu
Inhalten verarbeitet hat.

Innerhalb von Minuten konnte ich den Großteil seines
Erwachsenwerdens mitverfolgen, von einem Hobby hin zu einer
Karriere, die beeindruckend und befremdlich zugleich ist.

Ich habe ihm zugeschaut, wie er lächelnd eine Reise-App
und eine Regenjacke und ein Tablet empfiehlt. Ihm zugehört,
wie er mit seiner Verlobten bei einem Q&A über ihre Fami-
lienplanung redet. Ich habe zu viele Beiträge und Kommentare
gelesen, mir Zusammenschnitte von Storys, Reels und TikToks
angeschaut, mithilfe derer Amanda die Trennung öffentlich

verarbeitet hat, und zu allem Überfluss hat sie sich auch zum Auftauchen des Fotos geäußert, auf dem ihr Ex eine »durchschnittlich wirkende Frau« umarmt. Darin spricht sie mich sogar direkt an und warnt mich vor ihm.

Was erwartest du jetzt von mir?, habe ich Adrian gegen zwei Uhr geschrieben und keine Antwort erhalten. Bis jetzt, etwa zehn Stunden später, mein Handy vibriert und ich sofort meine Arbeit unterbreche, um die Nachricht zu lesen.

> Na ja, die einzige Option ist, mit mir Schluss zu machen.

Er wird mich noch um den Verstand bringen.

Mit zusammengebissenen Zähnen schreibe ich Melly und Lorne, ob sie bereit wären, für eine Krisensitzung ihre Mittagspause vorzuziehen.

Innerhalb einer Minute habe ich von beiden ein Ja und bin ihnen so dankbar, dass sie ihre Baustelle meinetwegen kurz außer Acht lassen und ohne weitere Fragen beschlossen haben, für mich da zu sein.

Wir treffen uns bei Lorne, weil wir in seinem Büro niemanden stören.

Melly setzt sich auf den Sims des weit geöffneten Fensters, Lorne dreht sich mit seinem Stuhl zu uns, und ich stehe wie der dritte Eckpunkt des Dreiecks in der Mitte vor ihnen.

»Es geht um Spurling«, erkläre ich, obwohl sie sich das höchstwahrscheinlich schon gedacht haben. »Wir wurden zusammen gesehen.« Es auszusprechen, fühlt sich schlimm an – als würde ich es dadurch erst real werden lassen.

Melly schnappt nach Luft.

»Noch wurde ich nicht erkannt, aber ...« Den Rest bringe ich nicht über die Lippen, denn dieses Aber beinhaltet die Möglichkeit, dass meine Tage hier im Verlag gezählt sind – dass ich das Team bald verlassen muss, obwohl ich Melly beteuert habe, so weit würde es niemals kommen.

Ich habe die Zeitschrift mitgebracht und halte sie nun zuerst Lorne hin.

Er schaut nur einen Augenblick darauf und dann sofort wieder zu mir. »Das ist jetzt nicht dein Ernst! *Adrian Sherburn?* Das da bist *du*? Ich hab das gestern schon online gesehen, aber ich hab nicht geschaltet, dass … Scheiße … Willst du damit sagen, er ist Bryn Spurling?«

»Doch nicht etwa *der* Adrian Sherburn? Lass mal sehen!« Melly streckt den Arm aus, und Lorne rollt ihr mit dem Stuhl ein Stück entgegen, um ihr die Zeitschrift zu übergeben.

»Leute!«, stöhne ich. »Wieso wisst ihr, wer er ist? Sogar Chelsea kennt ihn.«

»Moment mal, du wusstest das *nicht*?« Lorne ist nicht weniger fassungslos, als meine Mitbewohnerin es war.

»Nein, ich bin scheinbar der einzige Mensch auf der Welt, der ihm nie gefolgt ist.«

»Ich ihm auch nicht«, stellt Melly klar. »Und ich hätte ihn auch nicht erkannt – nur den Namen kann ich zuordnen. Hast du ernsthaft mit Chelsea darüber gesprochen?«

»Das musste ich.« Heute habe ich sie noch nicht gesehen, und ich hoffe, das heißt, sie wird fürs Erste keine weiteren Schritte einleiten. »Sie weiß es jetzt, und ich bin noch hier. Das ist schon mal gut, oder?«

Nur ist *gut* in meiner Lage leider ein sehr relativ zu bewertendes Wort.

»Leute, der Typ ist einer der Gründe, warum ich Social-Media-Manager bin!« Lorne scheint es immer noch gar nicht glauben zu können. »Er war so lange mein Idol! Witzig, pointiert, smart. Bevor das mit der Pärchennummer losging, war er ein krass guter Influencer. Und selbst dann war immer mal wieder was Geniales dabei. Kein Wunder, dass er schreiben kann!«

»Ich konnte noch nie was mit dieser Art von Business anfangen«, murmele ich und füge auf Lornes Blick hin schnell hinzu: »Mit Ausnahme von Bookfluencern natürlich.«

Die Bilder, die ich zum Teil minutenlang betrachtet habe, melden sich ungebeten zurück. So viele Male haben Amanda und Adrian Aufnahmen gepostet, die von manchen Klatschjournalisten als zu sinnlich kritisiert worden sind. Es gibt Videos, in denen sie sich leidenschaftlich küssen. Sie haben die Verlobungsszene nachgestellt – in einer Holzhütte im türkisblauen Wasser vor einem jamaikanischen Strand – und Dutzende sehr private Fragen der Fans zu ihrer Beziehung beantwortet.

In mir zerdrückt ein riesiges Knäuel widersprüchlicher Gefühle meine Organe: Zum einen ist das da hinter den stilvoll gewählten Filtern nicht mein Bryn. Und trotzdem ist es, als hätte er mich betrogen. Obwohl diese Zeit in seinem Leben schon vor einer ganzen Weile ihr Ende gefunden hat.

Ich versuche, mich aufs Hier und Jetzt zu besinnen, auf die Aufgabe, die ich jetzt habe: herausfinden, wie ich mit der Situation klarkommen und was ich tun soll. Mein Job und meine Beziehung stehen vor dem Aus und ich damit sehr nah am Abgrund.

»Das hier hat seine Ex zu dem Bild von uns zu sagen …« Den Ton voll aufgedreht, spiele ich auf meinem Handy Amandas Video ab.

»Viele von euch schreiben mir wegen des Fotos … Danke für eure lieben Worte und euer Mitgefühl. Es geht mir gut, ihr wisst, dass ich eine harte Zeit durchgemacht habe, aber das jetzt tut mir nicht weh. Es macht mich nur traurig. Traurig, dass Adrian wieder jemanden verletzen wird. Dass wieder eine Frau auf ihn hereinfällt. Wer auch immer du bist – wenn du das hier hörst, dann möchte ich dir sagen: Halt dich von ihm fern. Nicht meinetwegen, sondern dir selbst zuliebe. Er mag noch so perfekt und anziehend erscheinen ... Hinter der Maske ist er nichts weiter als ein Mensch, der immer zuerst an sich selbst denkt. Du glaubst vielleicht, du hast mit ihm den Jackpot gewonnen – aber in Wahrheit kannst du an seiner Seite immer nur verlieren.«

Ich unterbreche sie. Ihre Rede an mich endet hier, auch wenn sie noch drei Minuten weiter monologisiert. Ich kenne ihre Worte schon beinahe auswendig.

»Wow.« Lorne sieht mich mitleidig an.

Melly stößt den Atem aus und klappt die Zeitschrift so zusammen, dass wir das Foto nicht mehr sehen müssen.

»Adrian hat nicht versucht, sich zu erklären. Er lässt das mir gegenüber alles so stehen.« Ich zögere. Mir ist klar, was die zwei wahrscheinlich denken werden: dass ich verzweifelt versuche, das Ganze zu einem Irrtum zu erklären, weil meine Gefühle nichts anderes zulassen. Doch ich brauche ihre Sicht von außen zu sehr, um meine Theorie für mich zu behalten. Nach dem ersten »Was wäre, wenn ...?« ist sie in den letzten Stunden immer hartnäckiger durch meinen Kopf gegeistert, und mittlerweile bin ich mir beinahe sicher. »Ich glaube, das alles ist eine einzige große Lüge über ihn. Fake News, die verbreitet wurden, um ihm zu schaden.«

»Das würde ich mir sehr für dich wünschen.« Allein schon, wie sanft Melly das sagt, lässt keinen Zweifel daran, dass sie es nicht für möglich hält.

»Ich will dich ja nicht deprimieren, aber das Video mit Faye wirkte nicht gerade gestellt. Gibt es dafür denn irgendwelche Anhaltspunkte?« Lorne klingt verständlicherweise ebenfalls mehr als skeptisch – aber seine Frage ist der perfekte Startschuss für mich.

»Einige sogar! Sein Buch handelt von jemandem, der mit weitreichenden Folgen verleumdet wird. Die Trennung von Amanda hat ihm außerdem extrem zugesetzt: wahrscheinlich, weil sie nicht genug Vertrauen zu ihm hatte, um die Vorwürfe gegen ihn zu hinterfragen.« Und dann wäre da noch dieser Moment in jener Nacht im Hotel, sein: »*Es war immer nur sie.*«

Was ich an Beschuldigungen gefunden habe, passt nicht mit dem zusammen, wie ich ihn erlebt habe. Wäre er ein Aufreißer, der jede sich ihm bietende Gelegenheit nutzt, dann wäre alles ganz anders gewesen. Oder?

Selbst falls ich falschliege, kann er sich doch seit damals stark verändert haben?

»Hmmm.« Melly stützt die Hände auf die Fensterbank, die Brauen grüblerisch zusammengezogen. »Vor dem Hintergrund müssen wir es auch mal so sehen: Als er dich getroffen hat, ist er ein immens hohes Risiko eingegangen. Er musste davon ausgehen, dass du ihn erkennen würdest – und verraten könntest.«

Lorne nickt. »Guter Punkt! Clio hätte reich werden können, hätte sie der Presse gesteckt, wer er ist. Und selbst wenn er daraufhin Eastmore den Rücken gekehrt hätte, wäre sein erstes Buch mindestens noch mal so oft verkauft worden wie bislang schon.«

Wie ich es auch drehe und wende, ich komme immer wieder auf dieselbe Frage zurück. »Aber wieso – *wieso?* – setzt er jetzt nicht alles daran, mir die Wahrheit zu erzählen? Er hat mir sogar zu verstehen gegeben, dass ich mich von ihm trennen soll.«

»Ist doch völlig logisch.« Lorne sieht mich an, als hätte ich längst selbst drauf kommen müssen. »Du willst weiterhin mit anderen zusammen Bücher machen. Du willst dich durch die Stadt treiben lassen, Dinge mit den Menschen unternehmen, die du magst, dein Leben leben. Aber wenn du als Adrian Sherburns neue Freundin bekannt wirst, dann gibt es kein Zurück.

Adrian steht schon seit Langem am Pranger. Er wird fertiggemacht, sobald er auch nur ein Wort von sich gibt. Niemand weiß so gut wie er, was dir bevorstehen würde. Ganz ehrlich, Clio, er hat meinen größten Respekt dafür, dass er bereit ist, dich gehen zu lassen, um dich davor zu schützen.«

Ich wünschte, ich könnte das einfach abtun.

Trotzdem ist da eine Lücke in der Argumentation. »Du hast bei der Aufzählung vergessen, dass ich auch ihn will. Mein Leben *mit ihm* leben.«

Lorne rutscht auf seinem Stuhl herum – die Rolle als Adrian-Versteher scheint ihm nur bedingt zu behagen. »Er denkt aber, es ist eine Entweder-oder-Entscheidung. Entweder er oder dein Glück. Stell dir mal vor, es wäre umgekehrt: Adrian würde von Sensationslustigen belagert, gestalkt, beschimpft, online und offline angegriffen, könnte kein normales Leben mehr führen. Also im Grunde exakt, wie es für ihn schon ist. Nur, dass der Grund dafür nur du wärst. Er würde dir natürlich sagen, dass du ihm das alles wert bist. Kämst du damit klar? Würdest du es zulassen?«

Er entnimmt die Antwort meinem Gesicht. »Wenn du ihn liebst, dann gib trotzdem nicht auf!« Das kam jetzt überraschend und ziemlich energisch. »Denk nicht an deinen Job, denk nicht an das, was andere von dir halten könnten. Das Schlimmste, was du jetzt tun könntest, wäre, nicht das Gespräch mit ihm zu suchen. Nur so erfährst du, was er fühlt – und zeigst ihm, was in dir vorgeht. Und wenn er keine Hoffnung für euch beide hat, dann gib sie ihm.«

»Entschuldigt mich, ich muss leider los.« Melly ist aufgesprungen und eilt zwischen uns vorbei zur Tür, die hinter ihr zufällt, bevor Lorne oder ich reagieren konnte.

Er schließt die Augen. »Habe ich was Falsches gesagt?«

»Nein, denke ich nicht, im Gegenteil. Keine Sorge, ich schau, ob sie in Ordnung ist.« Ich sammle die zu Boden gesegelte Zeitschrift auf. »Danke für deinen Rat!« Es tut mir leid, dass ich ihn dagegen ziemlich ratlos zurücklassen muss, aber es geht nicht anders.

»Immer gern. Ich weiß nicht genug über ihn und geb zu, ich habe einfach geglaubt, was über ihn durch die Medien ging. Aber wenn ihm dein Herz gehört, kann er nicht so übel sein. Und dass er dir nahelegt, Schluss zu machen, statt es selbst zu tun, sagt doch eigentlich alles, was du wissen musst, oder?«

Der Gedanke ist mir so noch nicht gekommen und beruhigt mich ungemein. Es sieht tatsächlich nicht so aus, als würde Adrian es übers Herz bringen, mich aus seinem Leben zu verbannen. Ganz egal, was es für ihn und mich bedeuten könnte.

KAPITEL 40

Lesen stählt die Nerven.

Schon drei Mal habe ich erfolglos versucht, Adrian ans Handy zu bekommen. Ich weiß, dass er meine Anrufe sieht, er ignoriert sie nur. Dann eben per Nachricht:

> **Ich stehe mit dem Wagen vor deinem Haus, bitte lass mich in die Garage!**

Ich zähle die Sekunden. Bei einhundertvierzehn geht tatsächlich die Schranke hoch. Beim Parken ist mir fast schlecht vor Aufregung, und ich bleibe noch ein paar Momente sitzen, bis ich nicht mehr das Gefühl habe, dass mein Magen sich um sich selbst zu drehen versucht.

Es kommt mir nicht so vor, als würde ich den Glasaufzug erst zum dritten Mal in meinem Leben betreten. Während sich die Türen schließen, mache ich ein paar Lockerungsbewegungen mit den Armen und lasse die Schultern kreisen, wie um mich für ein Match vorzubereiten. Tu ich ja auch gewissermaßen.

In Gedanken gehe ich meinen Streitbeginn noch ein weiteres Mal durch.

Du kannst so nicht mit mir umgehen!

Du hättest es mir schonend beibringen können!

Du ... Da gleiten die Türen auch schon auf.

Adrian steht mir gegenüber, und auf einmal sind alle Worte weg, weil er bis vor Kurzem hemmungslos geweint haben muss, um so auszusehen. Sein Schmerz trifft mich mit unvermittelter Wucht.

»Bryn«, sage ich kratzig, und auf einmal möchte ich ihn einfach nur fest an mich drücken, aber er weicht zurück.

»Du hättest nicht herkommen sollen.« Seine Augen sind voller Emotionen, seine Stimme hingegen ist leer.

Es verletzt mich, dass ich ihn nicht umarmen darf, mehr als alles, was ich in den letzten vierundzwanzig Stunden erfahren habe.

Ich recke das Kinn und mache einen einzigen Schritt auf ihn zu. Die verbleibende Distanz bringt mich fast um, aber ich schaffe es, an dieser Stelle zu verharren. »Du musst aufhören, mir vorzuschreiben, was ich fühlen soll.«

»Ich schreibe es dir nicht vor. Dir muss nur klar sein, was ich getan habe.«

Immer noch klingt er kühl und unbewegt, und es schneidet und sticht.

»Und was hast du getan?« Ich brülle jetzt schon fast, und dabei hat dieser Kampf noch nicht mal richtig angefangen.

Er zählt seine Antworten an den Fingern ab. Daumen: »Ich habe dir meine Identität verschwiegen, um überhaupt an dich ranzukommen, zuerst in den Kommentaren im Manuskript, dann persönlich.« Zeigefinger: »Ich habe dich über Amanda belogen, damit ich möglichst lange was von dir habe.« Mittelfinger: »Ich habe dir weisgemacht, dass ich in der Krise stecke und alle Welt sich gegen mich verschworen hat, und dabei auf dein Mitleid spekuliert. Du solltest dich fühlen, als bräuchte ich dich.« Ringfinger: »Du bist bei Weitem nicht die Erste, die drauf reingefallen ist.« Kleiner Finger: »Ich habe dich nur benutzt.«

Wie kann er denken, dass mich *der* Vortrag beeindruckt?

»Anscheinend bin ich nicht die Einzige, die in den letzten Stunden was auswendig gelernt hat.« Ich höre mich wieder etwas beherrschter an, was mich selbst ein bisschen beruhigt.

»Sag jetzt nicht, dass du mir nicht glaubst. Hast du nicht genug gesehen? Ich bin verdammt gut darin, eine Version von mir selbst zu erfinden, und die, die ich für dich erfunden habe, hat mir vielleicht etwas zu gut gefallen.«

Noch nie habe ich die Dinge, die angeblich so typisch für mich sind, so sehr gebraucht wie jetzt. Ich sammle all meine Unnachgiebigkeit, meine leidenschaftliche Wut, mein bedingungsloses Lieben. Ich muss stark sein, für uns beide.

»Du hast es in einem ganzen Buch verpackt, wie es ist, zu Unrecht seinen Ruf zu verlieren.«

Er schüttelt den Kopf. »Das Buch war mein Weg zu verarbeiten, dass ich im Gegensatz zu Noah nicht unschuldig bin. Wunschdenken sozusagen. Der Versuch, eine Wirklichkeit zu schaffen, in der der Protagonist nicht dem Rausch des Erfolgs verfällt und anfängt, sich alles zu nehmen, was er will.«

»Deine Argumentation ist nicht schlüssig. Nichts daran. Du magst ein guter Geschichtenerzähler sein, aber im Lügen bist du miserabel. Wie wär's also, wenn du damit aufhörst?«

»Wieso sollte ich dich anlügen, Clio?«

»Weil du mich liebst.«

»In dem Punkt war ich fair zu dir: Ich habe dir von Anfang an gesagt, dass das keine Rolle spielen wird.«

Nun hat er es doch geschafft. Seine Worte tun weh, lassen die Zweifel erwachen, die ich mir nicht leisten kann. »Fair?« Ich schüttele den Kopf. »Was stimmt nicht mit dir, dass du *das* fair nennst?«

»Nichts!«, schreit er. »Rein gar nichts stimmt mit mir, hast du das immer noch nicht gemerkt?«

Das ist er, der Moment, ab dem ihm die Kontrolle über dieses Gespräch entgleitet. Ich muss nur noch ein bisschen durchhalten. Ein bisschen, bis ich seine Barrikaden mühelos überwinden kann.

»Warum die Tränen, wenn du ein ach so mieser Kerl bist?«

»Die hatten nichts mit dir zu tun.«

»Ja, klar. Dann habe ich nur noch eine Frage: Willst du mich hier gerade praktisch dazu zwingen, mich von dir zu trennen? Auf dass niemand je herausfinden möge, wer ich bin, und sie sich nicht wie die Geier auf mich stürzen?«

Endlich ist er still. Erst jetzt bemerke ich das Beben meiner Finger und den Rest der Angst, dass ich die Lage nicht retten kann. Ich ringe um die letzten, die vielleicht alles entscheidenden Sätze. »Ich vertraue dir, und deshalb weiß ich, dass du Amanda nie hintergangen hast. Ich weiß es einfach.«

Ein kleines ersticktes Aufschluchzen schrammt durch die Stille, der ich für einen Moment Raum gegeben habe. Die ganze Zeit über hat er nie den Blick von mir gelöst, doch jetzt schaut er zu Boden.

Es macht mich fertig, ihn so leiden zu sehen.

Eben dachte ich, ich hätte alles gesagt, aber jetzt fällt mir doch noch etwas ein, etwas Wichtiges. »Ich verstehe dich, denn ich würde umgekehrt dasselbe versuchen – würde dich schützen, was immer es mich kostet. Aber du musst schon mir die Entscheidung überlassen, ob ich bei dir bleibe. Und ich *werde* bei dir bleiben.«

»Clio.« Er sagt es ganz leise. Als wäre mein Name ein Zauberwort, ein Geheimcode oder der Schlüssel zum Glück.

»Jetzt komm schon her.«

Nur einen Augenblick lang befürchte ich, dass seine Furcht größer ist, dass ich dagegen nicht angekommen bin. Dann ist er bei mir, und die Anspannung, die mich seit gestern fest im Griff hatte, fällt in seinen Armen mit einem Schlag von mir ab.

»Ich hab mir geschworen, dich gehen zu lassen, sobald sie uns auf die Spur kommen«, murmelt er an meinem Ohr.

»Du hast dir geschworen, mich *wegzustoßen*«, korrigiere ich.

»Kann ich gerade nicht mehr.«

»Gut so.« Ich lege die Hände in seinen Nacken und drehe den Kopf, bis meine Lippen seine erreichen.

Er nimmt die Einladung an und küsst mich, erst ganz sanft, dann geradezu verzweifelt. Ich zerspringe fast, so froh bin ich.

»Hey«, murmele ich, als ich Salz schmecke. »Hey, bitte nicht mehr weinen.«

Er schnieft, richtet sich auf und fährt sich mit dem Handrücken über die Augen. »Ich versuch's. Es ist nur … Du bist … Ich war mir so sicher, dass ich das nie wieder tun darf. Dass ich es schaffe, gemein genug zu dir zu sein, damit du mich ein für alle Mal abschreibst.«

Am liebsten würde ich ihn schütteln. Zu seinem Glück kann ich das aber nicht, solange er mich unter tränennassen Wimpern so ansieht. »Du wirst mich nicht los. Verstanden?« Ich knuffe ihn in die Seite. »*Verstanden?*«

»Ja«, flüstert er, und dieses zaghafte kleine Ja bedeutet mir die Welt.

※ ※ ※

»Erzählst du mir jetzt, wie es wirklich war?« Nach einem großen Trostkakao und Dutzenden entsprechend schokoladigen Trostküssen auf dem Sofa liegt mein Kopf in Adrians Schoß, und ich schaue fragend zu ihm hoch.

»Welcher Teil der Geschichte?« Er spielt mit meinen Haaren, und ich lasse ihn. Ich bin mir nicht mal sicher, ob er es bewusst macht.

»Am besten einmal alles in der Kurzzusammenfassung, und

dann stelle ich eine Menge Fragen. Ungefähr so viele, wie du Geld besitzt.«

»Wenn ich es zusammen mit den Erinnerungen zurückgeben könnte, würde ich es tun.« Adrian nimmt meine Hand und verschränkt seine Finger mit meinen. »Eigentlich seltsam, dass sich mehrere Jahre in ein paar Sätze pressen lassen … Angefangen hat alles eigentlich sehr vielversprechend. Ich war schon neben der Schule Produkttester. Damals noch von selbst gekauften Sachen, Games oder auch einfach Kram aus unserem Haushalt … Mein Stil ging in Richtung Comedy. Nach und nach wurde meine Followerschaft immer größer, und Unternehmen fingen an, mir Dinge zuzusenden, damit ich sie bewerbe, indem ich sie auf möglichst witzige Weise teste. Du hast vielleicht das eine oder andere gesehen …«

Er wirkt etwas verlegen. Wahrscheinlich denkt er, ich finde das, womit er berühmt geworden ist, komplett lächerlich. Dabei muss ich zugeben, dass das, was ich mir angeschaut habe, wirklich lustig war. Ich kann mir vorstellen, dass er es geschafft hat, damit Kaufinteresse zu wecken.

»Amanda habe ich dann – das war nicht gelogen – auf einem Event kennengelernt. Sie war vor allem im Fashion-Bereich unterwegs und lebte auch in London. Wir haben uns für ein paar Videos zusammengetan, und na ja … eins führte zum anderen. Wir wurden ein Paar – sehr zur Begeisterung der Fans –, und Eric hat uns gemeinsam unter Vertrag genommen. Es kam mir immer fast schicksalhaft vor.«

Ich denke an das Feuer in seinen Augen, das ich in der Anfangszeit der beiden in allen Beiträgen gesehen habe. In ihren brannte es auch. Sie brannten für das, was sie machten – und füreinander. Klar, es war die erste große Liebe.

»Weißt du, was schwer ist?« Ich setze mich auf und nehme mein Handy vom Couchtisch, um seinen Insta-Feed zu öffnen, auf dem sich seit Langem nichts getan hat. Als wäre in diesem Leben, das dort abgebildet worden ist, die Zeit stehen geblieben. »Die Existenz von Ex-Freundinnen kann sich immer seltsam anfühlen, aber die meisten müssen nicht damit klarkommen, sich einen Haufen dokumentierter Glücksmomente anzuschauen.«

Adrian seufzt. »Mit Betonung auf *dokumentiert*. Weißt du, wenn man anfängt, Glück zu inszenieren, flüchtet es.«

Ich lasse das ein bisschen wirken, bevor ich mir eine etwas böse Bemerkung erlaube: »Und da ihr nicht mehr glücklich wart, habt ihr euch dann verlobt?«

Gemeinsam schauen wir das Selfie an, auf dem sie beide die Hände mit den gerade angesteckten Ringen in den Sonnenuntergang überm Meer halten.

»Für mich war der Antrag das, was eben als Nächstes dran war.« Adrian verzieht das Gesicht. »Ich denke, für sie galt dasselbe, als sie Ja gesagt hat. Rückblickend betrachtet lief es da eigentlich schon nicht mehr wirklich gut, und in den Wochen danach ging es schleichend immer weiter bergab. So schleichend, dass ich es ausblenden konnte. Sie nicht … Bei der Trennung später hat sie mir an den Kopf geknallt, dass sie mich schon länger verlassen wollte und nur nicht wusste, wie.«

Ich wechsle zu ihrem Account, auf dem sämtliche Bilder aus ihrer Zeit mit Adrian fehlen. Sie ist dort nur noch solo zu sehen. Einzig und allein ihre Storys nach der Sache mit Faye, die sich um ihren Schmerz und die Trennung drehen und die sie allen Ernstes in den Highlights gespeichert hat – ob ihr die Ironie aufgefallen ist? –, zeugen noch von der Beziehung. »Was sie wollte, war also, nach dem ganzen Romantikkram zur Abwechslung Beauty und Wellness in den Fokus zu stellen?«

Sie bewirbt Beachwear, Gymnastikbänder, Lotions und allerlei mehr, dazwischen sieht man sie auf Partys oder unterwegs an exotischen Orten. Ab und zu redet sie darüber, wie sie sich als Single fühlt.

Skeptisch scrolle ich weiter nach unten. »Ich vertraue niemandem, der mir einen Rabattcode mit seinem Namen drin gibt, mit dem ich mir einen Rasierer in Rosé samt Klingenabo holen kann. Am besten noch zusammen mit dem Versprechen, dass ich mich dadurch wie eine Liebesgöttin fühlen werde. Und dabei soll ich dann vergessen, dass ich auch mit Code immer noch durchs Gender Pricing benachteiligt werde, wenn meine Haut so seidenglatt werden soll, wie die Gesellschaft sie gern hätte.«

Adrian seufzt. »Traurigerweise sind wir da schon dicht am Knackpunkt dran. Glaube ich jedenfalls. Oder kannst du dir vorstellen, dass ich für seidige Beine, Lingerie und Cremes werbe?«

»Es gibt kaum mehr etwas, was ich mir bei dir nicht vorstellen kann. Aber mal ehrlich: Was meinst du damit? Dass sie für euren Manager wichtiger war?«

»Inzwischen bin ich mir sicher, er hat gewittert, dass Amanda drauf und dran war, den Schlussstrich zu ziehen. Für ihn hätte das vor allem eins bedeutet: schlechtere Kooperationsdeals. Am lukrativsten waren wir für ihn als Paar – das war jetzt nicht mehr drin. Aber schlimmer noch: Die Fans würden sich in zwei Lager spalten. Womöglich würde Amanda extrem viel Hate abbekommen, denn wie könnte sie es wagen, ihren Verlobten sitzen zu lassen? Diese Traumbeziehung zu beenden?«

Die Puzzleteile fügen sich zusammen. Ich versuche, seine Theorie weiterzuspinnen: »Also beschloss er, stattdessen dich zu opfern. Weil Amanda diejenige mit der größeren Reichweite und Produktpalette war.«

»Beweisen kann ich es nicht, aber ich gehe davon aus.«

Ich drücke seine Hand. Es muss schlimm sein, wenn jemand, mit dem man so lange zusammengearbeitet hat, einem dermaßen in den Rücken fällt. »Und Faye?« Bisher habe ich es nicht gewagt, sie zu erwähnen. Aber da ist ja immer noch das Video, der vermeintliche Beweis, und es wirkt sehr … echt.

»Ich weiß es nicht genau. Ist sie auf Eric zugekommen? Oder er auf sie? Vielleicht ging es ihr bloß um die Aufmerksamkeit. Sie konnte weder Amanda noch mich je leiden – was es noch schlimmer macht, dass Amy ihr geglaubt hat und mir nicht. Sie hat behauptet, ich hätte Gefühle für sie gehabt und dass Amanda und ich nur noch vorgegeben hätten, zusammen zu sein, um unsere Verträge einzuhalten.« Adrian legt den Kopf in den Nacken und starrt zur Zimmerdecke. »Das Fremdgehvideo ist auf Naxos entstanden. Amanda und ich hatten einen Streit, und statt wie geplant mit ihr bin ich dann mit einem Freund auf die Insel geflogen. Wie sich herausstellte, war er auch Teil der Verschwörung. Am ersten Nachmittag haben wir am Privatpool was zusammen getrunken. Amanda hat mir geschrieben, dass sie reden will und schon unterwegs zu mir ist. Ich bin eingeschlafen und wurde von ihrem sehr nach Versöhnung schmeckenden Kuss geweckt.«

»Aber sie war es nicht – sondern Faye«, schlussfolgere ich.

»Genau. Die ich dann in meinem Zustand lang genug abgeknutscht hab, um das tolle Video zu liefern. Wenn man den Gerüchten Glauben schenken will, die daraufhin aufgekommen sind, war sie nur eine von meinen bestimmt fünfundzwanzig heimlichen Geliebten. Endlich kam ans Licht, was für ein mieser Typ ich bin.«

Ich höre wieder die Bitterkeit heraus, die mir zu Beginn so oft von ihm entgegengeschlagen ist – und ich fange an, sie zu verstehen. Adrian Sherburn hatte ab diesem Moment, in dem Faye ihn vor der Linse einer Kamera küsste, keine Chance mehr. Menschen, die er für loyal gehalten hat, haben ihn ins Messer laufen lassen. Für Geld.

»Deshalb hast du gesagt, dass das Schreiben von *Sort of High Treason* dein Rettungsanker war.«

Er nickt langsam. »Ja. Ich hab immer getextet, und an die Ideen für *Last Summer's Scars* habe ich mich schon damals gesetzt, als es zwischen Amanda und mir zu kriseln begann. Der kreative Durchbruch kam aber erst nach dem ganzen Faye-Debakel. Es hat mir geholfen, aus dieser Hölle von Selbstzweifeln rauszukommen. Bevor ich beschlossen habe, erst mal offline weiterzuleben, saß ich ständig vor all diesen Zeugnissen der letzten Jahre und habe mich gefragt, was von alldem eigentlich ich war. Wie viel von diesem Typen da fake war und wie viel echt.«

Wie muss es sein, wenn alles, was man sich aufgebaut hat, auf einmal wie ein Kartenhaus in sich zusammenfällt? Wenn eine Rolle, die einen großen Teil der eigenen Identität ausmacht, auf einmal nicht mehr ausgefüllt werden kann?

Das Gleiche könnte mir passieren. Wer wäre ich, wenn ich nicht mehr Plots&Pieces-Lektorin sein dürfte? Ich weiß mit Bestimmtheit, dass alles, was mich als solche ausmacht, echt ist.

»War dir von Anfang an klar, dass du veröffentlichen willst?«, frage ich und versuche, mir nicht anmerken zu lassen, wie bedrückt ich bin.

»Ich kann es gar nicht richtig beschreiben.« Er überlegt. »Trotz allem konnte ich den Roman irgendwie nicht für mich behalten. Ich dachte, ich versuche es einfach mal. Es war das erste Mal seit einer Ewigkeit, dass ich die Chance hatte, für etwas anderes Rückmeldung zu bekommen als für meinen anscheinend so verdorbenen Charakter. Seitdem ist es mehr oder weniger der einzige Weg, mich der Welt mitzuteilen.«

»Verstehe …« Könnte ich es mir verzeihen, wenn er das meinetwegen verliert? Ich streichle seine Schulter. »Eric, Faye, dieser falsche Freund und die treulosen Fans kommen jetzt auf die

Liste der Menschen, die ich nicht ausstehen kann. Das Dumme ist nur, dass ich ihnen für eine Sache echt dankbar bin.«

Adrian nickt mit einem Lächeln, das nicht so richtig strahlt. »Ohne sie würden wir uns nicht kennen.«

»Ich möchte, dass du aufhörst zu denken, das wäre besser für mich.«

»Darf ich?« Auf mein Nicken hin nimmt er mein Handy und öffnet einen der Reposts des Fotos, auf dem man uns zusammen sieht. »Wie niedrig muss der IQ dieser Frau sein?«, liest er vor. »Was für 'ne Bitch. – Irgendein Betthäschen wird sich für Adrian immer finden. – Der würde ich ja gern mal die Meinung sagen. – Die kann man nur bemitleiden.«

Die Kommentare sind mir nicht neu, ich habe auch noch schlimmere gefunden und wurde zum Teil mit den übelsten Bezeichnungen bedacht, die ich je gelesen habe. Ich kann verstehen, dass er das von mir fernhalten wollte, wirklich. Und doch steht mein Entschluss felsenfest.

»Wenn sie dich brechen wollen, werden sie mich auch brechen müssen.«

Er schüttelt den Kopf. »Das beruhigt mich jetzt null.«

Meine Hand wandert von seiner Schulter an seine Wange. »Du musst nicht auf mich aufpassen. Ich bin stark genug dafür.«

»*Niemand* ist stark genug dafür. Es ist eine Hetzjagd, Clio.« Ich schlucke.

Er legt mir nun ebenfalls eine Hand an die Wange. »Noch kann sich die Lage wieder beruhigen. Sie haben keinen Anhaltspunkt, um herauszufinden, wer du bist.«

Was bedeutet, wir müssen dafür sorgen, dass sich das nicht ändert.

Ich möchte hier bei ihm bleiben. Ich möchte die Welt vergessen und mich mit Dingen ablenken, von denen er dachte, dass er sie nie wieder mit mir tun kann. Doch mir schwirrt der Kopf von allem, was ich erfahren habe. Die Gefahr aufzufliegen, war noch nie so real. Wahrscheinlich ist es wie ein richtiger Wettbewerb, wem es als Nächstes gelingt, uns zusammen zu ertappen.

»Ich sollte nach Hause fahren.« Alles in mir sträubt sich gegen meine eigenen Worte, doch ich denke an Chelseas Rat und halte daran fest. »Nach heute hab ich einiges zu verarbeiten, und … wir treffen uns besser erst wieder, wenn sich der Sturm gelegt hat.«

Es passt nicht zu mir, das vorzuschlagen. Die ganze Situation passt nicht zu mir, aber es geht nicht anders. Nicht, wenn ich Lektorin bleiben will. Wenn er weiter Autor sein möchte, ohne dass seine Bücher in Zukunft als Werke eines in Ungnade gefallenen Influencers bewertet werden. Nicht, wenn der Strom an Hasskommentaren jemals abreißen soll.

Adrian nickt und seufzt leise. »Es tut mir so leid.«

»Wir werden das irgendwie hinkriegen, oder?«

Er lehnt seine Stirn an meine. »Es gibt nichts, was ich mir mehr wünsche.«

»Wir werden das irgendwie hinkriegen«, beschließe ich, denn als Frage klang es längst nicht so ermutigend.

Dabei weiß ich selbst nicht, wie wir es schaffen sollen, es noch lange geheim zu halten. Was ich weiß, ist, dass das, was wir haben, jeden Einsatz lohnt. Denn ich habe fest vor, auf all den neuen Seiten vorzukommen, die er in Zukunft aufschlagen möchte.

KAPITEL 41

Lesen bedeutet immer auch, irgendwann
den Tiefpunkt der Story zu erreichen.

»Bin gleich wieder da.« Ich streife Caden und Josh mit einem Halblächeln, das dann für Mum etwas breiter wird und einen Moment länger bei ihr verharrt.

Wir sind zum ersten Mal seit langer, langer Zeit zu viert unter diesem Dach, und es ist schwer. Aber sie soll sich keine Sorgen machen. Sie und Josh haben sich diesen Sonntagnachmittag als Familienzeit gewünscht, wenigstens ein erstes Zusammenkommen von Vater, Mutter, Tochter und Sohn vor der Hochzeit, und obwohl Caden und ich damit so unsere Probleme haben, sind wir hier. Es gibt Kuchen, Einblicke in die Festtagsvorbereitungen und noch auffällig viele Momente, in denen niemand von uns so recht weiß, worüber wir zwanglos sprechen könnten.

Die anderen denken vermutlich, ich gehe zur Toilette, aber ich muss einfach kurz ins Freie, durchatmen – und mit Adrian telefonieren. Es ist mehr als zwei Wochen her, dass ich bei ihm war, und die Entfernung setzt uns beiden von Tag zu Tag mehr zu. Trotz all unserer Gespräche und Nachrichten ist es kaum auszuhalten. Wenn es doch wenigstens einen Countdown gäbe, eine Frist, nach der das Interesse daran, wie und mit wem Adrian seine Zeit verbringt, vollkommen verebbt wäre.

Wann, falls überhaupt jemals, werden wir es uns erlauben können, uns wieder etwas mehr zu trauen? In ein paar Monaten? In einem Jahr? Selbst dann noch nicht?

Möglichst leise öffne ich die Haustür, deren Schlüssel ich leider gerade nicht bei mir habe. Kurzerhand lege ich einen von Cadens ausnahmsweise mal praktisch in Greifweite liegenden Schuhen in den Spalt, damit sie nicht zufällt.

Ich gehe die Einfahrt hinunter und atme die milde Luft ein, in der der Duft der Blumen im nachbarlichen Vorgarten hängt.

Morgen hat Adrian wieder einen Termin bei seiner Anwältin, vor dem er, wie er es nannte, noch mal in sich gehen will. Vielleicht kann ich mit etwas Feingefühl mehr darüber aus ihm herausbekommen. Was ich bislang weiß, ist, dass er sowohl gegen seinen ehemaligen Manager als auch gegen Faye und mehrere besonders aggressive Gerüchteverbreitende rechtliche Schritte eingeleitet hat. Viel gebracht hat es bislang wohl nicht, immerhin ist schon einiges an Zeit ins Land gezogen. Der Tatbestand der üblen Nachrede sollte auf jeden Fall gegeben sein, aber Adrian hofft bestimmt darauf, dass wenigstens Eric Langway wegen Verleumdung verurteilt wird.

Ich halte meinen Finger an den Sensor, und mein Handydisplay leuchtet auf.

Zwölf entgangene Anrufe, siebenunddreißig Textnachrichten.

Mein Körper weiß vor mir Bescheid. Mir bricht der Schweiß aus, meine Nerven beginnen einen Aufstand, mein Blut denkt über einen Richtungswechsel nach.

Da ist noch eine Benachrichtigung in der Leiste. Es ist, als ob mein Sichtfeld immer kleiner wird und nur noch diese Worte scharf stellt: *the_real_amanda_d_fanpage und 231765 weitere Personen folgen dir jetzt.*

Hier wird gerade ein Albtraum wahr – das ist das Einzige, was ich klar realisiere. Meine Gedanken kreisen laut durcheinander, ohne wirklich Inhalt zu haben. Fühle ich deshalb nicht so viel, weil ich unter Schock stehe?

Da sind unzählige DMs, noch öfter wurde ich von irgendwem irgendwo markiert. Planlos rufe ich ein paar zufällige Nachrichten auf. Fragen aus Neugier wechseln sich mit Beleidigungen ab, wie sie mir nie zuvor in meinem Leben an den Kopf geworfen wurden. Hinzu kommen Analysen der wenigen Fotos auf meinem Account und fiese Direktvergleiche zu Amanda, die doch viel klüger und hübscher und erfolgreicher ist als ich.

Bin ich gerade auf den Pflasterweg hinabgesunken? Muss ich, denn nun sitze ich hier, immer noch auf mein Handy starrend.

Wie auf Autopilot stelle ich all meine Social-Media-Profile auf privat, und obwohl das Stunden dauern kann, beginne ich, die neuen Fans und Hater aus meiner Followerschaft zu entfernen. Es hat fast schon etwas Meditatives. Moment mal, warum lösche ich meine Accounts nicht direkt? Oder mache ich gerade alles falsch? Hätte ich besser alles ignorieren und meine Profile nicht anrühren sollen? Jetzt wissen sie, dass ich reagiere – mit Fluchtverhalten.

Ich zwinge mich, ein paar tiefe Atemzüge zu nehmen und dabei nicht aufs Handy zu schauen.

Dann sichte ich, welche meiner eigenen Kontakte mir geschrieben haben. Melly war die Erste – eine Vorwarnung, die nun leider trotzdem zu spät kommt. Von ihr stammen zwei Drittel der entgangenen Anrufe, das dritte von Lorne. Adrian hat sich nicht gemeldet.

Weiß er es also noch nicht? Logisch, er meidet ja Social Media, so gut er kann.

Erst jetzt fällt mir auf, dass ich noch gar nicht weiß, wie sie es herausgefunden haben.

»Was machst du denn hier draußen? Durchdrehen? Falls

ja: Können wir das zusammen tun? Das hier ist der seltsamste Nachmittag der letzten zehn Jahre. Und ich hatte viele seltsame Nachmittage.« Cadens Schritte nähern sich von der Haustür aus.

Ja, ich drehe durch. Ja, es ist der seltsamste Nachmittag der letzten zehn Jahre.

»Ähm, Clio?« Er läuft um mich herum und geht in die Hocke, um mit mir auf Augenhöhe zu sein. Meine Mimik scheint ihn ziemlich zu alarmieren, denn er packt meine Schultern und sieht mich fast schon ängstlich an. »Was ist los?«

Ich schüttele den Kopf, obwohl es nichts zu verneinen gibt. »Sie haben mich gefunden.«

Klingt wie ein Zitat aus einem Krimi. Mein Lachen klingt, als wäre ich nicht mehr weit von der Hysterie entfernt. Stammelnd gestehe ich meinem Bruder, wer genau mein Freund ist, und da er sowieso schon den Verdacht hatte, dass meine Geschichte mit Bryn Spurling nicht im Hotel geendet hat, ist er nur teilweise überrascht.

»Aber wie sind sie auf dich gekommen?«, fragt er.

»Weiß ich noch nicht.«

Er sieht mir dabei zu, wie ich Adrian anrufe – und nicht erreiche.

»Shiiiiiiiiit«, stößt Caden aus, der inzwischen zu seinem eigenen Handy gegriffen hat.

»Kannst du laut sagen.«

Er umfasst erneut meine Schultern und sieht mich eindringlich an. »Du bleibst kurz hier sitzen, ja? Rühr dich nicht von der Stelle. Ich sag denen da drinnen Bescheid, dass wir wegmüssen. Wir fahren zu mir und machen uns erst mal ein genaueres Bild von der Lage.«

Wann ist mein kleiner Bruder zu einem so guten Seelenrettungssanitäter geworden?

Ich höre ihn ins Haus zurückeilen und könnte auch gar nichts anderes tun, als hier am Boden zu bleiben, denn meine Beine würden mich nicht tragen.

Noch einmal mache ich eine Atempause und versuche, die wichtigsten Gedanken aus dem Sturm in meinem Kopf herauszufischen.

Ich muss herausfinden, wie schlimm es ist. Zwei Fragen haben Vorrang vor allen anderen: Haben sie das Pseudonym geknackt? Und: Wer hat unsere Beziehung ans Licht der Öffentlichkeit gezerrt?

Da die erste Frage mir mehr Angst macht, gehe ich zuerst der anderen nach. Doch es erweist sich als gar nicht so leicht dahinterzukommen, wer den Stein ins Rollen gebracht hat. Überall taucht bloß das alte Foto auf – mit dem Unterschied, dass mein privater Account nun darauf markiert ist. Schließlich stoße ich auf die Aussage, eine vertrauliche Quelle habe meine Identität preisgegeben. Ich verbiete mir, den Gedanken weiterzuverfolgen, ob ich die Person kenne.

Stattdessen gebe ich mir einen Ruck und öffne einen neuen Tab, um *Adrian Sherburn Bryn Spurling* ins Suchmaschinenfeld zu tippen. Selbst, beides zusammen einzugeben, fühlt sich schon gefährlich an.

Die Erleichterung treibt mir die Tränen in die Augen. Nichts. *Noch nicht.*

»Hey, komm.« Caden ist zurück und hält mir die Hand hin, um mich hochzuziehen und zu seinem Auto zu führen.

»Und was ist mit meinem?«

»Holen wir später ab.« Er öffnet mir die Beifahrertür. »Am besten, du ignorierst das Handy unterwegs. Außer wenn's klingelt und es dein Freund ist, ja?«

»Okay«, sage ich schwach, lasse das Display schwarz werden und schiebe mir das Handy unter den Oberschenkel.

Caden steigt ein und fährt los.

Ich schreibe Adrian, was los ist, und bitte ihn inständig, sich sofort zu melden, wenn er das liest.

Parallel geht eine Sprachnachricht von Keira ein. Sicher hat sie es auch schon mitbekommen.

Ich lasse die Aufnahme abspielen und höre sofort, dass meine Mitbewohnerin weint. »Clio, das hätte nie passieren dürfen.« Erst nach einem hektischen Räuspern fährt sie fort: »Es … es war Luke. Er hat mir geschworen, es für sich zu behalten. Ich hätte es ihm niemals verraten dürfen. Bitte, bitte, verzeih mir. Und pass auf dich auf!«

Ich schlage die Faust gegens Armaturenbrett.

»Bitte nicht meinem Auto wehtun!«, fleht mein Bruder.

»Ich glaub's einfach nicht!«

»Ist doch schon fast egal, wer es war. Wichtig ist, wie es jetzt weitergeht. Du kannst jetzt nicht nach Hause!«

Seine Trostversuche lassen inhaltlich langsam nach, finde ich. Irgendwie könnte ich besser damit leben, wenn jemand Fremdes die Katastrophe verursacht hätte. Aber nein, nach allem musste es ausgerechnet der Typ sein, mit dem ich die Wohnung teile. Dank ihm kennen nun alle meinen Namen und wissen, was ich beruflich mache.

Auf der Fahrt gewinnt mehr und mehr meine Angst die Oberhand und drängt den ersten Schock und die Fassungslosigkeit zurück.

Einige der hasserfülltesten Kommentare über mich, die ich vorhin gelesen habe, hallen wie Echos durch mein Gedächtnis.

Adrian meldet sich einfach nicht zurück. Wenn ihn schon das Bild, von dem niemand auf mich schließen konnte, zu so einem heftigen Rückzug bewegt hat – was wird das hier dann in ihm auslösen?

Ich schlinge die Arme um meinen Oberkörper und versuche, meinen Kopf zu leeren, mich nur auf das Fahrtrauschen und mein eigenes Zittern zu konzentrieren.

Denn die andere Frage, die ich gar nicht erst an mich heranlassen will, ist: Was wird das hier mit *mir* machen?

* * *

Ich hebe die Hand an meinen Laptopbildschirm und berühre ihn leicht, denn gerade ist Adrians Gesicht im *Zoom*-Fenster erschienen.

»Clio … Ich wünschte, ich könnte bei dir sein. Kurz habe ich überlegt, zu euch zu kommen. Aber …« Er lässt den Satz unvollendet.

… es ist nicht möglich, steht trotzdem im Raum.

Nicht möglich, dass wir uns jetzt treffen. Nicht möglich, dass wir aus dieser Sache noch unbeschadet herauskommen.

»Ich habe so, so sehr gehofft, das würde niemals passieren. Beziehungsweise mir niemals wieder – es ist genau wie damals mit Amy. Und vor allem hättest *du* das niemals durchmachen sollen.« Er presst sich die Faust gegen die Lippen.

Caden wirft mir von der anderen Seite des Raums einen mitleidigen Blick zu. Da die Wohnung nur dieses eine Zimmer hat, hat er angeboten, mich für das Videotelefonat allein zu lassen – aber wo Adrian schon nicht in meiner Nähe sein kann, brauche ich die Anwesenheit meines Bruders umso mehr.

»Ich habe unterschätzt, wie hart es ist«, gebe ich schwach zu und würde es im nächsten Moment am liebsten zurücknehmen. Ich möchte nicht, dass mein Schmerz über die überwältigende Ablehnung all dieser Fremden und meine Angst vor den Folgen, die all das für mich jetzt unweigerlich haben wird, ihm wehtun. Wo ich doch behauptet habe, stark genug für das zu sein, was auch immer auf uns zukommt. Er hat mich gewarnt, er wusste es genau – aber ich habe ihn vom Gegenteil zu überzeugen versucht und fühle mich jetzt wie eine Heuchlerin.

Nun fehlen sowohl Adrian als auch mir die Worte. Wir schauen uns nur an, und ich habe ein Gewicht auf der Brust, das alles Leben aus mir herausdrücken will.

Da sind meine Gefühle für ihn, und sie sind so stark. Doch zum ersten Mal scheint das nicht auszureichen.

Wir haben gekämpft – umeinander, gegeneinander, füreinander. Warum müssen wir dann nun an diesem Punkt sein? Es ist, als hätten wir unsere eigenen Hindernisse überwunden – nur um jetzt an denen von außen zu zerschellen.

Sein Schweigen wird zu einem Zögern und dann zu Worten: »Wir können es dementieren. Es gibt keinerlei eindeutige Hinweise auf eine Liebesbeziehung.«

Ich räuspere mich, denn auf meine Stimme ist längst kein Verlass mehr. »Aber dann darf es auch in Zukunft keine geben. Was bedeutet das für uns?«

Adrian schließt die Augen. »Du weißt, was es bedeutet.«

Das hier ist sie, die schlimmste Weggabelung, an die wir hätten kommen können. Ich will geradeaus, doch dort ist eine Felswand. Wir haben eine Wahl, aber sie ist grausam: Wir können zu einem extrem hohen Preis zusammenbleiben – oder alles wieder ins Gleichgewicht bringen, aber getrennt weitergehen.

»Ich weiß, dass du allem standhalten würdest, wenn es sein muss.« Adrian sieht mich wieder an, auf eine traurig-entschlossene Weise, die mir den Boden unter den Füßen wegzieht. »Dasselbe gilt für mich in Bezug auf dich genauso. Doch die Wahrheit ist … Beziehungen sind schon unter weit geringerer Last zerbrochen als der, die das alles mit sich bringen würde und die vor allem du tragen müsstest.«

Es geht hier nicht mehr darum, dass ich meinen Job verlieren und in der ganzen Branche und weit darüber hinaus in Verruf geraten *könnte*. Ich werde es. Ich werde es, wenn wir nicht die Stopptaste drücken.

Er schickt mir ein zerbrechendes rotes Herz über den Chat, und ich lächle bitter über das Symbol, das so passend ist und als Emoji in diesem Moment doch so fehlplatziert wirkt. Adrian schnaubt leise. »Ich weiß, dass du bei mir bleiben würdest, wenn ich dich darum bitte, und dafür liebe ich dich. Aber weil ich dich liebe, kann ich dich nicht darum bitten.«

»Willst du es denn?«, bringe ich heraus.

Er ringt lange um eine Antwort. Ich warte, während sich ein unglaubliches Verlustgefühl in mir breitmacht. Mein Körper und meine Seele wissen bereits, wie das hier ausgeht, auch wenn ich es nicht wahrhaben will.

»Nicht unter diesen Bedingungen«, flüstert Adrian.

Ich nicke.

Wäre unsere Geschichte ein Buch, das ich lektoriere, würde ich an dieser Stelle eingreifen. Ich würde sagen, dass alle sich ein Happy End wünschen werden und die Protagonistin sich für die Liebe entscheiden muss und nicht für den Rest ihres Lebens. Aber eigentlich würde ich damit etwas sehr Problematisches tun: das Märchen weiterverbreiten, dass Liebe über allem stehen sollte. Irgendwo tut sie das vielleicht – aber nicht, wenn die Entscheidung dazu führt, dass man gar nicht mehr der Mensch sein kann, der so sehr liebt und geliebt wird. Denn ich wäre nicht mehr ich, wenn ich die Rolle annehme, die mir heute aufgedrückt wurde. Ich wäre nicht mehr ich, wenn ich seine Freundin bleibe – und deshalb würde ich wahrscheinlich auch Letzteres nicht mehr lange sein.

Adrian behält die Fassung, und ich weiß nicht, wie er das schafft, denn mit meiner war es das jetzt. Wenn ich auch nur noch einen Satz zu sagen versuche, werde ich in Tränen ausbrechen und mich nicht wieder fangen.

»Ich komme schnellstmöglich in den Verlag, und wir sprechen über das weitere Vorgehen, am besten mit der Programmleitung.«

Das Buch. Daran habe ich in all dem Aufruhr nicht einmal mehr zu denken gewagt.

»Ich verspreche dir, ich tue alles, was ich noch für dich tun kann, Clio.«

Ich nicke, wieder oder immer noch, ich bin mir nicht sicher.

Auch auf sein »Danke für alles« hin und seinen letzten liebevollen Blick, auch noch, als das Fenster längst schwarz geworden ist.

Ein stummes Nicken angesichts einer donnernden Katastrophe.

Wie konnte ich glauben, dass wir uns nicht verlieren würden?

KAPITEL 42

Lesen kann dir das Herz brechen.

Wie kann sich eine Lawine komplett online lösen, bevor sie in die Offlinewelt rollt und alles unter sich begräbt?

Nach dem ersten Ansturm rollt sie jedoch langsamer, als ich dachte.

Sie rollt, während all die Gedanken und Gefühle, die ich nur mit Adrian teilen wollen würde, ins Leere gehen.

Sie rollt, während mich am nächsten Morgen die ersten Leute von der Promipresse und neugierige Fans aus der Stadt vorm Verlag mit Fragen bombardieren. Auch wenn es kein richtiger Mob ist, kostet es mich alle Kraft, die ich aufbringen kann, um kommentarlos und vor allem ruhig ins Gebäude zu verschwinden.

Sie rollt weiter, während im Verlag über mich getuschelt wird – alle im Team müssen zumindest ahnen, wer dieser Influencer noch ist – und Chelsea sich den ganzen Vormittag über nicht zu der Sache äußert, obwohl Adrian sich schon bei ihr gemeldet haben muss. Wahrscheinlich hat sie keine Worte dafür, wie alles eskaliert ist. Oder sucht ratlos nach einem Grund, mir nicht zu kündigen. Vielleicht fürchtet sie, dass unser Bestsellerautor erst recht den Verlag verlassen wird, wenn sie seine Freundin rausschmeißt, und das zu verhindern, hat gerade natürlich oberste Priorität. Schon beim Gedanken, es könnte Adrians Promistatus sein, der mich schützt, wird mir übel.

Ich wage es nicht, auch nur für einen kurzen Moment in einer meiner Social-Media-Apps online zu gehen. Als würde dort nicht mehr über mich gepostet und geschrieben werden, wenn ich mich totstelle.

Lorne beobachtet das Ganze und hat mir geschworen, es mir zu sagen, sollten News auftauchen, von denen ich wissen muss.

Ich trage schon mal ein paar Feedbackpunkte zu Cecily Normans Buch zusammen, damit sie eine erste Überarbeitung starten kann, bevor wir richtig in den Lektoratsprozess einsteigen. *Sort of High Treason* wäre dringender, aber selbst wenn Adrian mir den Rest schon geschickt hätte, könnte ich da gerade nicht dran. So tief, wie meine Augenringe heute Morgen waren, habe ich nicht erwartet, dass ich überhaupt an irgendetwas arbeiten könnte, aber tatsächlich ist es das Einzige, was ich im Moment noch hinbekomme. Es hält einen Rest Normalität aufrecht.

»Clio?«, fragt Shannon, die mich lieberweise nicht anders behandelt als sonst, obwohl sie nun wie alle anderen Bescheid weiß. Lilian steht neben ihr und wartet auf neue Praktikumsaufgaben. »Kennst du eine Tarah Keys? Sie hat ein Manuskript eingesandt und erwähnt, dass sie dich kennt.«

»Taaaaaarah«, murmele ich. »Die Frau ist dafür verantwortlich, dass ich mich in solche Schwierigkeiten gebracht habe.« Ich schüttele den Kopf. Nein, die Frau, die dafür verantwortlich ist, bin ich selbst. Oder? Was wäre ohne ihre Only-one-Bed-Vorlage passiert oder nicht passiert? Ob ich sie anrufen sollte, um zu klären, dass sie ihr heikles Wissen nicht auch noch ins Haifischbecken wirft? Oder würde ich sie damit selbst erst auf die Idee bringen?

»Hat sie etwa das Foto geleakt?« Shannon starrt mich schockiert an.

»Nein, das war Luke. Ich wohne deshalb gerade bei Caden in Reading. Damit ich ihm nicht begegnen muss und etwas tue, was ich später bereue.« Ich höre meiner eigenen Stimme an, dass sich da ein Nervenzusammenbruch anbahnt. Ich schließe die Augen und presse die Lippen zusammen, bevor die Worte hervorsprudeln können, die sich auf meiner Zunge drängeln.

»Diese Amandrians werden dich schon nicht zerfleischen«, sagt Shannon sanft.

»Die heißen bitte nicht echt so.« Ich öffne die Augen wieder und blicke in zwei äußerst besorgte Gesichter.

»Doch, so wie Justin Biebers Beliebers.«

»Und Bibis Bibinators«, ergänzt Lilian.

Ich will gerade fragen, wer denn Bibi ist, da klingelt mein Telefon. Es ist Chelseas Durchwahl.

»Ja, hallo?«

»Clio, bitte kommen Sie in mein Büro. Wir haben Besuch.«

Sie legt auf, bevor ich etwas erwidern kann.

Er ist hier.

Das ging schnell – aber schnelles Handeln ist ja auch gerade von extremer Wichtigkeit. Wie gut, dass ich Chelsea so nicht als Erstes allein gegenübertreten muss. Vor ihm wird sie sicherlich anders mit mir sprechen, als sie es eigentlich müsste.

»Entschuldigt mich, ich schreite jetzt zum Galgen.« Schreiten ist etwas zu viel gesagt für meine unsicheren Schritte zur Tür.

»Du stehst das durch!«, ruft Shannon mir nach.

Lieb gemeint, aber ich bin mir da nicht so sicher.

Mit dem heftigsten Herzrasen aller Zeiten gehe ich zu Chelseas Büro und trete nach einem kurzen Klopfen ein. Obwohl ich darauf vorbereitet war, schnappe ich nach Luft, als ich Adrian neben dem Schreibtisch stehen sehe.

»Guten Morgen«, sage ich so souverän wie möglich.

Er und Chelsea erwidern es – sie mit einem Stirnrunzeln, er so heiser, dass der Kloß in seinem Hals so groß sein muss wie mein eigener.

»Mr Sherburn hat nach Rücksprache mit seiner Agentin einen Plan, wie wir mit der Veröffentlichung seines Buchs verfahren können.« Chelsea zuckt mit den Schultern. »Sie sind nach wie vor die Projektverantwortliche, also möchte ich Ihre Meinung dazu hören.« Sie misst Adrian mit einem Blick, der mir Gänsehaut verursacht. Ihrer Vermutung nach könnte es wohl trotz meiner eigenen Aussage immer noch sein, dass ich mich gezwungen gefühlt habe, ihm näherzukommen, damit er keine weiteren Beschwerden über mich äußert.

Nun sieht sie mich an, und ich warte darauf, dass sie anfängt, die unangenehmen Fragen zu stellen, die sie jetzt stellen muss.

Soll ich ihn direkt ansprechen? Wenn ja, wie? *Wie?* Ich kann mich nicht vor Chelseas Augen in das Wrack verwandeln, das seit gestern in riesigen Verfallsschritten aus mir zu werden droht.

»Er will sicherlich vom Vertrag zurücktreten«, krächze ich und positioniere mich an der anderen Ecke von Chelseas Schreibtisch. Die Kante an meinen Oberschenkeln gibt mir das beruhigende Gefühl, Halt zu haben.

»Das war mein erster Gedanke«, bestätigt Adrian und nestelt am Reißverschluss seiner dunkelgrauen Sweatjacke. »Falls wir uns dazu entschließen, wäre ich natürlich bereit, alle bisher entstandenen Kosten zu erstatten und auch meinen Vorschuss zurückzuzahlen.«

»Erzählen Sie ihr von Ihrem zweiten Gedanken«, bittet Chelsea.

Sein Blick wandert kurz zu mir, doch dann sofort zu Boden. »Ich lege das Pseudonym offen.«

Ein Schreckenslaut dringt aus meiner viel zu engen Kehle.

Er will tun, was er niemals tun wollte – und das nur meinetwegen. Um glaubhaft behaupten zu können, dass ich »nur« seine Lektorin bin. Sogar an seinem Buch begeht er dafür Hochverrat. Ich lache trocken über meinen eigenen dummen Gedankenwitz.

Im nächsten Augenblick macht es bei mir klick. Plötzlich weiß ich genau, was der einzig richtige Weg für ihn ist. Warum habe ich das vorher nicht gesehen? Es liegt so nahe.

Chelsea sieht völlig niedergeschlagen aus. Sie hält es wohl nicht für möglich, noch eine gute Lösung zu finden, die weder Verlag noch Autor oder Werk schadet.

Ich schon, wenigstens eine etwas bessere.

»Noch haben wir nicht bekannt gegeben, dass ein neuer Spurling erscheint. *Sort of High Treason* war das genau genommen doch nie. Es ist ein Sherburn.«

Chelsea hustet, Adrian keucht.

Ich nutze ihre Überraschung, um noch eine kleine feurige Ansprache an Adrian anzuschließen. »Noch besteht die Chance, das Pseudonym zu schützen. Dein erstes Buch ist nicht bei Plots&Pieces erschienen, und Erin steht als Lektorin im Impressum. Niemand wird so schnell auf dich schließen, wenn du jetzt unter deinem Klarnamen veröffentlichst. Das Buch nicht zu veröffentlichen, kommt nicht infrage! Noahs Geschichte ist eine Abwandlung dessen, was du erlebt hast, und würdest du das nicht mit der Welt teilen wollen, hättest du deiner Agentin das Manuskript gar nicht erst geschickt, um es uns anzubieten. Wird ein Haufen Leute es zerreißen? Wahrscheinlich. Na und? Dafür endet endlich dein Versteckspiel. Du musst dazu stehen, dass du nicht der bist, zu dem sie dich zu machen versuchen.«

Er schüttelt den Kopf, ganz leicht nur, als wäre er zu einer heftigeren Reaktion nicht mehr fähig. »*Mein* Name auf *diesem* Buch … Du weißt nicht, was du da von mir verlangst.«

Ich gehe so weit auf ihn zu, wie ich es mir vor Chelsea selbst erlaube. »Oh doch, das weiß ich. Aber ich verlange es nicht nur von dir, sondern für dich.«

Er stößt zwischen aufeinandergebissenen Zähnen die Luft aus, dann wendet er den Blick von mir ab und schaut zu Chelsea.

»Ich werde das Buch beenden, und wenn Clio das für das Beste hält, werde ich ihrem Rat folgen. Sie hat mein vollstes Vertrauen, und ich hoffe, dass sie auch Ihres behält. Bitte tun Sie alles, was in Ihrer Macht steht, damit sie im Team bleiben kann. Sie wissen selbst, dass Sie mit ihr eine äußerst fähige Lektorin verlieren würden. Wenn der Verlag trotz aller Bemühungen durch die aktuelle Situation in irgendeiner Weise benachteiligt sein sollte, dann trage ich allein die Schuld daran.«

»Tust du nicht«, widerspreche ich, obwohl er mir nur helfen will. Er soll nicht den Kopf für mich hinhalten.

Ohne darauf einzugehen, blickt er Chelsea auffordernd ins Gesicht.

»Ich werde mich für Clio einsetzen«, verspricht sie, als würden wir hier nicht über den Roman, sondern mein persönliches Lebensglück verhandeln. »Außerdem veranlasse ich, dass die Mitarbeitenden Verschwiegenheitserklärungen unterzeichnen, damit das Pseudonym bei Ihrem Debüt gewahrt bleibt.«

»Gut. Ich danke Ihnen.« Adrian geht an mir vorbei zu ihr, um sich mit einem Händedruck von ihr zu verabschieden. »Ich werde noch heute ein Statement abgeben, um klarzustellen, dass Clio und mich lediglich eine Zusammenarbeit verbindet.«

Er schaut zu mir und zögert, verzichtet dann aber darauf, mir ebenfalls die Hand zu geben. Chelsea und ich sehen zu, wie er in Richtung Tür geht. Alles in mir will ihm nach, doch ich stehe da wie angewurzelt. Ich schaffe es nicht mal auszusprechen, dass ich kein Statement will. Ich *muss* es wollen, oder nicht?

»Ich hoffe, dass der Erfolg des Buchs die unerfreulichen Entwicklungen aufwiegen kann.« Er tritt auf den Flur hinaus. »Bis bald, wir hören voneinander.«

»Machen Sie es gut, Mr Sherburn.«

Er geht.

»Oh, Clio.«

Ich begegne Chelseas Blick, in dem ich mehr Sorge als Tadel zu sehen glaube. »Es tut mir leid«, würge ich hervor. »Alles.«

Sie kommt hinter ihrem Schreibtisch hervor und baut sich vor mir auf. »Das glaube ich Ihnen nicht.«

Auch wenn Adrian mit keiner Silbe die Gefühle zwischen uns erwähnt hat, wundert es mich nicht, dass die Sache für sie spätestens jetzt eindeutig ist. Der ganze Raum war voll davon.

Chelsea seufzt. »Sie werden sich vor Mrs Clarke verantworten müssen. Ich ergreife gern für Sie Partei, aber ich weiß nicht, ob das reichen wird.«

Die Verlagsleitung – nun ist es also so weit. Ich nicke nur und fühle mich wie betäubt.

»Als Vorgesetzte denke ich, dass Sie eine Grenze überschritten haben. Ihre Entscheidungen haben das Potenzial, dem Verlag erheblichen Schaden zuzufügen. Aber ganz persönlich möchte ich Ihnen sagen: Geben Sie den Mann nicht auf, auch wenn er Sie dazu zu bringen versucht. Ich konnte da eben zwei Menschen beobachten, die füreinander durchs Feuer gehen würden. Das ist von weit höherem Wert als der Gewinn, den ein neuer Spurling oder selbst ein Sherburn je einbringen könnte.«

Es erschüttert mich, wie einfach das klingt. Wie einfach das *ist*.

Adrians und meine Entscheidung mag richtig sein, aber sie ist auch zutiefst falsch.

Es gibt keine offenen Fragen für mich, wenn es um meine Gefühle für ihn geht. Dennoch lasse ich mir von Unbekannten und äußeren Umständen diktieren, was ich zu tun habe. Wie könnte mich das nicht unglücklich machen?

Aber was kann man schon dagegen unternehmen, wenn sich einem die Widerstände mit aller Macht in den Weg stellen und man einfach zu keiner Seite an ihnen vorbeikommt?

* * *

In Gedanken bin ich schon in der Schwimmhalle. Spontan habe ich beschlossen, heute gleich nach der Arbeit hinzufahren. Ich brauche das Gefühl unterzutauchen und voranzugleiten mehr als je zuvor – Bahn für Bahn nur meinen Körper, die Wärme, meine Atmung und die Beschaffenheit des Wassers wahrzunehmen.

Dreimal versichere ich mich durchs Fenster, dass mir vor dem Haus niemand auflauert. Die Luft ist rein.

Sicher wurde auch Adrian heute Morgen hier gesehen – passend zum Plan, alles als großes Missständnis darzustellen.

»Clio, warte!«, höre ich Lorne hinter mir.

Ich wirbele zu ihm herum. »Das Statement? Ist es online?« Nur mit größter Willenskraft habe ich mich davon abgehalten, den Nachmittag über selbst ständig nachzusehen.

Lornes Gesicht sagt Ja – und dass es so schlimm ist, wie ich ahne.

»Hast du noch was vor?«, fragt er zurück. »Denn sonst würde ich vorschlagen, wir gönnen uns den Eintritt für den Wildpark am Magdalen College und reden dort darüber.«

Schwimmen kann ich auch später noch. Nicht hier im Verlag über Adrian zu reden, ist wahrscheinlich klug. Nur … »Wieso ausgerechnet da? Denkst du, Rehe beruhigen meine Nerven?«

Er zuckt mit den Schultern. »Einen Versuch ist es wert. Und falls nicht: Meine beruhigen sie definitiv.«

Vielleicht sollte ich Melly den Tipp geben. Falls sie sich noch dazu durchringt, Klartext mit ihm zu reden.

Wir machen uns auf den Weg, und ich bin heilfroh, unterwegs von niemandem erkannt zu werden. Wie muss das erst für Adrian sein?

Wenig später gehen wir an den altehrwürdigen College-Gebäuden vorbei, und mit Blick auf die grasende Herde, die sich in den Sommermonaten auf der Water Meadow aufhält, wendet Lorne sich endlich unserem Thema zu.

»Das Statement ist das erste öffentliche Lebenszeichen, seit er sich zurückgezogen hat. Du kannst dir ja denken, wie die Fans und Hater deswegen ausrasten.«

Gerade würde ich viel dafür geben, ein Reh mit einem friedlichen, wunderbar grasigen Leben zu sein.

»Kannst du es mir vorlesen?«

»Lieber nicht.« Lorne drückt mir sein Handy in die Hand.

Er hat den Post bereits aufgerufen, und ich schirme das Display mit der Hand vor der Abendsonne ab, um den Text auf den Slides entziffern zu können.

Es ist eine Weile her, ihr da draußen. Ich weiß, dass die meisten von euch mich nicht sonderlich vermisst haben, und ich melde mich heute nur zu Wort, um etwas richtigzustellen. Schon seit einer Weile wird heiß über dieses Foto von mir und Clio Hildyard diskutiert. Ich schätze, ihr habt es alle gesehen. Nur was ihr da wirklich seht, wisst ihr nicht: kein Paar, nur zwei Menschen, die zusammen arbeiten.

Die Sache ist, ich habe einen Roman geschrieben. Er wird noch dieses Jahr bei Plots&Pieces erscheinen, und Clio ist meine Lektorin.

Wir haben uns ein paarmal getroffen, um uns zum Buch auszutauschen. Irgendjemand hielt es nun für nötig, uns zu fotografieren, als wir uns zum Abschied kurz umarmt haben. Danke dafür.

Etwas später wurde dann auch noch ihr Name an die Presse verkauft – der Grund, warum ich es nicht mehr auf sich beruhen lassen kann.

Bitte hört auf, so ein Riesending draus zu machen. Für Ms Hildyard ist das, wie ihr euch vorstellen könnt, extrem unangenehm.

Und für alle, die mir nicht glauben: Der Beweis – mein Buch mit dem Titel »Sort of High Treason« – wird in Kürze vorbestellbar sein.

Bei meinem Seufzen heben einige Tiere in der Herde verwundert die Köpfe und sehen zu uns herüber. »Glauben sie ihm denn?«, frage ich Lorne, denn ich bin nicht in der Stimmung, mich wieder durch fiese Kommentare zu wühlen.

Er zuckt mit den Schultern. »Du kennst das Bild ja. Ihr seht schon ziemlich verliebt aus. Aber spätestens sobald der Roman vom Verlag bestätigt wird, werden die meisten es ihm abnehmen. Und nach einer Weile wird das Interesse an dir verraucht sein. Sofern du nie wieder mit ihm erwischt wirst.«

Es ist so schrecklich ironisch: Das Video, das ihn mit Faye zeigt, halten alle für echt – und das Foto von uns beiden jetzt nicht mehr.

Dabei will ich am liebsten der ganzen Welt erzählen, wie viel mehr in Adrian steckt, und alle wissen lassen, dass mich in ihn zu verlieben zu den besten Dingen gehört, die ich je erlebt habe.

KAPITEL 43

Lesen bis zum Ende kann hart sein:
Manchmal ruinieren die letzten
Seiten das ganze Buch.

Die freudige Botschaft, die Chelsea nur zwei Tage nach Adrians Besuch im Verlag ans ganze Team mailt, bringt mich zum Weinen. Sofort kommt Shannon mit einer Packung Taschentücher zu mir herübergeilt.

Nach Adrians Statement hat der Verlag wirtschaftlich gesehen genau das Richtige getan: blitzschnell den Namen auf dem Cover ausgetauscht und das Buch vorbestellbar gemacht. Und es *wurde* vorbestellt – so oft, dass die Zahlen die geplante Startauflage schon jetzt ums Doppelte übersteigen. Es ist ein Rekord für Plots&Pieces. Für Adrian ist es ein Opfer. Ich hoffe nur, es bleibt nicht dabei. Dass er mehr Zuspruch ernten wird als Hass.

»Ich weiß nicht genug, um zu verstehen, was da los ist.« Shannon reicht mir ein Taschentuch, und ich vergrabe mein ganzes Gesicht darin. »Aber auch wenn es nur bedingt schlau von dir war, was mit unserem Starautor anzufangen – denn ganz ehrlich, mir ist klar, dass es nicht erfunden ist –, bin ich sicher, ihr habt da ein gutes Buch auf den Weg gebracht. Es will in die Welt raus, oder? Egal, unter welchen Umständen.«

»Danke«, schniefe ich.

»Das wird schon.« Sie drückt mich, bevor sie an ihren Platz zurückkehrt.

Etwas später habe ich mich gerade halbwegs beruhigt, da schreibt Adrian mir.

....

An: Hildyard, Clio
Von: Spurling, Bryn
Betreff: Das Ende

Hallo Clio,

uns fehlten ja noch die letzten beiden Kapitel, die ich nun fertig überarbeitet bzw. umgeschrieben habe. Du brauchst mir kein Feedback dazu geben. Lektorier es, wie du denkst. Ich bin so was von fertig mit diesem Buch.

Adrian
📎 Kapitel 49&50.doc

....

Dass es ihm nicht besser geht als mir, lässt sich unschwer herauslesen, und auch wenn ich mir ein, zwei persönliche Zeilen wirklich gewünscht hätte, verstehe ich, warum er darauf verzichtet hat.

So gut es meine Konzentration zulässt, vertiefe ich mich in die Schlusskapitel.

Es ist nicht das erste Mal, dass ein Buchende mich enttäuscht, doch so schlimm wie in diesem Fall war es noch nie.

Der Showdown zwischen Damon und Noah entspricht im Großen und Ganzen der Erstfassung und ist nach wie vor extrem gut. Das Problem ist wie immer die Entwicklung zwischen Noah und Violet. So schnell die beiden sich angenähert haben, so schnell entfernen sie sich innerhalb der abschließenden Kapitel voneinander, um schließlich getrennte Wege zu gehen. Am übelsten ist die allerletzte Seite – ein knapper, liebloser Abschied. Mit immer weiter anschwellendem Frust lese ich ihn zum dritten Mal.

Als meine Aussage gegen Damon aufgenommen worden war, verließ ich mit gemischten Gefühlen die Wache. Ich wusste, jetzt würde alles endlich zu einem Ende finden: die Drohungen, die Lügen, die Gefahr einer Verhaftung, obwohl ich überhaupt nichts Falsches getan hatte. Doch noch wusste ich nicht, wie mein Leben jetzt aussehen sollte. Diesem Mann die Stirn zu bieten, der einst mein Freund gewesen war und dann ein Hochverräter an allem, was diese Freundschaft bedeutet hatte, war viel zu lange mein einziges Ziel gewesen.

Vor dem Gebäude wartete Violet. Ich rechnete es ihr hoch an, dass sie mich begleitet hatte. Nachdem wir uns schon zum zweiten Mal ineinander getäuscht und festgestellt hatten, wie wenig wir zusammengehörten, hätte ich das nie von ihr verlangt.

»Danke für alles.« Ich nickte ihr zu, und sie erwiderte es.

Sie war mir eine Verbündete gewesen, als ich so sehr wie nie zuvor jemanden gebraucht hatte, der mir den Rücken stärkte, und das würde ich ihr nie vergessen.

»Ehrensache.« Violets Lächeln war echt. Sie bereute nicht, so für mich da gewesen zu sein, aber irgendwo erleichterte es sie auch, nun in ihr Leben zurückkehren zu können.

Ich würde mit Sicherheit noch oft an sie denken, mit Wärme und ein wenig Wehmut im Herzen.

Wir umarmten uns ein flüchtiges letztes Mal, dann schlug ich meinen Heimweg ein und sie ihren, entgegengesetzte Richtungen nach einem Stück gemeinsamer Wegstrecke.

Mit jedem Schritt fiel etwas mehr Schwere von mir ab, und als ich den Kopf in den Nacken legte, schien mir zwischen den Dächern der Häuserschlucht der verheißungsvoll klare Himmel entgegenzufallen.

Dazu gibt es nicht viel zu sagen, die E-Mail ist schnell verfasst. Es tut mir ehrlich leid, dass ich Adrian nicht den Gefallen tun kann, es einfach gut sein zu lassen. Doch unzählige Menschen werden dieses Buch lesen, und auch wenn sie die Ebene, die ich sehe, nicht bemerken werden, kann und werde ich diesen Ausgang nicht hinnehmen. Noah und Violet sollen zusammen glücklich werden, das ist nicht verhandelbar. Da kann Adrian der Himmel entgegenfallen, so verheißungsvoll er will.

· ·

An: Spurling, Bryn
Von: Hildyard, Clio
Betreff: Re: Das Ende

»Lektorier es, wie du denkst« reicht hier nicht, mein Lieber. Die letzten Szenen mit Noah und Violet sind grottig. Ich werde das Buch so nicht in die Herstellung geben, das kannst du vergessen.

Clio

· ·

An: Hildyard, Clio

Von: Spurling, Bryn

Betreff: Re: Re: Das Ende

Sorry, aber dir wird nichts anderes übrig bleiben.

....

Den ganzen Tag über verfolgen mich dieser schlechte Witz von einem Ende und Adrians Weigerung, etwas daran zu ändern.

Schließlich ist mein Leidensdruck so groß, dass ich endlich Enden finde, an denen ich ansetzen kann. Mit neuer Entschlossenheit schmiede ich einen unerwartet vielversprechenden Drei-Punkte-Plan. Zum ersten Mal seit der Trennung fühle ich mich nicht mehr vollkommen machtlos. Ich kann das Blatt noch wenden. Es gibt immer einen Weg nach vorn, und aufzugeben wäre absurd.

Ich bitte Adrian per Mail um Erlaubnis, das Buch vor der Abgabe wenigstens noch jemand Drittem zum Lesen geben zu dürfen. *Jemand Unbefangenem*, nenne ich es ihm gegenüber, auch wenn das in gewisser Weise gelogen ist.

Er bestätigt mir erneut, dass ich machen kann, was ich will. Mache ich auch.

Amanda Darling erhält eine DM von mir, zwei Stunden später meldet sie sich tatsächlich zurück, und ich sende ihr den aktuellen Stand des Manuskripts, zusammen mit einer knappen Nachricht:

> Danke, dass du reinliest. Ich bin sicher, du wirst deine Schlüsse ziehen.

Am Abend sitze ich allein in Cadens Wohnung, weil er mit Freunden verabredet ist. Ich sollte direkt Punkt 2 in Angriff nehmen, bin aber innerlich noch nicht richtig bereit dafür. Stattdessen mache ich erst mal eine Online-Zeitreise. Wenn man darauf achtet, ist es nicht zu übersehen: Amanda hat damals nach der Trennung viel von ihrer kraftvollen Ausstrahlung eingebüßt. Mir ist unbegreiflich, warum sie Adrian nicht geglaubt hat, doch je mehr ich in das Drama von damals eintauche, desto mehr verstehe ich, wie eindeutig die Lage gewirkt hat.

Faye hat sich nach ihren Behauptungen, Adrian habe sie benutzt und ihr immer versprochen, Amanda zu verlassen, bis heute nicht mehr über ihn geäußert.

Ich zucke zusammen, als die Klingel durch den Raum gellt. Zögernd nähere ich mich der Wohnungstür.

»Clio, ich bin's«, höre ich Joshs Stimme, woraufhin ich ihm öffne.

»Was machst du denn hier?«

»Ich wollte sehen, wie es dir geht. Ist ja alles ziemlich heftig für dich gerade. Kann ich dir irgendwie helfen? Dich zumindest ein bisschen ablenken vielleicht?«

So wenig ich auch nach wie vor weiß, welche Rolle er nun und in Zukunft für mich spielt, so gerührt bin ich.

Er bemüht sich, und das ist mehr, als ich lange Zeit von ihm zu erwarten hatte. Außerdem rechne ich es ihm hoch an, dass er mich wegen meiner Entscheidungen in Bezug auf Adrian nicht verurteilt. Auch Mum hat sich zwar immer wieder besorgt erkundigt, mir aber keine Vorwürfe gemacht.

»Das Einzige, was du für mich tun kannst, ist, Mum auf dem Rückweg Salted Caramel Fudge zu kaufen und ihr vorbeizubringen. Vielleicht schreibst du ihr sogar einen kleinen Liebesbrief dazu. Ich bin gern bereit, ihn zu lektorieren.«

Er lächelt. »Nichts lieber als das. Auch wenn ich auf das Briefgeheimnis poche.«

»Gut. Na ja, und wo du schon mal hier bist – Lust auf einen

kleinen Spaziergang? Ich könnte einen Bodyguard brauchen, falls ich erkannt werde.«

Sein Schlucken verrät mir, wie wenig er damit gerechnet hat, ich könnte tatsächlich freiwillig Zeit mit ihm verbringen wollen. »Sehr gern.«

* * *

Nachdem Josh wieder gefahren ist, habe ich endlich die innere Ruhe, um den nächsten Schritt zu machen, und staune darüber, dass ausgerechnet die kleine Runde mit ihm sie mir geschenkt hat.

Ich setze mich an Cadens kleinen Schreibtisch und tue, was ich eigentlich nie tue: schreiben.

Bei jedem Buch, das ich betreue, versuche ich, bei allen Änderungsvorschlägen sprachlich so behutsam wie möglich mit dem Text umzugehen, ein Gefühl für den einzigartigen Ton zu bekommen und mich dem Originalstil anzunähern, ihn zu imitieren. Diese Fähigkeit kommt mir jetzt zugute.

Bryns Stil – Adrians Stil – fühlt sich nach den vielen Stunden an *Sort of High Treason* vertraut an. Trotzdem scrolle und suche ich immer wieder umher, um bei bestimmten Begriffen nachzuschauen, ob er sie selbst verwendet. Erst läuft es zäh, und ich zweifle mehr als einmal daran, ob ich es wirklich durchziehen soll. Irgendwann jedoch überschreite ich eine Schwelle, und die Worte beginnen zu fließen. Ich fühle mich mehr, als würde ich mit Sekundenkleber etwas reparieren, während ich in Wahrheit etwas Neues erschaffe: ein bittersüßes Happy End mit ganz viel Hoffnung.

KAPITEL 44

Lesen ist wie das Leben:
Blättere Seite um Seite um, und trau
dich, deine Träume in Worte zu fassen und
schwarz auf weiß in die Welt zu schreiben.

»Du willst das wirklich posten?« Lorne sieht von meinem Handy auf, das ich ihm unter die Nase gehalten habe und jetzt zu mir zurückziehe.

Er und Melly sind beide ganz spontan zu einem Clio-tut-was-Verrücktes-Sonntagabend zu mir gekommen. Zu dritt sitzen wir auf dem Boden, die Rücken an mein Bett gelehnt, ich natürlich in der Mitte, weil Melly und Lorne nach wie vor auf Abstandskurs sind. Mehr denn je fühle ich mich wie das Bindeglied, das sie ein Stück weit von genau diesem Kurs abhält. Nur ob ich vermitteln kann oder sollte, weiß ich immer noch nicht.

Willst du das wirklich posten?, frage ich mich auch selbst mit Blick auf mein Handydisplay, aber die Antwort, zu der ich finde, ist immer noch ein klares Ja.

Am Freitagabend bin ich in die WG zurückgekehrt. Keira hat Luke rausgeschmissen, und an dem Morgen hatte er seine letzten Sachen geholt. Ich bin froh, dass mir eine direkte Konfrontation mit ihm erspart geblieben ist; ich weiß nicht, ob ich mich im Griff gehabt hätte, und selbst wenn er wollte, könnte er ohnehin nichts ungeschehen machen.

Im Verlag habe ich mit der Eastmore-Leiterin Mrs Clarke in Anwesenheit von Chelsea eines der unangenehmsten Gespräche meines Lebens geführt. Meine Beine haben so sehr gezittert, dass ich die Hände daraufgelegt habe und am Ende Schweißabdrücke auf der Hose hatte. Ich habe mich entschuldigt, aber nicht darüber gelogen, dass ich die Beziehung immer noch will und zu retten versuche. Chelsea hat mich mit ihrer Fürsprache schon fast überfordert, und auf Mrs Clarkes Entscheidung hin, mir nicht die Kündigung auszusprechen, habe ich dann vor Erleichterung erst mal keinen Ton herausgebracht. Allerdings soll ab jetzt Shannon Adrians Ansprechpartnerin sein, und ich muss ihr schnellstmöglich das satzfertige Manuskript übergeben. Ich bin traurig darüber, es fällt mir schwer, »mein« Buch ziehen zu lassen, aber ich verstehe es, und Adrian, der über seine Agentin informiert wurde, hat sofort eingewilligt.

Die Hauptsache ist, dass ich bleiben darf, und besonders beruhigt hat mich Chelseas leises »Gut gemacht!« nach der Besprechung auf dem Gang.

Ein letztes Mal lese ich mein eigenes kleines Statement. Es ist Punkt drei von drei und im Vergleich zu den anderen beiden der unkompliziertste. Ich habe zu dem Foto, das sowieso schon von Adrian und mir die Runde macht, ein paar Zeilen getippt:

Hallo da draußen,

die meisten von euch kennen mich nicht, aber ich scheine eine sehr spannende Person für euch geworden zu sein, seit ich mit Adrian gesichtet wurde. Leider muss ich euch enttäuschen, denn ihr werdet hier auch in Zukunft wenig über mich erfahren. Nur heute möchte ich euch etwas mitteilen, das ihr wirklich wissen solltet: Ich empfinde was für Adrian, ziemlich viel sogar. Und ich denke eigentlich, dass er versucht hat zu verhindern, dass ich darauf reduziert werde, seine »neue Flamme« zu sein, sagt genug darüber aus, was für eine Art Mensch er ist. Einer, den ich lieben werde, solange er mich lässt.

PS: Leute, wo ihr gerade schon mal hier seid: Kauft unbedingt »Sort of High Treason« von @adrian_sherburn 😊

»Eine Influencerin wird wirklich nicht aus dir«, urteilt Lorne. »Aber ich find's gut. Auch wenn es ein bisschen verzweifelt wirkt, dass du ihn markiert hast – mehr oder weniger insgeheim, nur um sicherzugehen, dass er es auch ja mitkriegt.«

»Muss sein.«

Das ganze Wochenende habe ich mich immer wieder ans Buchende gesetzt und hatte am Ende fünf Versionen, aus denen ich dann eine finale zusammengebastelt habe. Noch habe ich sie Adrian nicht geschickt. Zuerst möchte ich meine Klarstellung veröffentlichen, über der ich fast genauso lange gebrütet habe.

»Kurz habe ich ernsthaft überlegt, ein TikTok zu machen und auch als Reel zu posten. Keira hatte schon angeboten, mir Boxer Braids zu flechten und mich zu schminken, sodass mich mit etwas Glück später nicht ganz so viele Leute in live wiedererkennen. Aber irgendwie konnte ich mir nicht vorstellen, meinen Text romantisch und ernsthaft genug vorzutragen.«

Dafür hatte ich ein richtig gutes Gespräch mit meiner Mitbewohnerin, und ich glaube, sie zweifelt nicht mehr an meiner Selbstachtung.

»Also los.« Mein Finger berührt das Häkchen zum Hochladen.

Dein Beitrag wird fertiggestellt …

Und da ist er. Kein Versteckspiel mehr, nur Tatsachen.

Mit einem Klick habe ich alle Bemühungen, unsere Beziehung

als Lüge zu verkaufen, zunichtegemacht. Ich hoffe, Adrian wird mich nicht dafür hassen, sondern verstehen, warum es keine Alternative gibt. Warum ich zu ihm stehen will, komme, was wolle.

Melly drückt meine Schulter. »Fehlt nur noch das Manuskript, schick es ihm am besten sofort.«

Bevor mich der Mut verlassen kann, wähle ich die Buchdatei mit meinem alternativen Ende und hänge sie Adrian an eine E-Mail mit dem ausgefeilten Inhalt »Okay so?« an.

Ich habe das Auseinanderdriften meines liebsten Book Couples in den letzten Kapiteln zu einem kleinen Konflikt abgeschwächt, die kurze Begegnung vor der Polizeiwache gestrichen und Noah dort vergeblich nach Violet Ausschau halten lassen. Das dämpft seine Erleichterung darüber, Damons Lügennetz endlich entkommen zu sein, gewaltig.

Danach setzt dann die neue Endszene ein, die nun bei ihm zu Hause spielt.

Ich hoffe sehr, sie wird Adrian sagen, was ich ihm unbedingt und von Herzen sagen möchte.

Mit jedem Schritt in Richtung meines Zuhauses fühlte ich mich weniger, als wäre ich tatsächlich dorthin unterwegs: nach Hause. Denn diese vier Wände, die Tag für Tag mein Versteck gewesen waren, hatten nichts von dem Heimatgefühl, das mir Violets Gegenwart gab. Gegeben hatte.

Ich hatte mir das selbst genommen. Weil ich nicht gegen meine Ängste ankam und mir deshalb eingeredet hatte, ohne mich wäre sie besser dran. Das stimmte nicht. Ich hatte ihr auch etwas gegeben, viel sogar – von mir.

Als ich in meine Straße bog, glaubte ich, meine Augen würden mir einen Streich spielen.

Violet saß auf der obersten Stufe vor dem Haus und blickte mir entgegen. Ihre Haltung war entspannt, aber je näher ich kam, desto weniger passte ihre Miene dazu. Ich musste ein paar Schritte von ihr entfernt stehen bleiben, weil es mir zu riskant erschien, noch näher zu kommen. Sie schien noch nicht endgültig entschieden zu haben, was sie mit mir vorhatte.

»Mich gehen zu lassen, wäre ein Fehler, Noah.«

Ich sollte jetzt schroff sein. Sie wegschicken und ihr zum letzten Mal ein schönes Leben wünschen. Aber ich war viel zu froh darüber, dass sie immer noch nicht aufgegeben hatte.

»So weit war ich auch schon.«

Das hatte sie nicht erwartet. Sicher hatte sie noch viel mehr Worte auf Lager – aber in diesem Moment waren sie ihr alle entfallen. Ich wartete, bis sie neue fand.

Sie räusperte sich. »Du hast versucht, mir dafür zu danken, dass ich nicht zusehen wollte, wie du weiter den Kopf in den Sand steckst. Aber wenn du mir *wirklich* danken willst, dann bitte, indem du es nie wieder tust. Ganz besonders nicht in Bezug auf uns beide.«

In meinem nicht mehr im Sand steckenden Kopf wurde es zuerst sehr laut und dann ganz still. Violet wusste, wie sehr ich sie liebte. Es trotzdem zu verbergen, zurückzuhalten, zu leugnen, war typisch ich – und typisch sinnlos.

»Es tut mir leid«, sagte ich, und als ich ihr die Enttäuschung ansah über die Ausrede, die sie als Nächstes erwartete, beeilte ich mich auszusprechen, was sie zu hören verdiente und ich mir selbst erlauben musste: »Ich *werde* es nie wieder tun. Versprochen.«

Ich überbrückte die letzten Meter, setzte mich neben sie auf die Stufe und legte den Arm um sie, auf diese Weise, die den Menschen vorbehalten ist, die einem am meisten bedeuten.

So saßen wir da, sie und ich, und es gab keine geschlossenen Türen und verbauten Möglichkeiten mehr. Nur uns und den Wiederbeginn von etwas wirklich Gutem.

* * *

Beim Frühstück am Montagmorgen arbeite ich mich durch Hunderte von Benachrichtigungen und Kommentaren – sogar ein Like von Amanda ist dabei! Ich bin überwältigt, wie viel Positives mir zur Abwechslung entgegenschlägt. Auch wenn sich, genau wie unter Adrians Statement, ein paar Trolle zusammenrotten, die sich darüber auslassen, dass er nicht mal im Arbeitskontext die Finger bei sich behalten kann. Eine Userin, die ich dafür sehr feiere, merkt an, dass mein Text ja wohl eine andere Geschichte erzählt und ich mehr bin als eine gesichtslose Frau, die sich bereitwillig anbaggern lässt.

Nur Adrian selbst hat sich nicht gerührt. Auch in meinem Mailpostfach wartet keine Antwort von Bryn.

Selbst falls er den Post noch nicht gesehen hat – das geänderte Ende muss er erhalten haben. Hat er es auch gelesen? Ignoriert er es absichtlich? Braucht er einfach Zeit?

Ich stecke entschieden das Handy weg und räume den Tisch ab, um mich für die Arbeit fertig zu machen. Es ist definitiv mal wieder ein Tag für mein Glücksparfum.

384

So richtig wirken tut es erst mal allerdings nicht: Auf dem Weg zum Verlag überfahre ich mit dem Rad um ein Haar einen Chihuahua, und am Ziel angekommen will eine sehr penetrante Frau, die vielleicht achtzehn oder neunzehn ist, unbedingt ein Foto mit mir. Nur gerade so kann ich mich vor ihr ins Gebäude retten und befürchte, sie hat trotzdem Bilder gemacht, die sie jetzt verbreiten kann.

Als ich ins Büro komme, begrüßt mich dann auch noch Shannon mit unergründlicher Miene. Ich wage nicht zu hoffen, dass sie etwas Gutes verheißt.

»Sag's mir besser gleich«, bitte ich. »Mein Schlechte-Nachrichten-Radar schlägt zurzeit öfter an, als eigentlich erlaubt sein dürfte. Wird mir doch gekündigt, und alle wissen es außer mir?«

»Ich hoffe nicht! Keine Sorge, ich brauche bloß eine besondere Freigabe von dir.«

»Eine … Freigabe?« Trotz ihrer Entwarnung ist die Anspannung noch nicht sofort von mir abgefallen.

»Ein gewisser Mr Sherburn hat mir geschrieben, um mir etwas weiterzugeben, weil er noch einen kleinen Wunsch für sein Buch hat. Es wäre sicher schön, wenn du es später unverhofft entdeckst, wenn es aus der Druckerei kommt, aber ich denke, das ist einfach noch zu lange hin. Du solltest es jetzt sehen.« Grinsend greift sie nach einem Ausdruck auf ihrem Tisch, um ihn mir hinzuhalten. Ich nehme ihn und starre auf die zentriert gesetzten drei Zeilen:

Für Clio – und ein gutes Stück weit auch von dir.
Du hast mir gezeigt, wie sehr ich mir selbst im Weg stand.
Nur dank dir glaube ich wieder an Liebesgeschichten.

»Ich will ja nichts sagen, Clio, aber du scheinst ihm wirklich das Herz gestohlen zu haben.«

Ich schüttele den Kopf und nicke dann. »Ich muss sofort nach London.«

Das Gleiche sage ich kurz darauf zu Chelsea, die an ihrem Schreibtisch in einen Vertrag vertieft ist. »Wäre es in Ordnung, wenn ich heute spontan Überstunden abbaue?«

»Ihnen auch einen guten Morgen.« Sie blickt zu mir auf, und entweder ich bilde mir das ein, oder sie schmunzelt über mich. »Ich nehme an, es geht um Mr Sherburn? Glückwunsch übrigens zu Ihrem Richtigstellungspost.«

»Äh … danke.«

»Jetzt gehen Sie schon. Aber versprechen Sie mir dafür, ihn dazu zu bringen, weiter für unseren Verlag zu schreiben … Es darf auch als Bryn Spurling sein. Oder welchen Namen auch immer er haben möchte.«

»Ich werde mein Bestes geben!«, verspreche ich, praktisch schon unterwegs. Denn meine Schritte steuern längst Richtung Tür, Richtung Rad, Richtung Auto, Richtung Adrian.

* * *

Etwas stimmt hier ganz und gar nicht. Adrian ist nicht auf dem Handy erreichbar, und auch als ich endlich einen Platz fürs Auto gefunden habe, zu Fuß zum Tor komme und klingle, lässt er mich nicht in die Villa. Ich gehe ein Stück am Zaun entlang, und dann erblicke ich ein Schild. Alles andere rückt von einer Sekunde auf die andere komplett in den Hintergrund. *For Sale.*

Mechanisch tippe ich die darunter angegebene Nummer in mein Handy und rufe dort an.

»Brown & Walsh, Sie sprechen mit Shelby Matthews, wie kann ich helfen?«

Ich nenne der Maklerin die Adresse und erkundige mich mit zitternder Stimme nach dem Verbleib des aktuellen Besitzers der Immobilie. Ich nenne extra seinen Namen, damit sie mir glaubt, dass ich ihn kenne.

»Mr Sherburn ist vor drei Tagen ausgezogen«, erklärt sie. »Mehr darf ich Ihnen nicht sagen – Datenschutz.«

In mir beschließen unvermittelt sämtliche Gefühle, ebenfalls umzuziehen, ein Teil von ihnen in meine Kehle, um sie völlig zu verengen, der Rest in meinen Magen, wo sie sich wegen der Platznot schmerzhaft zusammenballen.

»Danke ... schönen Tag noch«, stammle ich und beende den Anruf, obwohl sie mit ihrer Erwiderung noch nicht fertig ist.

Sollte die Widmung so was wie ein Abschiedsgeschenk sein? Glaubt Adrian, er tut uns einen Gefallen, wenn er seinen Plan, das Land zu verlassen, wahr macht? Das ist es doch, worauf das hier hindeutet, oder?

Er hat sich für einen Neuanfang entschieden – und damit endgültig gegen mich.

Irgendwo finde ich ein Fünkchen Zorn in mir. Das ist sehr viel besser als die Panik. Super, ich leide also vor mich hin, und der Ex-Influencer wird seinen Liebeskummer los, indem er sein Haus verkauft und alles hinter sich lässt. Wieso auch nicht?

Ich schließe die Augen.

Mein Plan hätte auch hundert Punkte haben können und wäre doch auf dasselbe Ergebnis hinausgelaufen: Unsere Liebesgeschichte endet hier.

KAPITEL 45

Lesen ist Teil deiner Lebensgeschichte.

»Josh sieht aus, als ob er jeden Moment einen Rückzieher macht.« Caden schüttelt den Kopf.

Grandma, er, Melly und ich sitzen in der ersten Stuhlreihe vor dem kleinen Pavillon, in dem unsere Eltern gleich wieder in den Bund der Ehe treten werden wie in einem kitschigen amerikanischen Film. Nie war ich so wenig in Hochzeitsstimmung wie in dieser Woche. Nach wie vor hat Adrian absolut nichts von sich hören lassen. Meine Anrufe und Nachrichten sind unbeantwortet geblieben, und es kommt mir vor, als hätten einfach alle Emotionen meinen Körper verlassen. Ich kann kaum sagen, wie ich die vergangenen Tage hinter mich gebracht habe. Doch ich halte den Kopf hoch und gebe mich so freudig, wie ich kann.

Ich betrachte Josh, der schon bereitsteht und auffällig viel herumzappelt. Er zupft an den Ärmeln seiner Anzugjacke, dann am Kragen. Mein Urteil fällt gnädiger aus: »Nein, eher, als ob er gleich die Frau seiner Träume zurückheiratet und es noch gar nicht glauben kann.«

Seltsame Vorstellung, dass genau hier, auf dem Gelände von Ardington House, vor vielen Jahren auch schon die erste Hochzeit stattgefunden hat.

Meine Eltern wollten ursprünglich nur in kleiner Runde feiern – jetzt sind wir insgesamt doch um die fünfzig Leute. Joshs

Schwestern sind extra angereist, und da meine Eltern doch eine ganze Weile getrennt waren, kamen von beiden Seiten noch Kontakte dazu, die der beziehungsweise die andere gar nicht kannte. So wollte Mum auch Melly unbedingt dabeihaben, weil sie sie durch mich schon seit Jahren als Teil unserer erweiterten Familie betrachtet.

Es ist ein bisschen frisch hier draußen, und während das Drei-Personen-Orchester das Eingangsstück anstimmt und wir mit allen anderen aufstehen, ziehe ich meinen offenen Blazer mit beiden Händen enger zusammen.

Plötzlich stößt Caden mich an. »Clio, ist das …?«

Ich drehe den Kopf, um seinem Blick zu folgen, und sehe jemanden zwischen den beiden Stuhlblöcken heraneilen. Es ist ganz eindeutig nicht die Braut.

»Adrian«, flüstere ich, während sein Name in meinem Kopf in hundertfacher Lautstärke verkündet wird.

Caden wechselt auf den Platz neben Granny, und ich beobachte ungläubig, wie Adrian Josh zum Gruß zuwinkt, wobei er aber mich ansieht. Dass alle ihn anstarren, scheint er gar nicht zu bemerken.

Von allen Details, die an dieser Situation verwunderlich sind, hänge ich mich daran auf, wie es sein kann, dass seine Krawatte zu meinem Kleid passt. Und wie kann man eigentlich bitte so gut aussehen?

»Hey.« Er erreicht mich, küsst mich auf die Wange und nimmt den Platz neben mir ein, bevor er meine Hand ergreift. »Etwas knapp mit den Parkplätzen hier.«

Ich kann nichts sagen, nichts fragen, nichts begreifen, denn mein Fokus liegt auf der Berührung unserer Hände, und den Rest Aufmerksamkeit, den ich zusammenkratzen kann, brauche ich für Mum, die nun durch die Mitte nach vorn kommt.

Joshs Augen weiten sich, und er strahlt ihr entgegen, was sie mit der gleichen Leuchtkraft erwidert. Der Anblick berührt mein Herz und bringt mich fast zum Weinen.

Es ist echt. So glücklich sieht man nur aus, wenn Gefühle wahrhaftig sind – und in diesem Moment kann ich mich zum ersten Mal aufrichtig für meine Eltern freuen.

Ich drücke Adrians Hand fester. Auch er scheint echt zu sein, und wenn er glaubt, dass ich ihn jemals wieder loslasse, kennt er mich schlecht.

* * *

»Ich kann bezeugen, dass du sogar Tränen in den Augen hattest.«

Adrian und ich lassen uns hinter dem Strom Richtung Festbüfett zurückfallen.

Dass ich ihn nicht mit Fragen attackiere, was ich nur könnte, weil er hier ist, liegt – neben der Tatsache, dass ich die Hochzeit nicht ruinieren will – vor allem daran, *dass* er hier ist. »Es ist ja wohl meine Pflicht als Tochter, zwei Tränen zu vergießen, wenn meine Eltern sich noch mal das Jawort geben!«

Ganz so einfach ist es natürlich nicht. Es waren nicht nur Freudentränen, irgendwo hat mir das Ganze auch wehgetan. Das, was von meinem früheren Ich noch in mir ist, trauert um das, was in der Zeit zwischen der Trauung damals und heute verloren gegangen ist. Jahre, bei denen es nun umso sinnloser erscheint, dass wir sie nicht zu viert erlebt haben. Aber die, die ich heute bin, weiß, es war eine Entwicklung. Wir hätten das nicht haben können, weil Mum und Josh damals nicht dort waren, wo sie jetzt stehen. Ich sollte wohl lernen, diesen Charakterentwicklungen, die ich auf der Arbeit so oft genauestens unter die Lupe nehme, auch im wahren Leben zu erkennen. Manchmal sind sie fließend; ich selbst habe mich schon verändert, seit ich Josh wiederbegegnet bin. Meine Gefühle hatten und haben ihre Berechtigung, aber ich will sie nicht mehr über alles stellen. Sie nicht mehr *zwischen uns* stellen.

Auch wenn ich es beim Gratulieren eben nicht geschafft habe, ihn zu umarmen, und ihm stattdessen einen Schulterklaps gegeben habe wie ein alter Kumpel aus dem Angelverein, in dem er nicht mal ist. Zu meinem Trost war Cadens braves Händeschütteln auch nicht viel besser.

Egal, unsere Familie ist wiedervereint, und irgendwann wird es sich normal anfühlen. Noch nicht jetzt, aber eines Tages.

Gerade beschäftigt mich dank Adrian noch etwas ganz anderes, und die vielen Gefühle in Kombination verursachen einen regelrechten Emotionsstau.

»Wie kann es sein, dass du hier bist?«, frage ich leise.

»Ich bin genau, wo ich sein sollte!«, erwidert er, und als unsere Blicke sich finden, vergesse ich für eine Sekunde alles andere. Wo wir sind, was passiert ist, die Antworten, die er mir schuldig ist.

Dann sind wir an den Tischen angekommen, und fürs Erste müssen wir es darauf beruhen lassen, wir können uns ja schlecht einfach direkt davonstehlen. Also setze ich mich widerstandslos und staune verwirrt darüber, wie Adrian sich offiziell Melly vorstellt, die nicht weniger verwirrt staunend meinen Blick sucht.

Caden klopft an sein Glas und hält eine gar nicht mal schlechte kleine Rede; ein paar andere Verwandte und Bekannte schließen sich an. Ich selbst halte mich zurück. Mum hat mir schon im Vorfeld versichert, dass das okay ist.

Als sie jetzt von der anderen Seite des Tischs meinen Blick auffängt, lächelt sie mich an und beobachtet versonnen, wie Adrian mit der freien Hand meinen Arm streichelt.

Mit den hochgesteckten Haaren sieht sie jünger aus, als sie ist, und das Weinrot ihres Kleids steht ihr gut. Nun folgt auch

Josh ihrem Blick und fängt mit einem jungenhaften Grinsen an, Mums Arm auf die gleiche Art zu streicheln.

Ich verdrehe die Augen, grinse aber selbst. Die Wendung der Ereignisse gefällt mir zu gut, um sie nicht zu genießen, selbst wenn ich immer noch Angst habe, dass Adrian sich bei meinem nächsten Blinzeln als Hirngespinst entpuppt.

Doch er sitzt auch in der nächsten und übernächsten Minute noch da und strahlt sogar, ohne mit der Wimper zu zucken, in die Kamera der Hochzeitsfotografin. Sie knipst fröhlich ein Bild von uns beiden. Damit ist endgültig der Gipfel der Verwirrung erreicht. Sobald sie zu ihrem nächsten Motiv weiterzieht, beuge ich mich näher zu Adrians Ohr und frage mit gesenkter Stimme: »Jetzt mal im Ernst. Können wir aufhören, so zu tun, als wäre es zu erwarten gewesen, dass du herkommst?«

Adrian lächelt bloß. »Ich finde, es war zu erwarten.«

Mehr kommt nicht, typisch.

»Du widmest mir also dein Buch und verschwindest spurlos, um als Überraschungsgast auf der Hochzeit meiner Eltern aufzutauchen? Hältst du das etwa für romantisch?« Ich bekomme das mit der Verärgerung in meiner Stimme nicht so richtig hin. Stattdessen klinge ich nach einer Frau mit Schmetterlingen im Bauch.

»Ganz so war es nicht.«

»Ich stand vor deiner zum Verkauf ausgeschriebenen Villa – was kann ich daran falsch verstanden haben?« Die Erinnerung verpasst den besagten Schmetterlingen einen ordentlichen Dämpfer.

Adrian sieht ziemlich erschrocken aus. »Du warst *da*? Und hast gedacht, ich wäre einfach auf und davon?«

»Ja«, bestätige ich kläglich.

»Das … Mist, das wollte ich echt nicht.«

»Was in aller Welt wolltest du *dann*?«

Er blickt sich um und macht ein unzufriedenes Geräusch. »Das Setting gefällt mir nicht. Lass uns kurz wohin gehen, wo es ein bisschen ruhiger ist.«

Meine Gedanken rasen, doch viel Sinnvolles kommt dabei nicht heraus. Passenderweise wird gerade das Büfett für eröffnet erklärt, also stehen wir mit dem ersten Schwung Hungriger auf und schlendern unauffällig in dessen Richtung, bevor wir abdrehen und ich mich von Adrian ein Stück von der Hochzeitsgesellschaft wegführen lasse.

Nahe dem kleinen Fluss, der hinter dem Gebäude entlangfließt, bleiben wir stehen. Adrian deutet über die Wiesen, die sich vor unseren Augen erstrecken. »Sonnenuntergang«, erklärt er stolz. »Du wirst mich küssen wollen, und in Liebesgeschichten gehört sich das doch so mit dem rosa-orangefarbenen Himmel, oder nicht?«

Ich runzle die Stirn. »Es ist *Mittag*.«

»Also bitte. Du hast ja überhaupt keine Fantasie.« Er deutet in den wolkenlosen Himmel. »Schau mal, die Wolke da sieht aus wie ein Herz. Richtig schön in diesem romantischen Licht! Fast, als hätte sie einen glühend roten Rand.«

Ich tippe seine Schulter an. »Sonst alles gut bei dir?«

»Mehr als das sogar. Es ist nämlich was richtig Gutes passiert.« Seine Miene ist so weich und offen, wie ich sie selten gesehen habe. »Du hast zwar gleich drei unverzeihliche Dinge getan: mein Buch endgültig verkitscht, mein Statement mit einer Gegendarstellung gesprengt und dann auch noch meine Ex angeschrieben – aber das Ganze hat ziemlich hohe Wellen geschlagen. Unter anderem hat es dazu geführt, dass ein beachtlich großes Lager von Clio-Fans entstanden ist und uns zusammen sehen will. Was aber noch krasser ist: Amanda hat mich über meine Eltern kontaktiert. Sie hat Zweifel bekommen, wollte mir endlich zuhören und wird mich nicht nur gegenüber den Fans, sondern auch bei der Verleumdungsklage unterstützen.«

»Wow.« Das ist mehr, als ich zu hoffen gewagt hatte; immerhin macht sie sich damit selbst zum Ziel. Garantiert werden Stimmen laut werden, sie habe Adrians Seitensprünge vorgetäuscht, um ihn guten Gewissens verlassen zu können.

Es wird mir immer ein Rätsel bleiben, wie man sich so in das Leben anderer reinsteigern kann, die man nicht mal persönlich kennt – oder gar Forderungen stellen, was sie über sich zu teilen haben.

»Vielleicht auch noch interessant für dich: Ich will weiterschreiben – aber veröffentlichen nur unter der Bedingung, dass meine alte Lektorin wieder mit mir arbeitet. Sie wird sich mit ihrer Kritik sicher nicht zurückhalten, nur weil sie mich mag.« Er stutzt. »Wieso siehst du immer noch so aus, als ob du mich nicht zurückwillst?«

So sehe ich ganz sicher nicht aus – könnte ich gar nicht.

»Na ja, mir fehlt weiterhin die Entschuldigung dafür, dass ich deinetwegen tagelang den allerschlimmsten Herzschmerz hatte. Weil du weggezogen bist und meine Anrufe, Nachrichten und meinen Klarstellungspost ignoriert hast.«

»Ach so, ja, *das*. Das Problem war, ich hatte mein Handy nach meinem Statement in einen Umzugskarton verbannt. Dämlich, ich weiß – ich war nur mal wieder so was von durch mit der Onlinewelt. Dementsprechend hatte ich keine Ahnung, dass du versucht hast, mich zu erreichen, und deinen Post habe ich tatsächlich erst gestern gesehen. Schon nachdem du mir das Manuskript mit dem neuen Ende geschickt hattest, wollte ich zu dir – alles außer einem persönlichen Gespräch hätte einfach nicht gereicht. Aber nur dein ziemlich gestresster Mitbewohner, den ich am liebsten vermöbelt hätte, war da und meinte, dass du weiterhin bei deinem Bruder seist. Dachte, das bedeutet, du brauchst erst mal Raum für dich, und den wollte ich dir geben.«

Es ergibt Sinn, auch wenn sich die Ereignisse von mir aus wirklich nicht so unglücklich hätten verketten müssen. Meine dringlichste Frage ist außerdem immer noch offen: Wo bitte lebt er jetzt?

»Ich hab mich also erst mal weiter um den Umzug gekümmert und mit der Panik gekämpft, dass es doch endgültig vorbei ist«, erzählt Adrian weiter. »In diese Situation hinein hat Amanda sich gemeldet, und das Gespräch war wie ein Befreiungsschlag. Danach wusste ich genau, was ich zu tun habe: Ich habe hier angerufen und nachgefragt, um wie viel Uhr die Hildyard-Hochzeit anfängt. Und ich hab mich bei deinem Dad über Social Media angekündigt und ihn nach der Farbe deines Kleids gefragt, die er über deine Mum für mich herausgefunden hat.«

Ich kann ihn nur anstarren.

»Wenn ich eins wusste, dann, dass du mich heute brauchst. Zuletzt zu der Umzugssache … Ich fand, nachdem du so oft auf mich zugegangen bist, sollte endlich mal ich den entscheidenden Schritt machen – buchstäblich. Also habe ich in der Nacht, in der du mir das Buchende geschickt hast, zu packen begonnen. Im Moment bin ich noch in einem Ferienapartment, aber ich habe vor, eine Wohnung in Oxford zu kaufen.«

Er lag richtig mit seiner Vorhersage: Ich will ihn küssen. Alles andere würde der Überraschung auch gar nicht gerecht.

Er will nach Oxford??? Nach Oxford!!! Zu mir.

Aber eine Kleinigkeit wäre da noch … »Wahrscheinlich hast du auch nicht geahnt, dass Shannon mir deine Widmung schon gezeigt hat, oder?«

»Was? Sie hat …? Oh.«

»Das ist so ziemlich der letzte Grund, um verlegen zu werden«, necke ich ihn. »Aber jetzt ein für alle Mal: Wir sind wieder zusammen, richtig?«

Adrian nickt, noch ein bisschen zaghaft für meinen Geschmack, dafür allerdings mit einem Lächeln, das keinen Zweifel an seiner Antwort lässt. »Einfach wird es nicht«, murmelt er, bevor er den Kopf neigt, damit meine Lippen seine treffen können.

»Aber schön«, verspreche ich.

Unser Kuss ist wie ein Beweis. Ein Vorgeschmack auf diese nicht schön einfache, aber einfach schöne kommende Zeit. So einiges daran wird sich unserer Kontrolle entziehen, und selbst das ist gut so. Am Ende können wir unsere Wirklichkeit nicht planen wie einen Roman – da sind so viele unwägbare Details, und all das, woran wir am meisten wachsen, würden wir uns wahrscheinlich nie aussuchen. Doch hier unter dem imaginären Abendhimmel in Adrians Umarmung fällt es mir leicht, die nächsten Kapitel auf mich zukommen zu lassen, obwohl ich sie nicht lektorieren und er sie nicht umschreiben kann.

Der verrückte Gedanke, unsere Leben könnten Teil einer großen Geschichte sein und die vielleicht wiederum Teil einer noch größeren, bringt mich zum Lächeln.

Ich möchte fest davon ausgehen, dass sie jemand schreibt, der es gut mit uns meint.

2 JAHRE ZUVOR

Melodea

»Du kommst spät, wir schließen gleich um zwei.« Der Typ, der in der kleinen Bar die Nachtschicht schob, lächelte mich an – erst unverbindlich und dann, als er mich genauer in Augenschein genommen hatte, sehr viel intensiver. »Wenn du magst, kannst du mir so lang gern noch hier vorn Gesellschaft leisten.«

»Danke, nein, ich bin …« Mein Blick huschte durch den Raum, während ich mich selbst fragte, was eigentlich die Antwort auf die Frage war, was ich hier zu suchen hatte.

»Ah, mit ihm verabredet, was?«, fragte der Barmann, weil ich gerade in die Richtung des einzigen Gasts schaute, der allein da war. Außer ihm saß nur noch ein Grüppchen junger Frauen ganz hinten an der Wand und trank auf den Start ins Wochenende. »Hab mich schon gefragt, ob er vergeblich wartet. Oder überhaupt wartet.«

Ich nickte. Weil es ein willkommener Vorwand war, um dieses Gespräch zu beenden. »Kann ich einen Daiquiri bekommen, wenn ich ihn schnell trinke?«

»Sicher. Bringe ich dir sofort.«

Er machte sich ans Mixen, und ich sah wieder zu dem dunkelhaarigen Typen, den ich plötzlich angeblich datete.

Mit einer Hand scrollte er eher ziellos auf seinem Handy herum, mit der anderen drehte er den Strohhalm zwischen den Eiswürfeln in seinem Glas. Neben ihm auf dem Tisch lag ein Buch, und die Tatsache, dass der Fremde ein Leser war, gab womöglich den letzten Anstoß dafür, dass ich mich tatsächlich zu seinem Tisch bewegte.

Er bemerkte mich gar nicht. Im Näherkommen sah ich sein Knie zur Musik wippen, die aus den Lautsprechern in den Ecken drang.

Normalerweise hätte ich mich niemals mitten in der Nacht allein in eine Bar begeben.

Normalerweise hätte ich mich unter keinen Umständen zu jemandem dazuzusetzen versucht, den ich nicht kannte.

Aber vielleicht brachte mich Normalität nirgends hin.

»Hey, ist hier noch frei?«

Meine Frage ließ ihn zusammenschrecken.

Ich spähte auf das Buchcover – A Torch Against the Night von Sabaa Tahir –, dann blickte ich eher versehentlich direkt in seine blauen Augen. Sie erzählten von einem Tag, der alles andere als gut gelaufen war, und sofort tat es mir leid, ihn angesprochen zu haben.

»Äh … klar.« Er schaute sich um und schien sich zu Recht darüber zu wundern, weshalb ich in einem Raum voller unbesetzter Tische an seinem gelandet war. Dann musterte er wieder mich, neugierig und auf eine Art, die mir sagte, dass er mochte, was er sah. Was ich wiederum nicht mochte – aber sein Ausdruck war nicht so unverhohlen wie bei dem Kerl an der Bar, das war schon mal was.

Natürlich konnte ich mich täuschen, aber meinem Eindruck nach strahlte er genau das aus, was ich heute Nacht fühlte: eine leichte Verwirrung darüber, was ihn überhaupt hierher verschlagen hatte, gepaart mit einer fast – aber nur fast – unauffälligen Spur von … ja, was? Melancholie? Wehmut? Dem Wunsch nach etwas, was man sich nicht wirklich wünscht?

Ich ließ mich auf den Stuhl ihm gegenüber sinken und platzierte meine Handtasche am Tischbein. »Ist das gut?« Mein Zeigefinger berührte den Buchdeckel.

Er legte sein Handy weg und lächelte. »Was für eine Frage!

Eine meiner ungeschlagenen Lieblingsreihen. Lese sie gerade zum zweiten Mal.«

Ich erwischte mich dabei, wie ich zurücklächelte. Ein Fantasy-Fan war ich zwar noch nie gewesen – aber einer von Menschen, die mit dieser Begeisterung in der Stimme von Geschichten sprachen.

»Weit nach Mitternacht bei einem Drink?«, fragte ich.

Er hob eine Schulter. »Konnte nicht schlafen.« Ein kleines Seufzen folgte seinen Worten. »Und es war einfach kein besonders schöner Freitag.«

Ich verschränkte meine Arme auf dem Tisch. »Möchtest du drüber reden?«

Wenn man es ansprach, wollte man das, oder?

Er hatte wieder angefangen, seinen Strohhalm im Glas zu drehen. Gemeinsam lauschten wir dem Klackern der Eiswürfel.

»Zuerst würde ich gern deinen Namen erfahren«, sagte er. »Es fällt mir nämlich schwer, mich Unbekannten anzuvertrauen.«

Ich zögerte. Irgendetwas in mir wollte nicht, dass er mehr über mich herausfand. »Das würde mich dir nicht weniger unbekannt machen. Ich behalte ihn lieber erst mal für mich.«

»Nicht nur schön, sondern auch noch geheimnisvoll«, murmelte er.

Beides schmeichelte mir längst nicht so sehr, wie es das vielleicht hätte tun sollen.

»Du kannst mir deinen trotzdem verraten.«

Er schüttelte leicht den Kopf. »Dann würde ich mich im Nachteil fühlen.«

Ich lächelte, schön und geheimnisvoll, nicht ganz ich oder irgendwo eben doch durch und durch ich, wer wusste das schon? »Traust du dich trotzdem? Erzähl mir von dir.«

ERSCHEINT: OKTOBER 2024